《武汉大学报》创刊百年丛书·发展篇

丛书主编：刘春江

乘风破浪

十大新闻勾勒发展轨迹

主　编　杨欣欣　严　航
副主编　陈丽霞　金　鑫

武汉大学出版社
WUHAN UNIVERSITY PRESS

图书在版编目(CIP)数据

乘风破浪:十大新闻勾勒发展轨迹/杨欣欣,严航主编.—武汉:武汉大学出版社,2018.4

《武汉大学报》创刊百年丛书/刘春江主编.发展篇

ISBN 978-7-307-19862-3

Ⅰ.乘… Ⅱ.①杨… ②严… Ⅲ.新闻—作品集—中国—当代 Ⅳ.I253

中国版本图书馆 CIP 数据核字(2017)第 290375 号

责任编辑:陈 红　　责任校对:李孟潇　　整体设计:汪冰滢

出版发行:**武汉大学出版社**　(430072 武昌 珞珈山)

(电子邮件:cbs22@whu.edu.cn 网址:www.wdp.com.cn)

印刷:湖北恒泰印务有限公司

开本:720×1000 1/16　印张:24.25　字数:435 千字　插页:1

版次:2018 年 4 月第 1 版　2018 年 4 月第 1 次印刷

ISBN 978-7-307-19862-3　定价:60.00 元

《武汉大学报》创刊百年丛书序

武汉大学校报创刊于1919年，历经《国立武昌高等师范学校周报》《国立武汉大学周刊》《新武大》《武汉大学报》等阶段，已走过近百年风雨历程。为了纪念校报创刊100周年，武汉大学报社在党委宣传部的指导下，编辑出版丛书，很有意义。

我与校报可以说有着不解之缘。从1982年起，我在武汉大学党委宣传部工作近10年；2004年担任学校党委副书记后，又一直分管宣传工作，每周四审报成为定例。据武汉大学报社的同志统计，12年多来，我总共审阅了400多期校报。其间经历了校报创刊85周年暨出版1000期、校报创刊90周年、出版110年校庆特刊（60版）、出版120年校庆特刊等办报过程中的重要事件；也见证了校报从4开小报到对开大报、从旬报到周报、从单纯纸质版到同时拥有电子版和网络版，以及校报编辑部升格为报社、报（校报）网（新闻网）融合等校报发展史上的重要阶段。

从20世纪的国立武昌高等师范学校时期开始，校报就忠实地记录学校发展史上的重要事件，并形成了突出的文化特色。曾当过校报学生编辑的杨弘远院士，曾多次提出校报应该适时出书。他认为，校报是学校非常重要的史料，是校史的原始纪录，应该作为档案保留；建议校报收集一些重要新闻，到一定时间出一本书，保存下来。

校报记载过的值得出书保存的史料不可谓不丰富，我认为主要体现在其史料价值、文化价值和育人功能等方面：

一是校报记载学校的重大事件和发展成就，积累了丰富而珍贵的第一手资料，具有很高的史料价值。

1919年校报创刊不久，适逢“五四”运动爆发，《国立武昌高等师范学校周报》报道了高师学子开展声势浩大反帝爱国运动的伟大壮举：“本校同学愤外交之失策，秉爱国之热忱，群谋集赀，拍电欧洲和会及北京政府，力争山东问题。并愿作北京学界之后援。”简短的文字，闪耀着五四的时代光芒。《国立武汉大学周刊》曾是宣传抗日爱国思想的重要阵地，也是抨击旧政、揭露黑暗的重要力量，其影响跨越校界，成为武汉市民争相传阅的主要传媒之一。

中华人民共和国成立后，李达出任校长不久即专门发布决定，提出《新武大》所应该展示的六项基本内容，反映了中国高教事业蓬勃发展的新气象。改革开放以来，《武汉大学报》以教学体制改革为重点，推出了中国高教改革的“武大模式”，并重点报道了学科建设、人事制度等改革新进展，在为改革发展鼓与呼的同时，展示了武汉大学敢为天下先的改革精神，很好地挖掘和总结了武大的改革经验。

在四校合并、校庆110周年、校庆120周年等重要节点，校报不仅真实地报道重大历史事件，而且从新闻的视角挖掘、回顾和总结学校的办学经验，推出了一大批有深度、有分量的报道，为学校改革发展提供了强大的舆论支持，反映、推动甚至引领了学校各方面事业的蓬勃发展。

20世纪90年代以来，校报每年还组织开展武汉大学年度十大新闻和年度新闻人物评选，生动地勾勒出武汉大学朝着世界一流大学奋勇前行的轨迹。

二是校报记录重要人物的言行和师生活动，留下了宝贵的精神财富，体现出独特的文化价值。

武汉大学历史上曾经风云际会，明星闪耀；今天依然名师荟萃，英才云集。校报记录了这些人物在珞珈山的足迹，不仅留下了珍贵的第一手资料，也成为一笔宝贵的精神财富。例如陈潭秋参加英文演讲比赛，周恩来在樱园慷慨演讲，毛泽东来校视察，董必武先后四次武大之行等老一辈革命家在武大的活动，校报都留下了真实记录。

各个时期的校报都不乏对知名学者大师的报道，如国际知名学者杜威、印度文豪泰戈尔来校，著名数学家华罗庚1950年从美国回到祖国，第一站即来到武大演讲；改革开放后，诺贝尔奖得主、中外大师的名字和身影更是经常现于报端。近年来校报加大了对两院院士、人文社科资深教授、优秀中青年学者的报道力度，体现了“尊重学者、崇尚学术”的理念，对优秀学子和杰出校友的报道，也是校报永恒的主题。

校报还记载了很多名人名言和名篇。《国立武昌高等师范学校周报》创办之时，校长张渲亲笔题写刊名，《周报》还刊登了竺可桢等著名学者在武昌高师的演讲；《国立武汉大学周刊》20年间发表了数百篇学者的学术演讲稿，其中包括王世杰、蔡元培、朱光潜、胡适等众多名家。《新武大》有李达、高尚荫、李国平等前辈学者的演讲稿；而《武汉大学报》不仅刊登演讲、发言等内容，还有不少名家亲笔撰写的文章，例如杨弘远院士、查全性院士、李德仁院士等，就多次为校报写稿。

三是校报在熏陶师生读者的同时锻炼了编辑记者，成为培养人才的重要阵地，凸显独特的育人功能。

校报历史上走出了不少栋梁之才，其中不乏名人办报的佳话，如著名法学家燕树棠，著名教育家、国立湖南大学第一任校长皮皓白（宗石），著名文学家闻一多，均曾负责《国立武汉大学周刊》的审稿或编辑工作。也有很多年轻时参与过校报工作的人日后成为各个领域的知名人士，如著名文学家、翻译家叶君健校友在校期间，是当时校报《国立武汉大学周刊》最活跃的撰稿人之一，他的第一篇小说就发表在校报上；著名漫画家方成校友乐山时期在校报上发表了不少漫画作品；此外，著名经济学家董辅礽，著名数学家、原校长齐民友，著名哲学家、人文社科资深教授、原校长陶德麟，著名生物学家、中国科学院院士杨弘远等，负责过《新武大》的审阅或参加过编辑工作。

在新的历史时期，校报培养了更多的优秀学生记者和通讯员，很多人对在校报工作、实习或发表文章的经历难以忘怀，认为这种锻炼对他们一生的发展都有重要影响。郭齐勇教授大学期间在校报发表了很多文章，他说，校刊激励了同学们的写作热情，是学生成长的一个重要的阶梯与平台。周叶中教授大学期间是首届学生记者站站长，他认为在校报工作三年多，对他的成长影响非常大。此外，曾任光明日报湖北记者站站长夏斐、《珞珈赋》作者何五元、校友企业家陈作涛等都认为，在校报当学生记者的宝贵经历，对他们此后的人生道路至关重要。知名作家高伐林、王家新、邱华栋等，在校学习期间在校报发表过大量文学作品，他们一直把校报副刊作为自己文学起步的重要园地。

作为学校党委和行政的机关报，长期以来，校报坚持以科学的理论武装人，以正确的舆论引导人，以高尚的精神塑造人，以优秀的作品鼓舞人，为学校发展提供了强大的精神动力和舆论支持，起到了引导舆论、传承文化、凝聚共识、促进发展的重要作用。

近年来，校报坚持依靠学校党委的正确领导，坚持充实内涵重点发展的思路，坚持新闻工作的专业化制度化方向，坚持服务校内为主并提升宣传辐射功能，坚持提高编辑人员素质并依靠师生力量增强办报活力，办一流校报，展名校风采，取得了突出的办报成绩，一直走在全国高校前列。

在《武汉大学报》创刊百年之际，把校报的宝贵资源集中起来出版，有利于更好地梳理学校发展脉络，更好地传承武大精神，也一定能为校报今后的发展提供有益的思路。

骆郁廷

2017 年 10 月

序

1893年11月29日，时任湖广总督张之洞向光绪皇帝呈递了一份长达3000多字的奏折，提出“在湖北省城内铁政局旁购地开办自强学堂”，“推行新学”。武汉大学前身“自强学堂”诞生了，近代湖北高等教育正式拉开序幕。

124年的光阴流转，一代代武大人栉风沐雨、砥砺前行，为我国高等教育事业谱写了一篇篇精彩华章。开山劈林兴建校舍，引凤筑巢汇聚英才，西迁乐山赓续学脉，风云际会巨星闪耀，全国首开“三创“之风，校友联手资智回汉……这些耳熟能详的经典史实，好似滚滚洪流中激起的朵朵浪花，永远定格在历史的瞬间，绽放出动人的姿态。

然而，在那个信息技术欠发达的时代，伟大的人或动听的事被隐没于历史深处司空见惯。而今，丰富多样的媒介形式纷纷涌现，从《武汉大学报》，到校园广播电视，再到武汉大学新闻网，和如今方兴未艾的官方微博、官方微信，各类校园媒体在传播信息的同时，也为校史记录归档提供了多重保障。

尊重历史，前提是要做到了解历史、铭记历史。要读懂武汉大学这所拥有124年历史的“老字号”绝非易事，一年一度的十大新闻无疑可以充当索引。作为武汉大学党委宣传部（新闻中心）一项常规工作，十大新闻评选至今已连续举办了23届。每逢年终岁尾，武汉大学报社的记者编辑会在全年新闻中，综合重要性、点击量等因素，挑选出位于前列的条目作为候选，再通过多种渠道征集校学术委员会委员、师生代表意见初步筛选，最终由学校相关领导、职能部门负责人、新闻与传播学院专家学者组成的评选委员会，通过讨论、点评与投票，评选出最有标志意义、最具新闻价值、最与师生关系密切的十大新闻，2004年以来还评选年度新闻人物。

在我们的记忆中，有些时刻让我们难忘——

武大的国内影响力和国际知名度显著提升。2013年，习近平总书记视察我校两项科技成果，并给予高度评价。2009年、2016年，刘延东同志两次来校视察，勉励武大“再接再厉，乘势而上，再创佳绩”。2013年，时任法国总理让-马克·埃罗来校发表演讲，称赞武大是“中法合作的典范”。2014年，比利时国王菲利普来校访问，并被授予武汉大学名誉教授称号。

校园环境日新月异，“中国最美大学”名副其实。2000年，武汉大学、武汉水利电力大学、武汉测绘科技大学、湖北医科大学合并，强强联合、优势互补，集天时、地利、人和于一身。2013年，八一路地下通道工程正式开工，文理学部与信息学部联成一体，形成学校新的发展轴线和文化空间，校门广场工程同期完成。校友反哺热情高涨，陈东升、雷军、阎志等捐资兴建万林艺术博物馆、武汉大学科技楼、卓尔体育馆，为教学科研、文体发展营造良好环境。

教学理念不断革新，“三创”教育成果丰硕。2010年，开设了数学、物理、化学、生物、计算机五个弘毅班以及国际数理经济和金融班、国学班。宽口径人才培养、“三创”教育成果丰硕，众多学子亮相国际国内舞台，为学校争得荣誉。记忆大赛、辩论赛、模拟法庭、电子设计大赛、程序设计大赛……武大学子表现出色、力压群雄。2017年盛夏，气势恢宏的毕业典礼；金秋，如诗如画的开学典礼……

学术科研突出，主动服务社会。全球首颗专业夜光遥感卫星“珞珈一号”正在筹划，珞优8号、珞优10号、两优234等优质水稻品种茁壮成长，文科学者努力为国家重大战略决策提供理论支撑和智力支持。成绩的背后，是人才队伍的优化和升级。2011年，武汉大学一次新增5位院士。海外高层次人才引进工作卓有成效，仅2015年就有16人入选中央第11批“千人计划”。

一年年看，可以通过每年的十大新闻大致领略武汉大学一年来在教学、科研、社会服务等方面的成就；纵观全局，它们像是层层累叠的页岩，在历史的沉淀中，泛着岁月的光华。

2004年增设年度新闻人物评选，桂希恩教授首位当选。之后，自强不息优秀大学生黄来女、“农田院士”朱英国、梁子湖“卫士”于丹、免疫学开拓者舒红兵、藏族学生的“武汉阿爸”杨昌林、“绿色化学”先驱张俐娜、马克思主义哲学家陶德麟、执着求索的“海归”雷爱文、“有情怀的水利人”夏军纷纷登榜。他们都是鼓舞师生士气、弘扬学术精神、促进学校发展的最好典型。

本书收录了历年十大新闻及相关报道，每年分为三个主要部分：十大新闻、年度新闻人物和评选侧记；十大新闻候选条目、年度新闻人物候选人；年度回眸。力求从不同的角度盘点每一年学校的大事、喜事和热点、焦点。

在十大新闻评选过程中，我们也在不断探索完善评选工作，例如更加注重事件的新闻性、冲击力，更加强调新闻来源的广泛性和综合性。正所谓“今天的新闻是明天的历史”，我们希望通过不断努力，为盘点学校发展业绩、总结学校发展亮点、梳理学校发展脉络提供真实客观的文字资料；也希望本书能够为读者认识武大提供参考，为武大人奋力前行提供不竭的精神动力，正如本书的书名所寓意的："乘风破浪会有时，直挂云帆济沧海！"

刘春江

2017 年 10 月

目　录

武汉大学1994年十大新闻

一、中共中央政治局委员、国务院副总理李岚清视察我校，并在人文馆接见了武汉地区高校负责人。

二、国家教委授予我校“文明校园”称号。湖北省委、省政府授予我校“文明单位”称号。

三、学校召开三届二次教代会，讨论通过了《武汉大学面向21世纪改革与发展纲要》。

四、我校青年老师在国内外评奖活动中取得了优异成绩：徐超江教授获得国际理论物理中心颁发的阿提雅辛勤工作奖，成为获得该奖的第一人；余劲松教授获得首届宝钢教育奖特等奖。

五、博士生张学记在周性尧教授等指导下研制的纳米级超微电极及传感器获第二届全国大学生应用科技大赛特等奖，周性尧获园丁奖。

六、我校3项科技成果获国家级奖，在全国综合性大学中并列第二名；获准国家自然科学基金46项，创历史最高水平，居综合性大学第4名、全国第10名。

七、学校深化教学改革，实行三学期制，并出台系列新措施；招生并轨后已颁发长期中类奖学金151万元，在社会上反响强烈。

八、研究生院成立十年育人逾4000，31个博士点全部可以自行评审博士生导师。

九、我校女子乒乓球队在全国大学生乒乓球锦标赛上获得女子团体冠军、单打冠军、亚军和双打冠军。

十、我校加快教职工住房建设，今年竣工的住房面积和质量均创历史最高纪录，有四幢住宅被评为武汉市优良工程。

（《武汉大学报》第669期，1995年1月10日）

武汉大学1995年十大新闻

一、我校顺利通过“211工程”部门预审。此前，国家教委主任朱开轩等教委领导同志来校视察，并与省委书记贾志杰、省长蒋祝平等共商共建武汉大学大计。

二、中共武汉大学第六次代表大会隆重召开，选举产生了新一届委员会和纪律检查委员会。

三、国际科学界权威期刊美国《科学周刊》评出中国13所最杰出大学，我校名列其中。

四、我校成功地承办第四届“挑战杯”全国大学生课外学术科技作品竞赛并获得7项奖。

五、我校科学研究成果丰硕：在首届高校人文社会科学优秀成果评奖中获奖数名列全国第三；科技成果获国家教委科技进步奖数名列综合性大学第三；科技论文在国际上被引证数名列全国高校第八。

六、我校师生连获全国性奖励：化学系卓仁禧教授获“全国先进工作者”称号；数学系徐超江教授获国家杰出青年科学基金资助；经济学院辜胜阻教授等获“五个一工程”奖；新闻学院喻江同学被评为“全国十大三好学生标兵”和“中国十佳大学生”。

七、我校教学、科研基地建设再上台阶：国家多媒体软件工程技术中心通过了最后一轮专家论证；国家教委多媒体软件开放研究实验室获得批准。哲学、历史学继数学、化学、生物学之后成为国家基础学科人才培养和科学研究基地。

八、我校组团访问日、法、德、奥、俄等国圆满成功，并与京都大学、巴黎十一大、莫斯科大学等8所大学签订校际学术交流合作协议。

九、学生食堂全面实行微机售饭管理。

十、我校校友基金会成立，原教育部长刘西尧校友任名誉理事长。海内外校友捐款达200多万元人民币。

（《武汉大学报》第698期，1996年1月10日）

武汉大学 1996 年十大新闻

一、湖北省、武汉市党政主要领导贾志杰、蒋祝平、钱运录、杨永良、韩南鹏、赵宝江和国家教委副主任张天保等于 2 月 27 日在我校现场办公，专题研究校园环境整治问题。目前二区老菜场片已基本拆迁完毕，校园环境整治初战告捷。

二、我校认真贯彻党的十四届五中、六中全会精神，积极推进学校的改革、发展和精神文明建设，三届三次教代会和校党委六届三次全会先后通过、审定《武汉大学教育事业“九五”发展计划》，校党委六届四次全委（扩大）会讨论通过《关于加强和改进思想政治工作的决定》。

三、我校连续被上级机关授予荣誉称号。校党委被中共中央组织部授予“全国先进基层党组织”称号；我校被中华全国总工会授予“五一劳动奖状”，是全国唯一获此殊荣的高校；我校再次被中共湖北省委、湖北省人民政府授予“文明单位”称号。

四、国务院学位委员会批准我校新增博士点 5 个，至此，我校有 36 个学科专业获得博士学位授予权，在全国综合性大学中名列第五。

五、我校不断深化教学改革，提高教学质量，学校召开教学改革会议，推出面向 21 世纪深化教学内容和课程体系改革系列新举措；在国家教委第三届优秀教材评选中，我校 19 种教材获奖，在全国高校中名列第 6；我校积极筹措办学经费，校友徐杰捐资人民币 100 万元并设立“万德莱跨世纪人才教育基金”。

六、国家科委批准我校正式建立国家多媒体软件工程技术研究中心。

七、我校科研经费再上新台阶，科研水平不断提高。我校人文社会科学研究项目资助经费达到 250 万元；获国家自然科学基金项目资助经费达到 382.9 万元；据中国科技信息所统计，我校 1995 年科技论文在国际上被引用数名列全国高校第九。

八、政治与行政学院研究生沈壮海荣获首届“中国大学生跨世纪发展基金·建昊奖学金”特等奖；法学院学生孙晋代表“社会弱者权利保护中心”参加由中宣部、国家教委、共青团中央联合组织的全国青年志愿者先进事迹报告团。

九、我校不断扩大和提高国际交流合作的范围和水平。世界著名大学，美国加州大学伯克莱分校校长田长霖博士访问我校并受聘为我校名誉教授，两校商定建立姊妹交流关系；诺贝尔医学奖获得者理查德·罗伯兹博士来校讲学并受聘为我校名誉教授。

十、全校师生员工瞩目的“湖改江”饮水工程正式开工，该工程已筹措资金470万元，工程竣工在即。

（《武汉大学报》第726期，1997年1月10日）

武汉大学 1997 年十大新闻

一、学校行政领导班子换届，侯杰昌出任校长。新班子组成后，加大学校改革的力度，以人事、后勤改革为突破口，深入推进教学、科研及其他各项工作的改革，在校内引起强烈反响。

二、学校举行第四届教职工暨第十五次工会会员代表大会，通过了校长工作报告，确定了“解放思想、团结奋斗、改革攻坚、振兴武大”的工作任务，选举产生了新一届工会委员会，加强和推进了学校民主建设。

三、校党委书记任心廉教授当选为党的十五大代表，出席举世瞩目的十五大，参与绘制国家跨世纪的宏伟蓝图。

四、卓仁禧教授当选为中国科学院院士。

五、我校教学取得突出成绩，5 项成果荣获国家级教学成果奖；文志英教授获宝钢优秀老师特等奖；石云霞教授入选全国普通高校百名“两课”优秀老师。

六、我校获国家自然科学基金面上项目首次超过 500 万元，名列中南地区高校首位，全国综合性高校第 4 位，吕应堂教授获国家杰出青年科学基金(60 万元)。

七、谭崇台教授主编的《西方经济发展思想史》荣获国家图书奖；萧政治教授主编的《鸦片战争史》荣获“五个一工程”奖和国家图书奖提名奖。

八、我校学生接连取得好成绩，在第五届全国大学生“挑战杯”竞赛上团体总分仅次于清华、北大名列第 3 位；法学院 94 级经济法班被评为全国先进班集体标兵，为全国 12 个标兵之一。

九、教职工住宅建设再创佳绩，190 套住房竣工，总面积为 17892 平方米，其中 46 户搬进四室二厅新居。

十、首届杰出校友奖评选揭晓，黄彰任、端木正、钟期荣、欧阳予、王佛松、庹震、陆长生 7 名校友获奖。

(《武汉大学报》第 754 期，1998 年 1 月 10 日)

武汉大学 1998 年十大新闻

一、师生高度关注武汉高校强强联合，新一轮教育思想讨论达成共识。全校围绕学科建设和创新型人才培养目标，广泛深入地开展了教育思想大讨论，为在 21 世纪把武汉大学建设成世界一流大学奠定了坚实的思想基础。

二、我校综合管理改革初见成效。精简分流机关工作人员，深化后勤体制改革，实现事企分开；出台加强教师队伍建设等一系列改革文件，实施岗位工作酬金制度，增收节支，学校全年总收入突破 2.5 亿元。

三、学校隆重举行改革开放 20 周年和建校 105 周年系列纪念活动，展示学校改革与发展的新成就。我校入选全国纪念党的十一届三中全会召开 20 周年理论研讨会论文数居全国高校第一。

四、科学研究成果丰硕：获国家自然科学基金首次突破 620 万元，居中南地区高校第一；全国高校第二届人文社会科学优秀研究成果奖我校获奖 23 项，继续保持全国高校第三；美国 SSCI 统计我校在国际上发表的文科论文数居国内高校第四位。

五、学科建设再上新台阶：4 个一级学科获博士学位授予权，新增博士点 21 个，博士学位授权学科专业达到 55 个，硕士学位授权学科专业达 106 个，经济学院获准建立首批国家经济学基础人才培养基地，我校国家基础人才培养基地达到 6 个。

六、我校被中组部、中宣部、教育部党组授予“党的建设和思想政治工作（1993—1998）先进高等学校”称号，被省委、省政府授予省级“最佳文明单位”称号，一批优秀师生获大奖。冯天瑜获 98 宝钢优秀教师特等奖，邹恒甫获国家杰出青年基金，冻国栋、余劲松、黄地、陈继勇、辜胜阻入选教育部首批文科“跨世纪优秀人才培养计划”，朱农获霍英东教育基金第六届高校青年教师基金，侯杰昌荣获教育部“全国模范教师”称号，周叶中当选湖北“十大杰出青年”；黄先碧获 98“中国大学生跨世纪发展基金·建昊奖学金”特等奖。

七、我校被武汉市委、市政府授予“抗洪抢险先进集体”称号。师生员工积极参加抗洪救灾工作，圆满完成武汉杨园段 150 米长江大堤和白沙洲险段防守任务，捐衣物 5 万多件、净水消毒机 32 台，捐款捐物累计 326 万元，学校拨款500万元资助受灾的贫困学生完成学业。

八、国际学术交流再创新局面。侯杰昌校长率团首次出访澳洲高校，与澳大利亚、新西兰8所高校建立合作交流关系。学校组团出访英国、德国、法国、日本及中国香港、台湾地区的十余所大学，220多人次参加国际学术会议或留学，14个国家62批390多人次来访。

九、校大门整治和杨家湾拆迁一期工程初战告捷。王少阶副省长主持召开落实“2·27”会议精神现场督办会，涂勇副市长多次亲临现场指挥，校大门一侧整治初见成效，校园周边环境治理步伐加快。

十、学校加快基础设施建设，改善师生工作生活条件。学校投资800万元加强基础课实验室建设，投资900万元用于电增容。校园综合管理信息网络全面开通，全校电话改为直拨，学生宿舍安装使用电话。新建学生宿舍7832平方米，筒子楼改造工程面积达14252平方米，已竣工5652平方米；集资修建四室二厅、三室二厅住宅648套，已竣工四室二厅72套。宇航局道煤气安装一期工程竣工，东中区、东三区、南三区近2000住户已调试完毕。

（《武汉大学报》第782期，1999年1月10日）

武汉大学 1999 年十大新闻

一、我校与湖北电视台联合主办“迎接太阳——湖北省喜迎 2000 年元旦晚会”取得圆满成功

晚会于 1999 年 12 月 31 日晚 10：30 至次日凌晨 0：30 在我校“九·一二”广场举行，省领导王生铁、缪合林、陈训秋、王少阶等与万余名师生一起参加晚会，我校 2000 多名师生参加演出，湖北电视台通过卫星现场直播。整个晚会充分展示了我校师生喜迎新世纪、新千年，努力创办世界一流大学的豪迈气概和奋发向上的精神风貌。

二、学校对院系实行调整重组

4 月 8 日，学校公布院系调整重组方案，原有 19 个院系重组为 9 个学院，正副处级干部精减 47.4%。这是 1953 年以来我校院系建制上的最大一次调整，它有助于进一步提高办学质量和效益，实现资源优化配置。

三、我校师生愤怒声讨以美国为首的北约暴行

5 月 8 日和 9 日，我校师生纷纷举行各种集会和游行示威活动，强烈谴责以美国为首的北约袭击我国驻南斯拉夫大使馆的罪恶行径，表达了我校师生反对霸权主义和强权政治的正义呼声，高扬了爱国主义的伟大旗帜。

四、我校素质教育和创新型人才培养到得显著成绩

我校被教育部批准为“国家大学生文化素质教育基地”，再次被中宣部、教育部、共青团中央授予“1999 年度暑期高等学校社会实践活动先进集体”称号；在第六届“挑战杯”全国大学生课外学术科技作品竞赛中获团体总分第 5 名、综合性院校第 2 名，再次捧回“优胜杯”；李金辉同学荣获全国十佳三好学生标兵、湖北省大学生创新标兵称号，荣获教育部、团中央、人民日报海外版联合颁发的胡楚南优秀学生奖学金最佳奖，全国仅有 10 名学生获此殊荣。

五、我校科学研究、技术创新和成果转化工作取得全面丰收

环境法研究所成为全国首批15个教育部“高校人文社会科学重点研究基地”之一，中南地区高校仅此一家；我校新增哲学、人文社会科学科研项目94项，其中国家社科基金项目在全国高校中名列第2位；获社科科研基金资助金额数创历史新高，在全国同类高校中保持前三位，5项成果获国家哲学社会科学规划基金项目首届优秀成果奖；王元璋教授的《马克思恩格斯经济发展思想导论》获第七届“五个一工程”奖。自然科学方面，我校获国家纵向项目1113项，在中南地区高校中位居第一；在首届中国高校技术成果交易会上，我校是全国5所获“优秀成交奖”的高校之一，朱镕基总理视察了我校展位。

六、学校加大学科与教师队伍建设工作力度

我校获准设立11个高等学校特聘教授岗位，学校投入特聘教授岗位配套经费达720万元；新增地球物理学、理论经济学、历史学、哲学4个博士后流动站。教师队伍建设取得丰硕成果。韩德培教授荣获第三届中国环境大奖“地球奖”；马克昌教授被最高人民法院聘为特邀咨询员；曾令良教授当选第二届“全国十大杰出中青年法学家”；欧阳康、郭熙保、张昆、张进、田茂入选教育部第二批“跨世纪优秀人才培养计划”；晏萍柳教授荣获第二届湖北省“十大女杰”称号；黄进教授当选第四届“武汉地区十大杰出青年”。

七、我校主办的一系列国际学术研讨会在国内外产生广泛影响

我校先后主办承办了“郭店楚简国际学术研讨会”、“大河流域可持续发展国际学术研讨会”、“金融犯罪问题国际学术研讨会”、“闻一多国际学术研讨会”、“1999年偏微分方程及应用国际学术研讨会”等大型、高规格国际学术交流研讨活动，吸引了大批国内外著名学者专家参加，进一步活跃了学校的学术气氛，扩大了学校在国际上的影响。

八、学校隆重表彰第二届杰出校友

5月18日，学校隆重表彰“第二届杰出校友”，他们是张培刚、柯俊、方成、黄孝宗、张效祥、陈荣悌、刘诗白、董辅礽、王梓坤、邹节明。

九、我校办学总收入突破 3.5 亿元

我校充分调动各种积极因素，依法多渠道筹措办学经费，实现收入大幅度增长。我校 1999 年教学、科研和社会服务等总收入突破 3.5 亿元，在收入连续 3 年增长超过 5000 万元的基础上，今年收入增长近亿元，增长幅度高达 38%，为学校的改革与发展奠定了坚实的经济基础。

十、我校基础设施建设和校园环境整治取得突破性进展

杨家湾一期拆迁工程顺利完工；完成校大门主干道改革扩建、中心湖改革工程及主要建筑物“亮起来”工程；学校完成筒子楼改造工程，提前实现不把筒子楼带入 21 世纪的工作目标；完成梅园四舍、五舍和枫园留学生宿舍建设工程；国际文化交流中心一期全面竣工。

（《武汉大学报》第 810 期，2000 年 1 月 10 日）

武汉大学 2000 年十大新闻

· 2 · 专版

武汉大学 2000 年十大新闻

合并大会

教育部人文社科重点研究基地授牌仪式

（《武汉大学报》第 846 期，2001 年 1 月 1 日）

一、新的武汉大学组建

8月2日，武汉大学、武汉水利电力大学、武汉测绘科技大学、湖北医科大学合并大会隆重举行，国务院有关部门和湖北省、武汉市领导吕福源、贾志杰、蒋祝平、杨永良、王生铁、罗清泉、刘忱、杨凯、邓道坤、吴华品、陶醒世、王守海等出席，副省长王少阶主持大会。教育部提出，把新的武汉大学建设成为国内外知名的高水平大学。23日，省委书记贾志杰、省长蒋祝平等省市领导再度来校视察时提出，举全省之力，支持武汉大学建设国内外知名高水平大学并向世界一流大学迈进。

新武汉大学的组建具天时、地利、人和，实现了强强联合，优势互补。学校占地面积5400余亩，汇聚了三所国家“211工程”重点建设大学和一所省属重点大学。学科涵盖11大门类，有189个硕士点，99个博士点，11个国家级重点学科，20个国家级的重点（专业）实验室、工程技术研究中心、基础科学人才培养基地和文科研究基地，有中国科学院院士5人，中国工程院院士5人，正副教授3000余人，博导400余人，在校学生4万余人。

二、李岚清等视察学校后勤社会化改革和校园环境整治工作

12月19日，中共中央政治局常委、国务院副总理李岚清和教育部部长陈至立、国务院副秘书长徐荣凯等在省市领导陪同下莅校视察，对学校整体工作特别是后勤社会化改革和校园环境整治工作成效表示充分肯定。12月17日至20日，第二次全国高校后勤社会化改革工作会议在武汉召开，我校作为湖北高校代表在大会上发言。在此期间，与会代表集中参观我校后勤社会化改革与校园环境整治成果。近年来，学校大胆改革，勇于创新，实现了后勤实体与学校行政管理部门的剥离，积极探索按企业化、市场化、专业化和股份制运行的后勤社会化改革新途径，其工作经验与成效受到与会者的一致好评。

三、我校在第二届深圳高交会上夺得双奖，吴邦国亲临展位视察

10月11至17日，武汉大学参加深圳第二届国际高新技术成果交易会代表团全面参加了高交会项目发布签约、成果拍卖和商业配对等活动，并最终以参展项目300余项、签约项目64项、成交金额10.78亿元的骄人成绩，获得组委会颁发的优秀组织奖和优秀成交奖。10月12日，吴邦国副总理亲临我校层位视察并在来宾簿上签名。

一年来，学校更加注重产学研结合，科技创新成绩斐然。投资7亿元的武

大科技园奠基。武大弘元股份有限公司正式组建，一流的氨基酸产学研基地建立；新材料、化学化工、机电一体化、3S技术、生物工程、新医药、计算机与信息技术等一批高新技术成果以迅猛之势步入产业化。

四、我校辩论队获2000年“黄山杯”全国大专辩论会冠军

8月10日，我校由蒋舸、袁丁、余磊、周玄毅等同学组成的辩论队技压群芳，力拔头筹，荣获2000年“黄山杯”全国大专辩论会冠军，并将代表中国高校参加2001年国际大专辩论赛。周玄毅夺得大赛唯一的“最佳辩手奖”。

今年，我校还有众多学子先后为学校争得荣誉。8月5日，黄华梅一人夺得第二届全国大学生英语竞赛特等奖、演讲一等奖、辩论赛一等奖和唯一的最佳辩手四项大奖。我校学生获2000年“网易杯”全国大学生数学建模大赛一等奖三项、二等奖四项，湖北赛区一等奖六项、二等奖七项，居全国高校前列、湖北高校之首；在“挑战杯”全国大学生创业计划大赛和全国大学生网络教学竞赛中，我校学生夺得一金二银。

五、我校SCI论文排名进入全国前十名，我校青年教师绘制完成世界上第一张南极冰盖图

据中国高校科技网公布的结果，在2000年1月至10月教育部直属院校SCI论文统计排行榜上，我校进入前十名，居中南和中西部地区高校首位。此前，在国家科技部公布的1999年中国科技论文统计结果中，我校发表SCI论文也位于全国高校第10名。此外，我校EI、ISTP论文数也有较大幅度的上升。

一年来，我校教师自然科学研究成果丰硕。参加中国第17次南极科学考察的我校青年教师彭文钧、丁士俊绘制完成世界上第一张南极冰盖图，周春霞成为湖北参加国家南极科学考察的第一位女性。植物发育生物学等三个实验室入选教育部重点实验室。高频地波雷达等一批国家重大科研项目通过鉴定。

六、我校六个文科研究机构入选教育部国家重点文科研究基地

我校环境法研究所、社会保障研究中心、国际法研究所、信息资源研究中心、经济发展研究中心、中国传统文化研究中心先后通过教育部专家评估，被教育部确定为国家重点文科研究基地。今年，我校人文社会科学研究再上新台阶，纵横向研究经费大幅增长。2000年度国家社会科学基金项目获准立项18项，总金额达86.7万元。我校申报的第四批中欧高等教育合作项目共有20项

获得资助，总经费达12.5万欧元，约合人民币110万元。此外，一大批知名专家学者积极参政议政，为国家经济建设和社会发展献计献策，在社会上产生了重大影响。

七、学校投资十亿元，启动重点学科建设工程；学校教学工作成绩斐然，教学水平和手段不断提高

为了加大学科建设力度，实现建立一批世界一流水平学科的奋斗目标，学校决定从今年起在五年内投入10亿元资金用于重点学科建设。与此同时，学校更加重视教学工作，注重培养学生综合素质，注重凸显培养创新人才的教学特色。教务处获“全国普通高校优秀教务处”称号。宁津生、李德仁、陈俊勇等6名院士为本科生开设基础课程。法学院、人文学院等单位教学成果分别获湖北省教学成果特等奖和一等奖。

八、我校教师获得多项国际国内奖励

今年，茆智获“2000年国际农业节水突出贡献奖”，本年度全世界共3人获得该项奖，我国只有茆智1人；熊剑秋获得由法国总理和法国教育部签发的“法国教育一级勋章”；龙道畴获国家科技发明二等奖，卓仁禧、朱英国等获国家自然科学三等奖；陈振光等获国家科技进步三等奖；张俐娜荣获“全国先进工作者称号”；周叶中、邹薇、朱庆、袁修孝、王泽民获霍英东高校青年教师奖。黄进以第一名的得票结果获宝钢教育奖优秀教师特等奖；黄进和胡瑞敏当选湖北省十大杰出青年。

九、新一轮校园环境整治工作完成

今年，省市领导致力实现环境创新目标，加大了对我校校园及周边环境整治工作的领导与支持力度。在过去工作的基础上，6月23日，杨家湾二期环境整治工作百日内完成。12月初，桂园一路、校大门及其周边环境整治工程完成并创造了武汉市拆违拆迁速度的新纪录。迄今，校园环境整治工作共收回校园土地近百亩，迁出校外单位26个、社会居民448户，校园面貌发生了根本性的变化。

十、国际学术交流与合作空前活跃

一批高规格的国际学术活动提升了我校的学术水平，扩大了我校在国际上的影响。国际华夏暨全国第七届无机固体化学和合成化学研讨会在我校召开；

今年国家批准的唯一一项大型国际考古合作项目“楚国居住址科学考察与研究”立项；数十名国内外知名的水利专家聚会珞珈，共论黄河流域灌溉节水技术；首届中美数字时代图书馆与情报学学术研讨会在我校召开。

学校主动开展对外交流。4月22日，校长侯杰昌成功访问法国，并授予法国前总统德斯坦为我校名誉教授称号。此外，4月5日，以芬兰教育科学部部长玛娅·拉斯克女士为团长的芬兰教育代表团访问我校。6月7日，新西兰前总督保罗爵士访问我校并受聘客座教授。

千禧龙年喜事多

——校十大新闻评选侧记

12月22日上午，珞珈山庄第二会议室。窗外寒气袭人，室内春意浓浓。学校十大新闻评审委员会成员聚集一堂，评选2000年武汉大学十大新闻。

与会者面临一大难题，脸上却挂满欣慰的笑容：面对着整整一个版二十八条“十大新闻候选条目”，大家真切地感到，2000年，我校大事喜事多，热点亮点多，从中只评选出十大新闻，实在是难以取舍。8月2日，新的武汉大学正式组建；12月19日，李岚清副总理莅校视察；第二届高交会我校获优秀组织奖、优秀成效奖；校辩论队夺得“黄山杯”全国大专辩论会冠军；青年老师彭文钧、丁士俊完成世界第一张南极冰盖图等等，不胜枚举。茆智获国际节水奖，熊剑秋获法国教育一级勋章，龙道畴获国家科技发明二等奖，卓仁禧、朱英国等获自然科学三等奖，江洪获赛克勒中国医师年度奖，李德仁获梁亮胜侨界科技奖励基金一等奖……评委们如数家珍。评选还未开始，就有人调侃道：“干脆评选二十大新闻。”校办主任任珍良即兴倡议设立十大新闻奖励基金，奖励为学校建设和发展作出突出贡献者。

校党委副书记胡树祥说：2000年是值得载入学校史册的一年，它将成为学校发展史上的又一里程碑。新武大，新起点，新气象，四校组建进展顺利，学校发展变化大，重大事件多，热点亮点多，涉及面广。广大师生在各自的领域取得了优异的成绩，表现不俗，为创武大品牌，树立武大形象作出了突出贡献，相信明年我校的各项工作会更加出色。

会上，传播与信息学院吴高福教授、张昆教授、夏琼副教授等专家对十大新闻的评选方式、方法、表述技巧等提出了非常好的意见和建议。

（吴楚云）

2000 年十大新闻候选条目

（1）8 月 2 日，武汉大学、武汉水利电力大学、武汉测绘科技大学、湖北医科大学合并大会隆重举行，教育部党组副书记、副部长吕福源，国家有关部门和湖北省、武汉市领导贾志杰、蒋祝平、杨永良、王生铁、罗清泉、刘忱、杨凯、王厚宏、邓道坤、吴华品、陶醒世、王守海等出席，副省长王少阶主持大会。教育部提出，把新的武汉大学建设成为国内外知名的高水平大学。23 日，贾志杰、蒋祝平等省市领导再度来校视察时提出，举全省之力支持我校建设国内外知名高水平大学并向世界一流大学迈进。

（2）我校学生在国内外各种大赛中屡获桂冠。8 月 10 日，我校辩论队荣获 2000 年全国大专辩论会冠军，并将代表中国高校参加 2000 年国际大专辩论赛。我校学生获大学生数模竞赛一等奖。在悉尼奥运会上，我校商学院 96 级学生肖海亮与队友熊倪获男子 3 米板双人跳水金牌。在全国第三届研究生 EDA 电子设计竞赛中，我校取得了团体第 8 名的好成绩。《跨国破产的法律问题研究》入选全国百篇优秀博士论文。我校在全国大学生英语比赛中获一等奖 2 项。在“挑战杯”全国大学生创业计划大赛中，我校获一金两银。据美驻华使馆公使衔参赞贺德炜访校时透露，我校留美学生居全国高校第三。

（3）我校在第二届中国国际高交会上再创佳绩，吴邦国副总理亲临我校展位视察。10 月 11 日至 17 日，武汉大学参加深圳第二届国际高新技术成果交易会。代表团全面参加高交会项目发布签约，成果拍卖和高业配对等活动，并最终以签约项目 64 项、成交金额 10.78 亿元的骄人成绩，获得组委会颁发的优秀组织奖和优秀成交奖，中央、广东、湖北和港澳新闻单位对我校参展情况作了集中大量的报道。

（4）我校参加重大科技研究工作涌现一批国际先进水平成果。我校完成世界第一张南极冰盖地形图，三队员参加中国第 17 次南极科考，周春霞成为湖北参加国家南极考察的第一位女性。我校生态研究所承担了“中国生物多样性保护利用”重大科研攻关项目。魔芋深度研究开发达到国际先进水平。我校研制成功可视电话。据统计，我校获得单项科研经费 1 千万元以上的就有 8 项 。

（5）我校人文社科研究跃上新台阶。环境法研究所、社会保障研究中心、国际法研究所、信息资源研究中心、经济民生研究中心、中国传统文化研究中心被教育部确定为国家重点文科研究基地。纵横向研究经费大幅增长。2000年度国家社会科学基金项目获奖立项18项，总金额达86.74万元。我校申报的第四批中欧高等教育合作项目共有20项获得资助，总经费达12.5万欧元，约合人民币110万元。

（6）我校教学工作得到进一步重视，教学水平和手段不断提高。重基础、重综合素质的培养，鼓励冒尖的三大传统和以复合型知识结构为基础、培养创新人才的教学特色得以发扬。宁津生、李德仁、陈俊勇等6名院士为本科生开设基础课程。《法学专业课程结构、共同核心课及主要内容改革的研究与实践》、《人文试验班的教学改革的思路与实践》分别获湖北省教学成果特等奖、一等奖。归国留学博士邹恒甫、彭富春创办的高级研究中心在教学改革中取得成效。多媒体教学、远程教学进一步发展。

（7）我校知名专家为我国经济建设和社会发展献计献策，受到国家有关部门高度重视，产生较大的影响。宁津生、刘经南院士建议在武汉建立中国光谷。万鄂湘、王曦、辜胜阻3位政协委员向全国大会提交17件提案。由李德仁、曾令良、陈锋等组成的教授顾问团参加武汉市政府国际顾问团会议，为武汉市发展战略提出建议。周叶中等就宪法与台湾问题的有关建议引起中央高度重视。伍新木教授就WTO与湖北经济对策的建议受到省委省政府高度重视。

（8）省市政府为治理我校周边环境再下狠功。6月23日，杨家湾环境整治工作百日内完成。桂园一路改造工程完成。据了解，桂园一路改造工程的拆违拆迁的速度之快创武汉市拆违拆迁工作纪录。我校自1996年以来，坚持统筹规划、标本兼治的原则，综合治理环境。此前，已完成了3次拆迁工程，收回土地68亩，迁出校外单位21年，社会居民398户，斥资7000余万元，校园面貌发生了较大变化。

（9）我校中青年学术骨干培养有明显进步。吴建国、彭玲受聘“长江学者奖励计划”特聘教授。学校新增口腔临床医学“楚天学者计划”。陈化、庞代文、于刚、谭铮获国家杰出青年科学基金资助。万鄂湘、曾令良、赵兴中等入选教育部“跨世纪优秀人才计划”。肖永平入选教育部青年老师奖励计划。

（10）我校积极与地方和企业携手致力于科教经济合作，向西部输出教育科技资源。1月，我校与武钢签订全面科技合作协议，组建科技合作委员会。3月17日与西南交通大学合作开办生物工程专业。4月7日，签署南宁市人民政府与武汉大学科技、教育、经济合作协议书。5月我校生科院建立院企合作委员会。11月20日，我校与苏州市开展洽谈。11月底，我校与中国三峡开发总公司、葛洲坝集团、清江开发公司、三峡大学、宜昌市达成广泛的合作意向。此外，我校与海南省、十堰市、东莞市等达成全方位合作协议。我校还与企业共建3家高科技企业，风险投资公司，3个技术研发中心并与多家企业进行高科技合作。

（11）我校教师获得多项国际国内奖励。11月，国际灌排委员会授予我校水利工程系茆智教授“2000年国际农业节水突出贡献”奖，本年度全世界共3人获得该项奖，我国只有茆智教授1人。2月25日，法国驻汉总领事向法文系副教授熊剑秋颁发由法国总理和法国教育部签发的“法国教育一级勋章”。龙道畴教授获国家科技发明二等奖，卓仁禧、朱英国等获国家自然科学三等奖。陈振光教授获国家科技进步三等奖。张俐娜教授荣获“全国先进工作者称号”。李德仁院士被评为武汉中国光谷首席科学家。李德仁院士获梁亮胜侨界科技奖励基金一等奖。周叶中、邹薇、朱庆、袁修孝、王泽民获霍英东高校青年教师奖。黄进教授先后当选湖北省十大杰出青年和国际体育仲裁庭仲裁员。胡瑞敏荣获湖北省十大杰出青年和“湖北青年科技创新奖”。

（12）我校出台鼓励教师冒尖新举措。部分优秀拔尖人才和骨干教师年薪可达到或超过10万元，全校共设数百个关键岗位，教师占其中90%以上。

（13）我校学科建设工作获得新突破。截至目前，我校博士学位授权专业增至99个，硕士学位授权专业增165个。日前，学校作出决定，将在五年内投入经费10亿元，启动重点学科建设工程。

（14）我校科技论文成果丰硕，居于全国高校前列。根据权威的中国科学引文数据库（CSCD）统计结果，我校1998年科技论文总数在全国位居前列。1998年在发表国家自然科学基金论文最多的前10名高等院校（CSCD）中，我校论文总篇数308篇，名列第5。另根据最新统计结果，我校2000年SCI论文数达240篇，居全国高校第10，EI、ISTP论文也有较大增加。

（15）我校后勤社会化改革迈出关键步伐。后勤服务集团总公司成立，后勤服务人员成建制剥离，构建了“三位一体”的后勤服务新体系，经济效益明显增长，服务态度和质量进一步提高。第二次全国高校后勤社会化改革工作会议代表参观武汉大学，我校是大会发言的唯一高校。

（16）武汉地区银校合作在我校拉开序幕，三家银行与我校“联姻”。中国工商银行湖北省分行、省建行、华夏银行武汉分行与我校签订合作协议书，提供数十亿元授信额度，积极支持我校的建设与发展。

（17）高规格的国际学术合作进一步提升了我校的学术水平和声誉。4月初，国际华夏暨全国第七届无机固体化学和合成化学研讨会在我校隆重召开。

今年国家批准的唯一一项大型国际考古合作项目“楚国居住址科学考察与研究”立项，杨宝成出任中法联合考古发掘队队长。9 月，数十名国内外知名的水利专家相聚珞珈，共论黄河流域灌溉节水大事。11 月初，中美专家汇聚珞珈，探讨数字时代图书情报学创新。我校还设立出国研修经费专项经费，资助教师出国深造。

（18）高层次的国际交流活动扩大了我校的国际影响。4 月 22 日校长侯杰昌在法国首都巴黎代表武汉大学授予法国前总统瓦莱里·吉斯卡尔·德斯坦武汉大学名誉教授称号。法国国民议会议长商迪尼、总统府总统技术顾问达纳、国民教育研究与技术部的官员及社会名流、法国多所著名大学校长和著名教授出席仪式。4 月 5 日，以芬兰教育科学部部长玛娅·拉斯克女士为团长的芬兰教育代表团一行 6 人在芬兰共和国驻华大使鹿达宁先生陪同下访问我校。6 月 7 日，新西兰前总督保罗爵士访问我校并受聘客座教授。10 月，哈萨克斯坦交通与能源部长、我校校友卡西莫诺夫访问我校。

（19）我校以管理体制和人事制度改革推进实质性整合。教育部进行高校职员制度试点，我校成为 5 所试点高校之一。公开选拔党政管理干部和工作人员。学校进行新的院系重组。

（20）我校实验室建设得到进一步加强。科技部发布国家重点实验室评估结果，测绘遥感信息工程国家重点实验室被评为优秀实验室。泥沙科学、植物发育生物学、空间地球分隔符与大地测量学实验室入选教育部重点实验室。方润华捐资建设的树华电子智能中心投入使用。

（21）我校积极开展校所合作，先后与中国科学院水生生物研究所、武汉物理与数学研究所、中国科学院武汉分院开展人员互聘、成果共享、人才培养等全方位合作。

（22）武大弘元股份有限公司正式组建，致力创建一流氨基酸产学研基地；武大华软着手上市工作，武汉泰通、武汉吉奥公司、武大弘毅等成效显著。新材料、化学化工、机电一体化、3S 技术、生物工程、新医药、计算机与信息技术等一批新成果步入产业化进程。

（23）我校开拓办学新途径，培养各类急需人才。我校设立深圳研究院。与武汉市政府合作试办东湖分校。中法国际遥感培训中心在我校成立。

（24）我校在全国启动国家助学贷款。我校与工商银行武汉市洪山区支行 40 余万元的国家助学贷款合同，这标志着我校国家助学贷款全面启动。这也是中南地区高校首次启动该项贷款。

（25）我校学生招收分配工作形势喜人。学生一次性就业率达 95. 56%。

（26）学校加快基础设施建设，改善师生工作生活条件，投资1亿元，建成高20层、面积达3.8万平方米、全国高校规模最大的综合教学大楼。全省第一幢标准化学生公寓挂牌。桂园一舍、二舍、湖滨食堂等装修一新，学生食堂全部达标。校园透绿工程取得成效。第3期管道燃气工程完工。

（27）我校加强文明建设和思想政治工作，加大新闻宣传力度，为改革发展营造了积极向上的思想舆论氛围。“三讲”教育深入开展，党风廉政建设成绩显著。国内外媒体播发有关武汉大学的新闻信息千余条。

（28）我校与湖北卫视先后联办2000年“迎新太阳”元旦晚会、新武汉大学组建庆典晚会。中国歌舞团来校慰问演出，节目异彩纷呈。

（《武汉大学报》第844期，2000年12月15日）

武汉大学 2001 年十大新闻

专版

武汉大学

2001

年十大新闻

GEO

特约刊登

（《武汉大学报》第 884 期，2002 年 1 月 1 日）

一、教育部和湖北省决定重点共建武汉大学

2月13日，教育部和湖北省人民政府决定重点共建武汉大学。按照协议，除正常经费安排外，教育部和湖北省将在2001年至2003年三年内共同向武汉大学投入建设经费8亿元人民币。2003年后双方将根据学校发展情况，继续给予必要支持，把武汉大学早日建成国内外知名高水平大学。

二、我校早期建筑被列为全国重点文物保护单位

6月，国务院正式公布了第五批全国重点文物保护单位，我校26栋近代建筑名列其中。历史名校建筑被列为国家级重点文物保护单位，在新中国还是第一次。

我校中西合璧的近代建筑群位于东湖之滨的珞珈山、狮子山等十余座起伏的山丘之间，大多建于20世纪初，包括国立武汉大学牌楼、工学院、周恩来故居等26栋建筑，总面积达5400多平方米。建筑群注重与自然环境、人文环境的有机融合，运用对景、借景、造景等手法，体现了中国建筑与自然和谐的特点，具有较高的历史、艺术与科学价值。

三、10亿元投资建设重点学科计划正式启动，24个学科获首批资助

学校筹集10亿元巨资加强重点学科建设，11月份，第一批2亿元启动经费已下达国际法等24个学科。另外，4亿元用于引进国内外高水平人才，2亿元用于催生新兴交叉学科，2亿元用于滚动投入。

已确定的24个重点学科在全国都有显著优势和特点。其中理工类学科分别获得1000万元、800万元、600万元资助；文科类学科分别获得100万元、80万元、60万元资助。今后将视建设成效分别追回、停止或转向投资。

四、我校专家测绘出世界上第一张南极内陆地形图

9月，我校专家绘制的世界上第一张南极内陆地形图——《南极格罗夫山地形图》出版发行。这张地图是我校专家、教师经过艰苦卓绝的奋斗和生与死的考验测绘完成的。格罗夫山地形复杂，是目前东南极地区极少数尚未有任何国家进行正规考察的地区之一。该地形图为我国在此地区建立科考站、进行极地科学考察打下了坚实的基础，对南极乃至整个地球的地理结构研究也是一次重大突破。

五、我校党委荣获“全国先进基层党组织”称号

在庆祝中国共产党成立80周年之际，我校党委荣获“全国先进基层党组织”称号。

我校党委积极探索新时期高校党建和思想政治工作的新模式、新路子，切实加强新形势下党建和思想政治工作，有力地推动了学校的改革、建设和发展，取得了突出成绩，为实现创建世界一流大学的目标发挥了强有力的保障作用。

六、桂希恩教授关注并救助艾滋病病人引起强烈社会反响

5月10日，我校中南医院桂希恩教授将5位艾滋病病人接到自己家中，与其同吃同住，为其进行检测、治疗，在社会上引起极大震动。多年来，桂希恩十多次深入艾滋病高发区，救助病人，开展艾滋病防治宣传教育，并呼吁重视艾滋病病人的生存状况。新华社、中央电视台等国家级及省内外许多新闻媒体对此作了重点报道。

在桂希恩精神的感召下，我校青年志愿者积极参与艾滋病防治宣传活动，并向全国青年发出倡议。在12月1日世界艾滋病日，我校400名大学生走上街头，开展“红丝带飘动在江城”系列宣教活动。

七、我校与法国合作二十年取得辉煌成果

四月中旬，学校召开“第二届中法概率及其应用研讨会”、“中法分析与相关课题研讨会”，并隆重举行武汉大学与法国合作二十周年庆祝招待会。法国科学院卡航院士，中国科学院杨乐、严加安、马志明院士，法国驻汉总领事馆总领事尚多礼先生，湖北省教育厅长路钢等出席。

我校与法国三十多所大学或科研机构在语言文学、经济、数学、生物、物理、计算机、考古、医学等领域开展广泛合作，不仅促进了学校的学科建设、人才培养和科学研究，而且为推动中法友谊做出了重要贡献。

八、我校本科教学改革与发展行动计划启动

11月，学校正式启动《武汉大学本科教学与发展行动计划》。计划的主要目标是：经过五年的改革与建设，形成具有时代特征和武汉大学特色的本科人才培养模式、专业课程体系和教学运行机制，推出一系列在全国具有较大影响，为同类高校普遍认同的本科教学改革成果和经验，以一流的培养过程、一

流的教学管理、一流的教学设施、一流的人文氛围、一流的后勤保障、一流的校园环境，培养和造就一大批基础深厚、综合素质高、适应性强、富有创造、创新、创业精神和实践能力的复合型人才。此前，我校已全面开展本科教学与专业改革工作，我国第一个信息安全本科专业在我校开办。

九、高频地波雷达研究达到国际先进水平

我校完成的国家“863计划”重大课题“高频地波雷达海洋环境监测技术”通过现场试验，并经过专家评审，该成果在总体上达到国际先进水平，为我国海洋环境监测系统提供了关键设备。在课题研究中，我校专家解决了一个世界级的难题，研制出可移式岸基中程高频地波雷达样机，并在东海舟山群岛海域进行了现场试验。目前该成果已迈向产业化，将在海洋环境监测、海洋资源的开发利用、海洋气象预报等领域发挥重要作用。

十、龙道畴等获国家技术发明二等奖，陈俊勇、刘经南等获国家科技进步二等奖

2月19日，中共中央、国务院颁发5类国家科技奖，我校人民医院龙道畴教授等完成的“用阴茎海绵体延长术重建阴茎功能”获国家技术发明二等奖（一等奖空缺）。陈俊勇和刘经南院士等完成的“国家高精度GPS网布测方案、施测技术和数据处理的研究”获国家科技进步二等奖。

龙道畴等所获奖项是国家设立此奖项以来湖北医学界所获的最高荣誉。该课题解决了一道国际医学难题，形成了一种独具特色的阴茎延长和加粗技术，采用此术已为近2000名患者解除了难言之疾。

陈俊勇、刘经南等通过5年艰苦攻关完成的项目，对整体提高我国测绘行业GPS大地水平，使其与当代发达国家水平相接近起到了重要作用，其中部分成果处于国际领先或先进水平。

珞珈寒冬春意浓

——2001年十大新闻评选侧记

12月27日，已是珞珈的寒冬季节。与室外阴冷的天气截然不同，学校第三会议室洋溢着融融的暖意和热烈的氛围。武汉大学2001年十大新闻评选会议正在这里紧张而有序地进行着。

19位评选委员会委员围桌而坐，人手一份刊有48条新闻候选条目的《武汉大学》报，仔细阅读、认真讨论每一个条目。他们时而慷慨陈词、各抒己见，时而低头沉思、伏案圈点，场面既热烈自由又严肃认真。

新闻中心副主任、新闻学院副院长张昆教授介绍了十大新闻评选的特点与方法后，评委们达成共识，认为十大新闻应该是推进学校发展进程、甚至可以载入史册的事件，是能够反映学校整体实力，尤其是国内唯一、国际少有的事件，是师生员工共同关注的事件，是能够团结鼓劲的事件。

讨论的场面十分热烈，评委们仁者见仁，智者见智，而在几个主要的条目上又“英雄所见略同”。如我校早期建筑被列为全国重点保护文物、10亿元重点学科建设资金正式启动、教育部湖北省决定重点共建武汉大学、我校专家测绘出世界上第一张南极内陆地形图等条目，几乎没有什么争议。有评委当场拿出因特网上评选中国十大最美校园，武汉大学列第一位的资料，令大家精神更为振奋。虽然今年没有去年那么多重大新闻，但面对48条候选条目，评委们认为一年来学校各方面的工作成就有目共睹，有分量的新闻远不止十条。如我校辩论队获国际大专辩论赛亚军、学校出台学科重组和院系调整方案、校党委获全国先进基层党组织称号等条目，限于“指标”都只能“忍痛割爱”。

“桂希恩教授关注、救助艾滋病人，在社会上引起强烈反响”一条是候选条目中没有的，张昆教授首先提议增加这一条，立刻引起共鸣。有评委甚至建议，今后每年除评选十大新闻外，还可以评选新闻人物。

今年十大新闻的评选与往年相比有一个显著的特点，那就是注重新闻性，每一条都是一个单一的新闻事件；而以往每年评出的十大新闻，每一条都是学校某一方面工作的“集大成”，更接近于工作总结。评委们认为今年的做法是一个重大突破，更符合新闻规律，评选出的新闻也会更有分量，更具“冲击力”。

主持会议的党委副书记郝翔认为，评选十大新闻是总结工作成绩、更好地宣传学校、鼓舞师生士气的有效途径。他宣布了评选规则：经过充分讨论后，由评委投票，从过半数的条目中选出前十条，当场宣布结果。大多数评委都是来自各个部门的负责人，虽然希望各自分管的工作能有新闻入选，但大家站在学校大局的高度，都很遵守规则。有的评委提出，如果某一方面工作没有新闻入选，这本身就会成为“新闻”，会在师生中引起反响，可以促进这个方面明年把工作做好，产生一条甚至多条“重大新闻”。

本次十大新闻评选还收到了大量师生投票，校报编辑部从学生记者中搬来“援兵”一起统计，群众投票结果成为评委会投票评选的基础。从选票情况看出，学生关注的除了几个重大事件外，更多的是自己身边的事件，如我校获国际大专辩论赛亚军、我校夺得“挑战杯”优胜杯、纪念辛亥革命90周年大型文艺晚会在我校举行、世界大学生运动会火炬交接仪式在我校举行等。

今天的新闻是明天的历史，而历史已记录了武汉大学2001年前行的脚步。

（杨欣欣）

2001 年十大新闻候选条目

1. 学校出台学科重组和院系调整方案

1 月 3 日，学校公布了学科重组和院系调整方案，决定将原有的 49 个学院和直属系调整为 4 个学部 28 个学院，这标志着新武汉大学实现了实质性融合的第二阶段目标，也是我校向世界一流大学迈进的重大举措。

2. 教育部湖北省决定重点共建武汉大学

2 月 13 日，教育部和湖北省人民政府决定重点共建武汉大学。按照协议，除正常经费安排外，教育部和湖北省将在 2001 年至 2003 年三年内共同向武汉大学投入建设经费 8 亿元人民币。2003 年后双方将根据学校发展情况，继续给予必要支持。

3. 高频地波雷达研究达到国际先进水平

我校完成的国家“863 计划”重大课题“高频地波雷达海洋环境检测技术”通过现场试验，并经过专家评审，该成果在总体上达到国际先进水平，为我国海洋环境检测系统提供了关键设备。

4. 长江发展研究院成立

2 月 20 日，由国务院发展研究中心、武汉市政府、武汉大学发起，当代集团参与并共同组建的长江发展研究院在我校成立。它标志着我国第一家跨全长江流域的权威科研机构诞生，同时也标志着长江流域各项研究正式朝科学化、集约化、正规化方向发展。中共中央委员、国务院发展研究中心主任王梦奎任首任院长。

5. 湖北武大有机硅新材料股份有限公司挂牌

3 月，由武汉大学、中国石化武汉凤凰股份有限公司、清华紫光科技创新投资有限公司等发起组建的中国最大精细有机硅新材料企业——湖北武大有机硅新材料股份有限公司正式挂牌，教育部有机硅工程研究中心同时挂牌并与公司实行一体化运作，年产 2 千吨，武大有机硅葛店生产基地正式投产。

6. 两课题分别获国家技术发明二等奖和国家科技进步二等奖

3 月 19 日，中共中央、国务院颁发 5 类国家科技奖，我校人民医院龙道畴教授等完成的“用阴茎海绵体延长术重建阴茎功能”获国家技术发明二等奖（一等奖空缺）。陈俊勇和刘经南院士等完成的“国家高精度 GPS 网布测方案、施测技术和数据处理的研究”获国家科技进步二等奖。

7. 《经济犯罪新论》、《社会稳定论》获中国图书奖

3 月，第 12 届中国图书奖在京揭晓，我校马克昌教授主编的《经济犯罪新论》和陶德麟教授主编的《社会稳定论》获奖。

8. 学校实施新闻发布会制度

3 月，学校推出新闻发布会制度。截至目前已举办 10 场。该制度的实施有力地推动了对内对外宣传工作。据不完全统计，今年《人民日报》、《光明日报》、中央电视台等新闻媒体刊登有我校的报道 3000 余篇。

9. 我校举办 20 场国际学术研讨会，对外学术交流空前活跃

今年，我校先后主办 20 场国际学术研讨会，其中包括：软件工程国际学术研讨会、水稻节水灌溉国际研讨会、全球化与当代资本主义国际论坛、展望 21 世纪国际法发展研讨会、基督宗教与当今时代国际学术研讨会等。

10. 我校荣获省级“最佳文明单位”称号

3 月 29 日，在湖北省委、省政府召开的全省精神文明建设命名表彰会上，我校被授予省级“最佳文明单位”荣誉称号。

11. 我校与教育部在汉 6 所高校联合办学

3 月 31 日，教育部在汉 7 所直属高校武汉大学、华中科技大学、华中师范大学、武汉理工大学、中国地质大学、华中农业大学、中南财经政法大学在我校签署联合办学协议，协议有效期七年，联合办学的原则是资源共享、优势互补、平等互利、互相促进。

12. 全国人大常委会副委员长彭珮云、成思危先后来校考察

4月1日，全国人大常委会副委员长、国务委员、全国妇联主席彭珮云来校考察，对我校法律援助和妇女研究工作予以充分肯定。5月30日，全国人大常委会副委员长、民建中央主席成思危来校考察，并参加中国民建武汉大学基层组织成立50周年大会。

13. 中国工程院院士考察团来校考察

4月18日，24名中国工程院院士来校，进行了为期3天的参观考察。考察重点是现代测绘技术和电子信息技术的新发展及其应用情况。院士们对新武大的组建及动行情况给予高度评价。

14. 学校隆重举行武汉大学与法国合作20周年庆祝活动

4月中旬，学校召开“第二届中法概率及其应用研讨会”、“中法分析与相关课题研讨会”，并隆重举行武汉大学与法国合作20周年庆祝招待会。法国科学院卡航院士，中国科学院杨乐、严加安、马志明院士，法国驻汉总领事馆总领事尚多礼先生，湖北省教育厅厅长路钢等出席。

15. 武大科技园创业大楼开工

5月10日，占地1万平方米、投资7亿元的武大科技园一期工程创业大楼破土动工。6月，武汉大学科技园被首批认定为国家大学科技园。

16. 我校与长江水利委员会开展全面合作

5月17日，我校与长江水利委员会签订合作协议。协议规定，在未来5年，双方在产、学、研和人才培养等方面开展全面合作，共同参加长江水利规划、防洪减灾、水资源可持续利用、南水北调、流域环境保护等方面的科学研究和技术开发工作。

17. 李华被评为“全国三好学生”

5月，教育部、团中央联合表彰第三届全国三好学生、优秀学生干部和先进集体，我校李华同学被评为“全国三好学生”。

18. 黄进获教育部第二届“高校青年教师奖”

5 月 29 日，我校法学院青年教师黄进教授获教育部第二届“高校青年教师奖”，出席了在人民大会堂举行的颁奖大会，并作为青年教师代表在会上发言。

19. 34 项成果获湖北省科技奖

6 月 20 日，2000 年度湖北省科技奖励大会在洪山礼堂隆重举行，我校 34 项科技成果受表彰。其中自然科学奖 12 项，科技进步奖 19 项，科技成果推广奖 3 项。

20. 我校早期建筑被列为全国重点保护文物

6 月，国务院正式公布了第五批全国重点文物保护单位，我校 26 栋近代建筑被列为全国重点保护文物。历史名校被列为国家级重点文物保护单位，在中华人民共和国历史上还是第一次。

21. 第 21 届世界大学生运动会火炬传递交接仪式在我校举行

6 月 24 日，第 21 届世界大学生运动会圣火由湖南传至湖北，火炬交接仪式在我校“九·一二”运动场隆重举行。湖北省领导蒋祝平、王少阶等出席仪式。

22. 我校“211 工程”建设项目通过教育部专家组验收

7 月 5 日，由原北大校长吴树青教授、中国地质大学校长赵鹏大院士任组长，孙义燧院士、林浩然院士等 12 人组成的教育部专家组，对我校“211 工程”建设项目进行了评估验收。专家组认为，我校已全面超额完成“211 工程”建设第一阶段目标和任务，学校总体水平和各项工作都迈上了新台阶。

23. 校党委荣获全国先进基层党组织称号

7 月，我校党委荣获全国先进基层党组织称号。校党委书记任心廉代表学校出席了在北京人民大会堂举行的庆祝中国共产党成立 80 周年大会，并接受李岚清副总理的授奖。

24. 湖北省600分以上高分考生四分之一进武大

今年，湖北省600分以上的9300多名考生2300余人被我校录取，比合校前四校总和多出一倍多。

25. 易帆、庞代文、莫洪宪受到国家人事部、教育部表彰

9月，国家教育部、人事部表彰全国优秀教师和教育工作者，易帆获全国模范教师称号，庞代文获全国教育系统先进工作者称号，莫洪宪获全国优秀教师称号。

26. 我校辩论队获国际大专辩论赛亚军

9月2日，远征新加坡的我校辩论队，在国际大专辩论赛决赛中以2对3的票决负于马来亚大学辩论队，获第五届国际大专辩论赛亚军，余磊被评为最佳辩手。

27. 我国第一个信息安全本科专业在我校开办

9月8日，我校计算机学院首届信息安全专业本科生开学典礼举行，标志着我国第一个信息安全本科专业开班。信息安全专业是计算机通信、物理、数学等领域的交叉学科。

28. 我校专家测绘出世界上第一张南极内陆地形图

9月，我校专家绘制的世界上第一张南极内陆地形图——《南极格罗夫山地形图》出版发行。它对南极乃至整个地球的地理结构研究是一次重要突破。

29. 陶德麟、汪信砚获全国“五个一工程奖”

9月21日，中宣部在北京召开精神文明建设第八届“五个一工程奖”工作暨表彰大会，我校哲学系陶德麟和汪信砚教授撰写的论文《在实践中坚持和发展马克思主义》获第八届全国“五个一工程奖”优秀理论文章奖。

30. 我校与曼彻斯特大学合作办学

9月22日，武汉大学与英国曼彻斯特大学合作签字仪式在我校举行，两校决定在人员互访、合作办学、科研攻关等方面进行多领域的合作。

31. 我校夺得第七届“挑战杯”优胜杯

9月23日，第七届“挑战杯”全国大学生课外学术科技作品竞赛在西安落幕，我校代表队喜捧“优胜杯”。全国有308所重点高校参赛，“优胜杯”以参赛作品的团体总分排名确定。我校是湖北省高校中唯一获得“优胜杯”的学校。

32. 纪念辛亥革命90周年大型文艺晚会在我校隆重举行

10月10日晚，万众同心共伟业——纪念辛亥革命90周年大型文艺晚会在我校隆重举行。全国政协副主席叶选平等观看演出。中央电视台第三、四频道和湖北卫视现场直播。明星荟萃，晚会主题鲜明，气势恢弘。

33. 吉奥之星被评为信息产业重大技术发明

10月，我校地理信息系统（GIS）基础软件——“吉奥之星”被信息产业部评为2001年信息产业重大技术发明。在评选的6个项目中，“吉奥之星”是唯一的GIS产品。

34. 我校荣获第三届高交会优秀成效奖和优秀组织奖

10月17日，第三届中国国际高新技术成果交易会闭幕，我校获优秀成效奖和优秀组织奖。本届高交会上，我校代表团签约16项，成效金额达9.92亿元。

35. 测绘学院隆重庆祝建院45周年

10月20日，测绘学院建院45周年庆典隆重举行，1300余名代表欢聚一堂。此期间，设立了夏坚白测绘创业奖励基金。

36. 湖北省政府首次颁发社会科学优秀成果奖，我校获奖数名列榜首

10月24日，湖北省举行第二届社科优秀成果奖颁奖大会，首次为404项成果颁发省政府优秀成果奖，我校以126项获奖成果名列榜首。

37. 简政放权，学校建立校院两级新体制

10月25日，学校召开内部管理改革动员大会，提出深化学校内部管理改革，简政放权，建立校院两级管理新体制，先试点，后推广。试点工作在医学院、测绘学院等单位进行。

38. 我校本科教学改革与发展行动计划启动

11 月，学校正式启动《武汉大学本科教学与发展行动计划》。计划涉及人才培养模式和教学管理体制改革、教师队伍建设、跨学科人才培养计划、课程设置、实践教学、人才培养质量、教学质量监控、教学研究等方面。

39. 袁修孝、丁四新的论文被评为全国百篇优秀博士学位论文

国家教育部、国务院学位委员会评选出全国 100 篇优秀博士学位论文。遥感信息工程学院袁修孝的论文《GPS 辅助空中三角测量及其质量控制》、人文科学学院丁四新的论文《郭店楚墓竹简思想研究》入选。

40. “武大绿洲”被列为国家高技术产业化示范工程项目

“武大绿洲”系列生物病毒杀虫剂项目被纳入国家“十五”计划并入选“国家高技术产业化示范工程项目”。国家财政部拨款 600 万元支持该项目兴建，项目达标后，“武大绿洲”将成为亚洲最大的无公害病毒杀虫剂专业化生产基地。此外，绿洲“毒力岛”灭蟑新药获第三届上海国际工业博览会铜奖；“武大绿洲 1 号”获准成为可以直接用于 AA 级和 A 级绿色食品生产的生物农药。

41. 田波院士加盟我校并组建现代病毒学研究中心

11 月 6 日，中科院院士田波正式加盟我校，并在我校组建现代病毒学研究中心。

42. 两个国家重点文科基地通过教育部专家组评估验收

11 月 15 日，以著名历史学家张岂之教授为组长的教育部专家组对我校历史学、哲学国家文科基地进行了为期 2 天的评估验收，专家们对我校两个文科基地的长足发展和建设成绩给予了高度评价。

43. 我校投资 8000 万元建设基础课教学实验中心（室）

11 月，我校顺利通过基础课教学实验室专家评估。今年，学校加大实验室投入与建设力度，投入总建设资金达到 8000 万元。

44. 我校和世界健康基金会签署合作协议联合开办护理学院

11 月 19 日，我校和世界健康基金会合作协议，联合开办护理学院，同时开展口腔科学研究等多项医学科学研究合作。

45. 学校筹集 10 亿元巨资加强重点学科建设，24 个重点学院获首批资助

学科筹集 10 亿元巨资加强重点学科建设，第一批 2 亿元启动经费已下达国际法等 24 个学科，另外 4 亿元用于引进国内外高水平人才，2 亿元用于催生新兴交叉学科，2 亿元用于滚动投入。

46. 由李嘉诚基金会资助的中南医院宁养院开诊

由李嘉诚基金会资助建成的中南医院宁养院开诊，这是湖北省乃至中南地区首家。宁养院是为晚期癌症病人上门提供免费镇痛治疗、心理辅助、生命伦理等方面照护的临终关怀机构。

47. 我校党委领导班子调整

12 月 14 日，我校党委领导班子调整任免宣布大会召开，教育部副部长袁贵仁代表教育部党组宣读文件，决定顾海良同志任中共武汉大学委员会委员、常委、副书记，主持工作；经中央批准，任心廉同志不再担任中共武汉大学委员会书记职务。

（《武汉大学报》第 882 期，2001 年 12 月 21 日）

武汉大学2002年十大新闻

2 综合新闻 武汉大学报

武汉大学2002年十大新闻

一、我校提出跨越式发展战略思想

二、我校成为教育部自主设置本科专业的全国六所高校之一

三、中共中央决定顾海良任武汉大学党委书记

四、重点学科建设跃上新台阶

五、我校派员参加党的十六大

六、生命科学大楼落成

七、李德仁指导的博士生论文第三次入选全国优秀博士论文

八、湖北省委书记俞正声为我校学生作形势报告

十、HOPE护理学院正式成立

九、周叶中在中共中央政治局集体学习活动上作讲解

2002年本科教学十件大事

2002年人文社会科学十大新闻

看似寻常最奇崛

——二〇〇二年学校十大新闻评选侧记

（《武汉大学报》第922期，2003年1月1日）

一、我校提出跨越式发展战略思想

2002年学校形成实现跨越式发展的共识。3月29日至30日，我校召开第五届教职工代表大会和第十六次工会会员代表大会，提出“十五”期间我校将始终坚持“充实内涵、重点突破、改革创新、跨越发展”的战略思想，号召全校教职工为实现武汉大学的跨越式发展而努力奋斗。9月12日至13日，我校召开学科建设工作会议，提出树立新观念、抢占制高点、形成系统工程，大力加强学科建设，全面推进跨越式发展。

二、我校成为获准自主设置本科专业的全国六所高校之一

教育部首次批准全国6所高校可以自主设置本科专业，我校名列其中。我校将优先发展高新技术类本科专业，大力发展与地方经济建设紧密结合的应用型专业，积极开展跨学科设置本科专业的试点工作。

三、中共中央决定顾海良任武汉大学党委书记

8月25日，中共中央组织部负责人在学校宣布中央决定，顾海良同志任武汉大学党委书记（副部长级）。

四、重点学科建设跃上新台阶

我校20个学科点被评为全国重点学科，其中人文社科类学科10个，理工医学类学科10个，重点学科点数在全国高校中列第七位。

10月24日，我校“十五”“211工程”建设20个重点建设项目和2个公共服务体系建设项目通过专家论证。此前，4月9日至10日，“211工程”建设项目（原武汉测绘科技大学部分）通过专家评估验收，测绘学科整体水平达到国内领先和国际著名大学同类学科先进水平，成为在国际上有较大影响力和知名度的优势学科。

五、侯杰昌参加党的十六大

11月8日至14日，十六大代表、校长侯杰昌在京参加党的十六大，并接受人民日报、中央电视台、光明日报、湖北日报等多家新闻媒体采访。十六大闭幕后，我校师生迅速兴起学习宣传和贯彻十六大精神热潮，一大批学者积极参与十六大精神的宣讲活动，引起社会强烈反响。

六、生命科学大楼落成

3 月 24 日，生命科学大楼落成典礼举行。该大楼建筑面积 23000 平方米，是目前国内高校规模最大、条件最好的生命科学大楼。6 月 11 日，坐落于生科大楼内、由田波院士主持的现代病毒学研究中心 P3 实验室通过卫生部专家组验收，该实验室是全国高校唯一的专用于一类毒种艾滋病病毒研究的 P3 实验室。

七、李德仁指导的博士生论文第三次入选全国优秀博士论文

李德仁院士指导的博士研究生论文第三次入选全国优秀博士学位论文，这在全国是唯一的。李德仁的博士生关泽群、袁修孝和吴华意的论文分别于 1999 年、2001 年和 2002 年入选全国优秀博士学位论文。

八、湖北省委书记俞正声为我校学生作形势报告

6 月 21 日，湖北省委书记俞正声应我校研究生会的邀请，在生命科学大楼为 500 余名师生作了关于湖北经济与社会发展的专题形势报告。此前的 1 月 7 日，俞正声来校考察了我校教学科研和社会服务工作及校园环境。

九、周叶中在中共中央政治局集体学习活动上作讲解

12 月 26 日，新一届中央政治局进行首次集体学习，我校周叶中教授以“认真贯彻实施宪法和全面建设小康社会”为题，就宪法是国家的根本法、中华人民共和国宪法的发展历程、现行宪法的主要内容和特点等问题作了讲解，并就贯彻实施宪法提出了有关建议。

十、HOPE 护理学院正式成立

我校与世界健康基金会联合开办的 HOPE 护理学院正式成立。这是世健会这一世界著名的慈善基金组织在中国开办的首家合作办学机构，将为中国培养更优秀的护理人员，并使我校成为世健会在中国中部的事务中心。此举也是我校实现国际化办学的重大项目和举措。

看似寻常最奇崛

——2002年学校十大新闻评选侧记

是入冬以来最为寒冷的第一天。2002年12月25日，虽是久雨初霁，强劲的北风裹挟着阵阵寒气，却是那样冰凉刺骨。

走进第二会议室，热烈的气氛却又令人忘记了窗外的时令。这里正在进行武汉大学2002年十大新闻评选。23位评委面对12月13日武汉大学报上的50条十大新闻候选条目，思绪万千，仿佛重历着武大过去一年的多彩时光。

有评委说，今年的新闻比去年内容更为丰富，有的重大事件，如“获准自主设置本科专业”、“侯杰昌参加党的十六大”等，对提升我校在全国的地位有重要作用；有的对学校今后的发展影响深远，如“提出跨越式发展战略思想”等。也有评委说，2002年对于全国高校来说是不“平静”的一年，发生了不少负面新闻，有的甚至影响了学校的发展进程；而规模如此之大的我校却是平稳发展的，我们前进的脚步刚劲而稳健、坚强而有力。

的确，透过一个个新闻事件，不难看到学校一年来各方面工作的巨大成绩。正如主持十大新闻评选的党委副书记郝翔所说，评选十大新闻，能更好地总结工作，宣传学校，鼓舞士气。我们要将其作为团结鼓劲的途径，推动学校今后的发展。

校新闻中心副主任、新闻学院副院长张昆教授介绍了国内外十大新闻评选的各种方法，新闻中心副主任胡勇华介绍了我校2001年的评选情况以及2002年师生投票情况。从收到的大量师生投票看，除对重大事件的关注外，很多师生，特别是学生，特别“青睐”获得各种奖励的老师。

这次评选更加强调新闻来源的广泛性和综合性。很多评委提出了候选条目之外的话题：2002年我校邀请了3位诺贝尔奖获得者来校作学术报告，在全国高校都是比较多的；我校今年更加重视哲学社会科学研究，兴起了学习江泽民有关讲话的热潮，社科研究发展态势喜人；HOPE护理学院正式成立，这是世健会在中国联合开办的首家学院，对我校国际化办学意义深远……

有的评委则着重强调了几个事件的重要性：我校生科大楼在全国独领风骚，北大校长曾说它是中国生命科学研究发展史上的里程碑，将成为全国生命科学研究硬件发展的推动力；我校学习宣传十六大活动有声有色，CCTV新闻联播三次播发我校大学生学习十六大的报道；李德仁院士指导的博士生论文三次入选全国优秀博士论文，是全国唯一的、也是十分难得的，代表着整个武大的水平；我校参加了中国全部19次南极考察，在全国绝无仅有……

还有的评委建议今后评选新闻人物，这样会让师生感受到一年中学校更多具有震撼力、冲击力的新闻。

一件件，一桩桩，评委们如数家珍。是啊，看似寻常最奇崛，过去一年中300多个平凡而又不平凡的日子，即使是那些默默演绎的、并不构成“新闻”的平凡小事，哪一件不是凝聚着武大人的辛勤和汗水，凝聚着武大人对学校的热爱？通过十大新闻评选，我们看到了武大一年来与时俱进、跨越发展的串串闪光的足迹。

（杨欣欣）

2002年十大新闻候选条目

1. 湖北省委书记俞正声来校考察

1月7日，湖北省委书记俞正声来校考察了我校教学科研和社会服务工作及校园环境，充分肯定了我校各方面的工作。

2. 本科培养新方案出台

我校制订的第一个本科培养方案正式出台，着眼于大力推进创造教育、创新教育和创业教育的理念，全面实现了本科培养方案的统一。

3. 9个实验中心通过评估

1月16日，我校九个学院的实验中心共30个实验室通过湖北省教育厅评估，这些实验室在建设规模、功能设置、教学创新、设备更新、环境条件、队伍优化、管理体制等方面均进入国内高校前列，一批仪器设备达到国内外一流水平，一批本科基础课实验教学成果居于国内一流水平。

4. 20个学科点被评为全国重点学科

我校20个学科点被评为全国重点学科，其中人文社科类学科10个，理工医学类学科10个，重点学科点数在全国高校中列第七位。

5. 两项成果获国家科技进步二等奖

“自主版权国产GIS基础软件吉奥之星的研制与工程应用”、“房室结折返性心动过速和发病基础及射频消融”两项成果分别获得2001年度国家科技进步二等奖，李德仁院士、黄从新教授出席了2月1日在北京召开的国家科学技术奖励大会。

6. 测绘专家绘出50年神州大地升降图

我校测绘专家参与完成的一项成果，首次获得了近50年我国大陆陆地垂直运动的总趋势等成果，为国民经济建设、环境保护、防灾减灾和地球科学研究等提供了可靠的基础地理信息。

7. 我校新增一教育部重点实验室

我校与四川大学联合申报的口腔生物医学工程实验室获批成为第四批教育部重点实验室。该实验室经过多年建设，已成为功能齐全、设备先进、成绩斐然的口腔医学研究基地。

8. 我校获准自主设置本科专业

教育部首次批准全国6所高校可以自主设置本科专业，我校名列其中。我校将优先发展高新技术类本科专业，大力发展与地方经济建设紧密结合的应用型专业，积极开展跨学科设置本科专业的实验试点。

9. 生命科学大楼落成

3月24日，生命科学大楼落成典礼举行。该大楼由邵逸夫先生、国家教育部和我校共同投资8000万元建成，是目前国内高校规模最大、条件最好的生命科学大楼。

10. 我校“两会”代表积极参政议政

“两会”期间，我校2位全国人大代表、6位全国政协委员共提交议案（提案）60余件，获得好评。

11. 我校“两代会”提出跨越式发展的战略思想

3月29日至30日，我校第五届教职工代表大会和第十六次工会会员代表大会举行，会议提出了“十五”期间我校将始终坚持“充实内涵、重点突破、改革创新、跨越发展”的战略思想，号召全校教职工为实现武汉大学的跨越式发展而努力奋斗。

12. 全国人大常委会副委员长成思危来我校作学术报告

4月8日，全国人大常委会副委员长成思危来校，为师生作了一场题为“新经济与我国高技术产业发展”的学术报告。

13. 我校被教育部列为创业教育试点高校

教育部批准8所高校开展创业教育试点工作，我校名列其中。我校制订并启动“创业教育行动计划”，探索创业人才培养的模式和途径。

14. 教育部评估验收我校“211工程”部分建设项目

4月9日至10日，教育部专家组来校评估验收我校“211工程”建设项目（原武汉测绘科技大学部分）。“九五”期间，我校全面完成了“211工程”建设任务，测绘学科整体水平达到国内领先和国际著名大学同类学科先进水平，成为在国际上有较大影响力和知名度的优势学科。

15. 侯杰昌获全国“五一”劳动奖章

中华全国总工会表彰一批全国“五一”劳动奖章获得者，我校校长侯杰昌名列其中，他是湖北高校唯一获此殊荣者。

16. 张俐娜获全国首届“优秀巾帼发明者”称号

在国家知识产权局和全国妇联举办的“新世纪巾帼发明家”评选活动中，化学学院张俐娜教授获全国“优秀巾帼发明者”称号，并出席了在人民大会堂召开的颁奖大会。

17. 第五届“武汉大学杰出青年”评出

第五届“武汉大学杰出青年”评选活动，分别评出10名教职工和10名学生为第五届“武汉大学十大杰出青年”。学校召开了表彰大会，并号召广大青年向他们学习。

18. 校领导班子建设出台八项制度

为了深入贯彻落实党的十五届六中全会精神，加强和改进校领导班子作风建设，进一步密切同群众的联系，提高工作效益，学校建立和完善了八项制度。

19. 第三届中国MBA发展论坛在我校举行

5月11日，国内外瞩目的第三届中国MBA发展论坛在我校开幕，来自各界的专家学者、企业家、政府官员、高校代表共600余人与会，探讨中国MBA发展战略。全国人大常委会副委员长成思危发来贺信。

20. 我校83人次参与我国核爆效应试验的事实首次向世人公开

自1965年起，我校共有83人次参与我国核武器效应试验，取得了一批具有国际先进水平或国内领先水平的重要成果。在我国核武器效应试验的4项国际性创新成果中，有2项同我校密切相关。

21. 四教师获全国高校青年教师奖

刘义、汪信砚、王兆鹏、张建民四位教师获第三届教育部“高校青年教师奖”，张建民代表在汉高校6名获奖教师出席在人民大会堂举行的颁奖大会，接受李岚清等党和国家领导人颁奖。

22. 我校获全国专利工作先进单位称号

我校被国家知识产权局授予“全国专利工作先进单位”称号，成为全国受表彰的10所高校之一。2001年我校专利申请总量和发明专利申请量分别为139件和79件，均名列全国高校第五位。

23. 王之卓院士逝世

中国科学院资深院士、中国测绘教育事业的主要奠基人王之卓教授因病医治无效，于5月18日逝世，享年93岁。湖北省委书记俞正声等各级领导和各界人士近千人参加了5月22日的遗体告别仪式。国家教育部、科技部、中国科学院学部主席团、国家测绘局、湖北省委、省政府等单位及其负责人发来唁电，敬献花圈、花篮。

24. 社会弱者权利保护中心成立十周年庆典举行

5月25日，全国第一家法律援助机构——武汉大学社会弱者权利保护中心迎来了10周年庆典，中心创始人、最高人民法院副院长万鄂湘等出席会议并讲话。

25. 12项成果获国家级教学成果奖

我校12项成果获国家级教学成果奖，其中李龙、周叶中等完成的成果《中国法学教育的改革与未来——法学专业课程结构和教学内容改革的研究与实践》，李建平与其他高校教师的合作成果《我国高等口腔医学教育课程体系和教学模式改革》获一等奖，10项成果获二等奖。

26. P3实验室通过国家验收

6月11日，现代病毒学研究中心P3实验室通过卫生部专家组验收。该实验室的各项指标符合对三级生物危险实验室的要求，符合P3级流行病毒安全防护国际标准级别，是全国高校唯一的专用于一类毒种艾滋病病毒研究的P3实验室。

27. 湖北省委书记俞正声为我校学生作形势报告

6月21日，湖北省委书记俞正声应我校研究生会的邀请，在生命科学大楼为500余名师生作了关于湖北经济与社会发展的专题形势报告。

28. 于刚获弗朗兹·艾德蒙大奖

我校运筹管理决策国际研究中心主任、数学与统计学院博士生导师于刚教授获2002年弗朗兹·艾德蒙大奖，该奖项被誉为世界运筹与管理科学及应用领域的“诺贝尔奖”，于刚是唯一入选的华裔科学家。这标志着我校运筹优化、决策管理学科跨入国际前沿新领域。

29. 李建成、胡瑞敏获中国优秀青年科技创新奖

团中央、全国青联公布第五届中国优秀青年科技创新奖百位获奖者名单，我校李建成教授、胡瑞敏教授是湖北省仅有的2名获奖者。

30. 我校获全国研究生电子设计大赛铜奖

8月23日，第四届全国研究生电子设计大赛结束，我校获得铜奖，这是我校第一次在此项竞赛中获得奖牌。

31. 顾海良任武汉大学党委书记

8月25日，中组部在全校干部、教师代表大会上宣布了中共中央关于顾海良任武汉大学党委书记（副部长级）的任职决定。

32. 我校评出20位师德标兵

9月2日，20位教师被授予武汉大学师德标兵称号，学校号召全校教职工向师德标兵学习。

33. 我校召开学科建设工作会议

9月12日至13日，我校召开学科建设工作会议，提出树立新观念、抢占制高点、形成系统工程，大力加强学科建设，全面推进学校跨越式发展。会议讨论了《武汉大学关于进一步加强学科建设的若干意见》；与会代表一致认为学科建设工作会议是学校发展历史上一次十分重要的会议，对学校今后的工作将起到重要的推动作用。

34. 李德仁三获全国优秀博士论文指导教师奖

我校毕业的博士吴华意的论文入选2002年全国优秀博士学位论文，这是李德仁院士指导的博士研究生的论文第三次入选全国优秀博士学位论文，李德仁是全国三次获优秀博士论文指导教师奖的唯一一人。

35. 许志方获国际灌排大会特别贡献奖

我校许志方教授获得第18届国际灌溉排水大会授予的“对国际灌排委员会和世界粮食安全做出特别贡献”的金色奖牌。

36. 我校代表队蝉联中国青年遥感辩论赛冠军

在9月23日至26日举行的第三届中国青年遥感辩论赛上，我校代表队卫冕成功，蝉联团体冠军，并夺得五个单项奖。

37. 七七、七八级校友重返母校纪念毕业20周年

10月3日，七七、七八级1500多位校友重返母校，纪念毕业20周年，学校为他们举办了隆重的纪念大会。

38. 鄂栋臣获何梁何利基金奖

我校中国南极测绘研究中心主任、著名南极测绘研究专家鄂栋臣教授获得2002年度何梁何利基金科学与技术进步奖。他出席了10月17日在北京举行的颁奖典礼，接受奖励证书和奖金20万港元。

39. 我校获第四届高交会优秀成交奖和优秀组织奖

10月17日，第四届深圳高交会闭幕，我校获得优秀成交奖和优秀组织奖。我校共有133项成果参会，签约15个项目，签约金额达4.8亿元，名列

全国高校前茅。

40. “十五”“211工程”建设项目通过专家论证

10月24日，我校“十五”“211工程”建设20个重点建设项目和2个公共服务体系建设项目通过国家计委、财政部、教育部组织的专家论证。我校将通过“211工程”建设，抢占一批学科建设的制高点，产生一批标志性成果，建设若干个国内一流的研究基地，进一步提高人才培养质量，加快校园建设步伐，实现学校综合实力的跨越性发展。

41. 我校国家大学生文化素质教育基地通过教育部中期评估

10月27日至28日，我校国家大学生文化素质教育基地通过教育部评估专家组的中期检查评估。

42. 水利水电学院隆重庆祝建院50周年

11月3日，水利水电学院建院50周年庆典隆重举行，全国政协副主席钱正英院士题词祝贺，水利部副部长陈雷、长江水利委员会文伏波院士等2600余名嘉宾和校友出席庆典。

43. 文科区建筑群奠基仪式举行

11月5日，我校文科区建筑群奠基仪式隆重举行。该建筑群与我校早期建筑相比邻，由法学大楼、商学大楼、外语大楼组成，是集教学、科研、办公为一体的现代化综合性教学大楼，计划于2004年5月竣工并交付使用。

44. 侯杰昌参加党的十六大

11月8日至14日，十六大代表、校长侯杰昌在京参加党的十大，并接受人民日报、中央电视台、光明日报、湖北日报等多家新闻媒体采访。11月21日，学校召开党员干部大会，传达贯彻十六大精神，侯杰昌介绍了十六大盛况及亲身经历。

45. 我校掀起学习十六大精神热潮

11月上旬以来，我校师生举办各种活动，喜迎党的十六大，热烈庆祝十六大召开，认真学习十六大精神，表示要努力实践“三个代表”重要思想，为中华民族的伟大复兴贡献力量。

46. 16 本教材获全国优秀教材奖

在教育部公布的2002年全国普通高校优秀教材获奖书目中，我校有16本教材获奖，其中3本获一等奖，13本获二等奖，获奖数列全国高校前列。

47. 我校科考队第19次出征南极

11月20日，我国第19次南极科考队从上海出发前往南极，我校中国南极测绘研究中心共派出7名队员，其中4人来自我校。

48. 我校庆祝建校109周年

11月29日，学校分别举行座谈会、笔会和歌咏晚会等活动，热烈庆祝建校109周年。

49. 四教师获教育部“优秀青年教师资助计划”资助

2002年度教育部“优秀青年教师资助计划”评定，我校陈传夫、冯钰琦、卢文波、邹薇获得资助。

50. 法国驻华大使访问我校

11月29日，法国新任驻华大使蓝锋访问我校，表示将拓展武汉大学与法合作的领域。此前，3月31日至4月1日，法国前任驻华大使毛磊访问我校。

（《武汉大学报》第919期，2002年12月13日）

武汉大学 2003 年十大新闻

专版

武汉大学 2003 年

十大新闻

2003 年十大科技新闻

2003 年十大人文社科新闻

百般红紫斗芳菲

（《武汉大学报》第 960 期，2004 年 1 月 2 日）

一、武汉大学110周年庆典隆重举行

11月29日，武汉大学110周年庆典隆重举行，29日晚举办了由湖北卫视现场直播的《世纪珞珈》校庆文艺晚会。李鹏、李岚清、彭珮云、蒋正华、霍英东题词。李长春、刘云山、俞正声、陈至立、刘延东、罗清泉、陈佳洱、董建华、何厚铧等电贺。张思卿、张保庆、邓道坤、陈训秋、赵锡君、李宪生等出席。100多个国外或境外大学和机构，200多个国内大学和机构及武汉大学海内外校友会发来贺信贺电。80余所国内高校的主要负责人、50余所国外高校的主要负责人，诺贝尔经济学奖获得者罗伯特·蒙代尔、詹姆斯·赫克曼出席庆典。

二、我校又有10个一级学科获得博士、硕士学位审核授予权

在全国第九次学位点申报审核工作中，我校又有工商管理、管理科学与工程、政治学、电气工程、计算机科学与技术、环境科学与工程、公共管理、法学、中国语言文学、新闻传播学10个一级学科获得博士、硕士学位审核授予权，新增国际贸易学等14个博士学位授权点。至此，我校共有22个一级学科获得博士、硕士学位审核授予权，143个二级学科获得博士学位授予权。

三、刘经南任武汉大学校长

7月22日，中组部、教育部在我校干部和教师大会上宣布中共中央、国务院决定，任命刘经南为武汉大学校长（副部长级）。

四、我校教师18个春秋修成大型汉语工具书《故训汇纂》

我校古籍研究所宗福邦、陈世铙、萧海波等教授历经18个春秋，皓首穷经，完成鸿篇巨制《故训汇纂》，由商务印书馆隆重推出。该书是继《辞源》、《辞海》、《汉语大字典》、《汉语大词典》之后的又一部大型汉语工具书，被学界誉为五大汉语工具书之一，是“盛世修典”的又一丰硕成果。

五、我校抗SARS科研成果引起强烈社会反响

我校师生用知识服务社会，在抗SARS科研攻关中取得一批标志性成果。

5月27日，田波院士在我校宣布，我校现代病毒学研究中心和中科院微生物研究所经过一个半月的联合攻关，在世界上首次完成了抗SARS多肽药物的实验室研制工作。

6月5日，学校人文社会科学重大应急研究项目《SARS时疫对中国改革与发展的影响研究》取得重要成果，这是目前国内首项研究SARS对中国的影响的综合性、系统性、跨学科性的科研成果。

11月19日，“人用SARS病毒灭活疫苗”动物实验在我校实验动物中心获得成功，在获国家有关部门批准进入临床实验后，世界上第一种SARS疫苗可望在我国问世。

六、石云霞、姚端正、汪存信入选全国教学名师

9月2日，全国高校首届百名教学名师评选揭晓，我校石云霞、姚端正、汪存信3位教授入选。此外，石云霞、汪存信、杜金元、李征航、赵林、姚端正、郭齐勇、曹之、黄诗笺、樊明文10位教师获2003年度“武汉大学教学名师”荣誉称号，其中黄诗笺同时荣获2003年度湖北省“高校教学名师”称号。

七、建校110周年校庆系列学术活动影响广泛

我校突出“弘扬学术、聚焦校友”主题，成功举办了110周年校庆系列学术活动，分为校长论坛、专家论坛、校友论坛三大主体论坛，共组织了百场学术会议以及400多场学术报告。俞正声、成思危、项怀诚、王晨、龙永图等先后来我校作报告；诺贝尔医学奖获得者盖蒂谢克、物理学奖获得者丁肇中、经济学奖获得者罗伯特·蒙代尔和詹姆斯·赫克曼，菲尔兹奖获得者弗拉基米尔·沃沃斯基，艾滋病鸡尾酒疗法发明人何大一，“世界杂交水稻之父”袁隆平院士等均迈上珞珈讲台，并被授予我校名誉教授称号。还有近50位国内外著名大学校长、国家最高科学技术奖获得者以及60多位院士和部分杰出校友来校出席各种学术活动。

八、我校获“全国精神文明建设工作先进单位”称号

9月18日，受中央文明委委托，中共湖北省委副书记邓道坤为我校颁发了“全国精神文明建设工作先进单位”奖牌。我校曾连续三次荣获湖北省“最佳文明单位”称号。近年来，学校明确提出“努力进入国家级文明单位行列”的目标，并开展了一系列卓有成效的工作。

九、李义天成为“973项目”首席科学家，朱英国获国家技术发明二等奖，李德仁获湖北省科学技术突出贡献奖

李义天教授主持的“973项目”“长江流域水沙产输及其与环境变化耦合

机理研究”获国家科技部批准，同时实现了我校国家重点基础研究发展计划（“973”）项目首席科学家零的突破。

朱英国教授主持完成的“中国水稻农家品种马尾粘败育株的发现与马协CMS（马协A）选育和利用”荣获2002年度国家技术发明二等奖。

在7月14日召开的湖北省科学技术奖励大会上，李德仁院士获得唯一的湖北省科学技术突出贡献奖。

十、邓联繁获全国“三好学生标兵”称号

2002级博士研究生邓联繁荣获2003年全国“三好学生标兵”称号，全国共有10名学生获此殊荣。

百般红紫斗芳菲

——十大新闻评选侧记

时令已是“数九”，和煦的阳光却令珞珈山弥漫着融融暖意。刚刚过去一个月的校庆盛典，热烈、喜庆的场景犹在眼前和耳际。又到了一年一度的武汉大学十大新闻评选时节，2003年12月25日，以校党委书记顾海良为主席的评选委员会专家们聚首第二会议室，在热烈、活跃的氛围中，随着紧凑而有序的会议进程，共同回味武汉大学不平凡的2003年。

2003年是我校的校庆年，也是学校快速发展、标志性成果不断涌现的一年。说起这一年的“十大新闻”，不必细想，武大人几乎都可以脱口而出数出几件大事：110周年校庆、《故训汇纂》、抗SARS多肽药物、全国教学名师……可正因为大事、喜事多，要从中评选出十大新闻，又令投票的师生和评委们犯了难：《武汉大学报》上整整一版68条候选条目，已令大家难于取舍，何况还有一些未进入“候选条目”而大家认为也很重要的事件呢！

12月19日的校报刊出候选条目后，师生们陆续通过送、寄选票，网上投票等方式参与评选，有的部门还专门组织师生投票。从学生居多的群众投票看，大家最为关注的是体现学校实力和影响的各种成果，尤其青睐获得各种奖项的师生。挑战杯连续七年获奖，学生社团注册联合国网络，本科生就业率居全国前列，报考我校研究生人数居全国高校第一等等，无不令广大学子津津乐道。

评委们则说，十大新闻确实难以囊括学校一年来的众多亮点，仅校庆系列活动就有多项：校庆大典、文艺晚会、杰出校友、三大论坛、诺贝尔奖得主来校，还有董事会成立，基本建设重点工程暨杨家湾建筑群奠基等等；学科建设和科研成果也不胜枚举：多项课题中标教育部社科重大项目，考古项目入选中国十大考古新发现，新增国家工程研究中心和国家重点实验室；国际化办学也迈出了更大的步伐……有的事件在学校的发展历程中具有十分重要的意义，标志着学校办学思路的不断更新，办学理念的与时俱进。如公开选拔中层领导干部，对深化干部人事制度改革、完善干部选拔任用机制、增强干部队伍活力具有重要意义；召开产业工作会议，表明了学校产业观念的转变，对今后的产业工作具有方向性的意义；成立董事会，是学校在办学机制方面的新探索和管理上的新突破。

2003年武大的新闻人物也可谓“层出不穷”。不说顾海良书记、刘经南校长经常被中央电视台、人民日报等新闻媒体聚焦，也不说主持修撰《故训汇纂》的宗福邦教授在CCTV新闻工作室等媒体频频“亮相”，还有主持研制出实验室阶段SARS多肽药物的田波院士被媒体“点击”上千次；光是教学名师石云霞、姚端正、汪存信，“973”项目首席科学家李义天，获国家技术发明奖的朱英国，获湖北省科学技术突出贡献奖的李德仁，首位外籍院长玛莎，当选国际水资源协会副主席的夏军，全国三好学生标兵邓联繁，获世界杰出女科学家成就奖的校友李方华，入选全国优秀博士论文的汪习根，走进CCTV“东方之子”的解广润、陈慈萱……屈指数来，“明星”名字已是一串串。

评委们认为，评选“十大新闻”，就是要选出有特色、有影响、对学校发展有重要意义的新闻事件，促进各方面工作的不断发展。有的评委建议，可增加评选教学、科研等有关方面的十大新闻或十件大事，还可评选年度新闻人物。这些事件和人物，是鼓舞师生士气、弘扬学术精神、促进学校发展的最好典型。

珞珈是一片万木葱茏的沃土，武大是一座盛产新闻的富矿。校庆年更是丰收的年份，十大新闻只是从“百般红紫斗芳菲”的百花园中撷取的朵朵奇葩……

（杨欣欣）

2003年十大新闻候选条目

1. 武汉大学高科技研究与发展中心挂牌

1月初，武汉大学高科技研究与发展中心挂牌成立。中心发起人周怀北，由武大投资100余万元组建。中心采取合同式管理新机制，已有“生物信息工程”、“蛋白质结构预测”、“生物大分子结构研究”等项目立项启动。

2. 我校召开产业工作会议

1月8日，我校召开产业工作会议。学校提出，进一步营造科技产业发展的环境，通过“产、学、研”结合，形成学科建设与高新技术产业发展良性互动的局面，加快大学科技园建设，努力为成果转化创造条件，打造武大产业的品牌。

3. 《植物有性生殖实验研究四十年》获中国图书奖

年初，由我校出版社出版、杨弘远院士和周嫦教授共同编著的《植物有性生殖实验研究四十年》一书获第十三届中国图书奖。该书被誉为“细胞生物学领域的一份珍贵文献”，“对于植物实验胚胎学方面是一项重大贡献”。这是我校出版社第4次荣获中国图书奖。

4. 学校公开选拔中层领导干部

2月中旬，在全校范围内公开选拔干部工作结束。周叶中任研究生院常务副院长，钱建国任招生就业工作处处长，万红慧任党委宣传部部长，朱德友任党委统战部部长，尤传明任商学院党委书记。这是合校后首次公开选拔干部。

5. 我校与港澳地区高校交流合作进入新时期

顾海良率武大代表团于2月16日启程参加我国香港地区“教育与职业博览会”，分别访问了香港理工大学、香港城市大学和香港大学，与3所大学签订了合作协议，并参观访问了澳门大学等澳门地区一些高校。这标志着我校与港澳地区高校的交流合作将进入新时期。

6. 朱英国获国家技术发明二等奖

2月28日，朱英国教授主持完成的“中国水稻农家品种马尾粘败育株的发现与马协CMS（马协A）选育和利用”荣获2002年度国家技术发明二等奖。该项研究保持了我国杂交稻的国际领先地位。马协型杂交稻米达新国标三级优质米以上；已累计推广2000万亩以上。

7. 校友李方华获世界杰出女科学家成就奖

2月27日，2003届“欧莱雅—联合国教科文组织世界杰出女科学家成就奖”在巴黎举行。我校校友、中科院物理所研究员李方华院士代表亚太地区夺得该奖，并获得10万美元奖金，这是中国科学家首次获得此项大奖。

8. 我校主持的考古项目入选中国十大考古新发现

由王然副教授主持的大型考古发掘与科研项目“湖北巴东旧县坪遗址”，被评为第13届中国十大考古新发现。这是我校考古与博物馆学系首次获得全国大奖。从1994年开始，我校专家就投身到三峡考古大会战中，并参加了巴东境内的考古调查工作。

9. “绿舟”协会注册联合国网络

我校学生社团“绿舟”环保协会2月在联合国全球青年人环境社团网络“关爱网”正式注册，成为国内唯一在联合国网络注册的环保组织。2000级环境科学专业学生杨鹏受聘为联合国环境规划署全球青年人环境顾问理事会青年顾问。

10. 我校成立多家跨学科研究机构

3月27日，武汉大学生活质量与评价中心、知识产权高级研究中心、中国科学评价研究中心举行揭牌仪式。此后，武汉大学生命伦理学研究中心等多家跨学科研究机构相继成立。

11. 我校“两会”代表（委员）积极建言献策

3月，十届人大、政协一次会议期间，我校顾海良、郭生练、彭富春、王少阶、万鄂湘、王曦、王长德、张俐娜等8位代表（委员）认真履行职责，积极建言献策，共递交提案议案17项、建议4份，产生良好社会影响。

12.《武汉大学学报》荣获第二届国家期刊奖提名奖

《武汉大学学报（理学版）》荣获第二届国家期刊奖提名奖。这是我校首次获我国期刊界最高级奖项，武大学报还入选第二届“百种杰出学术期刊”。另据中国人民大学《复印报刊资料》2002 年度全文转载量排名统计，我校学报居高校学报第二位、作者单位综合排名第五位。

13. 中国 UML 教育与资格认证中心落户我校

“中国 UML 教育与资格认证中心”在我校成立。首期教育与培训班于 4 月 1 日正式开学。中心由软件工程国家重点实验室、国际对象管理组织、日本业务对象促进协会三方联合建立。

14. 铁道部东湖疗养院迁出我校

4 月 30 日，我校同中铁大桥局集团有限公司正式办理了铁道部东湖疗养院整体迁移交接手续。40 多年来，我校为收回该院占用的土地，进行了不懈的努力，通过 15 轮艰苦谈判，铁道部东湖疗养院整体外迁，我校最终收回了 46.68 亩土地。

15. 中共中央政治局常委李长春来校考察

5 月 14 日，中共中央政治局常委李长春来我校考察非典病毒研究工作，亲切勉励科研人员团结协作，刻苦攻关，争取快出成果多出成果。参加考察的有：中共中央政治局委员、湖北省委书记俞正声，文化部部长孙家正，中宣部副部长胡振民，湖北省委副书记、省长罗清泉，省委副书记、武汉市委书记陈训秋等中央及省市领导。

16. 湖北省中小企业服务中心、武汉大学生产力促进中心组建

5 月，湖北省中小企业局与我校共同组建湖北省中小企业服务中心，武汉大学生产力促进中心（科技企业孵化器）经省市科技主管部门批准成立。12 月 1 日在武汉大学科技园揭牌。这标志着我校企业孵化体系建设进一步完善。

17. 我校国家基金项目申请再创新高

我校 2003 年度国家基金申请项目数量再创新高，达到 615 项，比去年同期增长 80 余项，总经费 1.8 亿元。另外，孙蒙祥教授获 100 万元年度国家杰

出青年基金资助；槐文信、章晓联、李兴申报的科研项目获得2003年教育部“优秀青年教师资助计划”资助。

18.《发展权与当代宪法》入选全国优秀博士论文

我校汪习根教授的博士论文《发展权与当代宪法》入选全国百篇优秀博士学位论文，指导教师是法学院李龙教授。这是中国第一篇系统研究发展权及其法律制度的学术论文。我校另有四篇论文已经获得下年度全国优秀博士论文提名。

19. 我校专利申请量居全国高校第六

根据国家知识产权局统计，我校2002年专利申请量居全国高校第六位，连续第三年进入全国高校专利十强。周元全副教授获武汉首届十大专利发明奖，余金洪高工获提名奖。

20. 重大国际合作项目DSO项目结硕果

5月底，我校重大国际合作项目DSO项目圆满结题，这一历时16年的项目共获得荷兰政府无偿经济援助5000万元，荷兰政府评价该项目是荷兰在国外类似合作项目中最成功的。

21. 我校在世界上首次合成抗SARS多肽药物

5月27日，田波院士在我校宣布，我校现代病毒学研究中心和中科院微生物研究所经过一个半月的联合攻关，在世界上首次完成了抗SARS多肽药物的实验室研制工作。12月，“人用SARS病毒灭活疫苗”动物实验在我校实验动物中心成功完成。

22. 我校成为全国5个“德福”授权考点之一

德国大学语言能力测试——“德福”今年开始在中国举行，我校成为全国5个授权考点之一。

23. 我校完成国内首项非典综合性对策研究

6月5日，学校人文社会科学重大应急研究项目《SARS时疫对中国改革与发展的影响研究》取得重要成果。这是目前国内首项研究SARS对中国的影响的综合性、系统性、跨学科性的科研成果。

24. 九名专家入选两院院士有效候选人名单

我校龚健雅、夏军、王仁卉等3人入选中国科学院院士增选候选人名单，张祖勋、茆智、鄂栋臣、朱英国、黄从新、樊明文等6人入选中国工程院院士增选候选人名单。

25. 教职工住房制度改革正式启动

6月18日，我校第五届教职工代表大会第二次会议通过关于《武汉大学出售公有住房实施办法》和《武汉大学住房货币化实施细则》的决议，标志着我校教职工住房制度改革正式启动。

26. 我校成功"抗非"确保师生健康

春夏之季，我校采取各项防范措施，制定工作预案和一整套应急机制，并不断加强和落实，做好个人防御、单位防御和群体防御，未发现任何确诊非典或疑似病例，尽最大努力确保了全校人员的健康和安全，维护了学校稳定，保障了各项工作顺利进行。

27. 李德仁获湖北省科学技术突出贡献奖

7月14日，我校双院士李德仁获得本年度唯一的湖北省科学技术突出贡献奖。中共中央政治局委员、湖北省委书记俞正声给李德仁院士颁发了证书和50万元奖金。

28. 刘经南任武汉大学校长

7月22日，中组部、教育部在我校干部和教师大会上宣布：中共中央、国务院任命刘经南为武汉大学校长（副部长级）。

29. 学校对有关学院进行调整重组

8月8日，我校宣布，撤销人文科学学院，成立文学院、历史学院、哲学学院及艺术学系；政治与行政学院、公共管理学院、国际关系学院三个学院合并组建政治与公共管理学院。教育科学学院、WTO学院也正式成立。

30. 石云霞、姚端正、汪存信入选全国教学名师

9月2日，全国高校首届百名教学名师评选揭晓，我校石云霞、姚端正和汪存信3位教授入选。石云霞、汪存信、杜金元、李征航、赵林、姚端正、郭齐勇、曹之、黄诗笺、樊明文10位教师获2003年度武汉大学“教学名师”荣誉称号。其中黄诗笺同时荣获2003年度湖北省“高校教学名师”称号。

31. 首位外籍专家担任院长

9月2日，美国玛莎（Marcia Agnes Petrini）博士接过护理学院院长聘书。她是担任我校院长职务的第一个外国人。她的就职是我校推行国际化办学的新举措。

32. 湖北省留学人员创业园落户武大科技园

9月，省人事厅、省科技厅和武汉大学就湖北省留学人员创业园落户武大科技园达成一致。留学人员创业园规划建筑面积3万平方米，现已有5家留学人员企业开始入驻。

33. 解广润、陈慈萱双双走进“东方之子”

9月，中央电视台的《东方时空·东方之子》栏目报道了我校电气工程学院教授解广润、陈慈萱的事迹。他们通过对“古塔”极少受雷击的奥秘的探索，提出并研制成功了自己发明的“半导体消雷装置”，被国际同行称为“降伏雷电的伴侣”。

34. 我校获“全国精神文明建设工作先进单位”称号

9月18日，受中央文明委委托，省委副书记邓道坤为我校颁发了“全国精神文明建设工作先进单位”奖牌。我校曾连续三次荣获湖北省“最佳文明单位”称号。近年来，学校明确提出“努力进入国家级文明单位行列”的目标，并开展了一系列卓有成效的工作。

35. 我校新增10个一级学科

据国务院学位委员会公布，我校新增工商管理、管理科学与工程、政治学、电气工程、计算机科学与技术、环境科学与工程、公共管理、法学、中国语言文学、新闻传播学10个一级学科，新增国际贸易学等14个博士学位授权点。至此，我校共有22个一级学科，居全国高校第二位；共有143个博士点，居全国高校第三位。

36. 顾海良率团赴美考察

9月20日至10月1日，校党委书记顾海良率团赴美国旧金山、哥伦布、纽约和华盛顿等地考察，这是新武汉大学组建以来的第一个赴美代表团。本次访问成果丰厚，为我校拓展国际化办学在美国进行了很好的宣传。

37. 夏军当选为第14届国际水资源协会副主席

第十四届国际水大会于10月6日至9日在西班牙马德里举行。我校夏军教授当选为新一届国际水资源协会（IWRA）副主席，负责亚洲区域的工作。

38. 医学院庆祝建院60周年

10月11日，医学院隆重庆祝建院60周年。顾海良强调，学校有信心和能力把医学院办成国内和世界有影响的医学院。会上，辜胜阻等为首届武汉大学朱裕璧医学奖获得者黄从新、龙道畴、陈振光、夏新颁奖。

39. 人民医院喜庆八十华诞

10月10日人民医院迎来了建院80周年隆重庆典。人民医院起源于1923年留德归国博士陈雨苍创建的湖北省立医科大学实习医院，是我国最早建立的公立医院之一。

40. 我校推出大型汉语工具书《故训汇纂》

我校宗福邦、陈世铙、萧海波等教授历经18个春秋，皓首穷经，完成鸿篇巨制《故训汇纂》，由商务印书馆隆重推出。该书是继《辞源》、《辞海》、《汉语大字典》、《汉语大词典》之后的又一部大型汉语工具书，被学界誉为五大汉语工具书之一，是“盛世修典”的又一丰硕成果。

41. 武汉大学深圳产学研基地揭牌

10月13日，武汉大学深圳产学研基地在深圳知本大厦举行揭牌仪式。珞珈远望科技有限公司等6家企业当场与基地签署了拟入孵协议。基地与深圳市福田区政府、深圳虚拟大学园合作共建。

42. 我校主办亚洲地理信息系统年会

10月16日，由我校主办的2003年亚洲地理信息系统年会暨第三届3S技术国际研讨会在武汉科技会展中心举行。此次会议是我国近年来学术水平最高、规模最大的学术研讨会之一。会议期间，还成立了亚洲地理信息系统协会，一致推选我校李德仁院士为协会首届主席。

43. 我校获高交会优秀成交奖组织奖

10 月 17 日，第五届中国国际高新技术成果交易会在深圳落幕。我校代表团再次荣获优秀成交奖和优秀组织奖。中共中央政治局委员、国务院副总理吴仪亲临我校展区视察。

44. 邓联繁获全国“三好学生标兵”称号

02 级博士生邓联繁荣获 2003 年全国“三好学生标兵”称号，全国共有 10 位同学获此殊荣。

45. 周济、徐冠华考察我校科技园

10 月 23 日，教育部部长周济、科技部部长徐冠华在考察我校科技园时指出，建设一流大学，必须重视和大力发展高科技，实现产学研结合与学校发展。

46. 我校今年本科生就业率 87%

2003 年，我校共有 26 个学院 81 个专业的 7655 名本科学生毕业，就业率为 87%，整体就业形势喜人。学校召开毕业生就业工作会议，提出将学生就业工作贯穿到办学全过程。

47. 水资源与水电工程科学国家重点实验室建设计划启动

10 月 23 日，国家科技部专家组经评估考察同意我校水资源与水电工程科学国家重点实验室建设计划。至此，我校国家重点实验室增加至 3 个。

48. 我校为极地科考再作新贡献

10 月 28 日，我校博士生张小红赴南极执行中国和澳大利亚国际合作南极埃默里冰架科学考察项目，这是我校自 1984 年以来第 20 次参加南极考察。此前，中国第 19 次南极科考队员、我校硕士生艾松涛绘出南极长城站最新站区图后顺利返校，阎利、张胜凯、李光华、华国如也如期凯旋，在世界上首次在格罗夫山区进行遥感测图，在国内首次大批量获得陨石，在世界上首次钻取冰芯样品。

49. 第六届华罗庚数学奖、第九届陈省身数学奖在我校颁奖

10 月 31 日，中国数学会第九次全国代表大会暨学术年会在我校开幕。第六届华罗庚数学奖、第九届陈省身数学奖在会上颁奖。本届华罗庚数学奖的得主是石钟慈、陆汝钤院士。陈省身数学奖为我国数学界最高奖，获奖者为青年数学家巩馥洲和张伟平。

50. 李义天成为“973”项目首席科学家

我校李义天教授主持的名为“长江流域水沙产输及其与环境变化耦合机理研究”的科研项目，获国家科技部批准，实现了我校国家“973”项目首席科学家零突破。这项科学研究将促进水利、信息、环境等相关学科的发展，为国家中长期发展规划提供理论依据和技术支撑。

51. 俞正声、成思危、项怀诚、王晨、龙永图等为我校师生作报告

11 月 18 日，中共中央政治局委员、湖北省委书记俞正声来我校为师生作报告。此外，全国人大常委会副委员长成思危，中共中央委员、人民日报社社长王晨，中共中央委员、全国社会保障基金理事会理事长、原财政部部长项怀诚，博鳌论坛秘书长、原外经贸部副部长龙永图以及一批著名人士与学者也来校讲学并受聘我校兼职教授。

52. 校领导班子调整补充并分工

11 月 24 日，教育部党组经研究并与湖北省委商得一致，决定李清泉、黄从新、黄进、周创兵任党委常委。同时，教育部下文任命黄进、周创兵为武汉大学副校长。12 月 8 日，学校宣布了校党政领导成员职责分工。

53. 多位世界级学术大师走上珞珈讲台

2003 年，诺贝尔医学奖获得者盖蒂谢克、艾滋病鸡尾酒疗法发明人何大一、“世界杂交水稻之父”袁隆平院士、获诺贝尔物理学奖的著名华裔科学家丁肇中等先后迈上了珞珈讲台。11 月 29 日，诺贝尔经济学奖获得者罗伯特·蒙代尔和詹姆斯·赫克曼、菲尔兹奖获得者弗拉基米尔·沃沃斯基等也纷纷走上专家论坛。他们均被授予我校名誉教授称号。

54. 我校获社会各界巨额捐赠

为庆祝我校建校110周年，当代科技投资股份有限公司、泰康人寿保险股份有限公司、中建三局承包总公司、中建三局三公司、东星集团有限公司、首钢（集团）公司、香港新光集团、武大方略数码科技有限公司、中国民生银行武汉分行、武汉市商业银行、湖北德立房地产开发有限公司等及社会各界先后捐赠数千万元，用于支持我校办学。

55. 武汉大学董事会正式成立

武汉大学董事会11月28日正式成立。董事会主要由有关上级领导部门、行业主管部门、国有大中型企业或国内外出资捐助学校的组织及其代表或个人，社会贤达、著名学者和知名企业家、校友代表和学校的代表组成，每届任期四年。目前共有董事单位和个人57个。校长刘经南任董事会主席。

56. 第三届杰出校友评出，第三届校友总会理事会成立

11月28日，来自海内外67个校友分会和地区的375位校友代表出席了第三次校友代表大会，选举产生了武汉大学第三届校友总会理事会。校长刘经南任会长。同日，第三届武汉大学杰出校友表彰大会召开。于刚、田源、付向东、江元生、刘西尧、刘先林、刘家恩、李锐、李方华、李京文、李连和、陈东升、范云六、张学知、张明高、赵耀东、雷军、颜泽贤等18人受表彰。

57. 我校获批一国家工程研究中心

经国家发展与改革委员会批准，国家卫星导航系统设计与集成应用工程研究中心设在我校。

58. 新闻与传播学院喜庆20华诞

11月28日，新闻与传播学院成立20周年庆典隆重举行。20年来新闻与传播学院始终坚持开放办学理念与思维，为社会输送了近万名学子，受到各级领导与媒体好评。

59. 110周年校庆大典隆重举行

11月29日，110周年校庆大典隆重举行。李鹏、李岚清、彭云、蒋正华、霍英东题词。李长春、刘云山、俞正声、陈至立、刘延东、董建华、何厚铧、

罗清泉、陈佳洱等电贺。张思卿、张保庆、邓道坤、陈训秋、赵锡君、李宪生等出席。

100 多个国外或境外大学和机构，200 多个国内大学和机构及武汉大学海内外校友会发来贺信贺电。80 余所国内高校的主要负责人、50 余所国外高校的主要负责人，诺贝尔经济学奖获得者罗伯特·蒙代尔、詹姆斯·赫克曼出席庆典。

60. 基本建设重点工程暨杨家湾建筑群奠基

11 月 29 日，武汉大学基本建设重点工程暨杨家湾建筑群奠基仪式举行。此项工程总建筑面积约 45 万平方米，预计投资 15 亿元人民币。此前后法学大楼、外语大楼、商学院大楼封顶。这是我校在珞珈山校园进行的第二次大规模校舍建设。

61. 110 周年校庆系列学术活动影响广泛

我校突出“聚焦校友、弘扬学术”主题，成功举办了 110 周年校庆系列学术活动，分为校长论坛、专家论坛、校友论坛三大主体论坛，共组织了百场学术会议以及 400 多场学术报告活动，邀请了近 50 位国内外著名大学校长，多位诺贝尔奖获得者及菲尔兹奖（数学）获得者、国家最高科学技术奖获得者以及 60 多位院士和部分杰出校友先后来我校出席或参加各种学术活动。

62. 多项课题中标教育部社科重大项目

我校共获得国家、省部级以及各类纵横向课题近百项。获得教育部年度人文社会科学重大项目、重点项目、重点研究基地重大项目 20 项。顾海良、陶德麟、陈伟、周长城、邓大松等分别主持的课题通过教育部社科研究重大攻关项目评审。

63. 我校国际国内论文总数综合排名全国高校第 11

据统计，2002 年度，我校发表国内论文 2640 篇，居全国高校第十；SCIE 论文 421 篇，居第 14，被引篇次居第 11；EI 论文 149 篇，居第 27；ISTP 论文 123 篇，排名第 20；国际国内论文总数综合排名全国高校第 11。

64. 王世杰、李四光塑像落成

对武汉大学发展有突出贡献的王世杰先生、李四光先生的塑像于 110 周年校庆前夕落成。此前我校已立有李达、闻一多、王之卓、朱裕璧塑像，近期还将落成张之洞、周鲠生、王星拱塑像。

65. 首钢注资 2 亿元打造 3S 旗舰公司

首钢控股（香港）有限公司投入 2 亿元人民币与测绘遥感信息工程国家重点实验室深圳研发中心、香港新光科技国际发展有限公司联合打造中国第一个 3S 旗舰公司。

66. 报考我校 2004 年研究生人数居全国高校第一

2004 年全国攻读硕士学位研究生报名工作结束，我校成为考生数最多的高校，共有 21514 人报考。近三年我校报考人数稳居全国前四名，且 3 年平均增长 26.6%。

67. 我校新增 4 个部省级重点实验室

今年，我校新增生物应用高分子教育部重点实验室、病毒学教育部重点实验室和地理信息系统教育部重点实验室以及教育部工程中心；获批光谱存储与成像技术湖北省重点实验室。

68. 刘经南率团赴法参加“21 世纪中国高等教育展”

11 月 19 日至 24 日，校长刘经南率武汉大学代表团参加了教育部在法国巴黎组织的“21 世纪中国高等教育展”。此次活动，是中国首次在西方发达国家举办大规模、高层次的高等教育展。此次参展，进一步扩大了我校在法国高层及学术界的影响。

（《武汉大学报》第 958 期，2003 年 12 月 19 日）

武汉大学2004年十大新闻

校园时空 武汉大学报 2005年1月1日 3

武汉大学二〇〇四年十大新闻

中国共产党武汉大学第七次代表大会

聆听珞珈的足音

——2004年十大新闻评选侧记

（《武汉大学报》第998期，2005年1月1日）

一、中共武汉大学第七次代表大会胜利召开

7月7日至8日，中国共产党武汉大学第七次代表大会胜利召开。大会听取、审议并通过了中共武汉大学第六届委员会工作报告和中共武汉大学纪律检查委员会工作报告，选举产生了中共武汉大学第七届委员会和新一届纪律检查委员会，完成了各项议程，取得了圆满成功。大会的指导思想和主要任务是：以邓小平理论和“三个代表”重要思想为指导，认真贯彻党的十六大精神，坚持科学的发展观，回顾和总结我校上一次党代会以来，特别是四校合并以来所取得的办学成果和经验，分析和认清当前我校面临的形势与困难，明确今后一个时期学校发展的奋斗目标，基本思路与工作任务，动员全校广大党员、干部和师生员工进一步解放思想，与时俱进，求真务实，团结奋斗，为全面推进武汉大学的跨越式发展作出新的贡献。大会提出：牢固树立科学发展观，全面推进跨越式发展，为建设国内外知名高水平大学而努力奋斗。第七次党代会是一次具有里程碑意义的大会，将对学校的改革发展产生深远的影响。

二、桂希恩获“贝利—马丁”奖，温家宝总理登门看望桂希恩

2月28日，桂希恩教授获得奖励艾滋病预防杰出人士的国际最高奖——“贝利—马丁”奖。桂希恩表示，奖金将全部用于艾滋病防治工作。6月11日，国务院总理温家宝在中共中央政治局委员、湖北省委书记俞正声等陪同下，专程登门看望桂希恩，高度赞扬他在艾滋病防治领域所做的工作及杰出贡献。

三、张祖勋、茆智当选为中国工程院院士

1月5日，中国工程院公布了2003年当选的58位院士名单，我校张祖勋、茆智教授当选为土木、水利与建筑工程学部院士。至此，我校已有中国科学院院士4人、中国工程院院士7人（其中两院院士1人）。

四、人事制度改革有重大进展，干部公开选拔、竞争上岗力度加大，我校向海内外公开招聘高级职务岗位教师和部分学院院长

今年我校干部人事制度改革进一步走向深入，相继开展了中层领导干部公开选拔和民主推荐、中层正职干部轮岗、中层副职干部调整、机关内设机构调整和人员聘任等一系列工作。11月，我校面向校内外公开招聘高级职务岗位教师；12月，我校以百万年薪面向全球招聘生命科学学院院长、国际软件学

院院长，产生热烈的社会反响。经过改革，学校完善了干部人事制度，建立了适应社会主义市场经济体制的新的用人机制和管理机制，提高了办学活力和效益，有力地推动了学校的发展。

五、我校在全国率先遴选人文社会科学资深教授

我校在全国率先遴选人文社会科学资深教授，评审过程参照院士评选程序，突出资深教授在学科发展和队伍建设中的示范效应和榜样作用，并给予与自然科学和工程科学院士相应的待遇。经遴选，此次共有4人入选，加上此前学校确认的3人，我校共有7人成为“武汉大学人文社会科学资深教授”，他们是：韩德培、谭崇台、马克昌、彭斐章、石泉、陶德麟、李龙。

六、病毒学国家重点实验室获批新建，我校国家重点实验室增至4个

经过激烈竞争和严格评审，以武汉大学为主、中国科学院武汉病毒所参与申报的病毒学国家重点实验室获批新建。该实验室是我校第四个国家重点实验室，也是新武大获批的第二个国家重点实验室。

七、我校全面完成教育部“985工程”一期建设目标，二期建设项目获批准

我校在教育部实施“面向21世纪教育振兴行动计划”，重点支持部分高校创建世界一流和高水平大学的“985工程”中，加快开展各项建设，今年已全面完成“985工程”一期建设目标。11月，我校“985工程”二期建设项目获国家批准。二期建设预计总投资9亿元，项目包括I类科技创新平台1个、II类科技创新平台5个、I类哲学社会科学创新基地7个。这些项目有机整合了我校最优秀的一批学科。

八、我校人文社科学者再献学术精品，汉译康德名著出版，《比较刑法原理》获国家图书奖

历时七年，由哲学学院教授邓晓芒翻译、杨祖陶校订的康德经典著作“三大批判”（《纯粹理性批判》、《实践理性批判》和《判断力批判》）由人民出版社全部出齐，这是国内首次全部从德文原版翻译的康德名著，在学术界引起热烈反响。

马克昌的《比较刑法原理》被评为中国图书最高奖第六届“国家图书

奖”，是此次唯一获得正式奖的法律类图书，也是湖北省唯一获得正式奖的图书。

九、我校获全国大学生数学建模竞赛最高奖

在面向全国大学生规模最大的课外科技活动之一的2004年全国大学生数学建模竞赛中，我校代表队从5304支本科组队伍中脱颖而出，夺得唯一最高奖“高教社”杯，这也是湖北地区高校首次获得该杯。我校共有5个代表队获国家一等奖，5个队获国家二等奖，另有13个队获湖北省奖，总获奖率高达82.1%。

十、“五月的鲜花”全国大学生大型校园文艺演出活动在我校举行

由国家教育部主办，中国教育电视台、浙江广播电视集团、湖北省教育厅、武汉大学、湖北电视台联合承办的2004年“五月的鲜花”全国大学生大型校园文艺演出直播活动，5月23日在我校“九·一二”操场隆重举行。来自北京大学等23所高校的1500多名学子表演了精彩的文艺节目。教育部副部长吴启迪、湖北省委副书记黄远志、副省长辜胜阻等和参演高校的部分领导与15000多名大学生一起，现场观看了演出。这是该活动举办四年来规模最大的一次全国大学生的文化盛会。教育部有关负责人称：“这是在全国最美的大学校园、全国最著名的大学之一举办的一次影响深远的活动。”

2004 年度新闻人物

桂希恩当选我校首位年度新闻人物

经武汉大学十大新闻评选委员会评选，桂希恩当选为武汉大学 2004 年年度新闻人物。这是我校首次评选年度新闻人物。

桂希恩，男，67 岁，中南医院感染科主任医师、教授、博士生导师，国家艾滋病防治专家指导组成员、湖北省艾滋病临床指导培训中心主任。他长期从事传染病的临床和科研工作，为我国的艾滋病防治事业作出了卓越贡献。

他是中国艾滋病高发区的最早发现者，曾数十次深入艾滋病人居住的乡村调研，宣传艾滋病防治知识，引起了社会对艾滋病的高度重视。为了让群众了解正常的生活接触不会传染艾滋病，同时便于对病人加强观察、护理，他把艾滋病人接到家中。他倾其所有，资助救治艾滋病人、艾滋病感染者以及艾滋病孤儿。

桂希恩的杰出贡献受到国内外瞩目。2003 年他荣获艾滋病预防国际最高奖“贝利—马丁”奖，同年被评为“全国卫生系统先进个人”，2004 年被评为“全国教育系统优秀工作者”。今年 6 月，国务院总理温家宝在湖北省考察期间，专程到中南医院看望他，充分肯定了他所做的工作及重要贡献。年底，桂希恩入选中央电视台2004年度“感动中国”人物候选人、人民网·央视国际2004年度十大新闻/人物评选候选人、《南方周末》年度人物候选人等。

（衔枚）

聆听珞珈的足音

——2004年十大新闻评选侧记

“请大家把过去一年中最有新闻价值、产生重大影响、真正有代表性的新闻评选出来。”在每年冬季的压轴戏——十大新闻评选会上，校党委副书记骆郁廷向评委们提出了这样的希望。“因为评选十大新闻，对于总结成绩，鼓舞士气，弘扬学术，推进工作，有很好的促进作用。”

随着新年的脚步声越来越近，又到了回眸过去一年的时候。2004年12月28日，武汉大学十大新闻评选委员会成员汇聚一堂，盘点2004年的点点滴滴。

2004年，珞珈山下朝着国内外知名高水平大学奋进的师生，脚步未曾有丝毫的懈怠和停息，而丰厚的收获则是对辛勤劳动者最好的回报。元旦刚过，便传来新增两名中国工程院院士的喜讯；春夏甫交，“五月的鲜花”在珞珈盛开；激情似火的七月，具有里程碑意义的第七次党代会绘就了令人振奋的发展蓝图；不断深入开展的干部人事制度改革在这一年的秋季走向高潮；我校学子获全国数学建模竞赛最高奖的消息让珞珈的冬天倍增暖意……

今年的评选过程比往年更趋理性，评委们的目光在全局范围扫描，而不只强调本部门或本领域的工作和成绩。大家更注重那些对于提升学校学术地位和办学实力有重要意义的事件——

教学、科研、学科建设等实力明显增强：全面完成“985工程”一期建设目标并获批二期建设项目，地球空间国家实验室申请筹建，病毒学国家重点实验室获批新建，各重点研究基地、教学基地通过评估，南北极科学考察成果丰硕；珞珈山学术意味愈益浓厚：我校学者汉译康德名著出版，马克昌《比较刑法原理》获国家图书奖，顾海良被聘为教育部重大课题首席专家；向国际化迈进的步伐愈加迅捷：顾海良、刘经南分别率团赴美英法等国考察，3位诺贝尔奖得主、我校名誉教授来校讲学，牛津大学校长被授予我校名誉教授称号；各项改革不断深化：公开招聘高级职务岗位教师和部分学院院长产生热烈社会反响，实行以二年制为主的弹性学制、从副教授中遴选博导等研究生教育的各项改革全面展开；名师焕发耀眼光彩，中青年学者学术影响不断扩大：我校在全国率先遴选人文社会科学资深教授，周叶中入选中国十大“杰出中青年法学家”，曾令良进入我国首批 WTO 长成才：连续七届获得“挑战杯”竞赛优胜杯，全国博士生学术论坛人文学科论坛在我校举行……

今年十大新闻评选的一大亮点，是首次评选年度新闻人物。其实，这已是酝酿已久的工作。前几年就有评委建议评选新闻人物；2004 年开年不久，校报便在一版的显要位置开设了“本周人物”专栏，结合重大新闻事件宣传报道典型人物的事迹。这次评选过程中，大家一致推选并同意桂希恩教授为我校首位年度新闻人物。他在艾滋病防治领域的卓越贡献、他的人道精神和献身精神感动了整个中国乃至全世界，他是武大的杰出代表，是武大人的骄傲。

每一个新闻事件都不是孤立的，而是有其背后的故事。透过一个个新闻事件，我们看到了一年来学校各方面工作的进展，听到了学校跨越式发展的坚实足音。

（杨欣欣）

2004年十大新闻候选条目

1. 张祖勋、茆智当选为中国工程院院士

1月5日，中国工程院公布了2003年当选的58位院士名单，我校张祖勋、茆智教授当选为土木、水利与建筑工程学部院士。至此，我校已有中国科学院院士4人、中国工程院院士7人（其中两院院士1人）。

2. 我校全面完成教育部“985工程”一期建设目标

我校在教育部实施“面向二十一世纪教育振兴行动计划”，重点支持部分高校创建世界一流和高水平大学的“985工程”中，加快开展各项建设，今年已全面完成“985工程”一期建设目标。

3. 马克昌《比较刑法原理》获国家图书奖

我国著名法学家、我校马克昌教授的《比较刑法原理》被评为中国图书最高奖第六届“国家图书奖”，是此次唯一获得正式奖的法律类图书，也是湖北省唯一获得正式奖的图书。

4. 曾令良进入我国首批WTO专家组成员名单

2月17日，世界贸易组织争端解决机构召开例会，通过了中国提名的3名专家组成员的候选人名单，包括我校法学院院长曾令良教授和兼职教授张玉卿在内的3位专家被列入中国首批世界贸易组织（WTO）专家组成员的指示性名单。

5. 我校学者汉译康德名著出版

由哲学学院教授邓晓芒翻译、杨祖陶校订的康德经典著作“三大批判”（《纯粹理性批判》、《实践理性批判》和《判断力批判》）由人民出版社全部出齐。这是国内首次全部从德文原版翻译的康德名著。

6. 武汉大学宜昌产学研基地、随州科技园、东北研究院、惠州研究院相继成立

2月28日，武汉大学随州科技园奠基，武大光子科技有限公司同时成立。此前，我校宜昌产学研基地奠基典礼于2003年12月26日在宜昌经济技术开发区举行，武汉大学三峡研究院、宜昌武大科技园有限公司、武汉大学口腔医院宜昌门诊部、武大安琪酵母生命科学与技术工程中心同时宣告成立。3月16日，我校与黑龙江测绘局共建武汉大学东北研究院签约仪式在我校举行。今年我校还成立了广东惠州研究院。

7. 周佑勇获霍英东教育基金青年教师奖

3月3日，《光明日报》公布了霍英东教育基金会第九届高校青年教师基金和青年教师奖获得者名单，法学院周佑勇教授荣获青年教师奖（教学类）。

8. 35项成果获2003年度湖北省科学技术奖

2月26日，2003年度湖北省科学技术奖励大会举行，我校35项科技成果获奖，80余名获奖代表出席奖励大会。获奖成果中一等奖6项、二等奖11项、三等奖18项。

9. 三学子赴哈佛"模拟联合国"

我校模拟联合国协会的三名学子2月11日飞赴纽约，在哈佛大学参加了为期四天的"模拟联合国"活动。三名学生分别是资源与环境科学学院的赵茜、数学学院的夏曦和法学院的蒋理可。

10. 我校两会代表委员议提案引起关注

3月上旬，我校全国人大代表顾海良、郭生练、彭富春，全国政协委员王少阶、万鄂湘、王曦、王长德、张俐娜参加全国人大和全国政协十届二次会议。他们的许多议提案和意见受到社会各界高度重视和媒体的广泛关注。3月31日，校党委书记顾海良向全体在校的校领导和中层干部传达了两会精神。

11. 密克罗尼西亚联邦总统来访

3月22日，密克罗尼西亚联邦总统约瑟夫·乌鲁塞马尔率政府代表团访问我校，校长刘经南会见了客人。

12. SARS病毒融合多肽抑制物被发现

3月19日，武汉大学与纽约血液中心分别在武汉大学和纽约举行了内容相同的新闻发布会，宣布武汉大学与纽约血液中心合作，在SARS研究上获得重大突破，揭示了SARS病毒的融合机制与抗病毒多肽的作用机制，对研究、开发用于治疗、预防传染性非典型肺炎的药物和疫苗有重要的意义。

13. 我校全面开展本科教学创优迎评工作

3月18日，我校召开迎接教育部本科教学工作水平评估动员大会，提出以评促建，以评促改，评建结合。随后，我校创优迎评自查工作全面展开。

14. 武汉大学护理学院揭牌

4月22日，我国第一所国际合作的护理学院——武汉大学HOPE护理学院正式成立，湖北省副省长辜胜阻、美国世界健康基金会执行总裁兰帝·威科夫先生共同为学院揭牌。

15. 我校参与共建“中国大学生在线”网

由国家教育部主导并推动，委托上海交通大学牵头承办，全国60多所高校参与共建的全国高校思想政治教育示范性网站——“中国大学生在线”网站5月4日开通，我校作为第一批发起高校，委托自强网站参加了“远离艾滋”和“法律援助”两个栏目的共建。

16. 学校召开学位与研究生教育工作会议

4月27—28日，学校召开合校后首次学位与研究生教育工作会议，提出了今后一段时期的工作目标：逐步构筑一个充满生机和活力、有利于拔尖创新人才脱颖而出的研究生教育体系及其运行机制，重点建设好一批体现学校优势与特色的高水准学位授权点，聚集一批一流的研究生导师，产生一批标志性成果，培养出一大批高素质、多样性、创新型和国际化的研究生，实现研究生教育的跨越式发展。

会议提出了系列改革举措，如实行以二年制为主的弹性学制、改革招生方式、改革公共课教学方式等，各项改革已全面展开。

17. 我校开展校园开放日活动

今年5月1日是我校首个校园开放日，近3万人走进我校校园，听名师讲座，寻高考指导，迈入图书馆电子阅览室，登上樱顶观赏珞珈景观，走进生命科学大楼现代病毒学研究中心，在珞珈山度过了难忘的一天。

18. 第六届武汉大学杰出青年评选揭晓

经第六届武汉大学杰出青年评选委员会认真评选，丁四新、汪习根、杜清运、孟令奎、胡亦钧、胡常春、章晓联、郭德银、崔远来、雷敬炎当选为第六届武汉大学杰出青年（教职工）。

19. 五月的鲜花全国大学生大型校园文艺演出在我校举行

由国家教育部主办，中国教育电视台、浙江广播电视集团、湖北省教育厅、武汉大学、湖北电视台联合承办的2004年“五月的鲜花”全国大学生大型校园文艺演出直播活动，5月23日在我校九一二操场隆重举行。来自北京大学等23所高校的1500多名学子表演了精彩的文艺节目，教育部副部长吴启迪、湖北省委副书记黄远志、湖北省副省长辜胜阻等和参演高校的部分领导与15000多名大学生一起，在现场观看了演出。

20. 我校人文社科重点研究基地全部通过评估

5月22日，教育部专家组向我校反馈关于社会保障研究中心的整改意见和建议，这标志着教育部对我校人文社科重点研究基地第一个建设周期的评估工作结束。包括环境法研究所在内的我校前三批教育部人文社科重点研究基地全部通过教育部的“三年合格评估”。

21. 我校连续七届获得“挑战杯”竞赛优胜杯

5月18日，学校召开第八届“挑战杯”全国大学生课外学术科技作品竞赛颁奖暨经验交流会。在2003年12月举行的第八届“挑战杯”中，我校选送的6件作品全部获奖，其中一等奖1项，二等奖4项，三等奖1项，并以优异的成绩获得“优胜杯”和优秀组织奖，这是我校连续第七届获此奖励。

22. 郭德银获湖北省劳动模范称号

在湖北省庆祝“五一”国际劳动节暨表彰劳动模范大会上，我校生科院郭德银教授获湖北省劳动模范称号并作为劳模代表发言。

23. 经济学基础人才培养基地获评优秀

经教育部专家组验收评估，我校国家经济学基础人才培养基地被评为优秀基地。

24. 顾海良在中央实施马克思主义理论研究和建设工程中被聘为重大课题首席专家

4月27日至28日，中央实施马克思主义理论研究和建设工程工作会议在北京召开。我校党委书记顾海良，知名学者陶德麟、李龙、吴高福和沈壮海教授应邀出席会议。根据会议部署，我国哲学社会科学领域近200名专家学者组成18个课题组，在中央宣传思想工作领导小组的领导下开展相关研究工作。顾海良被聘为教育部承担的"'三个代表'重要思想的科学内涵和精神实质"重大课题首席专家，陶德麟、李龙、吴高福、沈壮海等作为主要成员分别参加相关重大课题的研究。

25. 桂希恩获"贝利—马丁"奖，温家宝总理登门看望桂希恩

2月28日，奖励艾滋病预防杰出人士的国际最高奖——"贝利—马丁"奖的创始人、欧洲著名的银行家马丁·哥顿先生在武汉科技会展中心向桂希恩教授颁发"贝利—马丁"奖。桂希恩表示，奖金将全部用于艾滋病防治工作。

6月11日，中共中央政治局常委、国务院总理温家宝在考察湖北武汉期间，在中共中央政治局委员、湖北省委书记俞正声等省领导陪同下，专程到我校中南医院看望桂希恩教授，并与中南医院医护人员座谈，了解艾滋病防治工作情况。

桂希恩已列入中央电视台2004年度"感动中国"人物候选人和《南方周末》年度人物候选人。

26. 李建成获第五届光华工程科技奖·青年奖

测绘学院院长李建成荣获第五届"光华工程科技奖·青年奖"，6月4日赴北京人民大会堂出席颁奖典礼。

27. 诺贝尔奖得主罗伯特·卢卡斯来校讲学并被授予我校名誉教授称号

6月17日，世界著名经济学家、1995年诺贝尔经济学奖获得者罗伯特·

卢卡斯来我校讲学，并被授予我校名誉教授称号，校长刘经南为其颁发了荣誉证书。

28. 我校第二批重点学科建设工程启动

6月15—16日召开的学科建设与创新大会宣布，学校近期将投入3千万元启动第二批重点学科建设工程。校长刘经南为20个国家重点学科、46个省重点学科授牌。

29. 我校首批人文社科重大攻关项目启动

从今年起，学校将每年启动一定数量的人文社会科学重大课题攻关项目。6月21日，首批人文社会科学重大攻关项目开题报告会举行。今年学校下达了8项重大项目课题。

30. 21项课题获2004年度国家社科基金资助

在2004年度国家社科基金项目评审中，我校21项课题获资助。其中重点项目1项、一般项目15项、青年项目5项。

31. 顾海良、刘经南分别率团赴美英法等国考察

6月16—24日，校党委书记顾海良率代表团在法国进行了为期8天的访问。7月15日至8月4日，校长刘经南率团赴美国考察。9月18日—10月2日，校党委书记顾海良率我校代表团一行七人赴英国和爱尔兰高校考察。考察活动为我校国际化办学创造了新条件，开辟了新途径。

32. 牛津大学校长被授予我校名誉教授称号

9月下旬，顾海良在访英期间代表学校向牛津大学校长Colin Lucas教授和该校化学学院资深教授Malcolm Green颁发了武汉大学名誉教授证书。

33. 中共武汉大学第七次代表大会胜利召开

7月7日至8日，中国共产党武汉大学第七次代表大会胜利召开。大会听取、审议并通过了中共武汉大学第六届委员会工作报告和中共武汉大学纪律检查委员会工作报告，选举产生了中共武汉大学第七届委员会和新一届纪律检查委员会，完成了各项议程，取得了圆满成功。

34. 全校电话联网一期工程完成

8月25日，全校电话联网一期工程顺利完工，武汉电信公司为文理学部、工学部和信息学部提供的15000个电话号码正式联网开通，所有办公电话和住宅电话拨后5位数实现“内部通话”。二期工程计划年底在医学部开通联网电话。

35. 世界健康基金会全球总裁受聘我校首位名誉董事

8月21日，世界健康基金会全球总裁约翰·豪受聘为我校首位名誉董事。约翰·豪是美国著名的心血管疾病专家，曾获美国公共卫生服务奖章等荣誉，现任中国国家疾病与预防控制中心高级顾问。

36. 新增153名博士生导师中10名为副教授

2005年博士生指导教师遴选工作结束，我校新增153名博士生指导教师，其中10名为副教授。

37. 7人成为我校人文社会科学资深教授

我校人文社会科学资深教授遴选工作揭晓，此次共有4人入选，加上此前学校确认的3人，我校共有7人成为“武汉大学人文社会科学资深教授”，分别是：韩德培、谭崇台、马克昌、彭斐章、石泉、陶德麟、李龙。

38. 我校隆重庆祝第20个教师节

9月10日，学校举行庆祝教师节暨优秀教师、优秀教育工作者表彰大会，表彰了100名优秀教职工，为执教满50周年和30周年的教师颁发了荣誉证书。今年我校教师节活动凸显师德师风建设主题，学校出台《武汉大学师德师风建设行动计划（草案）》，通过系列活动，在全校形成教书育人、管理育人、服务育人的浓郁风气。

39. 龚健雅、桂希恩、宗福邦、郭齐勇分别获全国和湖北省表彰

在第20个教师节之际，我校龚健雅教授荣获“全国优秀教师”称号，桂希恩教授荣获“全国教育系统优秀工作者”称号，宗福邦教授荣获“湖北省优秀教师”称号，郭齐勇教授荣获“湖北省高校教学名师”称号。

40. 联合国副秘书长来校参观

9月8日，前来参加国际人口与发展论坛的联合国副秘书长纳菲斯·萨迪克、安沃若·乔德里在武汉市市长李宪生、副市长胡绪鹍陪同下来我校参观。校党委书记顾海良向客人介绍了学校情况并陪同参观。

41. 国家生命科学与技术人才培养基地获年检优秀

日前，教育部开展“国家生命科学与技术人才培养基地”2003年度年检工作。经专家严格评审，在36所参检高校中，我校等7所高校以“优秀”通过，教育部将为这7所高校的2005届基地班毕业生单列免试推荐研究生比例60%。

42. 我校召开人文社会科学研究工作会议

9月15—16日，我校2004年人文社会科学研究工作会议举行。会议提出，经过三至五年的努力，建设一批一流的重点基地和重点学科，完成一批重大的科研项目，造就一批一流的学术大师，产生一批具有国际先进水平的标志性成果。

43. 我校认真学习贯彻十六届四中全会精神

9月29日，校党委中心学习组成员集体学习十六届四中全会精神，重点学习了《中共中央关于加强党的执政能力建设的决定》。10月10日，我校举行学习贯彻十六届四中全会精神座谈会，人文社科10余位专家结合国内外形势及各自的学科特点，从不同角度提出了独到的见解。11月3日，我校校友、吉林省委副书记、著名党建理论专家林炎志来校作专题报告。学校组织10多位长期从事相关研究的专家教授，全面、准确、深入地解读十六届四中全会精神，建立并逐步完善了理论宣传资源库，包含专家库和资料库。

44. 电气工程学院庆祝建院45周年

9月28日，电气工程学院举行建院45周年庆典。院庆期间，该院还举办了学术报告会、校友座谈会、文艺晚会、参观开放实验室等系列活动。

45. 2003年高校专利申请数我校名列第五

《中国高等教育》2004年第10期公布了2003年高校专利申请和获授权专

利数前 50 名排序，我校分别名列第五和第四。

46. 社会弱者权利保护中心获第二届全国法律援助先进集体称号

武汉大学社会弱者权利保护中心荣获第二届全国法律援助先进集体光荣称号。该中心由现任最高人民法院副院长万鄂湘发起创立 12 年来，接待咨询 4.5 万余人次，电话咨询 3 万余人次，回复信件 2.1 万余封，代理诉讼案件 1565 件，胜诉率达到 75%左右。

47. 11 个学科进入全国十强

10 月 8 日，中国教育报头版权威发布，全国 80 个一级学科评估排名揭晓，我校 11 个学科名列前十名。分别是：图书馆、情报与档案管理，哲学，法学，公共管理，水利工程，口腔医学，理论经济学，政治学，历史学，生物学，中国语言文学。其中图书馆、情报与档案管理学科，哲学学科和公共管理学科分别名列全国第一、第二、第三名。

48. 国家工科基础课程电工电子教学基地接受教育部验收评估

10 月 10—13 日，教育部专家组一行四人对我校国家工科基础课程电工电子教学基地进行了验收评估。我校近年来探索文理、理工、工理学科优势交叉，通才与专才结合，加强工程训练和实际能力培养，采取特殊措施加快基地建设的做法受到专家组好评。

49. 2004 年全国博士生学术论坛人文学科论坛在我校举行

10 月 18—20 日，2004 年全国博士生学术论坛人文学科论坛在我校成功举办。50 多所知名高校、科研机构的近 300 名博士生、40 多位特邀嘉宾和专家学者汇聚珞珈，在哲学，中国语言文学，历史学，新闻传播学，图书馆、情报与档案管理，外国语言文学 6 个学科领域开展学术交流。此前，我校有 10 名博士生的论文入选全国博士生学术论坛，入选数居全国高校第三位。此次论坛由国务院学位委员会办公室、教育部学位管理与研究生教育司主办，北京大学、武汉大学等七所高校承办。

50. 我校认真学习贯彻中央 16 号文件精神加强和改进大学生思想政治教育

10 月 14 日，《中共中央国务院关于进一步加强和改进大学生思想政治教育的意见》（中发 2004　16 号）下发后，全校各单位积极组织学习和贯彻落实文件精神，许多学院和部门着手实施进一步加强和改进大学生思想政治教育工作的具体措施。校党委召集全校各分党委书记、各部门主要负责人、全校专职学生政工干部、“两课”老师等开展了多次集中学习。校党委书记顾海良作了多场辅导报告和学习动员。

51. 我校率先建立学生心理危机干预机制

我校印发《武汉大学学生心理危机干预暂行办法》，并正式开始实施。完整的文件形式出台学生心理危机干预机制，在全国高校尚属首创。

52. 我校师生参与南北极科学考察

8 月 25 日，我校参加中国北极黄河站首次科学考察的鄂栋臣、艾松涛载誉返校。他们在此次考察中成功完成了预定的科考任务——建立中国北极 GPS 卫星跟踪站和建立北极地区地理信息系统（GIS）等。10 月 25 日，武汉大学中国南极测绘研究中心派出的 6 名队员（其中我校师生 3 人），随我国第 21 次南极科考队从上海启程。此次考察的重要任务之一是为我国今后在南极内陆建立第三个科学考察站选址做准备，并将参与冲刺南极内陆距海岸线最遥远的一个称为“不可接近之极”的冰穹。

53. 学校开展机关内设机构调整和人员聘任工作

10 月下旬至 11 月下旬，学校开展机关内设机构调整和人员聘任工作，分阶段完成了机关部门部分副职调整、内设机构调整和人员聘任工作。通过调整，机关内设机构和工作人员分别精简了 20%左右。

54. 邹恒甫入选中国最具影响力的十大经济学家

武汉大学高级研究中心主任邹恒甫日前被《世界商业评论》评选为 2004 年“中国最具影响力的十大经济学家”，他是其中最年轻的一位。

55. 我校获第六届高交会优秀组织奖和优秀产品奖

在 10 月举办的第六届中国国际高新技术成果交易会上，我校代表团荣获优秀组织奖和优秀产品奖。

56. 我校合作研制出全国唯一安全计算机

我校与武汉瑞达信息安全产业股份有限公司合作研制的全国唯一的安全计

算机，通过国家密码管理委员会的审查。该机在系统结构和主要技术路线上与美国可信计算组织TGG的规范一致，并在技术上有所创新。10月30—31日，在我校举行的第一届中国可信计算与信息安全学术会议上，专家一致认为，我校可信计算技术研究已进入全国前列。

57. 共青团武汉大学第11次代表大会胜利召开

11月6—7日，共青团武汉大学第十一次代表大会胜利召开。大会审议并通过了共青团武汉大学第十届委员会工作报告，选举产生了37名共青团武汉大学第十一届委员会委员。随后，共青团武汉大学第十一届委员会第一次全体会议选举产生了新一届团委常务委员、书记、副书记。

58. 病毒学国家重点实验室获批新建

国家科技部下发通知，同意病毒学等21个实验室的建设申请。至此，经过激烈竞争和严格评审，以武汉大学为主、中国科学院武汉病毒所参与申报的病毒学国家重点实验室获批新建。该实验室是我校第四个国家重点实验室，也是新武大获批的第二个国家重点实验室。

59. 我校新增一湖北省重点实验室

根据湖北省教育厅、省科技厅下达的关于湖北省重点实验室建设项目计划的通知，我校化学电源材料与技术实验室被批准为湖北省重点实验室，成为我校第四个湖北省重点实验室。

60. 诺贝尔经济学奖获得者蒙代尔来校讲学

11月3日，诺贝尔经济学奖获得者、我校名誉教授罗伯特·蒙代尔先生应邀来校访问讲学。校长刘经南会见蒙代尔先生并与其进行了亲切友好的交谈。蒙代尔先生为我校师生作《当前国际经济发展的主要特征以及对中国经济的影响》的学术报告，受到热烈欢迎。

61. 我校举办学院党委书记培训班

11月11日，学院党委书记培训班总结会举行。10月10—18日，我校部分学院党委书记前往深圳参加第六届高新技术成果交易会，参观了深圳科技园，并到香港大学、香港职业技术学院官塘分校及澳门考察学习。这是我校加强干部队伍建设、搞好干部培训工作、提高执政能力的重要举措。

62. 武汉地球空间信息国家实验室申请筹建

11 月 10 日，申请筹建“武汉地球空间信息国家实验室”专家考察会议在我校举行。由包括中国科学院国家天文台艾国祥等 7 位院士在内的我国地球空间信息学著名专家组成的考察组，在我校进行现场考察，听取了李德仁院士作的筹建申请报告和张祖勋院士、宁津生院士等的工作汇报，进行了专家访谈，并召开了座谈会。

63. 2004 年全国高校优秀科技期刊评比我校学报信息科学版理学版双双获奖

由教育部组织的 2004 年全国高校优秀科技期刊评比活动日前揭晓，我校期刊社的《武汉大学学报（信息科学版）》荣获一等奖，《武汉大学学报（理学版）》荣获二等奖。此次湖北省获奖期刊共 14 种，一等奖仅 2 种。

64. 贾庆林视察我校

11 月 19 日，中共中央政治局常委、全国政协主席贾庆林在中共中央政治局委员、湖北省委书记俞正声，湖北省省长罗清泉，湖北省政协主席王生铁等的陪同下视察我校。贾庆林一行观看了我校成果展览，听取了我校发展目标和办学思路介绍，参观了校园以及测绘遥感信息工程国家重点实验室。贾庆林表示：“祝愿武汉大学早日建成国内外知名的高水平大学！”

65. 我校国家理科人才培养基地接受评估

11 月 11—13 日，受教育部和国家自然科学基金委员会委托，以中国科学院、北京师范大学郑光美院士为组长的专家组对我校国家理科基础科学研究与教学人才培养基地数学、化学、生物教学点进行了评估验收。专家组评估报告认为，我校始终将基地建设纳入建设国内外知名高水平大学规划和重点基础建设项目，政策支持到位，领导重视，管理规范，措施得力，取得了一系列标志性成果。

66. 干部人事制度改革走向深入

今年我校干部人事制度改革进一步走向深入，相继开展了中层领导干部公开选拔和民主推荐、中层正职干部轮岗、中层副职干部调整、机关内设机构调整和人员聘任等一系列工作。

67. 我校获全国大学生数学建模竞赛最高奖

在2004年“高教社”杯全国大学生数学建模竞赛中，我校5个代表队获得国家一等奖，5个队获得国家二等奖；另有13个队获湖北省奖，总获奖率高达82.1%。其中最高奖“高教社”杯被我校夺得，这也是湖北地区高校首次获得该杯。该项赛事是面向全国大学生规模最大的课外科技活动，由教育部高教司和工业与应用数学协会共同主办。

68. 湖北首个研究生社会实践基地落户赤壁

11月28日，我校与赤壁市人民政府在赤壁市签订共建研究生社会实践基地的协议，这是湖北省首个研究生社会实践基地。

69. 周叶中入选中国十大“杰出中青年法学家”

11月28日，周叶中教授被评选为中国十大“杰出中青年法学家”。评审活动由中国法学会组织，全国28位著名法学家组成评委会，按照学术成就、社会影响和德才兼备等标准对候选人进行严格的评选选出。

（《武汉大学报》第996期，2004年12月17日）

武汉大学 2005 年十大新闻

专 版 武漢大學報 3

武汉大学 2005 十大新闻

05 珞珈新闻点击与评述

用我们的眼睛看珞珈

大楼与大师

激情澎湃的岁月

2005 年十大新闻评选侧记

（《武汉大学报》第 1037 期，2006 年 1 月 13 日）

一、我校开展保持共产党员先进性教育活动

8月19日至12月20日，我校开展以实践“三个代表”重要思想为主要内容的保持共产党员先进性教育活动，全校2万余名党员参加了集中学习教育，圆满完成了各项工作，达到了预期目的，取得了明显成效。中央、教育部和湖北省先后发简报介绍了我校经验，人民日报、新华社、中央电视台、光明日报等新闻媒体在显要版面或重要时段报道了我校先进性教育活动的特色与成效。

二、朱英国当选为中国工程院院士

中国工程院12月13日公布2005年当选的50名院士名单，我校生命科学学院朱英国教授当选为农业、轻纺与环境工程学部院士。至此，我校已有中国科学院院士4名、中国工程院院士8名，另有兼职院士4名。

三、桂希恩入选央视“感动中国”年度人物，被美国《时代》周刊评为全球医疗英雄

1月16日晚，桂希恩接受中央电视台“感动中国·2004年年度人物”奖杯。4月14日，由三位著名艾滋病防治专家何大一、田波、桂希恩共同负责的“湖北省艾滋病母婴传播干预项目”启动。9月8日，桂希恩获湖北省2004年度科学技术突出贡献奖，奖金50万元。11月7日出版的美国《时代》周刊评选出全球18名“医疗英雄”，桂希恩名列其中。我校按照党委的要求，广泛深入地开展了向桂希恩学习的活动。

四、国家科技奖励成果创历史新高，5项成果获奖

在3月28日举行的国家科学技术奖励大会上，我校共有5项成果获得2004年度国家科技奖励二等奖。这是我校近年来获国家科学技术奖最多的一年，其中杨弘远院士等获国家自然科学二等奖（一等奖空缺），是我校十余年来作为第一完成单位再次获得国家自然科学奖。

五、我校全国优秀博士论文获突破，3篇入选4篇获提名

我校3篇论文入选2005年全国百篇优秀博士学位论文，4篇获提名，是近年来入选全国优秀博士论文最多的一次。至此，我校共有10篇论文入选全国优秀博士学位论文，12篇获提名。其中李德仁院士指导的博士生论文四次

入选，李德仁成为全国获指导教师奖次数最多的博导。

六、我校被评为全国精神文明建设工作先进单位

近年来，我校高度重视和大力推进精神文明建设工作，重在建设，着力创新，取得了新的成绩，被中央精神文明建设指导委员会评为全国精神文明建设工作先进单位，在10月26日召开的全国精神文明建设工作表彰大会上受到表彰。这是继2002年后我校再次获此荣誉称号。

七、国家重大文化工程《中华大典·明清文学分典》面世

国家重大文化工程《中华大典·明清文学分典》隆重面世。该书共五个分卷，计1200万字。自1994年起，集30余位学者之力，是一部全面系统地汇辑明清文学研究资料的大型类书。该书对相关研究领域作了全面拓展，标志着明清文学研究进入了一个新的发展阶段。

八、新的标志性建筑文科区建筑群全面竣工

6月份，我校新的标志性建筑——文科区建筑群整体交付使用。建筑群用地面积76亩，建筑面积共计75561平方米，包括法学大楼、经管大楼、外语大楼，是文科学科集中的教学科研区。该群楼于2002年11月5日举行奠基仪式，2005年4月8日竣工验收合格。

九、神六英雄走进珞珈，航天精神激励师生

12月17日，“神舟六号载人航天飞行先进事迹报告团”一行9人抵达我校，举行与武汉大学生见面会。英雄航天员费俊龙、聂海胜等与学子就中国航天事业的发展等开展交流互动，载人航天精神极大地激励了广大师生的报国之志。此前，中国载人航天工程副总设计师罗海银校友，“神六”航天员系统总指挥、总设计师陈善广校友，长征二号F运载火箭系统总设计师刘竹生等先后来我校作专场报告，在我校掀起了学习载人航天精神的热潮。

十、我校学子捷足先登南极内陆冰盖最高点

北京时间1月18日，包括我校博士生张胜凯在内的中国第21次南极科考队成功抵达南极内陆距海岸线最远的冰穹DomeA，使中国成为国际上首个从地面进入该点展开科学考察活动的国家。我校学子在人类历史上第一个登上南

极内陆冰盖最高点，展现了艰苦奋斗、开拓进取的精神风貌。3时16分，张胜凯手中的GPS接收机显示，这个最高点的位置是南纬80°22′00″，东经77°21′11″，海拔4093米。

激情澎湃的岁月

——2005年十大新闻评选侧记

在带来诸多成功的喜悦和更多的企盼后，2005年匆匆而过。

回顾过去，展望未来，我们为学校2005年取得的成绩感到欢欣鼓舞：2005年，无论是从学校发展的历史上看，还是从发生的一件件大事来看，很多都是前所未有的。

评选2005年十大新闻，勾勒出学校2005年前进的轮廓，为2006年的跨越式发展鼓劲，是我们一致的心愿。经过认真严格的筛选，《武汉大学报》拟定了58条备选新闻条目，于12月23日刊出，同时在珞珈新闻网上公布。

令人欣喜的是，此次评选活动得到广大读者和网友的热烈响应，广大师生将自己对学校的关心转化为对评选活动的积极参与。报社学生记者团更是专门组织进行投票。许多人还提出对此次活动的建议，提出了备选条目之外的"条目"。

一张张选票，蕴涵着浓浓的关注。

1月4日的评选会现场，气氛热烈。校党委书记顾海良、副书记骆郁廷以及来自各职能部门的领导和专家组成的十大新闻评选委员会，对候选条目逐一"圈点评注"，进行了充分讨论和认真评选。"什么样的新闻才能成为十大新闻"成了评委们讨论的热点：

要突出武汉大学特色，要有实质性意义；十大新闻是学校一年中重大事件的系统回顾，更是学校影响、地位的集中体现，要结合学校实际，根据新闻的价值，评选出在校内外都具有深远影响的事件……

各位评委畅所欲言，不仅公正地评选出了入围新闻，而且对学校的重大新闻事件给予了中肯的评价。

综合群众投票和专家评选结果来看，事关教学、科研、校园文化、政治文明和精神文明建设等方面的大事往往更能吸引师生们的注意力。在评选出的十大新闻中，有体现学校政治生活的"我校开展保持共产党员先进性教育活动"；有备受师生瞩目的"桂希恩入选央视'感动中国'年度人物，被美国《时代》周刊评为全球18名医疗英雄之一"；有师生们普遍关注的诸如"朱英国当选为中国工程院院士"、"航天英雄走进珞珈"等热点大事；有展现学校教学科研辉煌成绩的“我校入选全国优秀博士学位论文获突破”……

“在投出自己神圣的一票之际，身为一名武大人，不仅为学校今天的成绩感到快慰，更对学校的明天充满信心。”一位参与评选的老师如是说。年年岁岁花相似，岁岁年年人不同。武大人的激情，催生了2005年的收获，并将在2006年继续澎湃。

（程盼盼）

2005年十大新闻候选条目

1. 百万年薪全球招院长

学校向海内外发出公告，面向全球招聘生命科学学院院长、国际软件学院院长。这是我校首次面向全球公开招聘学院院长。所聘院长年薪根据自身条件为50万~100万元人民币，学校同时提供优良的工作和生活条件。经严格选拔，学者舒红兵、周怀北分别上任两学院院长。

2. 我校教育部人文社科重点研究基地增至七个

我校6个人文社科重点研究基地全部通过教育部合格评估，其中信息资源研究中心被评为优秀；媒体发展研究中心成功入选新增重点基地。至此，我校教育部人文社科重点研究基地增加到7个，列全国高校第四位。

3. 桂希恩入选央视“感动中国”年度人物，被美国《时代》周刊评为全球18名医疗英雄之一

1月16日晚，桂希恩接受中央电视台“感动中国·2004年年度人物”奖杯。9月8日，桂希恩获湖北省2004年度科学技术突出贡献奖，奖金50万元。11月7日出版的美国《时代》周刊评选出全球18名“医疗英雄”，桂希恩名列其中。此前，校党委下发文件，在全校广泛深入地开展向桂希恩学习的活动。

4. 我校学子捷足先登南极冰盖最高点

北京时间1月18日3时16分，人类首次登上南极内陆冰盖最高点。我校博士生张胜凯手中的GPS接收机显示，这个最高点的位置是南纬80°22′00″，东经77°21′11″，海拔4093米。

5. 珞珈科学文化冬令营举行

1月24日至26日，来自全国19个省、自治区、直辖市163所中学的493名中学生齐聚武大，参加首次珞珈科学文化冬令营。通过文化基础测试和能力测试，350 名营员获得一、二、三等奖，同时获得我校自主选拔录取资格；另有 115 人获纪念奖。

6. 学校隆重纪念校报创刊 85 周年暨复刊 1000 期

1 月 26 日，学校召开座谈会，隆重纪念校报创刊 85 周年暨复刊 1000 期，顾海良、骆郁廷、杨弘远等发表讲话。在 1000 期校报上，顾海良、刘经南、杨弘远、陶德麟题词祝贺，中宣部、教育部等部门有关负责人，全国各大新闻单位负责人签名祝贺；全国各大主要新闻单位及近百所高校的校报发来贺信贺电，前校长齐民友等撰文纪念。

7. 我校新增五门国家精品课程

我校 5 门课程入选 2004 年度国家精品课程。分别是目录学概论、马克思主义哲学原理、数学物理方法、动物生物学、数字图像处理，加上原有的两门微生物教学、牙体牙髓学，我校国家精品课程增至七门。

8. 三教授入选国家百千万人才工程

赵兴中、谭铮、刘正猷三位教授入选首批国家新世纪“百千万人才工程”。3 人是我校从海外引进的优秀人才，均为长江学者特聘教授。

9. “985 工程”二期建设全面启动

随着部分经费到位，我校“985 工程”二期建设日前进入全面启动阶段，学校全面实施学科建设创新工程。二期建设项目 2004 年 11 月获国家批准，在一期建设基础上，二期建设预计总投资 9 亿元。

10. 校团委获“全国五四红旗团委”称号

在 2004 年底召开的共青团十五届三中全会上，团中央表彰 2004 年度全国先进团组织，我校团委获“全国五四红旗团委”称号。

11. 三种学报获国家期刊奖

在 2 月 23 日召开的第三届国家期刊奖颁奖大会上，我校三种学报同时获奖。信息科学版、理学版获国家期刊奖提名奖，人文科学版获国家期刊奖百种重点期刊奖。

12. 李岚清来校畅谈“音乐·艺术·人生”

3 月 22 日，原中央政治局常委、国务院副总理李岚清在教育部副部长吴启迪，湖北省委常委、秘书长孙志刚陪同下，给我校和来自华中师大、武汉理工大的部分师生带来了一场精彩的“音乐·艺术·人生”讲座。

13. 五项成果获国家科技奖励

在 3 月 28 日举行的国家科学技术奖励大会上，我校共有 5 项成果获得 2004 年度国家科技奖励二等奖。这是我校近年来获国家科学技术奖最多的一年，其中杨弘远院士等获国家自然科学二等奖（一等奖空缺），是我校十余年来作为第一完成单位再次获得国家自然科学奖。

14. 我校新增一位长江学者特聘教授三位讲座教授

2004 年我校共有 4 人受聘为长江学者，其中李建成（大地测量学与测量工程专业）为特聘教授，张绪穆（有机化学专业）、付向东（生物化学分子生物学专业）、邹恒甫（数理经济与数理金融专业）为讲座教授。至此我校共有长江学者 20 人。3 月 28 日，李建成、邹恒甫赴京参加受聘仪式和座谈会。

15. 我校召开加强和改进大学生思想政治教育工作会议

4 月 6 日，我校召开加强和改进大学生思想政治教育工作会议。学校出台了《中共武汉大学委员会关于进一步加强和改进大学生思想政治教育工作的实施意见》，对进一步加强和改进我校大学生思想政治教育工作作了总体部署。

16. 我校对口支援新疆大学

根据教育部实施的“对口支援西部地区高等学校计划”，我校对口支援新疆大学。4 月 4 日、5 日，学校举办了两场座谈会，我校提出了对口支援工作的初步设想。

17. 何大一田波桂希恩担纲湖北省艾滋病母婴传播干预项目，桂希恩当选湖北省艾滋病宣传“大使”

4 月 14 日，由三位著名艾滋病防治专家何大一、田波、桂希恩共同负责的“湖北省艾滋病母婴传播干预项目”在中南医院启动。11 月 30 日，桂希恩被省卫生厅聘为湖北省预防艾滋病宣传员。

18. 校园开放日活动吸引众多考生及家长

我校于5月1日继续举办校园开放日系列活动，包括校内参观、名师讲座、招生咨询等。这是去年以来我校举办的第二个校园开放日，吸引了众多考生及家长。

19. 桂希恩黄从新被评为全国劳模

4月30日，我校桂希恩、黄从新两位教授荣获全国劳动模范称号，并出席了在北京召开的2005年全国劳动模范和先进工作者表彰大会。

20. 学校集中培训新提任中层干部

5月27日至6月23日，新提任中层干部培训班举办。校党委书记顾海良在开班典礼上讲话，校长刘经南作第一场报告。2004年元月以来新提任的70位中层正副职干部参加了培训，学校部分领导及有关专家为学员授课。

21. 第三十次学生代表大会第十次研究生代表大会召开

5月28日，武汉大学第三十次学生代表大会、第十次研究生代表大会召开。会议选举产生了第十次研究生代表大会委员会、常务委员会，第十届研究生会和第三十届学生会主席团。

22. 第六届教职工代表大会第十七次工会会员代表大会举行

6月3日至4日，武汉大学第六届教职工代表大会和第十七次工会会员代表大会隆重举行。大会选举产生了第十七届工会委员会和经费审查委员会委员。会议提出，“十一五”期间，学校将继续向国内外知名高水平大学的目标迈进。要以增强综合实力和核心竞争力为目标，以社会需求为导向，以提高质量为重点，努力推进和谐武大建设，促进学校教育事业全面、协调、可持续发展。

23. 我校举办纪念抗战胜利60周年系列活动

6月，我校举行纪念中国人民抗日战争暨世界反法西斯战争胜利60周年系列活动。在6月5日举行的“民族魂”歌咏晚会上，湖北省委宣传部副部长李子林、省委高校工委副书记李怀中、省教育厅助理巡视员高长舒等领导与数千师生一道观看了节目。

24. 国际合作与交流暨港澳台工作会议召开

6月8日，学校召开合校以来首次国际合作与交流暨港澳台工作会议。会议表彰了国际交流暨港澳台工作优秀单位和个人，20个单位、35人受到表彰。会议出台《武汉大学国际合作与交流工作的若干意见》（征求意见稿）。

25. 三篇论文入选全国优秀博士学位论文

我校3篇论文入选2005年全国优秀博士学位论文，4篇获提名，是近年来获全国优秀博士论文最多的一次。至此，我校共有10篇论文入选全国优秀博士学位论文，12篇获提名。其中李德仁院士指导的博士生论文四次入选，李德仁成为全国获指导教师奖次数最多的博导。

26. 龚健雅任“973项目”首席科学家

我校联合中科院、北京大学、上海交通大学等单位共同成功申请了国家重点基础研究发展规划项目（973项目），测绘遥感信息工程国家重点实验室常务副主任龚健雅教授任首席科学家。

27. 两支团队入选教育部创新团队

我校长江学者特聘教授吕应堂带领的高等植物生殖发育生物学团队和龚健雅带领的地球空间信息科学与技术团队入选2004年度教育部“长江学者和创新团队发展计划”创新团队。

28. 文科区建筑群整体交付使用

6月，我校新的标志性建筑——文科区建筑群整体交付使用。建筑群用地面积76亩，建筑面积共计75561平方米，包括法学大楼、经管大楼、外语大楼，是文科学科集中的教学科研区。该群楼于2002年11月5日举行奠基仪式，今年4月8日竣工验收合格。

29. 我校开展国防科研生产二级保密单位认证工作

7月5日，学校召开武器装备科研生产二级保密资格审查认证工作动员大会。会议提出，要站在国家安全与学校发展的高度，严肃对待，严格执行，严守标准，争取一次性通过审查认证。

30. 我校学生建筑设计作品获唯一最高奖“联合国教科文组织大奖”

我校学生的作品“特殊及极端环境条件下的建筑设计”在第22届国际建筑学生设计竞赛中获唯一最高奖“联合国教科文组织大奖”和另一专项奖，这是中国大学生第一次在国际建筑学生设计竞赛中获得此项最高奖。

31. 我校隆重庆祝第21个教师节并表彰师德标兵

9月9日，学校举行庆祝教师节暨师德标兵表彰大会，表彰了10位师德标兵。今年我校教师节凸显师德师风建设主题，会上宣读了《武汉大学师德铭》。

32. 植物发育生物学教育部重点实验室评估获优

9月10日，植物发育生物学教育部重点实验室接受专家现场评估，被教育部专家组评为优秀，并位居该专家组所评8个实验室之首。

33. “985工程”建设工作会议召开

9月14日，学校召开“985工程”建设工作会议。会议强调要攻克重大科学问题，主动服务经济社会。会上举行了“985工程”科技创新平台和哲学社会科学创新基地授牌仪式。

34. HOPE护理学院院长玛莎获“编钟奖”

9月27日晚，湖北省人民政府举行国庆招待会，将表彰外国专家对湖北省作出重大贡献的“编钟奖”授予我校HOPE护理学院院长玛莎教授。

35. 学校召开本科教学工作会议

10月9日至11月10日，我校召开本科教学工作会议。会议提出，进一步更新教育教学理念，全面提高教学质量，打造世界一流的本科教学。会议围绕主题进行了深入讨论，并达成了一致共识。

36. 我校2005年普通本科招生形势喜人

在2005年的招生工作中，我校大力实施“阳光工程”，招生情况良好。共有77个专业和专业大类面向全国31个省（自治区、直辖市）招收普通本科生7482人，其中通过高考录取的新生7131人、港澳台及华侨学生211人、插班生68人、专升本69人、著名优秀运动员3人。

37. 武汉大学深圳产业化基地奠基

10月13日下午，武汉大学深圳产业化基地奠基仪式在深圳市高新区虚拟大学园国家大学科技园工地隆重举行。校长刘经南、副校长周创兵，深圳市委常委、常务副市长刘应力等领导为基地大楼奠基。

38. 我校新闻网全面改版

经过党委宣传部与网络中心的共同努力，武汉大学新闻网改版成功，并改名“珞珈新闻网”。新的版面于10月19日开始试运行。

39.《中华大典·明清文学分典》面世

国家重大文化工程《中华大典·明清文学分典》隆重面世。该书共五个分卷，计1200万字。自1994年起，集30余位学者之力，是一部全面系统地汇辑明清文学研究资料的大型类书。该书对相关研究领域作了全面拓展，标志着明清文学研究进入了一个新的历史发展阶段。

40. 中央、国家和湖北省领导多次来校考察

1月9日，中共中央政治局委员、湖北省委书记俞正声，国务委员陈至立等考察我校科技园。2月1日，俞正声一行来校看望留校的大学生。4月14日，全国政协副主席张怀西在湖北省政协副主席、民进省委主委蔡述明等陪同下来校考察。5月13日，全国人大常委会副委员长、民盟中央主席丁石孙，全国政协副主席、民盟中央常务副主席张梅颖一行来校考察。8月17日，俞正声来校检查了解先进性教育活动准备工作情况并做重要指示，9月1日，为我校师生作形势政策报告。9月8日，俞正声等来校看望著名法学家马克昌，表示教师节的慰问和祝贺。9月13日，中共中央政治局委员、国务院副总理曾培炎在湖北省委副书记、省长罗清泉和国务院有关部门负责人陪同下来校考察。

41. 庞代文被评为全国优秀博士后

10月21日，全国优秀博士后表彰大会暨博士后工作会议在北京人民大会堂举行。我校生物学博士后科研流动站被评为全国优秀博士后科研流动站，庞代文被评为全国优秀博士后，王仁春被评为全国优秀博士后管理工作者，在会上受到表彰。

42. 我校被评为全国精神文明建设工作先进单位

近年来，我校高度重视和大力推进精神文明创建工作，积极作为，与时俱进，取得了新的成绩，被中央精神文明建设指导委员会评为全国精神文明建设工作先进单位，在 10 月 26 日召开的全国精神文明建设工作表彰大会上受到表彰。这是继 2002 年后我校再次获此荣誉称号。

43. 我校社科基金重大课题获突破

以曾国安为首席专家申报的项目“调整国民收入分配、逐步解决地区之间和部分社会成员收入差距过大的若干重大问题研究”、以简新华为首席专家申报的项目“工业化和城市化过程中的农民工问题研究”2 项课题获得首届国家社科基金重大招标项目批准。此前，我校 29 个申请项目获 2005 年度国家社科基金资助，其中重大项目 1 项、重点项目 5 项、一般项目 15 项、青年项目 8 项，总资助经费达 238.5 万元。受资助项目数名列全国高校第三位，受资助项目数和金额均创我校历年之最。

44. 我校全面开展创优迎评工作

为迎接教育部评估，我校全面开展创优迎评工作。3 月 22 日，学校召开创优迎评专题汇报会议，顾海良强调创优迎评是本科教学发展的重要机遇。在四个试点学院本科教学工作水平预评估的基础上，学校正式启动了全校本科教学预评估工作。10 月 28 日，所有学院和直属单位、新专业完成预评估，进入职能部门工作总结阶段，为下一步的学校报告做准备。

45. 美国院士捐赠我校早期建筑图纸

11 月 16 日，我校早期建筑结构工程师亚拉伯汗·莱文斯比尔先生的儿子，美国工程院院士、俄勒冈州立大学教授奥特夫·莱文斯比尔先生向我校捐赠了 150 余幅早期建筑工程图纸。学校授予他名誉教授称号。

46. 四名师生参加我国第 22 次南极科考

11 月 18 日上午，我国第 22 次南极科学考察队乘坐“雪龙”号破冰船，从上海民生港码头起航奔赴南极。我校有 4 名师生参加此次考察，主要完成长城站 GPS 国际联测、拉斯曼丘陵地区航测、中山站越冬 GPS 常年观测、南极考察队员的医学观察和保障等科考任务。

47. 新闻媒体聚焦我校先进性教育活动

在我校深入开展保持共产党员先进性教育活动过程中，中央、教育部、湖北省先教办简报多次介绍我校经验，全国各大新闻媒体集中报道了我校做法。11月23日，中央先教办《简报》（第667期）刊发《武汉大学注重发挥自身教育资源优势，促进先进性教育活动健康发展》。此前，中央先教办发出通知，要求中央主要新闻单位在《实践“三个代表”重要思想，保持共产党员先进性》专栏中刊播“武汉大学在先进性教育活动中注重发挥党员专家、教授的先锋模范和带头作用，推动先进性教育活动深入开展”的专题报道。随后，新华社、中央电视台《新闻联播》、人民日报、光明日报、经济日报、中央人民广播电台、中国青年报、中国教育报都在显要位置（时段）对这一专题进行了集中报道。湖北省内各新闻媒体也集中报道了我校先进性教育的经验和典型人物的先进事迹。

48. 我校与巴黎七大合作建设孔子学院

11月23日，校党委书记顾海良与来访的法国巴黎七大校长白诺瓦·鄂汉签署了关于共同创建孔子学院的协议，这是巴黎的首个孔子学院，也是我校首次与外国大学合作建立孔子学院。

49. 全国计算机仿真大赛我校获一等奖

由我校动力与机械学院本科生马琼雄、卢红祥、郭丽组成的代表队在全国计算机仿真大赛总决赛中获一等奖。

50. 我校举行“珞珈金秋国际文化节”

11月26—27日，“珞珈金秋国际文化节”举行。来自78个国家和地区的留学生展示了丰富多彩的异域文化。留学生展示了书法、摄影、绘画等作品，参观者观看展品，和留学生合影，交换联系方式。27日晚，来自30多个国家的留学生上演了文艺晚会。

51. 校庆日学校举行升国旗仪式

11月29日是建校112周年纪念日，上午7时，学校举行庄严而隆重的升国旗仪式。此次升旗仪式是合校后首次举行的大型升国旗活动。为加强大学生爱国主义教育，学校决定今后继续在大学生中组织开展升国旗活动，并颁布了《升降国旗操作规范》（试行），明确规定仪式要求、操作程序和发令规范用语等。

52. 我校新增五个一级学科博士点

经通讯评议和国务院学位委员会学科评议组专家集中评审，我校新增应用经济学、地理学、土木工程、通信与信息工程、基础医学等5个一级学科博士学位授权点，加上新增一级学科博士点所覆盖的16个新的二级学科博士点，我校一级学科博士点达到27个，二级学科博士点达到186个（含2个专业学位博士点和26个一级学科范围内自设博士点）。

53. 《武汉大学师德铭》正式推出

我国高校首个《师德铭》——《武汉大学师德铭》正式推出。自2004年9月以来，学校组织开展了《武汉大学师德铭》征集活动。经专家综合整理，并多次听取院士、人文社科资深教授和广大师生意见，几易其稿，最终正式确定了《武汉大学师德铭》。《师德铭》共26句，104字。

54. 五院士厦门讲科技

12月5日，2005年厦门科技论坛第三期开讲。我校刘经南、李德仁、宁津生、陈俊勇、张祖勋5位院士到会作技术报告。5位院士同时到会举办以3S技术为主题的科技论坛，在福建省尚属首次。

55. 朱英国当选为中国工程院院士

中国工程院12月13日公布2005年当选的50名院士名单，我校朱英国教授当选为农业、轻纺与环境工程学部院士。至此，我校已有中国科学院院士4名、中国工程院院士8名，另有兼职院士4名。

56. 航天英雄走进珞珈

12月17日上午，“神舟六号载人航天飞行先进事迹报告团”一行抵达我校，举行与武汉大学生见面会。见面会通过视频短片、提问等方式，就中国航天事业的发展、神舟六号的发射过程及载人航天技术的发展等多个方面的问题展开交流。大学生还为航天英雄献上了精心准备的文艺节目。

57. 新闻媒体聚焦我校合校五周年

今年下半年以来，全国各大新闻媒体集中报道了我校合校五年的发展历程和成就，《人民日报》、《光明日报》、《中国教育报》、《中国青年报》等中央各大报纸，《湖北日报》、《今日湖北》等省内报刊，全国多家网站刊发长篇报道，反映我校合校成就，并由此提炼高校合并的成功经验，称“武汉大学走出了一条合并高校的成功之路”。媒体共刊发有关我校合校五年的报道30余篇。(杨欣欣、程盼盼整理)

（《武汉大学报》第1035期，2005年12月23日）

武汉大学2006年十大新闻

（《武汉大学报》第1072期，2007年1月5日）

一、法国总统希拉克来校访问，盛赞我校为中法合作典范

10 月 27 日，法国总统希拉克来校访问，分别为中南医院急救中心和中法肝胆疾病研究院揭幕。希拉克总统在中南医院的演讲中说：“我非常高兴来到这里，向中法双方在武汉大学进行的典范合作表示敬意。”国务委员陈至立、湖北省省长罗清泉等陪同考察。

11 月 8 日，希拉克致信校长刘经南，称赞“中南医院开展的高水平的法中合作为法中医学领域的合作开辟了广阔的前景”，并“衷心祝愿美丽的武大不断发展”。

二、我校顺利通过教育部本科教学评估

10 月 15—20 日，教育部专家组来校进行了本科教学工作水平评估，我校以优异成绩通过评估。专家组认为，学校统一办学指导思想，整合四校资源，学科优势互补，调整规模、优化结构、提升质量、彰显效益，“三优”、“三创”特色鲜明。

11 月 30 日，学校举行本科教学工作水平评估总结表彰大会。通过两年多时间的创优迎评，我校进一步提高了学校本科教学质量，提升了硬实力和软实力，增强了师生员工的凝聚力，全面推动了各项工作向前发展。

三、周云峰吴泓渺荣获法国骑士勋章

11 月 18 日、11 月 28 日，法国驻武汉总领事费勇代表法国政府，先后向中南医院院长周云峰教授、外语学院吴泓渺教授颁发了法国骑士勋章。该勋章用以表彰对法交流有杰出贡献的人士。费勇高度赞扬他们在法国文化的传播、教学等方面作出的突出贡献。

周云峰是我国首位获此殊荣的医学界人士。11 月 8 日，法国总统希拉克致信周云峰：“我很高兴地看到您所领导的医院在急救和肝胆疾病领域和法国积极开展前景广阔的合作。对您积极致力于法中医学领域的合作和友谊，我深感欣慰。”吴泓渺多年致力于法语教育事业，为法国语言、思想和文化在中国的传播做出了重要贡献。

四、我校 21 项成果获教育部第四届人文社科优秀成果奖，获奖总数居全国高校第二

我校 21 项研究成果获教育部组织的中国高校第四届人文社会科学研究优

秀成果奖，其中一等奖 2 项（邓晓芒《康德三大批判新译》、顾海良《马克思劳动价值论的历史与现实》），二、三等奖 19 项，获奖总数在全国高校中仅次于北京大学，与中国人民大学并列第二，这也是我校在历届人文社科优秀成果奖评奖中获奖总数最多的一次。

五、我校通过国防科研生产保密资格审查认证

1 月 6 日，我校以各项指标全部符合标准的优异成绩，顺利通过国家武器装备科研生产二级保密资格审查认证。这标志着我校获得了开展国防科研的通行证，在我国国防高科技研究领域占有一席之地。我校是全国迄今获得该项资格的少数几所高校之一。

六、我校实施基础学科振兴行动计划

为了振兴基础学科，带动其他学科发展，我校着手实施“基础学科振兴行动计划”，5 年内将投入至少 8000 万元，重点建设中国语言文学、历史学、哲学、数学、物理学、化学、生物学等 7 个一级学科，此举将有效提升我校学科综合实力和核心竞争力。

七、樊明文郭齐勇李征航荣获第二届国家教学名师奖

8 月 25 日，口腔医学院樊明文、哲学学院郭齐勇、测绘学院李征航三位教师荣获我国第二届“高等学校教学名师奖”，获奖数与北大、浙大、川大并列第一。至此，我校共有 6 名“高等学校教学名师”，在北大（7 名）、清华（7 名）之后居第三位。

八、我校组织学生辅导员赴美见习学生事务管理

10 月，我校组织 12 名学生辅导员赴美国俄亥俄州立大学进行为期一个月的学生事务工作见习，这在国内高校尚属首次，也是我校第一次组织学生辅导员专门针对学生事务管理工作而开展的国际交流活动。12 名学生辅导员主要见习了学生宿舍管理、资助、就业指导、校园文化建设、心理咨询等内容。

九、珞珈金秋国际文化节 89 国留学生演绎文化和谐

11 月 18—25 日，我校举办第二届珞珈金秋国际文化节。法国、泰国、加蓬等多国大使或其他官员到会。来自 89 个国家的留学生展示了极具民族特色的文化艺术品、图片、书籍、服饰和乐器等，演出了丰富多彩的文艺节目，增

进了各国学生的相互了解，加强了中外文化交流。

十、武大学子践行“三创”教育理念成果丰硕，全国瞩目

1月3日，新闻与传播学院学生蝉联2005中国大学生广告电视辩论赛冠军，并夺得全场3个单项奖中的两项。

7月11日至8月18日，以城市设计学院学生为主组成的“中国轮廓”科学考察队，全程考察了祖国国境线上的建筑与城镇，中央电视台为此制作7集专题片进行了连续报道，科考活动受到社会广泛关注和好评。“中国轮廓”科考队获2006年全国大中专学生暑期“三下乡”社会实践活动优秀团队称号。

10月18日，我校两支创业团队在第五届“挑战杯”中国大学生创业计划竞赛中获得两项金奖，金奖数列全国参赛高校前列，也是湖北省在该项赛事中取得的最好成绩。

12月3日，经济与管理学院2004级保险学专业本科生获首届全国大学生保险模拟法庭辩论赛总决赛冠军。

12月8日，法学院2003级本科生获第四届全国高校“理律杯”模拟法庭竞赛冠军，这是我校继2003年捧得首届冠军杯后再度夺冠。

2006 年度新闻人物

黄来女当选我校 2006 年度新闻人物

经师生投票推荐，学校十大新闻和年度人物评选委员会评选，黄来女当选为我校 2006 年度新闻人物。

黄来女是我校贯彻中央 16 号文件精神、加强和改进大学生思想政治教育工作中涌现出的优秀大学生典型。她是计算机学院 2003 级学生，学习期间，父亲重病，举目无亲，在广大同学和老师的帮助下，她凭着坚强的意志和乐观的精神，克服了常人难以想象的困难，各方面表现出色，曾获校级“社会活动积极分子”、“优秀团员”荣誉称号；获得国家奖学金，以优异成绩通过国家英语四级、六级考试，被推荐免试攻读硕士研究生；加入了中国共产党，成为一名预备党员。

2006 年 5 月 31 日，学校授予黄来女“自强不息优秀大学生”荣誉称号，并号召全校学生学习她自强不息、持之以恒的拼搏精神，敬老行孝、知恩图报的传统美德，直面困难、乐观向上的阳光心态，勤奋学习、立志成才的执著追求。黄来女还获得湖北省大学生“文华科技”品学奖，被省委高校工委、省教育厅授予“全省自强不息优秀大学生”荣誉称号，荣膺“2006 年度全国百佳大学生”称号并进入竞逐十大“2006全国大学生年度人物”的30位“晋级候选人”。

2006年12月，黄来女参加教育部等组织的“全国大学生优秀事迹报告团”，分赴北京大学、中国人民大学、南开大学等高校作报告，黄来女事迹在全国大学生中引起了极大反响，受到广泛好评。

2005年5月20日，《武汉大学报》第一版以长篇通讯《黄来女：撑起一片天》最早报道了黄来女的事迹；2006年8月28日，教育部工作简报刊载了黄来女事迹；10月10—11日，中央电视台（新闻联播）、《人民日报》、新华社、《光明日报》、《中国教育报》、《中国青年报》等媒体分别在重要位置（时段）对黄来女事迹作了长篇集中报道。

（杨欣欣）

将激情进行到底

——2006 年十大新闻和年度新闻人物评选侧记

12 月的珞珈山寒意渐浓，可师生们的心中却暖意融融。回眸刚刚过去的 2006 年，有太多的人和事打动我们，令我们难以忘怀。

且不论“十五”“211 工程”顺利通过国家验收，我校以优异成绩通过教育部本科教学工作水平评估这些令人欢欣鼓舞的大事，自强不息优秀大学生黄来女先进事迹引起社会广泛关注，法国总统希拉克来校访问等也足以让广大师生感受到学校硬实力、软实力的不断提升。

本报通过仔细梳理和精心挑选，64 条本年度十大新闻候选条目于 12 月 15 日呈现在大家面前。而就在正式评选的前一天，喜讯传来，教育部人文社科优秀成果奖正式颁发，我校获奖数居第二位。

评选活动得到了广大师生员工的大力支持和积极响应。一张张选票蕴涵着他们对学校的深情厚谊，激情在评选活动中延续。

12 月 29 日，以校党委书记顾海良为主任的评选委员会专家齐聚一堂，在热烈的气氛中共同搜索记忆中的人和事，回眸我们共同走过的 2006 年。

“既要有教学科研新闻，也要有对提升学校学术地位和办学实力有重要意义的事件”；“今天的新闻是明天的历史，关键要看新闻事件和新闻人物的影响力”；“十大新闻不代表十件大事，要着重从新闻价值考虑”；“只有‘人无我有、人有我好’的新闻才最具新闻价值”……评委们各抒己见，现场气氛十分活跃。

“遗憾也是一种美。”“十大”的“指标”限制令评委们觉得“意犹未尽”：19 门课程入选 2005 年、2006 年度国家精品课程，入选数居全国高校前列；我国首部系统完整的中国文学编年史问世；俞正声“绿色通道”看望贫困生；桂希恩获中国内藤国际育儿奖；首届珞珈国际夏令营举办；学生评选最喜爱的教师……每一件新闻都是武大人奋发进取、不断前行的见证。

评选年度新闻人物是此次活动的“重头戏”。荣登全国教学名师榜的樊明文、郭齐勇、李征航，背父上大学的黄来女，荣获法国骑士勋章的周云峰，承担“973 计划”项目的舒红兵，入选国家创新研究群体的庞代文团队……他们通过自己的努力，为学校争得了荣誉，为推动学校的发展作出了自己的贡献，受到师生的高度关注和赞誉。最终，黄来女以其自强不息、知恩图报的精神脱颖而出。

“如今，十大新闻评选的影响面越来越大，群众的参与率越来越高，评选内容也越来越丰富，已成为回顾学校一年发展历程的重要方式。”一位评委说。

发生在2006年的新闻事件和场景犹在眼前，2007年已向我们走来。深冬的珞珈，正呈现出一派浓浓的春意……

（程盼盼）

2006 年十大新闻候选条目

1. 我校获国防科研生产通行证

1 月 6 日，我校以各项指标全部符合标准的优异成绩，顺利通过武器装备科研生产二级保密资格审查认证。这标志着我校正式成为国家军工科研生产战线上光荣的一员，成为湖北省为数不多的获此资格认证的高校之一。

2. 武汉大学人文社会科学委员会成立

1 月 8 日，学校举行人文社会科学委员会成立大会。人文社会科学委员会是学校人文社会科学类最高的学术性质询机构，在决策、咨询、评估、建议等方面发挥重要作用。

3. 学校党委中心组获湖北省委表彰

学校党委中心组被评为 2004—2005 年度湖北省先进党委中心组，受到湖北省委表彰。这是学校党委中心组连续第二次获此称号。学校党委高度重视中心组理论学习，大力加强学校领导班子的思想理论建设，取得了明显成效，全校上下“学理论，保先进，促发展，创一流”已蔚然成风。

4. 19 门课程入选 2005 年、2006 年度国家精品课程，入选数居全国高校前列

1 月初，我校 10 门课程入选 2005 年度国家精品课程，与北京大学、清华大学并列第一。11 月 16 日，我校 9 门课程成为 2006 年度国家精品课程，入选数在北大、清华之后，位居第三。我校迄今共有 26 门课程入选国家精品课程。

5. 两项成果获国家科技进步二等奖

1 月 9 日，我校两项成果和一项合作项目获 2005 年度国家科技进步二等奖。获奖的两个项目是：郭仁忠、刘耀林、艾廷华等完成的空间数据自动综合技术及应用工程；龚健雅、李清泉、朱欣焰等完成的空间信息网络服务技术及产业化。

6. 中国测绘院士考察团赴南极考察访问

1月12—16日，包括陈俊勇、宁津生、李德仁、许厚泽4位院士在内的中国测绘院士南极考察团前往南极乔治王岛，就如何进一步发挥长城站在我国极地研究中的作用进行了认真讨论，并进行了步行考察，提出了咨询报告。

7. 茆智张祖勋获湖北省梁亮胜侨界科技奖

侨眷茆智院士、张祖勋院士获湖北省侨联梁亮胜侨界科技奖一等奖，这也是全省仅有的两个一等奖。桂希恩、杨弘远、周嫦、谭锦泉等8人获二等奖，陈春明获三等奖。我校获奖数占全部获奖数的27.5%。

8. 化学实验中心获全国“女职工建功立业标兵岗”称号

在“三八”国际妇女节之际，化学实验中心被中华全国总工会授予“女职工建功立业标兵岗”称号，是湖北省唯一获此殊荣的单位，全国教育战线共有4个单位获此称号。

9. 汪信砚入选全国“四个一批”人才

哲学学院教授、博士生导师汪信砚入选全国宣传文化系统第二批“四个一批”人才，成为湖北省理论界的首位入选者。由中组部、中宣部、人事部共同组织的“四个一批”人才培养工程，旨在重点培养宣传文化系统各领域的领军人物和学术带头人。

10. 我校新增7位长江学者

3月29日，7位教授受聘为2005年度长江学者，其中曾令良、刘耀林、谭锦泉为特聘教授，黄孝军、李国民、葛茂荣、夏小华为讲座教授。至此，我校共有长江学者27名。

11. 我校南极考察测绘成果引起广泛关注

4月7日，《中国南极考察地区基础测绘》项目通过专家验收。该项目为今后我国进行极地考察提供了测绘保证，对扩展和维护我国东南极的权益具有重要意义，新华社、人民日报、中央电视台等新闻媒体在显要位置（时段）对该成果进行了报道。

11月，我校5名队员随中国第23次南极科学考察队出征，赴南极考察。

12. 我校被评为全国“三下乡”先进集体

我校被中宣部、中央文明办、教育部、团中央和全国学联等单位授予 2005 年度全国大中专学生文化科技卫生“三下乡”社会实践活动“先进集体”称号。此前，我校 11 支团队获得湖北省优秀实践服务团队称号，15 人获先进个人称号，我校获“优秀组织奖”。

13. 邓红兵杨利获“百人会英才奖”

4 月 17 日，资源与环境科学学院硕士生邓红兵、化学与分子科学学院博士生杨利获“百人会英才奖”，各获奖金一万元。该奖用于奖励全国 12 所重点高校具有杰出组织能力、积极参与社会公益、品学兼优的优秀研究生。

14. 我校被评为湖北大学生思想政治教育工作先进高校

4 月 18 日上午，校党委书记顾海良参加第 14 次全省高校党建暨大学生思想政治教育工作会议，并作大会交流发言。下午，该会的现场经验交流会在我校召开。会上，我校被评为湖北大学生思想政治教育工作先进高校，并有 18 名先进个人受到表彰。

15. 学校表彰第四届杰出校友

4 月 22 日，学校举行第四届杰出校友颁奖仪式，陈俊勇、陈善广、陈文蔚、方辉煜、林宗坚、王明庥、游效曾 7 人获表彰。至此，我校共评出 42 名杰出校友。

16. 生物学实验中心入选国家级示范中心

教育部评定首批 25 个国家级实验教学示范中心，我校生物学实验中心入选生物类示范中心。

17. 两团队入选教育部创新团队

庞代文率领的化学生物学应用基础研究科研团队、赵兴中率领的低维功能材料与智能器件科研团队入选 2005 年度教育部创新团队，使我校创新团队增至 4 个。另有 22 人入选 2005 年度教育部“新世纪优秀人才支持计划”。

18. 一基地入选“高等学校学科创新引智计划”

在由教育部、国家外国专家局联合实施的“高等学校学科创新引智计划”2006年度项目评审中，细胞功能的分子基础学科创新引智基地作为首批建设项目予以立项，负责人为舒红兵教授。

19. 李义天获全国五一劳动奖章

“五一”劳动节前夕，水利水电学院教授、“973项目”首席科学家李义天喜获全国五一劳动奖章，是湖北省教育系统唯一的获奖者。

20. 张胜凯获“全国三好学生标兵”等多项荣誉

测绘学院2003级博士生张胜凯因其在南极科考中的突出表现，在“五四”青年节之际被教育部、团中央授予“全国三好学生标兵”荣誉称号，并获得第五届“湖北青年五四奖章”；10月10日，他荣膺“2006年度全国百佳大学生”称号。

21. 许承瑜任软件工程国家重点实验室主任

我校继续面向海内外招聘高层次人才，5月11日，学校任命许承瑜教授担任软件工程国家重点实验室主任。此前他是美国加州大学尔湾分校教授。

22. “十五”“211工程”项目接受国家验收

5月15—16日，教育部组织专家组对我校“十五”“211工程”建设项目进行整体考察验收。专家认为，我校进一步调整和优化学科结构，促进了学科交叉和融合，在学科建设和科学研究中取得了重大突破。

23. 李清泉获中国青年科技奖

5月26日，李清泉被授予第九届中国青年科技奖，他在三维空间信息获取、建模与可视化、激光扫描技术研究等方面取得了突出成果。迄今我校共有11人获此殊荣。

24. 第七届“武汉大学杰出青年”评出

5月26日，学校举行第七届“武汉大学杰出青年”表彰大会，14位杰出青年（教职工）受表彰，10名学生获“武汉大学杰出青年学生”荣誉称号。

25. 我校新增一批学位授权学科（专业）

国务院学位委员会批准第10批博士和硕士学位授权学科、专业。我校新增博士学位授权一级学科6个，博士学位授权学科、专业5个，硕士学位授权学科、专业8个。

26. 何大一桂希恩预防艾滋病取得新成果

由名誉教授何大一与中南医院教授桂希恩联手实施的预防艾滋病母婴传播项目取得阶段性成果，母婴传播率由阻断前的38.2%下降到5%以下。

27. 自强不息优秀大学生黄来女事迹引起广泛关注

5月31日，学校召开表彰大会，授予“背父上大学”的计算机学院2003级学生黄来女“自强不息优秀大学生”荣誉称号，并号召全校学生学习黄来女的精神。黄来女还获得湖北省大学生“文华科技”品学奖，被省委高校工委、省教育厅授予“全省自强不息优秀大学生”荣誉称号，荣膺“2006年度全国百佳大学生”称号并进入竞逐十大“2006全国大学生年度人物”的30位“晋级候选人”，入选100名候选人竞逐中国大学生自强之星。8月28日，教育部工作简报刊载了黄来女事迹；10月10—11日，中央电视台、《人民日报》、新华社、《光明日报》、《中国教育报》、《中国青年报》等媒体作了集中报道。

28. 43项成果获湖北省科技奖

我校共有43项科技成果获得2005年度湖北省科学技术奖。其中4项获自然科学一等奖，2项获科技进步一等奖。

29. 校党委获“湖北省先进基层党组织”、李德仁获“湖北省优秀共产党员”称号

在庆祝建党85周年之际，我校党委被湖北省委授予“全省先进基层党组织”、李德仁院士被授予“全省优秀共产党员”称号。另有6个单位被授予“全省高校先进基层党组织”、12人被授予“全省高校优秀共产党员”、6人被授予“全省高校优秀党务工作者”称号。

30. 首届珞珈国际夏令营举办

6月19日至7月3日，来自15个国家和地区22所院校的70余名海外大学生和我校30名优秀学生参加了首届“珞珈国际夏令营”。学员们参加系列讲座，开展文化考察，参观名胜古迹，举办文艺活动，了解中国的风俗人情、语言文化等，并与来自世界各国的大学生进行了文化交流。

31. 我校首次在老图书馆集中授予博士学位

6月24—25日，首次博士学位集中授予仪式在老图书馆举行。顾海良、刘经南等校领导为800余名毕业博士生颁发博士学位证书并合影留念。

32. “中国轮廓”大型科考活动举行

7月11日至8月18日，以城市设计学院学生为主组成的“中国轮廓”科学考察队，全程考察了祖国国境线上的建筑与城镇。9月12日，学校表彰参加科考活动的8支纵队、39位优秀个人和带队老师。

33. 樊明文郭齐勇李征航荣登教学名师榜

8月25日，樊明文、郭齐勇、李征航荣获第二届“高等学校教学名师奖”，我校本次获奖人数与北京大学、浙江大学、四川大学并列第一。至此，我校共有6名“高等学校教学名师”，与北大并列第一。石云霞、姚端正、汪存信三位教授2003年首批获奖。

34. 俞正声“绿色通道”看望贫困生

9月6日，中共中央政治局委员、湖北省委书记俞正声来到我校新生“绿色通道”，了解贫困大学生资助政策和落实情况。

35. 我校新增一项“973计划”项目

我校为第一承担单位的“感染与免疫的基础研究”项目入选国家重点基础研究发展计划（“973计划”），生命科学学院院长舒红兵教授、中国科学院微生物研究所高光侠研究员任项目首席科学家。至此，我校已有4个项目获国家“973计划”项目资助。

36. 我校新获23项国家社科基金项目

我校23项课题获得2006年国家社会科学基金项目资助，其中重点项目3项、特别委托项目1项，立项率为17.3%，立项数和立项率均居全国高校前列。

37. 校工会被评为全国师德建设先进集体

9月8日，中华全国总工会召开庆祝教师节暨全国师德标兵和全国师德建设先进集体表彰大会，我校工会荣获“全国师德建设先进集体”称号。

38. 两位诺贝尔奖得主成为我校名誉教授

3月15日、9月12日，诺贝尔经济学奖获得者约瑟夫·斯蒂格里茨教授、诺贝尔化学奖得主理查德·R. 施罗克教授先后来校讲学，分别被授予我校名誉教授称号。

39. 武汉大学珞珈学院正式开学

9月15日，新成立的武汉大学珞珈学院迎来了首批635名本科新生。该学院是今年4月12日经教育部批准设置的独立学院，是我校继东湖分校后获准设置的第二所独立学院。

40. 17人获中法博士生学院资助

根据国家留学基金委批复，104人获得2006年度中法博士生学院项目赴法国学习资格，我校申报的17名博士生全部通过，获准人数在全国高校名列前茅。他们将赴巴黎十一大等12所高校进行为期一年的联合培养。

41. 冯天瑜刘纲纪被增选为人文社科资深教授

经遴选考核，学校增选冯天瑜、刘纲纪为人文社科资深教授。至此，我校人文社科资深教授增至8人。

42. 我校获第八届高交会三项大奖

10月12—17日，我校参加在深圳举办的第八届中国国际高新技术成果交易会，获优秀组织奖、优秀展示奖和优秀产品奖三项大奖。

43. 英国圣公会大主教访问我校

10 月 13 日，英国圣公会大主教威廉姆斯博士访问我校。校长刘经南会见了大主教一行。大主教在与我校教师座谈后，发表了题为“什么是大学”的演讲。

44. 教育部专家组来校评估本科教学

10 月 15—20 日，教育部本科教学工作水平评估专家组来校进行了本科教学工作水平评估。专家组认为，学校统一办学指导思想，整合四校资源，学科优势互补，调整规模、优化结构、提升质量、彰显效益，各项事业获得了很大发展。

11 月 30 日，学校举行了本科教学工作水平评估总结表彰大会。

45. 学生评选最喜爱的教师

在 10 月 15 日举行的“我最喜爱的优秀教师”颁奖晚会上，12 名由全校学生票选产生的优秀教师上台接受由学生颁发的证书。

46. 桂希恩获中国内藤国际育儿奖

10 月 23 日，桂希恩获“2006 年（第五届）中国内藤国际育儿奖”。该奖是由中国与日本同时创设的荣誉甚高的国际奖项，用于表彰为妇女儿童的健康和幸福作出突出贡献的单位和个人。桂希恩在防治妇女儿童艾滋病事业中的卓越成就，赢得了中日两国评审专家的认可。

47. 学校组织学生政工干部赴美考察

10 月，我校 12 名学生政工干部赴美国俄亥俄州立大学进行为期一个月的学生事务工作考察。这在国内高校尚属首次，也是我校第一次组织干部专门针对学生事务管理工作而开展的国际交流活动。考察培训班就学生宿舍管理、资助、就业指导、校园文化建设、心理咨询等学生事务进行了考察学习。

48. 对口支援新疆大学行动计划启动

10 月 24 日，我校和新疆大学签订“十一五”对口支援协议，“十一五”期间，我校实施对口支援新疆大学“115”行动计划，即为新疆大学培养师资 100 人次；支持新疆大学重点建设 10 个左右基础较强的学科；选派院士、资深教授、骨干教师等50人次到新疆大学讲学或授课；共同申报有关重大项目和国家级重点课题；指导新疆大学创新团队建设的顶层设计；提供经费支持200万元。

49. 法国总统希拉克来校访问

10月27日，法国总统希拉克来校访问，分别为中南医院急救中心和中法肝胆疾病研究院揭幕。希拉克高度称赞我校对法交流的成就，向中法双方在武汉大学进行的典范合作表示敬意。国务委员陈至立，湖北省省长罗清泉等陪同考察。

11月8日，希拉克致信刘经南，称赞“中南医院开展的高水平的法中合作为法中医学领域的合作开辟了广阔的前景”，并“衷心祝愿美丽的武大不断发展”。

50. 学校庆祝测绘学科创建50周年

10月28日，测绘学科创建50周年庆祝大会隆重举行。国土资源部副部长鹿心社、湖北省副省长郭生练等到会讲话。学校还举办了系列国际和国内学术会议、全国测绘人才工作会议等庆祝活动。测绘学科是我校独具特色的优势学科，在全国同类学科中门类最齐全、规模最大、教育层次和办学体系最完备，综合实力和社会影响居于领先地位，在国际上可以与美、德等测绘强国的同类学科相媲美。

51. 法学院喜庆80华诞

11月4日，法学院建院80周年暨恢复重建20周年庆典举行。全国政协副主席罗豪才等到会讲话。我校法科历史悠久，声名远播，名师荟萃，成果显著，学科齐全，实力雄厚，群英聚集，人才辈出，为国家民主法治建设作出了重要贡献。院庆期间还举办了系列学术和学生活动。

52. 樊明文曹来英获中国医师奖

11月7日，中国医疗行业最高奖——中国医师奖在北京颁发，口腔医学院名誉院长、口腔内科学教授、博士生导师、主任医师樊明文，人民医院妇产科副主任、产科主任、主任医师曹来英教授获此殊荣。

53. 我校纪念李达重建哲学系50周年

11月12日，学校隆重举行纪念杰出的马克思主义理论家、教育家李达重建哲学系50周年大会。湖北省委常委、宣传部长张昌尔，中宣部全国哲学社会科学规划办主任张国祚，教育部社科司副司长徐维凡等到会发言。为纪念李达逝世40周年及李达老校长恢复重建哲学系50周年，学校还举办了一系列学术活动。

54. 中南医院庆祝建院50周年

11月18日，中南医院建院50周年庆祝大会隆重举行。法国总统希拉克、中国国务委员陈至立、湖北省省长罗清泉等发来题词或贺电。来自法国、湖北省的有关高层领导，海内外著名专家等出席庆典并开展学术交流活动。50年来，中南医院为保障人民群众的生命健康和安全作出了重要贡献，在人才培养和学术、文化交流等方面取得了丰硕成果。

55. 周云峰获法国骑士勋章，吴泓渺获法国棕榈叶教育骑士勋章

11月18日，法国驻汉总领事费勇代表法国政府，向中南医院院长周云峰颁发骑士勋章。周云峰是湖北省首位获此殊荣者，也是我国首位获此殊荣的医学界人士。他是留法医学博士，多年来致力于中法医学、科研和教育交流。

11月28日，费勇向外语学院法语教授吴泓渺授予法国棕榈叶教育骑士勋章。吴泓渺是我校获此殊荣的第6人。他1993年获得法国博士学位后回国，致力于法语教育事业，为法国语言、思想和文化在中国的传播作出了重要贡献。

56. 89国留学生云集珞珈金秋国际文化节

11月18—25日，第二届珞珈金秋国际文化节举行。湖北省副省长李春明，教育部国际合作与交流司司长助理徐永吉等出席开幕式并讲话，加蓬、泰国、法国等多国大使或其他官员到会。来自89个国家的留学生展示了极具民族特色的文化艺术品、图片、书籍、服饰和乐器等，上演了大型文艺晚会，增进了各国学生的相互了解，加强了中外文化交流。

57. 我校庆祝建校113周年

11月29日、30日，学校分别举行建校113周年座谈会和庆祝大会，号召广大师生员工进一步增强凝聚力，提升软实力，推进学校全面、协调和可持续发展。

58. 我国首部系统完整的中国文学编年史问世

由我校等10余所高校共同完成，文学院陈文新教授任总主编的国家重大文化工程标志性成果《中国文学编年史》，6月份由湖南人民出版社出版发行。该书上自周秦，下至当代，18卷1400万字，是我国首部系统完整的中国文学编年史，获得专家的高度评价。

59. 李建成、曾国安入选“百千万人才工程”

测绘学院李建成教授、经济与管理学院曾国安教授入选教育部2006年“新世纪百千万人才工程”。

60. 赵林当选“湖北名师”

哲学学院教授赵林被湖北省教育厅授予2006年度“湖北名师”荣誉称号。此前我校黄诗笺、郭齐勇、李征航、樊明文4位教师荣获该称号。

61. 又一团队入选国家创新研究群体

以化学与分子科学学院庞代文教授为学术带头人的“新型生物医学探针技术基础及应用”研究团队进入国家自然科学基金委2006年度创新研究群体行列，获500万元资助。这是继2005年以生命科学学院吕应堂教授为学术带头人的研究团队首次获批国家基金委创新研究群体之后，我校又一次获得该人才计划项目资助。

62. 我校实施基础学科振兴行动计划

根据《武汉大学基础学科振兴行动计划》，学校5年内将投入至少8000万元，重点建设中国语言文学、历史学、哲学、数学、物理学、化学、生物学7个一级学科。

63. 三教授成为“863计划”领域专家组成员

在国家科技部发布的国家高技术研究发展计划（“863计划”）各领域专家组成员名单中，我校李清泉、龚健雅、施闯教授被分别推荐成为“十一五”“863计划”现代交通技术和对地观测与导航技术领域专家组成员。

64. 珞珈学子喜获全国多项大赛冠军

由新闻与传播学院学生组成的代表队蝉联2005中国大学生广告电视辩论赛冠军，并夺得全场三个单项奖中的两项，其中贾子年获最佳辩手称号，杨雪获最佳学识奖，侯蕾获复赛优秀辩手称号。

10月18日，我校纽绿特活性敷料创业团队和康服特绿色纤维创业团队在第五届“挑战杯”中国大学生创业计划竞赛中获得两项金奖，金奖总数位列全国参赛高校前列，也是湖北省在该项赛事中取得的最好成绩。

12月3日，由经济与管理学院2004级保险学专业本科生组成的代表队获首届全国大学生保险模拟法庭辩论赛总决赛冠军。

12月8日，由法学院2003级本科生组成的代表队获第四届全国高校“理律杯”模拟法庭竞赛冠军，这是继2003年捧得首届冠军杯后再度夺冠。赵霏获“最佳辩手”称号，李智获“优良辩手”称号。

（《武汉大学报》第1070期，2006年12月15日）

武汉大学 2007 年十大新闻

（《武汉大学报》第 1108 期，2008 年 1 月 2 日）

一、温家宝总理特邀桂希恩同访文楼村

第20个世界艾滋病日到来之际，国务院总理温家宝11月30日再次来到河南省上蔡县文楼村，看望、慰问艾滋病患者和艾滋病致孤儿童。中南医院桂希恩教授特别应邀随同前往，并就艾滋病防治工作的相关情况作了汇报。温家宝总理2004年曾专程登门看望桂希恩，高度赞扬他为艾滋病防治工作做出的杰出贡献，当年，桂希恩被评为“感动中国十大年度人物”之一。今年12月25日，桂希恩获“首届全国十大医德楷模”称号。

二、校友马西莫夫出任哈萨克斯坦总理

我校1989级校友卡里姆·马西莫夫1月10日正式就任哈萨克斯坦政府总理，他是武大校友中走出的首个国家总理。马西莫夫1992年在我校提前毕业并获法学学士学位。今年，他被评为武汉大学第五届杰出校友。

三、我校国家重点学科建设取得重要进展

我校5个一级学科和17个二级学科被评定为国家重点学科，5个一级学科覆盖了29个二级学科。至此，我校二级学科国家重点学科总数由20个增加到46个，位于全国第七位。此外，我校有6个学科被批准为国家重点（培育）学科，作为国家重点学科的培育对象和重要补充予以重点扶持，数量并列全国第四位。

四、我校师生兴起学习宣传贯彻党的十七大精神热潮

党的十七大在我校师生中引起热烈反响，师生组织开展了研讨会、演讲比赛、知识竞赛等形式多样的专题学习宣传活动，学校迅速兴起了深入学习宣传贯彻十七大精神的热潮。学校成立了由党的十七大代表、校党委书记顾海良等18位知名专家学者组成的湖北高校首个学习十七大精神宣讲团，在校内外作了百余场学习辅导报告；学生骨干自发成立了湖北高校首个科学发展观主题研习班。《人民日报》、新华社、中央电视台等新闻媒体对我校的做法和经验作了重点报道。此外，顾海良、陶德麟、梅荣政、冯天瑜、孙居涛等撰写的五专著入选国家迎十七大百种重点图书。

五、李德仁入选“973计划”专家顾问组我校新增3位“973项目”首席科学家

李德仁院士入选“973计划”第四届专家顾问组，是湖北高校唯一入选者。

我校3个项目获2007年国家重点基础研究发展计划（含重大科学研究计划）立项，孙蒙祥教授、李德毅院士、郭林教授担任“973项目”首席科学家。至此，我校作为依托单位已承担973计划项目（含重大科学研究计划）8项。

六、一批人文社科优秀成果获吴玉章人文社会科学奖等奖励

2007年，我校一批人文社会科学优秀成果获得奖励，其中三部论著获第五届吴玉章人文社会科学奖，顾海良教授等著《马克思劳动价值论的历史与现实》、宗福邦教授等主编《故训汇纂》获一等奖，资深教授陶德麟等主编《马克思主义哲学的当代论域》获优秀奖。该奖每五年评选一次，面向全国奖励有重大影响的优秀人文社科论著，郭沫若、吕叔湘、胡绳、王力等知名学者在前四届曾获此奖。此外，顾海良、朱农的两著作荣膺“中华优秀出版物奖”图书类奖，还有三部专著入选国家首届“三个一百”原创图书出版工程。

七、黄来女当选为全国道德模范

9月18日，全国道德模范评选揭晓，计算机学院2007级硕士研究生黄来女入选“全国十大孝老爱亲模范”，受到胡锦涛等党和国家领导人的亲切接见。此前，黄来女于1月16日入选“2006中国大学生十大年度人物”，并两次参加全国大学生先进事迹报告团作巡回报告，其先进事迹在全国大学生中引起强烈反响。

八、我校获国家建设高水平大学公派研究生项目出国留学人数居全国高校第三

我校163名研究生获国家建设高水平大学公派研究生项目出国留学资格，将赴哈佛大学、牛津大学等世界一流名校深造，人数在北京大学、清华大学之后居全国高校第三。该项目旨在从国家重点建设的高水平大学中，选拔一流研究生到国外一流院校专业师从一流导师，培养具有国际视野的拔尖创新人才。

九、我校国家级实验教学示范中心数量并列全国第一

11月27日，教育部、财政部公布2007年国家级实验教学示范中心评审结果，我校物理、电工电子实验教学中心榜上有名。至此，我校共有5个国家级实验教学示范中心，与北京大学、清华大学、浙江大学并列全国第一。其他3个为生物学、化学、新闻传播学实验教学中心。

十、我校实施“卓越工程”“三创”教育成果丰硕

为进一步落实和确立本科教学的中心地位，从2007年开始，我校开始实施本科教育质量与教学改革“卓越工程”，旨在全面落实“三创”教育理念，培养拔尖创新人才。一年来，学校“三创”教育成果丰硕，我校学生第八次获得“挑战杯”优胜杯；在全国大学生电子设计大赛上获6个全国一等奖，总成绩居全国第一；国际大学生程序设计竞赛获亚洲区金奖；国际大学生数学建模竞赛、全国计算机仿真大赛、全国智能汽车大赛、全国大学生广告艺术大赛、“花旗杯”科技应用大赛等获冠军或一等奖；我校学生还获首届新世界数学奖银奖、宝钢教育奖学生特等奖、中国青少年科技创新奖、百人会英才奖、CCTV十大体坛风云人物奖等重要奖项。

2007 年度新闻人物

鄂栋臣当选为国际欧亚科学院院士

被评为武汉大学 2007 年度新闻人物

2007 年 12 月 19 日，国际欧亚科学院中国院士第 11 次全体大会在京召开，中国 10 位科学家当选为国际欧亚科学院院士，武汉大学教授、博士生导师鄂栋臣成为湖北省唯一的当选者。

12 月 28 日，经师生投票推荐，武汉大学十大新闻评选委员会评选，鄂栋臣当选为武汉大学 2007 年度新闻人物。

现年 68 岁的鄂栋臣是我国著名测绘遥感专家，中国南极测绘研究中心主任。他从事极地测绘科考研究工作 24 年，曾六赴南极、四赴北极，是中国极地测绘领域的开拓者和奠基人。他是中国第一幅南极地图——长城站地形图的测定者，也是中国第一个南极地名——长城湾的命名者，他还是将中国测绘标志埋设在北极点的第一人，他培养了一批从事极地测绘事业的人才，为我国南北极科学考察事业作出了重要贡献。

国际欧亚科学院是由世界著名自然科学家、工程技术专家和管理与社会科学家组成的国际科学团体，总部设在俄罗斯，在法国巴黎注册，并在 15 个国家建立了科学中心。截至目前，国际欧亚科学院拥有36个国家的600多名院士，其中包括中国科学中心的138名科学家。两弹一星功臣陈芳允、孙家栋，国家最高科技奖获得者刘东生以及宋健、路甬祥、成思危等一批著名科学家都是国际欧亚科学院院士。武汉大学先后有4人获此称号，另3位为李德仁、张祖勋、冯文灏（已故）。

（王怀民）

珞珈拾贝

——武汉大学2007年十大新闻出炉记

“今天的新闻是明天的历史。今天评出的十大新闻一定会在校史上写下浓重的一笔。”新闻与传播学院夏琼教授的一席话使学校十大新闻评选倍增庄重感。

“55条候选条目中，关于科研成果的就有7条。”

“自强学堂网、‘远离艾滋’频道今年获全国高校十佳网站称号，它们可都是学生自办的网站，很不容易。”

“163名研究生公派出国，人数居全国高校第三。体现了我校整个对外交流的现状和多个部门的共同合作成果。”

“吴玉章奖五年才评一次，在国内影响很大，郭沫若、吕叔湘、胡绳、王力等知名学者都曾获此奖。”

2007年12月28日上午，行政楼一会议室。热烈的讨论、投票……持续了近三个小时的武汉大学2007年十大新闻评选还是让与会者意犹未尽。

评委们不仅评选新闻，更告诉大家新闻背后的点点滴滴，累累硕果凝聚着珞珈人一年的奋斗和汗水。

2007年，是武大历史上不平凡的一年。十七大的春风鼓起了扬帆奋进的士气，全校师生兴起学习宣传贯彻党的十七大精神热潮；一项国家科技进步二等奖等多个科研成果昭示着一流的科研实力和人才队伍建设；研究生教育改革、人事体制改革把学校带入深入改革发展快车道；本科教学“卓越工程”的启动为打造世界一流本科教育目标提供了重要载体；为招纳英才，“研究生招生宣传日”开高校先河；为表达为学理想，《珞珈青年学者学术宣言》正式发表；学子在国内外获奖的消息不断传来，数量和层次都大大超过往年；新增的“973项目”首席科学家、当选为国际欧亚科学院院士的鄂栋臣教授、入选全国十大杰出青年法学家的汪习根、国家教学名师马费成和赵林等更是让武大人备感自豪。

这些振奋人心的信息和举措化为篇篇候选条目。

12月14日，55条候选条目上报和上网后，读者热切关注——持续十天的投票，数千师生通过网上投票、电子邮件、电话等方式提出评选意见，并产生了鄂栋臣、顾海良、张胜凯、周云峰等 8 位候选新闻人物。

12 月 28 日的评选现场，当评委们看到桌上精心准备的文件夹，包括评选办法、投票情况、增补条目、近年十大新闻等各种材料，纷纷感叹：越来越规范了！特地邀请的学生代表，学生会主席曾灿让大家听到了来自同学们的声音。评委们犹如大海拾贝，每一个贝壳都熠熠生辉，让人难以取舍。经过评委会主任、校党委书记顾海良在内的全体评委无记名投票，评委会副主任、校党委副书记骆郁廷宣布了 2007 年的十大新闻和新闻人物。

“忽然一夜清香发，散作乾坤万里春。”学校十大新闻评选恰似满枝香梅，激励着师生们更加努力地学习工作，预示着学校美好明天的到来。

（陈博雷）

2007年十大新闻候选条目

1. 校友马西莫夫出任哈萨克斯坦总理

我校1989级校友卡里姆·马西莫夫1月10日正式就任哈萨克斯坦政府总理，他是武大校友中走出的首个国家总理。马西莫夫1992年在我校提前毕业并获法学学士学位。

2. 黄来女入选2006中国大学生十大年度人物当选为全国道德模范

1月16日，计算机学院2003级学生黄来女入选“2006中国大学生十大年度人物”，两次参加全国大学生先进事迹报告团，在全国作巡回报告，受到教育部部长周济的亲切会见。其事迹在全国大学生中引起了强烈反响。9月18日，全国道德模范评选揭晓，黄来女入选“全国十大孝老爱亲模范”，受到胡锦涛等党和国家领导人的亲切接见。全国掀起向道德模范学习的热潮。

3. 汪习根入选全国十大杰出青年法学家

第五届“全国十大杰出青年法学家”评选1月22日揭晓，我校法学院教授汪习根入选。至此我校共有4人获此荣誉称号，其他3人分别是：黄进、曾令良、周叶中。

4. 我校获一项国家科技进步二等奖

2006年国家科学技术奖励大会2月27日举行，我校水利水电学院“复杂岩体多场广义耦合理论及工程应用”获国家科技进步二等奖，项目负责人周创兵教授作为获奖代表参加了奖励大会，受到党和国家领导人的亲切接见。

5. 27项成果获湖北省社科优秀成果奖

3月9日，湖北省人民政府举行“第五届社会科学优秀成果奖”颁奖大会，我校共有27项成果（著作10部、论文17项）获奖，其中一等奖5项，获一等奖数和获奖总数均居榜首。在所有五届评选中，我校获奖总数均居榜首。

6. 中法肝病研究所落户中南医院

3月11日，中国科学院、武汉大学、法国健康医学研究院在中南医院签署正式合作协议，宣布共建中法肝病研究所，研究所设在中南医院，致力于肝脏病毒感染与免疫、肝病诊断与防治、肝脏移植等方面的研究。

7. 我校两会代表委员观点引起热烈反响

在3月5日至16日召开的十届全国人大五次会议、3月3日至15日召开的全国政协十届五次会议期间，我校代表、委员的一系列观点引起了热烈的社会反响，《人民日报》、新华社、中央电视台等新闻媒体和各大网站报道我校代表、委员观点近百次。

8. 张金海当选2006中国广告年度人物

新闻与传播学院博士生导师、媒体发展研究中心主任张金海教授入选2006中国广告年度人物，是入选12人中唯一的高校广告学者代表。

9. 我校在全国高校首创“学习指导日”

从3月10日起，我校把每学期开学后的第一个星期六设为学习指导日，职能部门、院系的专家、干部和教师为学生解答有关教学和学生管理等方面的问题，这在国内高校属首创之举。

10. 巴黎七大孔子学院新址揭牌中国文化周吸引法国各界人士

3月16日，巴黎七大孔子学院新址揭牌仪式在巴黎七大新校址巴黎十三区大磨坊隆重举行，由我校和巴黎七大共同主办、巴黎七大孔子学院承办的“感受中国”中国文化周同时开幕，我校专家作了多场报告，大学生艺术团表演了富有中国风情的节目，吸引了法国各界人士350余人参观。

11. 我校新增七位长江学者一团队入选教育部创新团队

3月28日，国家教育部在京举行2006年度长江学者特聘教授、讲座教授受聘仪式暨长江学者成就奖颁奖典礼，我校新增7位长江学者，其中2位特聘教授、5位讲座教授，至此，我校长江学者增至32名。

以特聘教授易帆为带头人的“中、高层大气遥感探测和数值建模”团队入选教育部2006年度“长江学者与创新团队发展计划”创新团队，至此我校共有5支团队入选。

12. 泰国公主诗琳通来校访问

4月10日，泰国公主玛哈扎克里·诗琳通一行访问我校，签署《中华人民共和国武汉大学和泰王国科学技术部共建“诗琳通地球空间信息科学国际研究中心”谅解备忘录》，并为该研究中心揭牌。

13. 23人入选新世纪优秀人才支持计划

我校23位教师入选2006年度教育部新世纪优秀人才支持计划，至此我校共有77人入选该计划，其中2004年度32人、2005年度22人。

14. 我校评选出“十大风云学子”

4月25日，历时一个半月的“武汉大学2006十大风云学子”评选活动揭晓，姚忠凯、杜国心、周锴、肖函、林凯荣、程晓萱、神农架及长江流域生态考察队、李创、李丹、吴斌等10位优秀大学生和团队入选。

15. 青年学者发表宣言表达为学理想

《珞珈青年学者学术宣言》正式发表，向全国青年学者表达珞珈青年学者“追求真理、服务人生，承扬学术，伸担道义”的为学理想。该宣言由30余位青年学者自发草拟，在首届珞珈青年学者跨学科论坛宣读，后经多次修改形成征求意见稿。

16. 两力作荣膺“中华优秀出版物奖”三专著入选国家首届“三个一百”原创图书出版工程

在首届“中华优秀出版物奖”评选中，我校顾海良教授的著作《马克思经济思想的当代视界》和朱农博士的著作《中国劳动力流动与“三农”问题》获图书类奖。两部著作和秦天宝副教授的《遗传资源获取与惠益分享的法律问题研究》还入选国家首届“三个一百”原创图书出版工程。

17. 我校新增一国家级野外科学观测站

我校申报的武汉大气遥感国家野外科学观测研究站获国家科技部批准，正式立项建设。这是我校继湖北梁子湖湖泊生态系统国家野外科学观测研究站后连续第二次获批，获批总数位居全国高校前列。

18. 163名研究生获公派出国留学资格人数居全国高校第三

我校163名研究生获国家建设高水平大学公派研究生项目2007年公派出国留学资格，将赴哈佛大学等世界一流名校深造，人数在北京大学、清华大学之后居全国高校第三。

19. 我校建立10个学生工作特色基地

6月17日，学校首次举办学生工作基地申报答辩会，经过激烈角逐，确定了首批10个特色基地，在学生党建、学风建设、心理健康教育、学生资助、就业指导、社会实践、班级导师、社团活动、学生科技创新、学生骨干队伍建设等方面打造大学生思想政治教育工作新品牌。

20. 张胜凯被提名为奥运火炬护跑手

测绘学院博士生张胜凯被选为2008年北京奥运会火炬提名护跑手，6月23日在北京参加了“奥运火炬手和护跑手选拔启动仪式”。由联想集团启动的此次活动公布了首批5名提名火炬手和3名提名护跑手名单。

21. 三网站获全国高校十佳网站称号

在由教育部中国大学生在线网站主办的第二届“全国高校百佳网站网络评选”活动中，我校珞珈新闻网、自强学堂网站分别入选十佳高校新闻网和十佳高校思政类网站，“远离艾滋”频道（武汉大学共建）获十佳高校共建网站称号。

22. 马费成、赵林被评为国家教学名师

8月27日，教育部公布“第三届高等学校教学名师奖”获得者名单，我校信息管理学院马费成教授和哲学学院赵林教授榜上有名。至此，我校共有8人获得国家教学名师奖。

23. 24项课题获国家社科基金资助

我校24项课题入选2007年度国家社科基金资助课题，获资助金额达205.5万元。

24. 我校5个一级学科17个二级学科被评定为国家重点学科

我校5个一级学科和17个二级学科被评定为国家重点学科，5个一级学科国家重点学科覆盖了29个二级学科。至此，我校二级学科国家重点学科总数由原来的20个增加到46个，位于全国第7位。

25. 一批先进集体和个人获教育部和湖北省表彰

教师节前夕，我校一批先进集体和个人分别受到国家教育部和湖北省表彰。经济与管理学院被评为全国教育系统先进集体，李勤被评为全国优秀教育工作者和全国高校优秀辅导员，宁津生院士获湖北省“师德标兵”称号和湖北省“五一劳动奖章”；9人获“三育人”先进个人称号；6个单位获“树、创、献”活动先进集体称号。

26. 我校新增两个教育部工程研究中心

植物生物技术与遗传资源利用工程研究中心、雷电防护与接地技术工程研究中心两个教育部工程研究中心通过国家教育部评审，获批立项建设。至此，我校的教育部工程研究中心已达4个。

27. 我校在13市县建立“助教惠农”农副产品供应基地

9月9日，我校与湖北省襄樊、十堰、潜江等13个市县签署“助教惠农”农副产品供应基地框架协议，学校食堂70%的原料将从这些基地直接购买，有助于降低食堂成本，稳定食堂原材料供应价格。

28. 31项成果获湖北省科技奖励

在2006年度湖北省科学技术奖励大会上，我校31项成果获得奖励，其中一等奖4项、二等奖11项、三等奖16项。化学与分子科学学院1项成果获自然科学一等奖；电气工程学院、水电学院、中南医院各有1项成果获科技进步一等奖。

29. 李德仁入选“973计划”专家顾问组我校新增三位“973项目”首席科学家

国家重点基础研究发展计划（“973计划”）第四届专家顾问组在京成立，中国科学院院士、中国工程院院士、我校李德仁教授入选，是湖北高校唯一入选者。

我校3个项目获2007年国家重点基础研究发展计划（含重大科学研究计划）立项，孙蒙祥、李德毅、郭林担任“973项目”首席科学家。至此，我校作为依托单位已承担国家“973”计划项目（含重大科学研究计划）8项。

30. 紫外多波长激光雷达系统部分技术世界第一

9月28日，由空间物理学专家、长江学者易帆及其团队研制的“紫外多波长激光雷达系统”通过教育部专家验收。该系统是当今世界上唯一能进行中间层铁、钠和钙三种金属原子同时测量的系统，形成了我国当前最强大的中高层大气地基遥感探测平台。专家组认为该系统总体达到国际先进水平，部分关键技术指标位于世界第一。

31. 我校成为高校辅导员培训和研修基地

9月29日，教育部在北京召开高校辅导员培训和研修基地建设工作会议，宣布浙江大学、武汉大学等21所高校成为第一批基地。我校在会上作了题为《突出优势，彰显特色，建设一流培训基地》的大会发言。

32. 校友易中天来校设立胡国瑞奖学金

10月10日，知名校友易中天专程回校出席“胡国瑞奖学金”设立仪式，奖学金总额44.02万元，他还向学校赠送了上海文艺出版社出版、有其本人题词、限量发行55套的线装书《易中天读史》一套。

33. 中法医学合作10周年庆典举行

武汉大学与亨利·庞卡莱大学医学合作10周年庆典活动10月13日至14日举行，法国驻华大使苏和、驻武汉总领事费勇以及两校校长、教授和中法医学试验班学生与会，回顾合作成就，共话中法友谊。湖北省副省长蒋大国向我校法国专家斯托尔兹教授颁发了湖北编钟奖。

34. 学校举办全国首个“研究生招生宣传日”

10月14日，我校举办“研究生招生宣传日”，开全国高校先河。宣传日公布了一系列吸引优质生源的优惠措施：所有推荐免试的学生可享受一等基本奖学金；国内高水平大学的推免生成绩排名在原校本专业前4%者可享受特别奖励；优先推荐推免生进行国际联合培养和硕博连读；打破惯例，特别接受调剂复试等。

35. 五专著入选国家迎十七大百种重点图书

在国家新闻出版总署确定的100种迎接十七大重点图书选题中，湖北省入选7本，其中我校5部专著入选，分别为：顾海良《马克思主义发展史》，陶德麟、何萍《马克思主义哲学中国化：历史与反思》、梅荣政《用马克思主义引领当代中国社会思潮》、冯天瑜《新国学读本》、孙居涛《制度创新与共同富裕》。

36. 顾海良当选为党的十七大代表赴京参加十七大　我校深入学习宣传贯彻十七大精神

十七大代表、校党委书记顾海良赴京参加了10月15日至21日召开的中国共产党第十七次全国代表大会。中央各大主要新闻媒体报道了顾海良围绕胡锦涛总书记报告所谈的感想以及关于高等教育等方面的一系列观点。此前，顾海良、吴平、谈广鸣作为党代会代表出席湖北省第九次党代会，顾海良在会上当选为省委委员和湖北省出席党的十七大的代表。

我校深入学习宣传贯彻十七大精神，10月31日成立了湖北高校首个学习十七大精神宣讲团，18位知名专家在校内外作了近百场报告。

37. 第九届高交会我校获三项大奖

第九届中国国际高新技术成果交易会我校获得“优秀组织奖”、“优秀展示奖”和“优秀产品奖”三项大奖，成交项目两个，成交金额2.35亿元。这是我校连续第八届获优秀组织奖、优秀产品奖（成交奖）。

38. 我校新增6个博士后科研流动站

国家人事部、全国博士后管委会批准我校增设应用经济学、马克思主义理论、新闻传播学、地理学、信息与通信工程、管理科学与工程等6个博士后科研流动站。至此，我校已有29个博士后科研流动站，位次从全国高校第6位升至第5位。

39. 一批国家重大重点项目被评定为“优秀”

2007年，我校主持的一批国家重大、重点项目取得重要进展，被评定为“优秀成果”。如资深教授陶德麟主持的国家社会科学基金重点项目“马克思主义哲学中国化问题”通过结项，被评定为优秀等级，其最终成果《马克思主义哲学中国化：历史与反思》一书10月份由北京师范大学出版社出版。资深教授谭崇台主持的教育部人文社会科学重点研究基地重大项目“发达国家发展初期与当今发展中国家经济发展比较研究”，被鉴定为“优秀”成果。其阶段性成果之一《国际资本形成与经济发展》获第13届安子介国际贸易研究优秀著作二等奖；课题组标志性成果已交付武汉大学出版社出版。

40.《武汉大学师德铭》获全国高校校园文化建设优秀成果一等奖

在教育部组织的全国高校校园文化建设优秀成果评选中，《坚持依靠教师自我教育，不断创新师德建设载体——武汉大学推出全国高校首个师德铭》从两千多个申报项目中脱颖而出，荣获一等奖，这也是湖北高校获得的唯一的一等奖。

41. 马克昌法学基金会成立

10月27日，以我国刑法学泰斗、著名法学家、武汉大学人文社科资深教授马克昌名字命名的法学基金会在我校成立，这是全国高校法学领域唯一以个人名义命名且正式注册的基金会，注册资金200万元。首期到账基金220余万元，其中包括马克昌个人捐资、其学生和相关单位捐资。

42. 我校国家级实验教学示范中心数量并列全国第一

10月30日，教育部2007年国家级实验教学示范中心评审揭晓，我校物理、电工电子实验教学中心榜上有名。至此，我校共有5个国家级实验教学示范中心，和北京大学、清华大学、浙江大学并列全国第一。其他3个为生物学、化学、新闻传播学实验教学中心。

43. 三论著荣膺吴玉章人文社会科学奖

我校三部论著获第五届吴玉章人文社会科学奖，其中顾海良教授等著的《马克思劳动价值论的历史与现实》、宗福邦教授等主编的《故训汇纂》获一等奖，人文社科资深教授陶德麟等主编的《马克思主义哲学的当代论域》获优秀奖。

44. 电线雷击监测技术国际领先

11月9日，由电气工程学院周文俊教授主持完成的“线路绝缘子串闪络路径及监测装置研究”项目通过专家验收。专家委员会一致认为，该项目整体技术达到国际领先水平，为进一步开展输电线路遭受雷击的理论分析和现场防雷技术措施的研究奠定了基础。

45. 首台国产道路检测车下线

11月9日，武汉大学卓越科技公司与合力专用汽车公司联合开发的我国首辆道路检测车在随州正式下线，结束了我国道路检测车完全依靠进口的历史。该车集成和应用现代信息技术，为高等级公路的检测及道路附属设施数字化管理提供有效的数据采集手段，其技术处于国际先进水平。

46. 三位师生参加第24次南极科考

11月12日，测绘学院教师艾松涛和博士生张辛参加我国第24次南极科考队，乘坐“雪龙号”前往南极，博士生沈强随后同其他科考队员乘机前往。艾松涛担任中山站GPS跟踪站改造，沈强担任长城站GPS跟踪站观测、站区地理信息采集，两人预计明年3月返回；张辛赴中山站GPS跟踪站工作，工作将持续至2009年。

47. 低温溶解纤维素研究获重大突破

化学学院博士生导师张俐娜教授和她指导的研究生经过10多年的努力，在纤维素新溶剂以及新型纤维素丝和膜的研究上取得重大突破，可望解决世界近100年来粘胶丝生产过程中的高污染问题，其系列成果已发表在该领域一些国际著名刊物上。

48. 2篇论文入选全国优秀博士学位论文

2007年全国优秀博士学位论文共评出98篇，我校2篇论文入选。作者分别是信息管理学院杜佳，指导教师马费成教授；口腔医学院叶晓茜，指导教师边专教授。此外，法学院秦天宝的论文入选全国优秀博士学位论文提名论文，指导教师王曦教授。

49. 我校科技论文发表数量质量同步提升

中国科技论文统计结果发布会11月15日召开，2006年我校发表的科技论文数量和质量同步提升，其中SCI、EI、ISTP、MEDLINE收录论文数分别居全国高校第9、25、10、9位，发表国内论文、国际论文和国内论文被引用数分别居第15、9、11位；1997—2006年SCI收录论文排名第11位。2篇SCI

收录论文入选第一届“中国百篇最具影响优秀国际学术论文”；2篇论文入选第一届“中国百篇最具影响优秀国内学术论文”。国际社会科学论文居第7位，国内自然科学与社会科学交叉领域期刊数据库论文居第2位。

50. 温家宝总理约桂希恩重访文楼村

第20个世界艾滋病日到来之际，国务院总理温家宝11月30日再次来到河南省上蔡县文楼村，看望、慰问艾滋病患者和艾滋病致孤儿童。中南医院桂希恩教授应邀随同前往。此前，桂希恩主编的中国首部大学生防艾读本《青春要设防——与大学生谈艾滋病》4月22日由湖北科学技术出版社正式出版，讲述了22个大学生感染者的故事，收录事例全部来自桂希恩的诊断经历。

51. 三课题中标教育部哲学社会科学研究重大课题攻关项目

经教育部组织专家评审，冯天瑜、骆郁廷、肖永平三教授分别主持的3项课题中标2007年度教育部哲学社会科学研究重大课题攻关项目，正式批准立项。

52. 刘先林院士先进事迹报告会在我校引起热烈反响

12月1日，由中共中央组织部、中共中央宣传部联合宣传的共产党员先进典型、自主创新的时代先锋，中国测绘科学研究院名誉院长、中国工程院院士、我校校友刘先林先进事迹报告会在我校举行，刘先林作了题为“我的自主创新之路”的报告。此前，我校于8月6日召开了学习刘先林先进事迹座谈会。

53. 第三届珞珈金秋国际文化节举行

12月1日至2日，武汉大学第三届珞珈金秋国际文化节举行，文化节开幕式荟萃了法国、美国驻汉总领事，尼日尔、朝鲜驻华使馆官员，湖北省副省长等中外来宾。44个国家的留学生展台上展示的文化艺术品，30多个国家300多名留学生参加的文艺汇演，展示了多元文化的和谐发展。

54. “三创”教育成效显著珞珈学子屡获大奖

2007年，我校“三创”教育取得明显成效，大学生在各类赛事中屡获大奖。其中全国大学生电子设计大赛获6个全国一等奖等，总成绩居全国第一；国际大学生程序设计竞赛获亚洲区金奖；第八次获得“挑战杯”优胜杯；全国计算机仿真大赛获一等奖等；国际大学生数学建模竞赛获一等奖等；全国智能汽车大赛获一等奖2项；“花旗杯”科技应用大赛获冠军；全国大学生广告艺术大赛获一等奖等；廖蕾获宝钢教育奖学生特等奖；陈有华获中国青少年科技创新奖；马兆成、司文超获百人会英才奖；蔡赟获CCTV十大体坛风云人物奖。

55. 学校四年投入1.72亿元实施本科教学“卓越工程”

我校实施“追求卓越品质，打造世界一流本科教育”的发展战略，从2007年开始，至2010年四年内，投入1.72亿元，保障本科教学“卓越工程”的实施。将建设10个国家级人才培养模式创新实验区、10个国家级实验教学示范中心、300个国家创新性实验计划项目、30个国家级优秀教学团队、30个国家级特色专业，使12人进入“国家教学名师”队伍，50个专业通过教育部本科专业认证试点，50门功课成为国家级精品课程，10门功课成为国家级双语教学示范课程，每年聘请50名国外一流大学教师来校讲授本科课程，每年选派100名教师出国进行教学观摩、课程进修和学习培训，选派500名优秀本科生到国外知名大学交流学习，保持武汉大学本科教育在全国的领先地位。

（杨欣欣、陈博雷整理）

（《武汉大学报》第1106期，2007年12月14日）

回眸 2007

武汉大学报

综合新闻

回眸 2007

质量铸就生命力

——回眸 2007 系列之一

创新增强竞争力

服务产生辐射力

——回眸 2007 系列之三

武大人的北极足迹

本报学生记者一作品获湖北新闻奖

（《武汉大学报》第 1108 期，2008 年 1 月 2 日）

质量铸就生命力

2007年12月14日，武汉大学2007年十大新闻55条候选条目出炉，每一条都是一份质量报告。过去的一年，学校紧紧围绕“管理、质量、特色”布局谋篇，始终坚持以质量为根本、以管理促质量、以质量保特色，不断深化改革，在教学、科研、人才培养方面取得了一系列丰硕成果。

坚持质量求创新

2007年初，校党委书记顾海良在工作布置时强调，学校全年工作基本思路和目标就是要“加强管理，提高质量，凸现优势，求好争快，共建和谐”。

学校明确了“追求卓越品质，打造世界一流本科教育”的发展战略，制订出“卓越工程”实施方案。顾海良说：“卓越工程也是质量工程，人才培养是学校的根本任务，质量是学校的生命线，教学是学校的中心工作，只有高度重视本科教学工作，弘扬改革创新精神，才能切实提高本科教学质量。”持续一个月的本科创新人才培养研讨，通过集中听取报告、分场讨论、座谈会、大会交流等多种形式，希望在人才培养的观念、机制、模式上不断创新，以推动本科教学质量大踏步提升。

研究生教育同样突出“质量”和“创新”两大主题。作为研究生培养机制改革试点的全国17所知名大学之一，学校从实际出发，积极、稳妥地推进研究生培养机制改革，2007年首次实行博士生导师评聘分离，建立“动态遴选、进退有序”的审核机制，强化了导师的岗位意识和责任意识，对于优化资源配置，提高研究生培养质量有直接的推动作用。

加强质量保特色

学校发展必须在提高质量的基础上，突显自身优势和特色。正如校长刘经南指出：“质量是高校工作的永恒主题。学校发展的质量也是形成名校品牌的第一要素。”

以“创造、创新、创业”为核心的“三创”教育就是武汉大学人才培养的闪亮品牌，也一直得到师生和社会的充分认可。今年，学校又把“三创”教育提升到一个新阶段，按照本科教学水平评估整改方案，来强化本科教学的中心地位，深入开展教学建设和改革，努力提高本科教学管理水平。学校在全国高校首创“学习指导日”；“卓越工程”进展顺利并取得丰硕成果。

全新的研究生奖助体系、首届“研究生招生宣传日”；人才培养扩大到国外，163名研究生获公派出国留学资格，人数居全国第三……研究生招生和培养在深化改革的同时保持特色。

有特色才能在学术领域占领一席之地。2007年，李德仁院士成为“973计划”第四届专家顾问组成员，是湖北高校唯一入选者，我校还新增3位973首席科学家。

追求特色、打造品牌也成为学校各单位追求的目标。学校确定首批10个学生工作特色基地，在学生党建、学风建设等方面打造大学生思想政治教育工作新品牌；30余位教师共同发表《珞珈青年学者学术宣言》表达为学理想；由教师自己制作的《师德铭》成为教师自我教育的行为规范，并获全国高校校园文化建设优秀成果一等奖，近50所高校向我校了解师德建设的做法和经验……

提升质量促发展

有质量就能带来速度和效益，就能实现又好又快发展。全校师生在提高质量的过程中享受收获的快乐。

2007年武大喜讯不断。黄来女入选“2006中国大学生十大年度人物”和“全国十大孝老爱亲模范”；桂希恩获全国十大医德楷模称号；新增2位国家教学名师，至此我校共有8人获得该荣誉，在全国排名第三位；三论著获第五届吴玉章人文社会科学奖；2篇论文入选全国优秀博士学位论文；新增2个国家级实验教学示范中心，使总数达到5个列全国高校第一；珞珈学子屡获大奖：八捧“挑战杯”优胜杯、全国大学生电子设计大赛总成绩全国第一、新世界数学奖银奖、宝钢教育奖学生特等奖……

大批优秀学子的涌现和人才队伍整体素质的加强，体现了学校人才培养质量的进一步提升。

高等教育抓质量切中要害，对于学校可持续发展是一个最根本的措施。当前学校进入改革发展新的重要时期，对提高办学质量提出了更明确的目标和更高要求。质量铸就生命力，在建设世界一流大学的道路上，武汉大学任重道远。

（实习生：陈博雷，指导老师：胡勇华）

创新增强竞争力

创新是一个民族的灵魂，创新是百年名校发展的核心，创新是和谐武大交响曲的主旋律。

2007，在武汉大学迈向国内外知名高水平大学的进程中，创新的主题更加高扬。“我们将以创新为主导，努力提高自主创新能力，增强学校竞争力。”元旦，校长刘经南的新年贺词这样为2007年开篇；“要深入贯彻科学发展观，以改革创新的精神推进学校各项工作，更好地适应广大师生员工的新期待。”年底，校党委书记顾海良在一次中层干部会议上又为这一年如此“结题”。

2007，创新的韵律在珞珈回旋，贯穿始终。

抢占先机

5个一级学科和17个二级学科被评定为国家重点学科，二级学科国家重点学科总数由原来的20个增加到46个，位于全国第7位；6个学科被批准为国家重点（培育）学科，并列全国第四位。

国家重点学科考核申报结果，初步显示了我校学科建设的成效。只有努力建设一批一流学科，才能站在国际学术的最前沿；只有不断创新，才能把握机遇，抢占先机。

中国边界研究院、日本研究院等跨学科研究机构在2007年应运而生。学校以国家重点学科考核申报为重要契机，进一步开展学科创新，整合资源、凝练方向、搭建平台、汇聚队伍，切实提高学科综合实力，增强竞争优势。

“985工程”建设力度进一步加大，2007年和2008年度继续投入2.43亿元建设经费，并根据国家导向调整建设方案，拓展建设内涵，重点支持国家重点学科、基础学科、交叉学科的建设，主动瞄准、努力服务国家重大需求和经济社会发展需要。“985工程”建设取得了明显成效，特别是促进了学科交叉融合，5个一级学科国家重点学科都是“985工程”重点建设的创新平台和创新基地所属学科。

在坚持不懈的学科创新中，学科发展的综合优势和可持续发展能力不断增强。

凸显优势

2007年11月15日，中国科技论文统计结果发布，武汉大学发表的科技论文数量和质量同步提升，其中SCI、ISTP、MEDLINE收录论文数均居全国高校前10位，国际学术影响力也逐年提升，这是科研前沿性、创新性的重要体现。科学研究主动融入国家科技创新体系、参与企业技术创新和区域创新体系建设，推进产学研更加紧密结合，产生了一批新的标志性成果：获1项国家科技进步二等奖，31项湖北省科技奖；突破了一系列关键技术，紫外多波长激光雷达系统部分技术世界第一，电线雷击监测技术国际领先，低温溶解纤维素研究可望解决世界百年难题；新增武汉大气遥感国家级野外科学观测站和2个教育部工程研究中心等科技创新平台，自主创新能力不断增强。

人文社会科学研究以“高端、聚合、对话、原创”为新思路，一批优秀成果获吴玉章人文社会科学奖等多项奖励，一批重大重点课题被评定为“优秀”成果，24项课题获国家社科基金资助，三课题中标教育部哲学社会科学研究重大课题攻关项目。

人才队伍、创新团队建设也有新的突破。鄂栋臣当选为国际欧亚科学院院士，李德仁入选973计划专家顾问组，新增3位973首席科学家、7位长江学者、1个教育部创新团队，23人入选新世纪优秀人才支持计划。

特色在创新中孕育，优势在特色中显现。

追求卓越

首届大学生“三创”作品展示会上，31个院系选送的400多幅作品，让人感受到扑面而来的创新氛围。

这是反映我校“三创”教育成果的一个窗口。2007年启动的本科教学“卓越工程”，其主要内容凸现“创新”之魂：建设国家级人才培养模式创新实验区，开展国家创新性实验计划项目……努力开拓创新人才培养新思路，构建具有特色的新体制、新机制和新模式。

创新，成就百年学府追求卓越、打造一流的梦想。

校院两级财务管理体制改革不断深化，研究生培养机制改革全面启动，全员聘任人事制度改革大力推进，一个个富于创意的新思路在魄力和胆识中展现；

建立10个学生工作特色基地，举办全国高校首个“研究生招生宣传日”，在全国高校首创“学习指导日”，青年学者发表宣言表达为学理想，学生自己评选“十大风云学子”，一项项推陈出新的举措在师生的热切期盼中实施；

马费成、赵林被评为国家教学名师，汪习根入选全国十大杰出青年法学家，学校全年总收入首次突破20亿元，《武汉大学师德铭》获全国高校校园文化建设优秀成果一等奖，三网站获全国高校十佳网站称号，一串串沉甸甸的创新硕果回馈武大以丰收的喜悦。

创新培育出强劲的竞争力。盘点往岁，展望来年，武大将在自强弘毅求是拓新精神的滋养下，迈出更加坚实的步伐，创造更加辉煌的业绩。

（杨欣欣）

服务产生辐射力

新旧交替，时岁更迭。回首武汉大学一年来，广大师生共同谱写出一首首震撼的乐章，书写下一部部鸿篇巨制。这其中，作为“智囊团”服务社会的累累成就，充分彰显出我校人文社科优势；而作为我校“三创”教育体系和产学研平台上催生的科技创新技术，也同样引人注目。

收获硕果服务社会

积极利用自身深厚的学术底蕴、雄厚的人才梯队，武汉大学在深化体制改革、加强科教经济结合、加速高新技术产业化的进程中，昂首向前。

2007年，我校人文社会科学研究工作以“提升科研质量，增强创新能力”为中心，采取措施进一步凸显研究特色，推进管理创新，以服务社会为己任，结合重大现实问题构筑立体化、系统化的服务社会、服务决策的“珞珈智库”，推进研究成果的转化应用，以举办论坛、共同建设等形式，形成了人文社科研究服务社会、引领发展的新格局。

6月23日“和谐之道——跨学科对话”北京·珞珈论坛在北京举行，以关于构建社会主义和谐社会的理论为研讨主题，我校7个教育部人文社科重点研究基地整体参与，展示了基地的建设成果，是进一步推进高校哲学社会科学管理创新的有益探索。

在党的十七大召开之后，学校充分发挥学科综合优势，组织人文社科专家学者宣讲十七大精神，10月31日成立了湖北高校首个学习十七大精神宣讲团，石云霞、周运清等18位具有深厚理论造诣和丰富实践经验的宣讲团成员，以强烈的政治责任感、投入宣讲工作，受到校内外的关注。

在深圳建立产学研基地后，周叶中教授、简新华教授就中国宪法、中国经济，刘立建就生物质能源开发技术等进行了一系列的学术报告和讲座论坛，扩大了学校的社会影响，推动了校企互动，提升了科学研究的社会价值。武汉大学深圳人文社会科学研究与发展中心、女性管理者发展与培训中心，还围绕社会保障、社区管理、金融、法律等社会科学开展产学研与服务工作，促进了社会的和谐发展。

构筑平台助推发展

11月6日至10日第九届中国国际工业博览会，我校组织30余个项目和3家科技企业参展。在中国高校展区组织的评选中，我校获得“优秀组织奖”，“移动道路测量系统”和“吉奥之星”获“优秀展品奖”。

10月17日在深圳闭幕的第九届中国国际高新技术成果交易会上，我校再次获得3项大奖，成交项目两个，成交金额2.35亿。“珞优八号”水稻新品种、“硅烷偶联剂”双双获得“优秀产品奖”。“电子政务中的地理信息共享平台产业化”进入“国家高技术产业化示范工程”。

以朱英国院士为首的课题组经多年研究，成功选育红莲型杂交稻新品种“珞优8号”。这一新品种2007年已在全国示范推广150万亩，可直接为农民增收3亿元。

这些瑰丽片断折射出的，是以具有市场意识的专家学者作为创业团队带头人，武大打造的一批具有核心竞争力的集团化、多元化高科技产业。刘经南院士、李德仁院士、张祖勋院士、朱英国院士等为代表的一大批科技人员，携自主研发的科技成果，通过转化与产业化的方式，与企业和科研机构合作，创办了70多家高新技术企业，取得了良好的经济效益和社会效益。2007年，我校以国家重点实验室等为平台，产学研结合，继续为数字城市建设、空间信息系统开发、空间数据生产与应用工程等提供关键技术和产品。

通过在地方设立研究院等多种形式搭建校企合作平台，我校实行优势领域和地方特色结合，加紧地方高层次人才的培训与交流；与地方政府共建技术转让平台，积极进行科技成果孵化，满足地方经济发展的需要，2007年，此项工作取得更大进展。在与神农架林区全面合作洽谈中，校党委书记顾海良表示，双方开展全面深度合作，既是贯彻湖北省提出的“科教兴鄂”、“将科教优势转化为经济优势”的建设思路，完成建设社会主义新农村的重要任务，也是我校多年来为湖北经济社会发展服务办学理念的实践。

服务产生辐射力，在服务社会的过程中，武汉大学自身获得更好更快的发展。

（学生记者：黄倩倩，指导老师：蒋明）

武汉大学2008年十大新闻

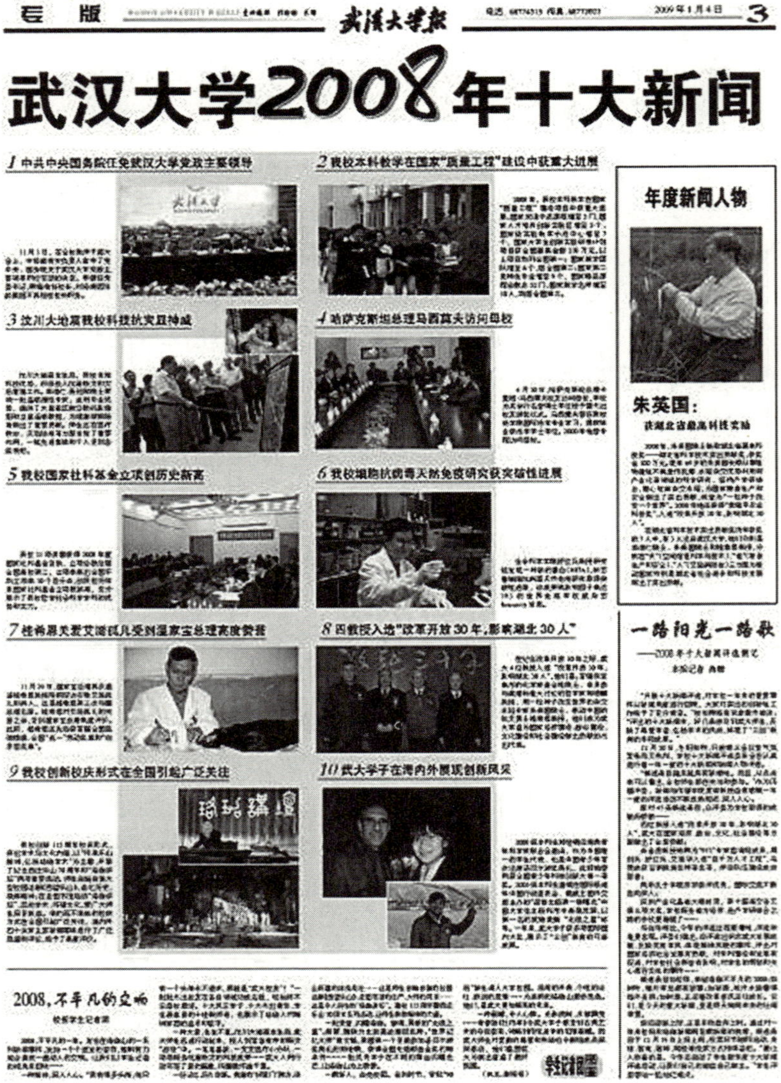

（《武汉大学报》第1147期，2009年1月4日）

一、中共中央国务院任免武汉大学党政主要领导

11月3日，在全校教师干部大会上，中组部有关负责人宣布了党中央、国务院关于武汉大学党政主要领导职位变动的决定：李健任党委书记，顾海良任校长，刘经南因年龄原因不再担任校长职务。

二、我校本科教学在国家“质量工程”建设中获重大进展

2008年，我校本科教学在国家“质量工程”建设项目中获重大进展，国家双语示范课程增至5门，国家人才培养创新实验区增至5个，国家级实验教学示范中心增至7个，国家大学生创新实验训练计划项目获全国最高金额230万元，以上项目均列全国第一；国家教学团队增至6个，居全国第二；国家第二类特色专业增至9个，国家精品课程总数达52门，国家教学名师增至10人，均居全国第三。

三、汶川大地震我校科技抗灾显神威

汶川大地震发生后，我校发挥科技优势，积极投入抗震救灾和灾后重建工作。李德仁、张祖勋院士带领一批遥感测绘专家，运用专业优势，提供了大量震区航空数码影像图和卫星遥感数据，为堰塞湖排险等作出了重要贡献。师生还在医疗救治、灾后防疫等方面发挥了重要作用，一批先进集体和个人受到各级表彰。

四、哈萨克斯坦总理马西莫夫访问母校

4月10日，哈萨克斯坦总理卡里姆·马西莫夫校友访问母校，学校为其举行名誉博士学位授予暨杰出校友颁奖仪式。马西莫夫曾在我校法学院国际法学专业学习，提前毕业获法学学士学位。2000年他曾专程访问母校。

五、我校国家社科基金立项创历史新高

我校31项课题获得2008年度国家社科基金资助，立项总数位居全国高校第二，立项率高出全国平均立项率10个百分点，创我校历年来国家社科基金立项数新高，充分展示了我校哲学社会科学学科的优势和实力。

六、我校细胞抗病毒天然免疫研究获突破性进展

生命科学学院舒红兵教授研究组发现一种新的蛋白（MITA），标志着细胞

抗病毒天然免疫研究取得突破性进展，该成果被影响因子高达19.3的世界免疫学权威杂志*Immunity*发表。

七、桂希恩关爱艾滋孤儿受到温家宝总理高度赞誉

11月29日，温家宝总理再次邀请桂希恩教授陪同探访安徽艾滋孤儿和病人，这是桂希恩第三次与温总理见面。桂希恩对艾滋孤儿的关爱之举，受到温家宝总理高度评价。此前，桂希恩还先后获首届全国医德楷模、全国“五一”劳动奖章和“白求恩奖章”。

八、四教授入选“改革开放30年，影响湖北30人”

在纪念改革开放30年之际，武大4位教授入选“改革开放30年，影响湖北30人”，他们是：首倡恢复高考的化学家查全性院士、亲身参与真理标准大讨论的哲学家陶德麟教授、用一粒种子改变世界的杂交水稻专家朱英国院士、感动中国的抗艾勇士桂希恩教授，他们成为武大学者为国家经济建设、政治建设、文化建设和社会建设作出贡献的杰出代表。

九、我校创新校庆形式在全国引起广泛关注

我校创新115周年校庆形式，突出学术与文化内涵，以“传承乐山精神，弘扬珞珈学术”为主题，开展了纪念西迁乐山70周年和“珞珈讲坛”两项重要活动。师生自编自演大型校园话剧《西望乐山》，追忆历史，凝练精神；在老图书馆启动“珞珈讲坛”，崇尚学术、传播文化，广大师生深受教益。简约而不简单的校庆方式在全国引起广泛关注，境内外四十余家主要新闻媒体进行了广泛报道和评论，给予了高度评价。

十、武大学子在海内外展现创新风采

2005级本科生唐瑞在国际极地年中国行动委员会、挪威王国外交部主办的“迎接北极第一缕曙光”中国大学生北极科考中表现优异，以第一名的成绩荣膺“北极之星”称号。2008级本科生郑佳萌应瑞典青年科学家联合会邀请，作为中国唯一的学生代表、也是中国青少年首次出席诺贝尔颁奖典礼，此前她曾两获全国青少年科技创新大赛一等奖。一年来，武大学子获多项国际国内大奖，展示了“三创”教育的可喜成果。

2008 年度新闻人物

朱英国：获湖北省最高科技奖励

2008 年，朱英国院士摘取湖北省最高科技奖——湖北省科学技术突出贡献奖，获奖金 100 万元。现年 69 岁的朱英国长期从事植物雄性不育遗传机理、水稻杂交优势利用和产业化等领域的科学研究，坚持产学研结合，潜心培育杂交水稻，为国家粮食生产和安全作出了突出贡献，被誉为“一粒种子改变一个世界”。2008 年他还获得“袁隆平农业科技奖”，入选“改革开放 30 年，影响湖北 30 人”。

在湖北省科学技术突出贡献奖历年获奖的 7 人中，有 3 人出自武汉大学，他们分别是李德仁院士、朱英国院士和桂希恩教授，分别在“天”（空间信息科学与技术）、“地”（粮食生产和安全）、“人”（艾滋病防治）三方面为推动国家特别是湖北省社会进步和科技发展作出了突出贡献。

一路阳光一路歌

——2008年十大新闻评选侧记

“开展十大新闻评选，对学校一年来的重要事件从新闻角度进行回顾，大家对突出的创新性工作给予了充分肯定。”校长顾海良笑意盎然地说：“评出的十大新闻中，好几条涉及武大师生，反映了尊重学者、弘扬学术的风尚，体现了‘三创’教育的丰硕成果。”

12月30日，冬阳和煦，行政楼三会议室气氛紧张而又热烈，学校十大新闻评选委员会在认真进行着一年一度的十大新闻和新闻人物评选。

“候选条目越来越具有新闻性。而且，从点击率可以看出，全校师生都在关注和参与。”作为历届评委，新闻与传播学院夏琼教授由衷感慨一年一度的评选活动不断成熟规范、深入人心。

面对47条候选条目，众评委为学校取得的成就而骄傲——

四位教授入选“改革开放30年，影响湖北30人”，武大在国家经济、政治、文化、社会建设等方面作出了全面贡献；

秦金贵教授被聘为“973”专家咨询组成员，周创兵、舒红兵、艾廷华入选“百千万人才工程”，马费成获宝钢教育奖特等奖等，师资队伍建设成效显著；

两所孔子学院双双获评优秀，国际交流不断走向深入；

深圳产业化基地大楼封顶，第十届高交会又获三项大奖，学校服务地方经济、走产学研结合之路的步伐更稳健了……

与往年相比，今年的评选过程更理性，评选标准更客观。评委们提出，应评选出标志武大发展成就、反映优良学风、体现精神风貌的事件，评出对国家经济社会发展有贡献，对学科建设和发展有促进，对学校社会声誉有影响，对学生的帮助和关心落在实处的事件……

候选条目如珍珠，串起珞珈不平凡的2008年；如树叶，每片背后都有故事；如新荷，被汗水浇灌得格外美丽；如树苗，正迎着改革春风茁壮成长。它们，是今天的重大新闻，更是明天绚丽未来的壮阔背景。

辞旧迎新之际，正是丰收盘存之时。通过对一年来校报和珞珈新闻网登载新闻的梳理，候选条目于12月19日上报上网，投票环节随即启动，来信、致电、致邮、网投等投票方式相得益彰。“最让人欣喜的是，今年还启动了学生版年度十大新闻评选活动，让我们自己的地盘自己做主。”学生评委曾灿一脸灿烂地说。

（肖珊）

2008年十大新闻候选条目

1. 李德仁三获国家科技进步二等奖

1月8日，在2007年度国家科学技术奖励大会上，李德仁院士主持的“3S集成技术的LD2000系列移动道路测量系统及其应用”获科技进步二等奖。这是他第三次获此殊荣。

2. 我校教师首次入选“973计划”专家咨询组

1月9日，在国家重点基础研究计划（“973计划”）第三届领域专家咨询组成立大会上，化学与分子科学学院秦金贵教授被聘为“‘973计划’重要科学前沿”领域专家咨询组成员。这是我校教师首次入选“973计划”领域专家咨询组。

3. 师生奋力抗击50年不遇冰雪灾害

1月中旬，武汉遭遇50年不遇的雨雪冰冻灾害。学校动员一切力量扫雪除冰，关爱学生，取得抗击冰雪灾害的重要胜利。

4. 我校新增两个国家理科人才培养基地

我校申报的物理学、地理科学基地获教育部批准，成为国家理科人才培养基地，至此，我校国家级基础科学人才培养基地达到10个。

5. 12种图书入选首届中国出版政府奖

2月27日，中国新闻出版领域国家级最高奖项——首届中国出版政府奖颁奖典礼举行，我校13位学者的12种图书获奖，其中7种获图书奖，5种获提名奖。

6. 周创兵、舒红兵、艾廷华入选国家“百千万人才工程”

水利水电学院周创兵教授、生命科学学院舒红兵教授、资源与环境科学学院艾廷华教授入选2007年“新世纪百千万人才工程”国家级人选。至此，我校共有10人入选该工程。

7. 我校三获国家创新研究群体称号

以龚健雅教授为首的“多传感器对地观测网络数据精确处理与空间信息职能服务”科研团队，获得国家基金委批准的创新群体资助，成为继吕应堂、庞代文教授为首的团队之后第三个获此殊荣的群体。

8. 李雁获全球肿瘤学界最高奖

6月29日，中南医院肿瘤科教授李雁获得全球肿瘤学界最高奖项ASCO国际发展与教育奖，成为湖北省首位获此殊荣者。李雁用灌洗手术治疗腹膜转移癌，使平均生存率由6个月提高到1年。

9. 人民医院获介入心脏病学三项大奖

3月24日，在国内最权威的中国介入心脏病学大会上，人民医院李庚山、黄从新、江洪三位专家分别获得终身成就奖、突出贡献奖、推广普及奖。

10. 辽瓦店子遗址入选“全国十大考古新发现”

4月8日，我校与湖北省文物考古研究所共同发掘的湖北郧县辽瓦店子遗址入选2007年度“全国十大考古新发现”，为探讨楚文化的起源和发展提供了重要线索。此前，我校参与发掘的湖北巴东旧县坪遗址曾入选2002年度全国“十大考古新发现”。

11. 哈萨克斯坦总理马西莫夫再访母校

4月10日，哈萨克斯坦总理卡里姆·马西莫夫校友再次访问母校，学校为其举行名誉博士学位授予暨杰出校友颁奖仪式。马西莫夫曾在我校法学院国际法学专业学习，并提前毕业获法学学士学位。

12. 武大学子获多项国际国内大奖

尹万科获新世界数学奖银奖，论文入选数学界顶尖杂志；张群娇获IEEE最佳学生论文奖并被EI收录；第33届国际大学生程序设计大赛我校获亚洲金奖；袁文魁参加“世界记忆锦标赛”获“世界记忆大师”称号；何川获中国青少年科技创新奖；全国大学生智能汽车竞赛全国总决赛我校获一等奖；中国大学生GIS软件开发竞赛武大折桂；游思翥获全国大学生化学实验邀请赛一等奖；四论文入选全国新闻学子优秀论文；武大折桂康腾全国高校学生实例分析大赛；陶孝芳获全国无偿献血金奖；赵博获海峡两岸大学生演讲比赛一等奖。

13. 三种古籍善本入选首批《国家珍贵古籍名录》

我校图书馆收藏的三古籍善本入选国务院颁布首批《国家珍贵古籍名录》，分别是：《北齐书》五十卷（唐朝李百药撰，宋刻宋元明递修本）、《周书》五十卷（唐朝令狐德棻撰，宋刻宋元明递修本）、《新编西方子明堂灸经》八卷（元明间刻本）。

14. 我校研制的可控电抗器填补国内空白

4月18日，电气工程学院陈柏超教授主持完成的“110kV磁阀式可控电抗器研制与应用”重大科技项目通过鉴定。该项目解决了我国110kV及以上电压等级电网的动态无功补偿和电压控制难题，填补国内空白。

15. 31项课题获国家社科基金资助居全国高校第二

我校经济与管理学院、法学院等31项课题获得2008年度国家社科基金资助，立项总数位居全国高校第二，立项率高出全国平均立项率10个百分点。

16. 武大深圳产业化基地大楼封顶

5月9日，武大深圳产业化基地大楼封顶，成为深圳虚拟大学园国家大学科技园内首座封顶的建筑。大楼高10层、总建筑面积31000平方米，为科技成果产业化搭建了有效平台，标志着我校产学研合作迈上新台阶。

17. 唐瑞荣膺“北极之星”称号

7月18日，电子信息学院2005级本科生唐瑞荣膺国家海洋局授予的“北极之星”称号。她在今年3月举行的“迎接北极第一缕曙光”中国大学生北极科学考察活动中表现优异，在2名“北极之星”中排名第一。

18. 罗以澄、刘耀林被评为国家教学名师

8月22日，新闻与传播学院罗以澄、资源与环境科学学院刘耀林教授荣获第四届“高等学校教学名师奖”。至此，我校共有10名“高等学校教学名师”，在北大（12名）、清华（11名）之后居第三位。

19. “十五”“211工程”建设通过验收“十一五”“211工程”三期建设启动

我校“十五”“211工程”建设项目1月份高票通过国家“211工程”部际协调小组办公室整体验收。9月2日，学校召开“211工程”三期评审意见及工作布置会，公布25个重点学科建设项目正式启动。

20. 朱英国获湖北省科学技术突出贡献奖

9月8日，朱英国院士由于在优质杂交稻培育和产业化方面的突出贡献，获得湖北省最高科技奖“科学技术突出贡献奖”，获奖金100万元。在历年获得该奖的7人中，有3人出自武汉大学，前两位是李德仁院士和桂希恩教授。

21. 我校新增五位长江学者

教育部公布2007年度长江学者获奖名单，我校新增5位长江学者。其中，张良培（摄影测量与遥感）为特聘教授，曾适之（物理化学）、湛飞并（地图制图学与地理信息工程）、董晨（免疫学）、周南（企业管理）为讲座教授。

22. 我校新增14门国家精品课程入选数居全国高校第一

2008年国家精品课程网上公示阶段9月5日结束，我校又有14门课程成为国家精品课程，本次入选数位居全国高校第一位。至此，我校国家精品课程增至52门。

23. 校园110联动服务系统启动

9月25日，校园110联动服务系统正式启动，主要用于维护学校安全稳定，及时为师生员工提供救助服务，提高我校应急反应能力，有效应对和处置各类突发事件。

24. 我校新增两个国家级实验教学示范中心

10月5日，教育部公布2008年国家级实验教学示范中心建设单位评选结果，我校水利水电工程实验教学中心、经济与管理实验教学中心顺利入选。至此，我校国家级实验教学示范中心增至7个。

25. 宗福邦当选为人文社科资深教授

10月，文学院宗福邦教授当选为人文社会科学资深教授。他长期从事传统语言学典籍整理和研究的集体性重大项目研究，带领十多位学者历时18年编纂的大型汉语工具书《故训汇纂》产生了重要影响，被誉为“盛世修典的又一硕果”。至此，我校人文社科资深教授增至9位。

26. HOPE护理学院院长玛莎获国家友谊奖

外籍专家、HOPE护理学院院长玛莎获国家“友谊奖”奖章，受到温家宝总理亲切会见。该奖项是授予来华工作外国专家的国家级最高奖项，玛莎是我校首位获此殊荣的外籍专家。

27. 第十届高交会我校获三项大奖

第十届中国国际高新技术成果交易会我校再获“优秀组织奖”、“优秀产品奖”和“优秀展示奖”三项大奖，成交项目两个，成交金额6000万元。这是我校连续第九届获优秀组织奖、优秀产品奖（成交奖）。

28. 细胞抗病毒天然免疫研究获突破性进展

生命科学学院舒红兵教授研究组发现一种新的蛋白（MITA），标志着细胞抗病毒天然免疫研究取得突破性进展，该成果被影响因子19.3的权威杂志Iunity发表。

29. 我校首创信息资源国家标准达到国际领先水平

10月25日，我校研制的《信息技术——互操作性元模型框架》通过验收，成为正式的ISO/ISE标准，4项国家标准达到国际领先水平，实现了我国在信息资源管理与服务领域主持ISO国际标准研制零的突破。

30. 中共中央国务院任免武汉大学党政主要领导

11月3日，在全校教师干部大会上，中组部有关负责人宣布了党中央、国务院关于武汉大学党政主要领导职位变动的决定：李健任党委书记，顾海良任校长，因年龄原因刘经南不再担任校长职务。

31. 三团队入选 2008 年国家级教学团队

我校 3 个教学团队入选 2008 年国家级教学团队，分别是：以李德仁院士为带头人的遥感科学与技术专业教学团队、以陈向东教授为带头人的微生物学系列课程教学团队、以石云霞教授为带头人的思想政治理论课系列课程教学团队。至此我校国家级教学团队增至 6 个。

32. 马费成、魏华获宝钢教育奖特等奖

2008 年度宝钢教育奖评选结果 11 月 14 日揭晓，我校共有 17 人获奖，其中信息管理学院马费成教授获优秀教师特等奖，化学与分子科学学院 2006 级博士生魏华获优秀学生特等奖，肖永平、程功臻、强月新和胡志根等 4 人获优秀教师奖，吴寅等 11 人获优秀学生奖。

33. 周云峰荣膺全国优秀院长称号和法国南锡特别贡献金牌奖

11 月 14 日，中南医院院长周云峰获全国优秀院长荣誉称号，由中国医院协会颁发的该奖，是全国医院管理行业的知名品牌。此前，他还荣膺法国南锡市政府颁发的特殊贡献金牌奖。

34. 我校承担国家重大科技工程

在国家重大科技基础设施建设项目“东半球空间环境地基综合监测子午链”中，我校承担了武汉 MST 雷达、光学分系统武汉大学激光雷达和数据通信分系统武汉大学节点站 3 个项目的建设任务。11 月 15 日，由武汉大学卫星导航定位技术研究中心承建的国家重大科技工程项目、我国第二座大学校园 GNSS 卫星基准站在延安大学破土开工。

35. 我校发挥学科优势科技抗灾显神威

汶川大地震发生后，我校发挥科技优势，积极投入抗震救灾和灾后重建工作。李德仁、张祖勋院士带领一批遥感测绘专家，运用专业优势，提供了大量震区航空数码影像图和卫星遥感数据，为堰塞湖排险、准确判断直升机失事地域等作出了重要贡献。师生还在一线救治、灾后防疫、心理援助等方面发挥了重要作用，一批先进集体和个人受到各级表彰。

36. 我校参与建设的两所孔子学院被评为优秀孔子学院

第三届孔子学院大会12月9日在京举行，我校与法国巴黎七大、美国匹兹堡大学共建的孔子学院由于在汉语教学和中华文化推广活动中成效显著，双双被评选为2008年度优秀孔子学院，在100多所参与孔子学院建设的中方院校中拔得头筹。我校与德国杜伊斯堡-埃森大学共建的孔子学院将于2009年2月开课。

37. 我校创新校庆形式广受好评

11月28日，我校隆重举行建校115周年暨纪念西迁乐山70周年庆祝大会。校庆日前后还举办了以“传承乐山精神，弘扬珞珈学术”为主题的系列活动，突出百年名校的学术和文化，开展了纪念西迁乐山70周年和“珞珈讲坛”两项重要活动。国内多家新闻媒体进行了广泛报道，以简约形式突出大学精神的校庆方式广受好评。

38. 桂希恩关爱艾滋孤儿受到温家宝总理高度评价

11月29日，温家宝总理再次邀请桂希恩陪同探访安徽艾滋孤儿和病人，这是桂希恩第三次与温总理见面。桂希恩对艾滋孤儿的关爱之举，受到温家宝总理高度评价。此前，桂希恩还先后获首届全国医德楷模、全国五一劳动奖章和“白求恩奖章”。

39. 百余国留学生汇聚第四届珞珈金秋国际文化节

11月29日至30日，武汉大学第四届珞珈金秋国际文化节汇聚了103个国家的数百名留学生，迎来了法国、美国、尼泊尔、加蓬、越南等国际友人和中外来宾。为期两天的国际文化展、极富异国风情和民族特色的文艺汇演，增进了各国学生的相互了解和中外文化交流。

40. “珞珈讲坛”老图书馆开讲

11月29日、30日，两院院士李德仁和资深教授马克昌先后登上位于老图书馆的“珞珈讲坛”作学术报告，拉开了讲坛序幕。“珞珈讲坛”定位于人文学术高端，旨在进一步弘扬崇尚学术、尊重学者的优良传统，将邀请国内外各学科领域的顶级学者前来演讲。

41. 师生自编自演大型话剧《西望乐山》

11月30日，我校师生自编自演的大型校园话剧《西望乐山》公演，再现武大八年抗战史，为建校115周年、西迁乐山70周年献礼。各大新闻媒体对此进行了广泛深入的报道，称武大“用排演话剧的方式，开创了国内高校校庆形式的先河”。

42. 我校获高校校园文化建设优秀成果一等奖

我校申报的《大力推进心理健康教育，积极营造和谐校园氛围》获教育部2008年高校校园文化建设优秀成果一等奖。近年来，我校该工作成果突出，为全国高校提供了有益经验，获得国家相关领导部门高度肯定和海内外媒体广泛关注。

43. 马克昌获中国法学优秀成果一等奖

12月1日，资深教授马克昌获“中国法学优秀成果奖”一等奖，黄进、秦前红分获二、三等奖，该奖是新中国成立以来首次评授的中国法学最高奖项。同时，资深教授李龙、汪习根、周叶中等3人被评为“百名法学家百场报告会”先进个人。

44. 八教授当选教育部新一届社会科学委员会委员

12月3日，我校8位教授被教育部聘为新一届社会科学委员会委员。校长顾海良当选为副主任委员，陶德麟、冯天瑜、胡德坤、黄进、马费成、邓大松、丁俊萍7人当选为委员。

45. 我校以系列学术活动纪念改革开放30周年

12月5日，我校举办“改革开放与中国特色社会主义建设”跨学科论坛并相继举办系列分论坛，隆重纪念改革开放30年，资深教授陶德麟、冯天瑜等发表学术演讲。此前，由顾海良任总主编的五卷本《中国特色社会主义建设论丛》11月30日首发，汇集了武大学者对改革开放30年伟大实践和理论的总结与探讨。

46. 郑佳萌成为首位出席诺贝尔颁奖典礼的中国青少年

12月10日，应瑞典青年科学家联合会邀请，经济与管理学院2008级学生郑佳萌参加了2008年诺贝尔颁奖典礼，是中国唯一的学生代表，也是中国青少年首次出席诺贝尔颁奖典礼。

47. 四教授入选“改革开放30年影响湖北30人”

12月14日，“改革开放30年，影响湖北30人”活动颁奖，武大4位教授入选，他们是：首倡恢复高考的查全性院士、亲身参与真理标准大讨论的哲学家陶德麟教授、用一粒种子改变世界的杂交水稻专家朱英国院士、感动中国的抗艾勇士桂希恩教授。

（《武汉大学报》第1144期，2008年12月19日）

2008年度新闻人物候选人

李德仁：以科技服务社会

2008年，李德仁院士主持的“3S集成技术的LD2000系列移动道路测量系统及其应用”获2007年度科技进步二等奖，这是他第三次获此殊荣。现年70岁的李德仁致力于以科学技术服务国家需求，他带领科技人员以科技优势服务抗震救灾，提供了大量震区航空数码影像图和卫星遥感数据，为堰塞湖排险、准确判断直升机失事地域等作出了重要贡献；带领专家团队为北京奥运全方位全程提供高科技服务，至少为国家节约了16亿元；潜心数字敦煌工程，让敦煌艺术永生。

朱英国：一粒种子改变世界

2008年，朱英国院士摘取湖北省最高科技奖——湖北省科学技术突出贡献奖，获奖金100万元；获“袁隆平农业科技奖”；培育的红莲型中稻新品种珞优8号通过测产验收，有望成为湖北第一个自主培育的中稻超级稻；入选“改革开放30年，影响湖北30人”。现年69岁的朱英国长期从事植物雄性不育遗传机理、水稻杂交优势利用和产业化等领域的科学研究，坚持产学研结合，潜心培育杂交水稻，为国家粮食生产和安全作出了突出贡献，被誉为“一粒种子改变一个世界”。

宗福邦：锲而不舍锻传世作

2008年10月，宗福邦当选为武汉大学第三届人文社会科学资深教授。宗福邦是我国传统语言学典籍整理和研究方面的著名专家，长期从事集体性重大科研项目研究工作，曾担任《汉语大字典》编委、武大编写组组长。他带领12位学者历时18个春秋，著成《故训汇纂》这部1300余万字的鸿篇巨制，产生了重大影响，其精品意识、团队精神和严谨学风广受学界赞誉。目前，他正负责主持国家重大文化出版工程《中华大典·语言文字典》和《音韵分典》、全国高校古籍整理研究重大项目《古音汇纂》的编纂工作。

唐瑞：无畏的“北极之星”

7月18日，电子信息学院2005级本科生唐瑞被国家海洋局授予“北极之星”称号。今年3月，唐瑞作为“北极使者”参加由国际极地年中国行动委员会、挪威王国外交部主办的“迎接北极第一缕曙光”中国大学生北极科学考察活动，赴北极黄河站开展科普考察，回国后完成课题《北极航线现状分析及政策建议》。活动组委会从10名“北极使者”中评选出2名“北极之星”，唐瑞以综合成绩第一名获此殊荣。

（十大新闻及新闻人物候选条目由杨欣欣、肖珊整理）

武汉大学2009年十大新闻

专版

武汉大学报

2010年1月1日 3

武汉大学2009年十大新闻

年度新闻人物

于丹：

湖底草原漾碧波

克难奋进谋发展

——二零零九年十大新闻出炉记

2009，我们一起走过

（《武汉大学报》第1184期，2010年1月1日）

一、刘延东来校考察，希望武大早日建成“中国特色、世界一流、国际知名的高水平大学”

11月19日，中共中央政治局委员、国务委员刘延东来校考察，代表党中央、国务院充分肯定了我校的办学成效，对学校今后的发展提出了新要求。她指出，近年来，武大定位科学，发展目标明确，在继承中发展，在创新中前进，显示了蓬勃生机，赢得了广泛赞誉；希望武大早日建成“中国特色、世界一流、国际知名的高水平大学”。

二、世界三大杂交水稻品系之一红莲型新品种“珞优8号”获大面积示范推广

2月10日，湖北省在孝感市启动面积最大的绿色优质超高产水稻“珞优8号”30万亩示范工程。“珞优8号”是世界三大杂交水稻品系之一红莲型的中稻新品种，由朱英国院士课题组历经多年选育成功，是湖北省首个超级稻品种，具有高产、优质、抗旱、耐高温等特性，在全国已累计推广2000多万亩，并在东南亚10个国家试种成功。它有效改变了我国杂交稻种植的单一模式，为进一步促进粮食增产、增强国家粮食安全提供了可靠保障。

三、我校在国家教学成果奖评选中获得优异成绩，一等奖获奖项目负责人受到中央领导亲切会见

2009年，我校12项成果获国家教学成果奖，其中一等奖3项、二等奖9项（不含作为合作单位获奖2项），获奖总数在全国高校并列第二，一等奖数与清华大学并列第一。9月9日，一等奖获奖项目负责人顾海良、李文鑫、黄进教授应邀参加庆祝教师节暨全国教育系统先进集体和先进个人表彰大会，受到胡锦涛、温家宝、李长春、习近平等中央领导亲切会见。中央各大媒体发布了配有胡锦涛与顾海良亲切握手照片的新闻通稿。

四、3个一级学科排名全国高校第一

1月19日，教育部学位与研究生教育发展中心发布《学科评估高校排名结果》，我校测绘科学与技术，图书馆、情报与档案管理，公共管理等3个一级学科排名全国高校第一。我校共有10个一级学科排名前五位，入选数居全国高校第八、湖北高校第一；共有19个一级学科排名全国前十位。一批国内领先的优势和特色学科，为我校建设中国特色、世界一流、国际知名的高水平

大学奠定了坚实基础。

五、我校31项成果获全国高校人文社科优秀成果奖，一二等奖大幅增加

“高等学校科学研究优秀成果奖（人文社会科学）”评选揭晓，我校31项成果获奖，其中一等奖4项、二等奖10项、三等奖17项。该奖三年一次，是全国高校人文社科研究水平的集中检阅。本次获奖总数居前五位的高校为：北京大学（59项）、复旦大学（32项）、中国人民大学（32项）、武汉大学（31项）、南开大学（27项）。与上届相比，我校一等奖从2项增至4项，二等奖从1项增至10项，均高于全国平均增幅，体现了我校人文社科研究的良好势头。

六、中国法学一代宗师韩德培教授逝世，江泽民、温家宝等中央领导表示哀悼

中国当代著名法学家、杰出教育家、社会活动家，中国国际法学一代宗师、环境法学开拓者和奠基人，我校人文社会科学资深教授韩德培先生因病医治无效，于2009年5月29日逝世，享年99岁。韩德培逝世后，江泽民、温家宝、贾庆林、李长春、李克强、李岚清等党和国家领导人以各种方式表达哀悼和慰问。

七、周云峰获法国最高荣誉勋章，法国前总理拉法兰作为法国总统代表专程来校授勋

11月21日，法国前总理拉法兰专程来校，代表法国总统萨科齐向周云峰教授授予法国荣誉军团勋章，以表彰他在专业领域、中法交流、中法友谊方面的杰出贡献。法国荣誉军团勋章是法国政府颁发的最高荣誉，周云峰是我国临床一线医务工作者中唯一获此殊荣者。

八、5位教授入选“功勋湖北100人”

9月21日，我校李达、查全性、桂希恩、陶德麟、韩德培等5位知名教授入选“功勋湖北100人”。此次评选是湖北省庆祝中华人民共和国成立60周年大型活动之一，评选出了“为新中国建立做出突出贡献的荆楚英模人物”（50人）和“新中国成立以来感动荆楚人物”（50人），我校5位教授均入选“感动荆楚人物”。

九、珞珈金秋国际文化节成为湖北省标志性文化品牌

12 月 12 日至 13 日，第五届珞珈金秋国际文化节举行，共有来自 109 个国家的数千名留学生参加。继我校成功自主举办四届之后，本届文化节由湖北省政府和教育部支持，湖北省对外文化交流协会与我校共同举办。以“海纳百川，交流融合”为主题的珞珈金秋国际文化节，增进了各国学生的相互了解，加强了中外文化的交流融合，推动了武汉乃至湖北地区的国际化进程，已被湖北省确立为国际文化交流的标志性品牌之一。

十、我校全力协助公安部门果断处置校园持枪劫持人质事件

6 月 3 日，我校校园发生持枪劫持人质事件，学校全力协助公安部门果断处置，主动做好各项配合工作。劫匪被警方当场制伏，人质安全获救，校园秩序正常。英雄特警谭纪雄舍身救人的英勇行为，受到包括武大师生在内的社会各界高度赞誉。

2009 年度新闻人物

于丹：湖底草原漾碧波

6 月 16 日，生命科学学院于丹教授获“全国野外科技工作先进个人”称号，其牵头负责的梁子湖湖泊生态系统国家野外科学观测研究站被评为先进集体。

于丹在我国湖泊中首次成功种植 10 万余亩大面积沉水植被，形成了美妙壮观的“湖底草原”，使梁子湖成为长江中下游地区水生植被覆盖率最高、水质最好的湖泊。他注重将基础研究与国家需求相结合，成功解决了一系列水库污染难题，其生态模式湖泊治理新思路，被国务院总理温家宝和前副总理邹家华批示。

2009 年，湖北省委书记罗清泉、省长李鸿忠以及国家科技部、国家环保局等相关部门领导先后到梁子湖考察，高度称赞以于丹为代表的科研团队为我国特别是湖北省生态环境保护所作出的杰出贡献。

克难奋进谋发展

——2009年十大新闻出炉记

在珞珈山的年轮上，2009注定是一个不平凡的年头。这一年，武大人经历了太多的不平凡事件，但始终坚定前行。年终岁尾，一年一度的十大新闻和新闻人物新鲜出炉，这些新闻再次见证了这一年的不寻常与不平凡。应当说，我们经受了前所未有的挑战，同样，我们万众一心，攻坚克难，续写了前进道路上的辉煌。

2009年12月29日，行政楼三会议室的热烈讨论和阵阵笑语，从下午2点半一直持续到5点。“所选出的十大新闻和年度新闻人物，应兼备新闻价值、宣传价值和工作价值。”新闻与传播学院副院长强月新教授开宗明义的一席话，赢得了21位评委的首肯。评委们一致认为，学校的十大新闻不仅要有新闻性和代表性，还要有利于营造积极向上的舆论氛围，应该侧重于评选有利于促进学校发展的事件。

由机关、学院和学生代表组成的评委，细细品读近50条候选条目，大家进行了热火朝天的讨论。评委会成员言谈之间，既有对学校办学成就的欣慰之感，也有因“十大”的限制不能不“忍痛割爱”的遗憾之情。

“两项成果获国家科技进步二等奖，专家发现SARS冠状病毒致命点，沈阳教授的ROST反剽窃软件在全国推广……关于科研成果的新闻就占了7条，令人难以取舍。”

“面对就业难题武大学子在全国高校第一个推出‘同窗情，助就业’志愿服务行动，陶孝芳4年义务献血38次，武大学子在第九届全国大学生电子设计竞赛中获8个一等奖等成绩，令人感佩。”

“国内第一个国家地球空间信息产业化基地、中国产学研合作问题研究中心、汉语国际推广基地等相继落户武大，湖北省委省政府把武汉生物技术研究院牵头建设的重担交给武大，我校服务社会的脚步更稳健了。”

“国家教学成果奖、国家精品课程、国家教学名师、国家级教学团队……将这么多‘国字号’教学成果尽收囊中，可谓成绩斐然。”

中法医学教育“骑士”周云峰、梁子湖“卫士”于丹、珞珈山“镇山之石”韩德培、南极科考“勇士”张胜凯、大学生自主创业典型吴斌……这些被社会媒体争相报道的“珞珈符号”，作为年度新闻人物候选人摆在评委面前时，大家不得不感叹“遗憾也是一种美”。

看似寻常最崎岖，成如容易却艰辛。回眸走过的2009年，从成绩中，我们学会一如既往；从平凡中，我们学会锐意创新；从教训中，我们学会改之勉之；从炒作中，我们学会沉着淡定。室外，正是寒冬，习习寒意掠过指尖；室内，如火如荼的讨论和笑语，似阵阵和煦春风轻轻拂面。我们共同搜索记忆中的人和事，在回顾中谋划未来的方向——早日建成“中国特色、世界一流、国际知名的高水平大学”。

花开绿芽迎暖春，柳枝隐隐随风意。盘点2009，我们满怀收获；面向2010，武大放飞希望。

（肖珊）

2009 年十大新闻候选条目

1. 两项成果获国家科技进步二等奖

1 月 9 日，在国家科学技术奖励大会上，我校两项成果获国家科技进步二等奖，分别是：李建成团队主持的《我国区域精密高程基准面建立的关键技术及推广应用》、杨建东团队主持的《水电站过渡过程关键技术与工程实践》。此外，数学与统计学院陆君安教授作为第四完成人参与的项目获国家自然科学二等奖。

2. 三个学科排名全国高校第一

1 月 19 日，教育部学位与研究生教育发展中心发布《学科评估高校排名结果》（2007—2009），我校 3 个学科排名第一，分别是：测绘科学与技术，图书馆、情报与档案管理，公共管理。另有 10 个学科排名前五位，19 个学科排名前十位。

3. 18 位专家当选为国务院学位委员会学科评议组成员

1 月 20 日，国务院学位委员会发布第六届学科评议组成员名单，我校 18 位专家榜上有名，他们是：郭齐勇、顾海良、周叶中、罗以澄、冻国栋、陈化、刘正猷、周翔、刘耀林、易帆、何光存、陈柏超、李义天、龚健雅、黄从新、边专、邓大松、马费成。其中，在物理学、天文学组和临床医学组，我校首次有专家入选。

4. 我校为南极昆仑站建设提供测绘与导航技术支持

2 月 2 日，在南极内陆冰盖最高点冰穹 A 地区，我国首个南极内陆考察站——中国南极昆仑站正式开站，测绘学院青年教师张胜凯参与建站，提供测绘与导航技术支持。他完成的冰盖运动监测工作填补了国际南极冰川学研究的空白，他还在该地区建立了全球首个 GPS 卫星跟踪站。

5. 我校专家发现 SARS 冠状病毒致命点

病毒学国家重点实验室和现代病毒研究中心的研究组经过近 6 年研究，发现了一组基因编码，能保证病毒无效复制，并使其基因无法变成病毒，是 SARS 冠状病毒的致命点。这一发现为新型抗病毒药物的设计和筛选奠定了重要基础。该成果在国际权威综合性学术期刊《美国科学院院报》在线发表。

6. 我校国家级人才培养模式创新实验区增至 5 个，居全国第一

2 月 16 日，“2008 年度人才培养模式创新实验区”评审结果公布，我校历史学人才培养模式创新实验区、生命科学与技术复合型人才培养模式创新实验区、理论经济学高端人才培养模式改革与创新实验区入选。至此，我校国家级人才培养模式创新实验区增至 5 个，总数居全国高校第一。

7. 首个国家地球空间信息产业化基地落户武大

2 月 26 日，国家地球空间信息武汉产业化基地落户武大科技园，成为目前该领域唯一的“国字号”3S 技术产业化基地。依托该基地成立的中国第一个地球空间信息产业技术创新联盟——武汉 · 中国光谷地球空间信息产业技术创新战略联盟 3 月 18 日正式成立，整合了国内该领域优势资源，将在武汉地区建立起国内领先、国际一流的地球空间信息产业体系。

8. 我校多措并举促就业，在全国首推就业志愿服务行动

3 月 5 日，我校青年志愿者在全国高校推出首个以就业为主题的志愿服务行动——“同窗情，助就业”活动，近千名学子组织“义工团”，为还没找到工作的同学助力解难。面对严峻的大学生就业形势，我校采取多项措施促就业，2009 届本科毕业生就业率突破 90%；研究生签约率与去年基本持平。我校毕业生就业工作受到中共中央政治局常委、全国人大常委会委员长吴邦国充分肯定。

9. 我校国家马克思主义工程首席专家增至 9 位

在国家马克思主义理论研究和建设工程第四批重点教材编写课题组成员中，我校新增 4 位首席专家和 1 位主要成员。至此，我校首席专家增至 9 位，总数位居全国高校第二。

10. 珞优8号为国家粮食安全提供保障

朱英国院士承担的农业科技成果转化资金项目——红莲型杂交水稻珞优8号示范与推广，高分通过教育部科技司组织的验收，可改变目前我国杂交稻种植的单一模式，遭遇突发病害流行时为国家粮食安全提供可靠保障。

11. 我校新增一项"973计划"课题

4月7日，国家科技部公布2009年度国家"973计划"前期研究专项立项情况，中南医院周云峰教授承担的"恶性肿瘤放射敏感性的调节及机制"名列其中。2002年以来，我校承担"973计划"项目数逐年递增，目前共承担"973计划"项目8项。

12. 我校获批汉语国际推广基地

我校"汉语国际推广教学资源研究与开发基地"获国家汉办批准，2009年获拨款1200万元，建设网络平台、开展汉语教学资源搜集和开发等，创建超大容量、具有生成性、能满足不同需求的教学资源库及相应的网络平台，研发汉语国际推广急需的各种特色教学产品。

13. 首个国家文化创新工程研究基地落户武大

5月15日，我校文化创新研究中心被批准为国内第一家国家文化创新工程研究基地。该基地由文化部和武汉大学统一领导，湖北省文化厅参与共建，系统开展文化战略研究，致力于产出一批具有推广价值和现实影响力的成果，推进国家文化创新体系建设，促进文化大繁荣大发展。

14. 传承武大"乐山精神"，武大与乐山市开展全面合作

5月23日，我校代表团重访乐山，分别与乐山市人民政府、乐山师范学院签署合作协议，并举办了武汉大学西迁乐山纪念碑揭幕仪式，演出了大型话剧《西望乐山》。我校将发挥人才科技优势，支持乐山经济社会发展，传承武大"乐山精神"，谱写新时代携手共进新篇章。

15. 人文社科资深教授韩德培逝世

中国当代著名法学家、杰出教育家、社会活动家，中国国际法学一代宗师、环境法学开拓者和奠基人，我校人文社会科学资深教授韩德培因病医治无效，于2009年5月29日逝世，享年99岁。江泽民、温家宝、贾庆林、李长春、李克强、李岚清等党和国家领导人以各种方式表达慰问和哀悼。

16. 我校全力协助公安部门果断处置校园持枪劫持人质事件

6月3日，我校校园发生持枪劫持人质事件，学校全力协助公安部门果断处置，劫匪被警方击毙，人质安全获救。英雄特警谭纪雄舍身救人的英勇行为，受到社会各界高度赞誉。

17. 国家社科基金立项总数我校居全国高校第二

6月5日，2009年度国家社科基金资助课题揭晓，我校30项课题获得资助，立项总数再次居全国高校第二（第一名为32项）。2005年以来，我校国家社科基金申报获准数一直位居全国高校前列，2005年居全国高校第三位，2006年居第四位，2007年居第五位，2008年居第二位。

18. 我校研制的反学术剽窃软件在全国推广

信息管理学院副教授沈阳带领课题组研发的"ROST反剽窃系统"，先后被CSSCI核心期刊、北京大学等全国近百所高校和期刊社广泛运用，获得了良好的社会反响，全国各大新闻媒体进行了广泛报道。

19. 我校开展深入学习实践科学发展观活动

3月中旬至8月中旬，我校开展了历时近半年的深入学习实践科学发展观活动。学习实践活动以"强化办学特色，提升综合实力，加快建设国内外知名高水平大学"为载体，分为学习调研、分析检查、整改落实等三个阶段，取得了明显成效，形成了贯彻落实科学发展观的长效机制。

20. 中国产学研合作问题研究中心落户武大

8月14日，中国产学研合作问题研究中心在我校成立，湖北省副省长郭生练出席揭牌仪式。该中心由我校发起，聚合了14家政府部门、大型企业、高等学校和科研机构的专家，致力于中国产学研合作重大问题研究。

21. 武汉生物技术研究院正式组建

8月29日，湖北省委书记罗清泉等领导为武汉生物技术研究院奠基并授牌。该研究院由我校牵头组建，是武汉国家生物产业基地的技术支撑平台，主要从事生物技术应用研究开发、技术服务和成果转化，支撑和引领湖北生物产业特别是武汉国家生物产业基地的发展，吸引和凝聚生物技术领域的优秀人才。

22. 我校国家精品课程总数增至63门，居全国第三

9月1日，2009年国家精品课程确定，我校11门课程入选。至此，我校国家精品课程总数达63门，居清华大学（83门）、北京大学（79门）之后，为全国高校第三。

23. 我校国家教学名师增至12人，居全国第三

9月3日，政治与公共管理学院丁俊萍、计算机学院何炎祥教授获“第五届高等学校教学名师奖”。至此，我校国家教学名师增至12人，总数居全国高校第三位。

24. 我校获12项国家教学成果奖，获奖总数和一等奖数均列全国前茅

9月9日，我校12项成果获国家教学成果奖，其中一等奖3项、二等奖9项（不含作为合作单位获奖2项）。获奖总数在全国高校并列第二、一等奖数并列第一。自2000年合校以来的三次评选中，我校共获国家教学成果奖33项，其中一等奖3项、二等奖16项。

25. 顾海良等赴京参加教师节表彰大会，受到胡锦涛等中央领导亲切会见

9月9日，荣获2009年国家教学成果一等奖的校长顾海良和李文鑫教授、黄进教授，应邀赴京参加庆祝教师节暨全国教育系统先进集体和先进个人表彰大会并接受表彰，受到胡锦涛、温家宝、李长春、习近平等中央领导亲切会见。

26. 钟燕飞成功问鼎全国优秀博士学位论文

9月17日，2009年全国优秀博士学位论文评选揭晓，测绘遥感信息工程国家重点实验室钟燕飞《遥感影像处理中的人工免疫系统理论及其应用方法研究》入选，指导教师为张良培教授。至此我校共有13篇论文入选。

27. 五位教授入选“功勋湖北100人”

9月21日，“功勋湖北100人”颁奖大会隆重举行，我校李达、查全性、桂希恩、陶德麟、韩德培等 5 位知名教授入选。“功勋湖北”人物评选分为“为新中国建立作出突出贡献的荆楚英模人物”（50 人）和“新中国成立以来感动荆楚人物”（50 人）两个部分，我校入选 5 人均为“新中国成立以来感动荆楚人物”。

28. 我校国家级教学团队增至 10 个，并列全国第一

9 月 25 日，2009 年国家级教学团队建设项目立项名单公布，我校 4 个教学团队入选，带头人分别是赵林、姚端正、李征航和汪晖。至此我校国家级教学团队增至 10 个，入选总数并列全国第一。

29. 我校“五个一”系列国庆活动社会反响热烈

为庆祝中华人民共和国成立 60 周年，我校开展了“五个一”系列教育活动：一台“‘中华诵’经典诵读进校园”晚会，在中国教育电视台播出；一次“丰碑·道路·旗帜”理论研讨会，产生了一批有价值的理论成果；一场“我爱我的祖国”群众性歌咏比赛；一台大型文艺晚会；一组“珞珈心·中华情”文化展示活动，展示了 60 年来武大与祖国共奋进取得的辉煌成就。

30. 我校出台九项举措大力引进高层次人才

学校将高层次人才引进工作作为重中之重，采取九项政策举措大力引进杰出人才、学科带头人和优秀青年学术骨干，如建立工作责任制、健全遴选与考核机制、设立人才工作业绩奖等。力争在今后五年内引进 10~20 名杰出人才、80~100 名学科带头人和一大批优秀青年学术骨干。

31. 法国人民运动联盟总书记贝特朗来访

目前法国主要执政党和议会第一大党、法国人民运动联盟总书记格扎维埃·贝特朗偕夫人一行，应中共中央邀请来华访问期间，于 10 月 24 日考察访问了中南医院，对中南医院始终坚持开展中法医学教育的理念表示赞赏。

32. 桂希恩入选湖北最具影响劳模

10 月 28 日，“荆楚楷模——新中国成立以来湖北最具影响的劳动模范”评选揭晓，中南医院桂希恩教授榜上有名。他在地方病和传染病研究领域取得卓越成就，特别是以一个知识分子的良知，拉响了艾滋病在中国大地上蔓延的警报，获得了参与评选活动的公众和评委的高度赞誉。

33. 我校第三所海外孔子学院在德国建立

11 月 6 日，我校与德国杜伊斯堡-埃森大学共建的鲁尔都市孔子学院在该大学正式揭牌。这是继法国巴黎七大孔子学院、美国匹兹堡大学孔子学院之后，我校与海外友好大学共建的第三所孔子学院。

34. 31 项成果获高校人文社科优秀成果奖

我校 31 项研究成果获“高等学校科学研究优秀成果奖（人文社会科学）”，其中一等奖 4 项、二等奖 10 项、三等奖 17 项，获奖总数并列全国第五位。与 2006 年第四届高等学校人文社会科学研究优秀成果奖结果相比，我校一等奖从 2 项增至 4 项，二等奖从 1 项增至 10 项，增幅均高于全国平均增幅。

35. 武汉大学深圳产学研大楼落成

11 月 14 日，武汉大学深圳产学研大楼落成典礼隆重举行。该大楼是深圳虚拟大学园内第一家奠基、封顶、优质竣工并投入使用的大学产学研基地大楼。我校于 1999 年 9 月加入深圳虚拟大学园，是最早加盟的成员院校之一，为深圳市和珠三角地区培养了大批优秀人才，为区域经济发展作出了突出贡献。

36. 中共中央政治局委员、国务委员刘延东来校考察，提出武大发展新定位

11 月 19 日，中共中央政治局委员、国务委员刘延东来校考察，并三次发表重要讲话。刘延东肯定了武汉大学的办学成效，并指出，武汉大学是一所百年老校，是国内著名、世界上也很有影响的大学，希望武大早日建成中国特色、世界一流、国际知名的高水平大学。

37. 法国前总理拉法兰来校授予周云峰法国最高荣誉勋位

11 月 21 日，法国前总理、法国人民运动联盟第一副主席、参议员拉法兰专程来到我校，代表法国总统萨科齐向医学部部长、中南医院院长周云峰教授授予法国最高荣誉勋位——法国军团荣誉勋章，以表彰他在专业领域、中法交流、中法友谊方面作出的杰出贡献。

38. 我校设立“杰出教学贡献校长奖”

为奖励长期承担本科教学任务的一线教师和教学团队，我校设立“杰出教学贡献校长奖”，以最高的荣誉肯定教师的劳动成果，让教师以从事教学、做好教学为荣。11月30日举行的建校116周年纪念大会向首届获奖者颁奖，黄宪、冯学锋、曹瑰华、胡钋、李工真、电子综合设计实验教学团队获此殊荣。

39. 计算机科学大楼竣工并投入使用

11月28日，新落成的计算机科学大楼揭牌，计算机学院、软件工程国家重点实验室、电子信息学院等单位入驻。该大楼的启用是计算机大学科发展的全新里程碑，为推动该学科成为国内外知名计算机学科创造了有利条件。

40. 116周年校庆凸显“学者”“学术”主题

在116周年校庆之际，学校以纪念三位诞辰百年的学科奠基人高尚荫、王之卓和韩德培等大师级学者为载体，突出“尊重学者，崇尚学术”主题，举办系列纪念活动，缅怀学术先贤，弘扬学术精神，传承学术薪火。学校还围绕该主题举行了丰富多彩的学术、文化、宣传和专题纪念活动。

41. 桂希恩四向总理建言“防艾”

12月1日是第22个世界艾滋病日，中南医院桂希恩教授受卫生部邀请参加防治艾滋病工作会议，向温家宝总理汇报了湖北的“防艾”工作，建议从宣传教育、道德和法制三方面筑起“防艾墙”。这已是桂希恩第四次与温总理见面并提出“防艾”建议。

42. 武大学子获多项国际国内大奖

我校学子获第九届全国大学生电子设计竞赛8个一等奖，居全国高校第一位；获第二届“高教杯”全国大学生图形技能与创新大赛团体一等奖3个、二等奖2个，个人全能奖8个、单项奖20个；以团体总分第一的成绩捧得湖北省第七届大学生“挑战杯”，是获特等奖和一等奖最多的学校；王珏、聂磊获第三届“百人会英才奖”；27名大一学子生获新加坡全额奖学金，于12月赴新加坡留学4年。

43. 我校学子赴欧洲巡演展现“魅力中国”

11 月 18 日至 12 月 8 日，我校大学生艺术团相继在法国巴黎、阿拉斯、图卢兹等城市进行文艺巡演，为法国观众献上《魅力中国》大型文艺演出。共演出 15 场，展示了中国绚烂多彩的传统文化，受到当地观众的热烈欢迎。

44. 珞珈金秋国际文化节打造湖北对外交流文化品牌

12 月 12 日至 13 日，第五届珞珈金秋国际文化节汇聚了 100 多个国家的数百名留学生，迎来了法国、美国、意大利、墨西哥、印度、越南等国的国际友人和中外来宾。作为湖北省外宣工作十大品牌之一，文化节增进了各国学生的相互了解和中外文化交流，提升了湖北省的对外交流文化形象。

45. 南极测绘研究中心入选“辉煌荆楚 60 名片”

12 月 16 日，“辉煌荆楚 60 名片”评选揭晓，我校中国南极测绘研究中心入选，该活动是湖北省为庆祝新中国 60 华诞举行的第三场大型活动。

（《武汉大学报》第 1182 期，2009 年 12 月 18 日）

2009 年度新闻人物候选人

周云峰：获法国最高荣誉勋位

11 月 21 日，法国前总理拉法兰专程来校，代表法国总统萨科齐向中南医院院长周云峰教授授予法国最高荣誉勋位——法国军团荣誉勋章。

周云峰是留法医学博士，他倡导在我校建立了全国第一个中法合作的医用放射物理硕士班，成立了我国首个法式急救中心，创建了中法肝脏疾病研究院，扩展了中法共同培养七年制教学模式与内容。由于其在中法医学、科研和教育交流领域的突出贡献，2006 年他曾获法国政府颁发的骑士勋章，2007 获法国南锡市政府颁发的特殊贡献金质奖章，2008 年被评为全国优秀院长。

>>《周云峰获“法国军团荣誉勋章”》（《湖北日报》2009. 11. 22）

>>>《医生“骑士”》（新华网 2009. 11. 22）

>>>《周云峰：好医生好院长》（《光明日报》2007. 2. 7）

>>>《长江日报》、人民网……还有 12 条

于丹：净化梁子湖

6 月 16 日，生命科学学院于丹教授获“全国野外科技工作先进个人”称号，其牵头负责的“梁子湖湖泊生态系统国家野外科学观测研究站”被评为先进集体。

于丹在我国湖泊中首次成功种植 10 万余亩大面积沉水植被，使梁子湖成为长江中下游地区水生植被覆盖率最高、水质最好的湖泊。其生态模式湖泊治理新思路，被国务院总理温家宝和前副总理邹家华批示。

>>>《梁子湖的启示》（人民网 2009. 8. 10）

>>>《湖北梁子湖惊现大面积高密度淡水桃花水母》（新华社 2009. 6. 25）

>>>《于丹：水下采标本 15 万份湖中种植被坚守 16 年》（《科技日报》2009. 6. 17）

>>>《湖北日报》、新华网……还有 21 条

韩德培：珞珈山的“镇山之石”

5 月 29 日，中国当代著名法学家、杰出教育家、社会活动家，中国国际法学一代宗师、中国环境法学开拓者和奠基人，武汉大学人文社会科学资深教授、博士生导师韩德培先生与世长辞，享年 99 岁。

韩德培是一位坚定的爱国主义者和忠诚的共产主义战士，是一位以学术为第一生命的学术大师，是一位具有深邃发展眼光和远见卓识的杰出教育家。他一生献身武大，执教 64 载，奉献了毕生心血，见证了武汉大学半个多世纪的发展历程，为我校发展做出了杰出贡献，被誉为珞珈山的“镇山之石”。

>>>《韩德培：不曾“退休”的法学教授》（《中国教育报》2009. 6. 15）

>>>《一位法学家的赤子情怀》（《人民日报》2009. 6. 3）

>>>《江城送别韩德培教授》（《光明日报》2009. 6. 3）

>>>新华网、《法制日报》……还有 59 条

张胜凯：南极科考勇士

测绘学院青年教师张胜凯参与我国首个南极内陆考察站——中国南极昆仑站建设，为建站提供测绘与导航技术支持。他完成的冰盖运动监测工作填补了国际上南极冰川学研究的空白，并在该地区建立了全球首个 GPS 卫星跟踪站。

张胜凯 7 年内已 3 次赴南极考察。2005 年，他在人类历史上首次登上南极内陆冰盖最高点并测出该点的精确位置；他还是中国首张南极冰穹 A 地区 1：5 万冰面地形图的绘制者。

>>>《张胜凯从南极归来》（《湖北日报》2009. 4. 1）

>>>《武大博士张胜凯？征服南极唱凯旋》（湖北电视台 2009. 4. 1）

>>>《南极内陆首个中国科考站将开建武大教师参与》（新华网 2008. 10. 17）

>>>《长江商报》《新民晚报》……还有 16 条

陶孝芳：4 年献血 38 次

文学院 2009 级硕士生陶孝芳自上大学以来，参加成分献血 38 次，奉献了共计 74 个单位的血小板，相当于献血 59200ml，可以挽救 74 个生命。2008 年 12 月 10 日曾获国家卫生部颁发的“全国无偿献血奉献奖金奖”，是湖北省获奖者里年龄最小的志愿者。

陶孝芳说，“其实我一直在收获，因为一路都在感受奉献的幸福。”

>>>《武汉高校忙学急救》(《武汉晨报》2009. 11. 23)

>>>《武大女生陶孝芳：我省最小获奖者》(《武汉晚报》2008. 12. 11)

>>>《“孝女”献血记》(《湖北日报》2008. 9. 22)

>>>《楚天都市报》、中国教育信息网……还有 11 条

吴斌：创业之路正启航

刚刚从市场营销专业硕士毕业的吴斌，研究生时期便已是武汉锐尔生物科技有限公司的老板。公司产品已挤进湖北省内三甲医院，得到广大医生和患者好评。专家测评其公司未来 4 年内可实现数亿元的经济效益。

2005 年，吴斌带领的创业队研制出“纽绿特”创可贴，先后获 8 项国家专利；2006 年他分别获得湖北省第四届、全国第五届“挑战杯”大学生创业计划竞赛金奖；2007 年他创建的武汉锐尔生物科技有限公司在东湖开发区注册成立。

>>>《有梦想就能开辟一片天地》(《中国青年报》2009. 1. 14)

>>>《武大学生吴斌创业之路正起航》(《中国教育报》2009. 3. 21)

>>>《坚持梦想勇敢创业》(湖北人民广播电台 2009. 5. 8)

>>>新华网、人民网……还有 19 条

(十大新闻及新闻人物候选条目由杨欣欣、肖珊整理)

回眸 2009

2　2010年1月1日

武汉大学报

专版

回眸 2009

学者篇

一代代薪火相传

学科篇

一幕幕炫彩景致

学术篇

一场场文化盛宴

学风篇

一阵阵春风拂面

学生篇

一声声雏凤清音

（《武汉大学报》第 1184 期，2010 年 1 月 1 日）

学科篇：一幕幕炫彩景致

将珞珈的日历翻回至2009年，1月的记事页上，首先就有这样的三条消息赫然映入眼帘：9日，在国家科学技术奖励大会上，我校两项成果获国家科技进步二等奖；19日，在教育部发布的学科评估高校排名结果中，我校3个学科排名第一；20日，在国务院学位委员会发布的第六届学科评议组成员名单上，我校18位专家名列其中。

多项战略性重大举措，使学科建设在这一年一如既往成为校园“重头戏”。当帷幔开启，一幕幕炫彩景致渐次呈现。

“一方面要继续支持一些传统的优势学科，进一步做大做强，使它们能够成为国内领先、甚至世界领先的学科；另一方面要充分发挥综合大学的优势，通过学科交叉与融合，形成一些新的学科和一些新的学科增长点。”在深入学习实践科学发展观活动中，校党委书记李健强调。进一步整合学科资源，组建跨学科大平台，成为本年度整改落实的29项主要工作之一。

随着计算机科学大楼闪亮登场，我校学科建设的又一大手笔——计算机大学科平台，进入更多人关注的视野。2009年，学校致力于集成优势学科，整合学科资源，首个国家地球空间信息产业化基地、汉语国际推广基地、首个国家文化创新工程研究基地、中国产学研合作问题研究中心、武汉生物技术研究院等，相继亮相珞珈。学科交叉平台促进了更深层次、更高水准的学科会聚，使科研创新能力不断提升，重大科研成果不断涌现——

发现SARS冠状病毒致命点，细胞抗病毒天然免疫研究再获重大突破，建成国际首条直接法合成乙氧基硅烷万吨级生产线，全球首创国际领先的自动更新技术方法，水稻抗虫基因研究获突破；31项成果获高校人文社科优秀成果奖，国家社科基金立项总数居全国高校第二，国家马克思主义工程首席专家增至9位……在中华人民共和国成立60周年的大庆之年，我校诸多学科成果成为亮丽“名片”，展现出百年学府的厚重底蕴与蓬勃生机。

“着眼于经济社会发展的现实需要，于丹团队把学术研究植根于脚下的这方水土，多年来在条件艰苦的野外坚守，其学术精神令人感佩。”湖北省委书记罗清泉在考察梁子湖湖泊生态系统国家野外科学观测研究站时，高度称赞我校为湖北生态环境保护所作出的杰出贡献。2009年，该站被评为全国野外科技工作先进集体，于丹教授被评为先进个人。

以学科优势服务社会，是武大人始终不渝的追求。2009年，朱英国院士团队的“珞优8号”再立新功，为国家粮食安全提供保障；桂希恩教授第四次向温总理建言“防艾”；测绘学科为南极昆仑站建设提供技术支持；我校建设的国家重大科技基础设施项目中国“陆态网络”5个基准站全部如期竣工，并被评为优质工程；反学术剽窃软件在全国推广……

“努力建设中国特色、世界一流、国际知名的高水平大学”，中央政治局委员、国务委员刘延东来校考察时，代表党中央、国务院对武汉大学提出了新定位、新目标和新希望。为此，在学科建设方面，校长顾海良在116周年校庆讲话中提出了当前的重要任务：“要集中力量发展重点学科，整合学科资源，探索面向21世纪建设跨学科的、特色鲜明的、优势突出的、新的学科增长点；要形成鲜明的学科体系，建立起武汉大学的学科群体。”

2009年，电气工程学院建院50周年暨电机学科创立75周年庆典、动力与机械学科创建50周年庆祝大会、庆祝恢复法学教育30周年大会先后举行，武大人在不断谋划学科发展的新思路；同时，学校正着手编制《武汉大学学科建设中长期规划》，从新的历史起点出发，武汉大学的学科建设必将更展万千气象，更绽炫目光彩。

（杨欣欣）

学者篇：一代代薪火相传

2009年11月30日14时30分，武汉大学人文馆主厅。一场“原味”校庆正缓缓拉开帷幕。

这是一场只属于武大师生的116周年校庆：会前，悬于大厅前方的大荧幕，播放着纪念高尚荫、王之卓、韩德培等一批诞辰百岁左右的大师级学人的专题片；三位大师的学术传人分别走上主席台，与大家一起分享大师为人、为学、为事的感人事迹。

2009年，学校先后举行了高尚荫、王之卓、余先觉、闻一多、李达、曾昭抡等十余位知名学者的纪念座谈会，精心制作了《百年黉门，世纪精魂》画册，记录17位为相关学科发展做出开拓性贡献的先贤励精图治的故事。

学者，依然是武汉大学2009年发展历程中最亮丽的风景。

学者是教学的“领路人”。

9月9日，全国教师节表彰大会上，国家主席胡锦涛与校长顾海良亲切握手。丁俊萍、何炎祥获第五届高校教学名师奖，至此，我校国家教学名师增至12人，总人数居全国第三位。

学校始终重视学者在教学中的领路作用。测绘学院5名院士一起为新生开设一门专业基础课程；水利水电学院教授为本科生授课率超过90%。

为鼓励学者站在教学第一线，11月30日，学校首次颁发“杰出教学贡献校长奖”，奖励一支优秀教学团队 10 万元，奖励 5 名教师每人 2 万元。这是我校历年来奖励本科教学的最大手笔。

学者们的教学积极性不断增强，学校教学质量进一步提高。2009 年，我校新增 11 门国家精品课程和 11 门省级精品课程，新增 4 个国家级教学团队，均居全国高校前列。

学者是科研的“火车头”。

2009 年，我校新增 4 位国家马克思主义理论研究和建设工程首席专家，总数居全国高校第二；新增 4 位长江学者和 1 个国家自然科学基金创新研究群体。

这些学者，带头奋战在学校科学研究第一线，成为学校科研快速发展“火车头”。

2009 年，在众多学者的带领下，人文社科成果丰硕，自然科学研究也取得突破。31 项成果获教育部高等学校人文社会科学研究优秀成果奖；自然科学基金资助项目经费突破亿元大关，生命科学学院等单位专家取得科学研究突破，在国际知名刊物发表研究成果。

学者是社会服务的“排头兵”。

9 月 21 日，李达、查全性、桂希恩、陶德麟、韩德培等 5 位知名教授入选“功勋湖北 100 人”；谭崇台教授入选“影响新中国经济建设的 100 位经济学家”。这是对武大学者积极参与国家和地方建设的充分认可。

10 月 28 日，桂希恩教授入选“荆楚楷模——中华人民共和国成立以来湖北最具影响的劳动模范”。12 月 1 日，桂希恩受卫生部邀请参加防治艾滋病工作会议，向温家宝总理汇报了湖北的“防艾”工作并提出建议。这已是桂希恩第四次与温总理见面。

武大学者的贡献获得国际认可。11 月 21 日，法国前总理拉法兰专程来到我校，代表法国总统萨科齐向周云峰教授授予法国最高荣誉勋位——法国荣誉军团勋章，这是我国临床医学一线获得此项荣誉的第一人。

2009 年，武大学者用实际行动证明了武大作为“思想库”、“科技库”、“人才库”的地位和作用。

悠悠万事，学者为大。2009 年，学校两次专门召开高层次人才引进工作会议，抢抓机遇，筑巢引凤。校长顾海良认为，没有一批优秀学者的学校是一个没有灵魂的学校，没有优秀学者的学校也是一个没有地位的学校。学者，是推动武汉大学不断向前发展的核心要素。

（张全友）

学术篇：一场场文化盛宴

12 月 19 日，联合国前南刑庭常任法官刘大群做客珞珈讲坛第十讲，在老图书馆这座神圣的学术殿堂里，给武大师生深入解析了前南国际刑庭与卢旺达国际刑庭的历史。

珞珈讲坛是武汉大学崇尚学术的一个亮丽“符号”，讲坛开办一年有余，10 位大师先后登台，给珞珈山带来了顶级学术盛宴，把武汉大学对学术的追求推向了顶峰。

“我有一个梦想，就是把老图书馆的大厅设为‘珞珈讲坛’，希望有一天，学术大师们以能够在这里讲学为最大荣誉，让它成为一个神圣的学术殿堂，让珞珈山遍撒学术的种子……”这是校长顾海良对珞珈讲坛的期待。如今，这一期待正在变为现实。

据顾海良介绍，珞珈讲坛已声名远播，正在成为吸引学术大师的重要窗口。一些蜚声海内外的学术巨匠纷纷表示愿意造访珞珈山，登台老图书馆。

“武汉大学是我长久以来非常敬仰的地方，老图书馆如此之豁亮，历史悠久，文化深厚，机会难得，来到这里我十分荣幸。”这是程津培院士在珞珈讲坛演讲的开场白。他给武汉大学师生带来的《金融危机与当前国家创新战略的若干思考》的报告让学生大快朵颐。

一所高等学校，教师、学生是流动的，只有学术是永恒的，是一所大学永葆青春活力的源泉和根本。作为具有 116 年悠久历史的武大，崇尚学术是其优良的办学传统，也是长期坚持的办学理念和价值追求。

据了解，一年来，我校举办或承办高层次国际国内学术交流会 100 多场。水资源与可持续发展高层论坛吸引国内 8 名、国外 20 余名院士参加；第二届国际牙科研究学会泛亚洲太平洋联盟会议是我国迄今为止举办的最高级别的国际口腔医学研究学术会议之一。人文社科方面，闻一多诞辰 110 周年纪念国际学术研讨会、张之洞与中国近代化国际学术会议、中部崛起与科技创新人才专家论坛、全国博士生学术论坛、中部论坛等数十场国际学术研讨会相继在武汉大学召开，大批名流造访珞珈山。

一年来，科技创新成果喜人。“水电站过渡过程关键技术与工程实践”等两项成果获国家科技进步二等奖，一项参与的项目获国家自然科学二等奖。31 项研究成果获教育部组织的高等学校科学研究优秀成果奖（人文社会科学），56 项课题获教育部人文社科一般项目资助，位居全国第二。

这一切，离不开学者对学术的至高追求和把板凳坐穿的学术精神。近年来，我校以学术为生命、甘坐冷板凳的群体和个人层出不穷，朱英国院士40余年甘做“水稻候鸟”，培育出红莲型和马协型两颗绿色珍珠，红莲型杂交水稻今年加快了推广的步伐。生命科学学院于丹教授1992年至今坚守梁子湖，带领学生在湖北梁子湖种下20万亩水草，与天然水草一起形成覆盖湖底八成区域的“水下草原和森林”，使梁子湖成为长江中下游地区水质最好的湖泊。

百年珞珈，学术为本；皇皇武大，学术为根。以珞珈讲坛为标志的举措必将把武汉大学对学术的追求推升到一个新的境界。

（王怀民）

学风篇：一阵阵春风拂面

“从这5位武大学人身上，我们看到了自强不息、追求卓越的学术品格，开拓创新、敢为人先的学术作风，追求真理、实事求是的学术勇气。这种学术魅力和人格魅力，才是真正感动荆楚人民的原因。”9月21日，在喜迎新中国60华诞之际，我校李达、查全性、桂希恩、陶德麟、韩德培等5位知名教授荣膺“功勋湖北100人”，校长顾海良在接受记者采访时表示，五位“湖北功勋”撑起了武大学人的铮铮脊梁，弘扬了武大风清气正的学术之风，是武大奋力前行的强大动力。

学风是学校的灵魂，一流的学校应当有一流的学风。珞珈山上，治学之风、师德师风、学习风气淳厚，注重求真求实求新求美求善，优良学风如一阵阵春风，徐徐吹拂珞珈山。

知名学者树标杆，争做学风表率。面对学术不端之风，两院院士、人文社科资深教授、知名专家等纷纷献计。朱英国院士表示，从我做起，努力在自己的科研团队中杜绝“建筑工程队现象”，坚持科技工作的连续性和长期性。李德仁院士指出，教师要教育学生如何做人、做学问乃至将来如何做事业，就必须为人师表，自己首先学会做人、做学问、做事业。杨弘远院士说，我校的办学硬件可能比不上有些学校，但可以努力在软实力上做到最好，在学风建设上形成一种独特的风格和风气。

教师甘坐“冷板凳”，数年磨一剑。生命科学学院于丹教授17年驻守梁子岛，在湖底建成“水下草原和森林”，使梁子湖成为长江中下游地区水质最好的湖泊。朱英国院士倾注半生心血研发的珞优8号，在孝感市启动了30万亩示范工程，为国家粮食安全筑起“防火墙”。信息管理学院副教授沈阳课题组研发的“ROST 反剽窃系统”，历经 6 年打磨屡屡升级，剑指学术不端，不仅被 CSSCI 核心期刊、北京大学等近百所高校和期刊社广泛运用，更成为学校杜绝学术不端和伪学术行为的“尚方宝剑”。

师德如春风，沐浴珞珈校园。在学子们的课堂上，一如既往地活跃着名师的身影，他们或钟情本科讲台，或倾囊相授科研“秘籍”，在学子心中竖起一尊尊朴实而悠远的灯塔。李德仁、陈俊勇、宁津生、刘经南、张祖勋等五院士同上一门课；“我要继续带学生，直到带不动为止”，人文社科资深教授谭崇台年届九十不弃教鞭。

“业精于勤荒于嬉，行成于思毁于随”，杨弘远院士用自己的座右铭勉励学子，并结合自身经历，指导研究生如何成为“博”“专”兼备的人才；刘经南院士期冀武大学子德艺双馨，培养人文精神、责任意识和国际意识；查全性院士提出，遇到问题开动脑筋、勤于思考是增强创新思维的“捷径”；资深教授马克昌与“90 后”大学生分享伏案与笃行的乐趣……通过与名师面对面，学子们切身体会到了师德的感召和熏陶。

踏实严谨的学习风气主旋律，继续唱响武大校园。“在参与诚信考试的过程中，我端正了学习和考试态度，学到了扎实知识，学会了尊重老师、尊重他人、尊重自己，弘扬了诚信正义。”这是齐晓燕同学的肺腑之言。截至 2009 年，我校设立诚信考场已走过了四个年头，在净化考风、优化学风方面发挥了榜样示范作用，目前，无人监考已成为武大的学生工作品牌之一。

成立隶属于校学术委员会的学术道德仲裁机构——学术道德建设委员会，把学风建设作为开展学习实践科学发展观活动的一项重要内容，“师德标兵”畅谈师德师风建设……学风建设营造了适宜学子成长成才的茵茵苗圃，铸就了推进学校发展的铮铮铁骨。盘点往岁，展望来年，武大将在自强弘毅求是拓新精神的滋养下，迈出更加坚实的步伐。

（肖珊）

学生篇：一声声雏凤清音

2009 年 10 月 17 日，美国前劳工部部长赵小兰来校访问。演讲互动环节，学生用流利的英语和赵小兰交流自如，赵小兰不禁三次夸奖武大学子“英语好”。

2009年11月18日至12月8日，大学生艺术团赴法国巴黎等城市巡演，展示了中国绚烂多彩的传统文化和我校大学生的风采，中国驻法国大使馆教育处公使衔参赞朱小玉女士赞不绝口："演员们的表演已经达到了专业演员的水平。"

2009年，学子植根珞珈沃土，沐浴春风，他们或勇担当代大学生的社会负责，奉献社会；或活跃在"三创"舞台，屡获佳绩……英才涌现，尽展武大学子风采，成为珞珈山一道亮丽的风景线。

赠人玫瑰，手留余香。青年志愿活动第15年，志愿者继续风雨兼程，书写感动。为个人、为他人、为国家，他们甘于奉献，勇于开拓，尽情绽放青春光华，睿智美丽灵魂熠熠生辉。"同窗情，助就业"志愿活动服务校园招聘，为还没找到工作的同学助力解难；文学院2009级硕士生陶孝芳自上大学以来，参加成分献血38次，成为大学生志愿活动的楷模……

在创造、创新、创业教育理念指导下，学校努力培养适应经济社会发展需要的"三创"型复合人才，优化人才培养方案，加强课程建设，实施通识教育，为拔尖创新人才的成长提供沃土。新农村建设"领头雁"、优秀大学生村官黎锦林校友成为武大的骄傲、学子的楷模；创业明星吴斌，研究生期间便已成为武汉锐尔生物科技有限公司老板，公司产品"纽绿特"创可贴未来4年内可望实现数亿元经济效益；2009年，武大学子在全国大学生电子设计竞赛、"高教杯"全国大学生图形技能与创新大赛等各类竞赛中游刃有余，斩获大奖。

国家级人才培养模式创新实验区的建设发展为高水平人才培养注入了生机和活力。今年我校新增3个，总数增至5个，位居全国高校第一；学校今年支持国家大学生创新性实验计划项目40项，资助大学生科学研究项目360项。

累累硕果离不开阳光雨露、精心呵护和悉心栽培，学校成为学子成才的可靠后盾。

围绕人才培养这一中心工作，学校不断优化育人条件，努力营造阳光育人生态。针对新生绝大部分为"90后"这一现状，学校积极探索人才培养规律，校党委书记李健、校长顾海良多次与新生对话，在亲切、平等、和谐的氛围中，潜移默化地对大学生进行思想政治教育。

面对严峻的大学生就业形势，学校采取多项措施，加强指导，整合资源，积极挖潜，全员参与，大力促进大学生就业，2009届本科毕业生就业率在90%以上，不仅没有下降而且还略有上升，研究生签约率与去年基本持平。

今年我校又获12项国家教学成果奖，获奖数有新的突破。获奖成果集中反映了我校教学改革的特色与亮点，显示了教学改革工作的扎实与丰富，契合“三创”教育的人才培养理念，促进了拔尖创新人才的培养与成长。

学校全力打造良好的师资队伍，创造条件让教师安心讲台，一系列举措，为提高本科教育教学质量奠定了坚实的基础。设立“杰出教学贡献校长奖”，让教师以从事教学、做好教学为荣。国家级教学团队增至 10 个，国家精品课程总数增至 63 门，国家教学名师增至 12 人……成果斐然，成为学子汲取知识的可靠源泉。

大学的根本任务是培养人才。一群群雄鹰正尽情展翅翱翔在希望的蓝天，而珞珈山是他们寻梦并实现梦想的温暖摇篮。

（田业胜）

武汉大学2010年十大新闻

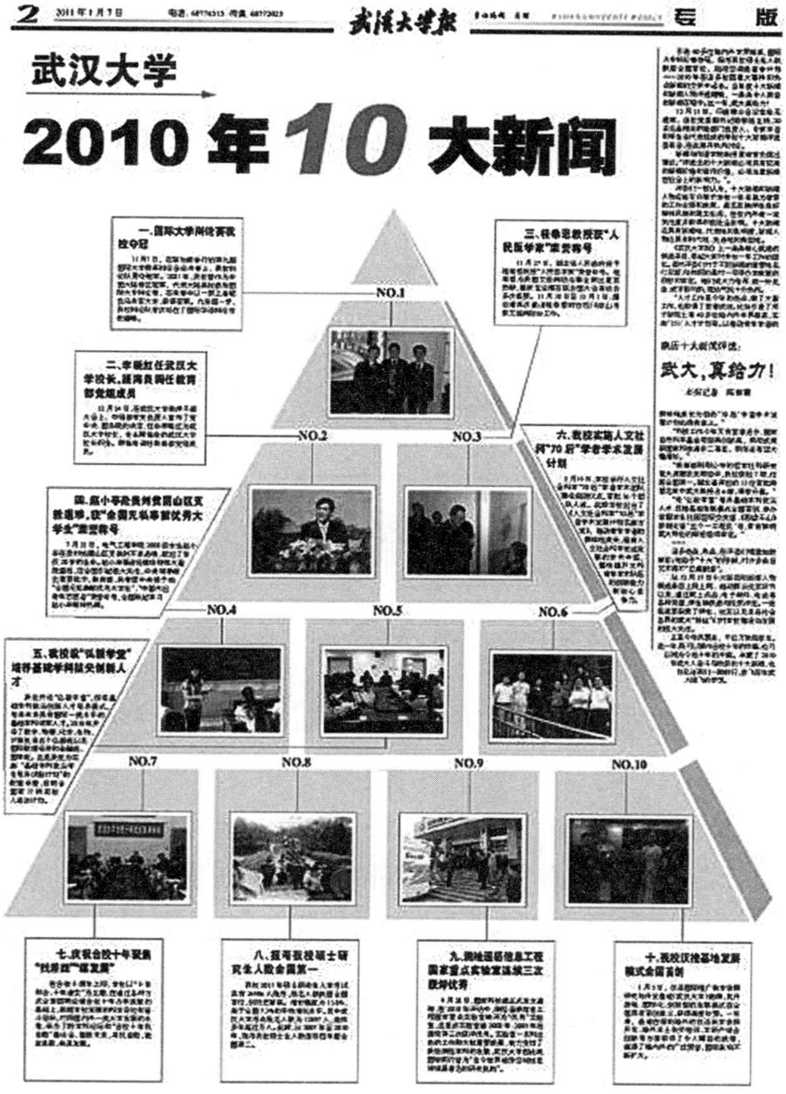

2 2011年1月7日 武汉大学报 专版

武汉大学

2010年10大新闻

NO.1

NO.2

NO.3

NO.4

NO.5

NO.6

NO.7

NO.8

NO.9

NO.10

武大，真给力！

（《武汉大学报》第1221期，2011年1月7日）

一、国际大学辩论赛我校夺冠

11 月 7 日，在新加坡举行的第九届国际大学群英辩论会总决赛上，我校辩论队勇夺冠军。2001 年，我校曾作为中国大陆赛区冠军，代表大陆高校参加国际大专辩论赛，在决赛中以一票之差憾负马来亚大学，获得亚军。九年圆一梦，我校辩论队首次站在了国际华语辩论赛的巅峰。

二、李晓红任武汉大学校长，顾海良调任教育部党组成员

12 月 24 日，在武汉大学教师干部大会上，中组部有关负责人宣布了党中央、国务院的决定，任命李晓红为武汉大学校长，免去顾海良的武汉大学校长职务。顾海良调任教育部党组成员。

三、桂希恩教授获“人民医学家”荣誉称号

11 月 27 日，湖北省人民政府授予桂希恩教授“人民医学家”荣誉称号。桂希恩为我国艾滋病防治事业作出重要贡献，温家宝总理在联合国大会等场合多次盛赞。11 月 30 日至 12 月 1 日，温总理再次邀请桂希恩前往四川凉山考察艾滋病防治工作。

四、赵小亭赴贵州贫困山区支教遇难，获“全国无私奉献优秀大学生”荣誉称号

7 月 21 日，电气工程学院 2008 级女生赵小亭在贵州贫困山区支教时不幸遇难，献出了年仅 20 岁的生命。赵小亭事迹经媒体持续大量报道后，在全国引起极大关注，中央领导做出重要批示，教育部、共青团中央授予她“全国无私奉献优秀大学生”、“中国杰出青年志愿者”荣誉称号，全国掀起学习赵小亭精神热潮。

五、我校设“弘毅学堂”培养基础学科拔尖创新人才

我校开设“弘毅学堂”，探索基础学科拔尖创新人才培养模式，培养未来具有国际一流水平的基础学科领军人才。2010 年开设了数学、物理、化学、生物、计算机等五个弘毅班以及国际数理经济和金融班、国学班。这是我校为实施“基础学科拔尖学生培养试验计划”的配套举措，目前全国有 17 所高校入选该计划。

六、我校实施人文社科“70后”学者学术发展计划

5月19日，学校举行人文社会科学“70后”学者学术团队建设启动仪式，首批16个团队入选。此前学校出台了《人文社会科学“70后”学者学术发展计划实施方案》，推动青年学者的群体性成长，涵育人文社会科学长远发展的学术中坚，整体提升文科青年学术队伍的创新能力和核心竞争力。

七、庆祝合校十年聚焦“找差距”“谋发展”

在合校十周年之际，学校以“十年和合、十年通变”为主题，在通过各种方式全面回顾总结合校十年办学成就的基础上，根据学校发展的科学定位和奋斗目标，对照国内外一流大学发展的水准，举办了跨学科论坛和“合校十年找差距”座谈会，着眼未来，寻找差距，锐意进取，共谋发展。

八、报考我校硕士研究生人数全国第一

我校2011年硕士研究生入学考试共有24986人报考，报名人数跃居全国首位，创历史新高。增长幅度为13.8%，高于全国7.3%的平均增长水平。其中武汉大学考点报名人数为12897人，连续多年超过万人。此前，从2007年至2010年，报考我校硕士生人数连续四年居全国第二。

九、测绘遥感信息工程国家重点实验室连续三次获评优秀

9月28日，国家科技部正式发文通知，在2010年评估中，测绘遥感信息工程国家重点实验室被评为“优秀”实验室，这是该实验室继2000年、2005年后连续第三次获评优秀。实验室一系列出色的工作和大批重要成果，有力支撑了我校测绘学科的发展，武汉大学因此被国际同行誉为“当今世界地球空间信息领域最著名的研究机构”。

十、我校汉推基地发展模式全国首创

1月5日，汉语国际推广教学资源研究与开发基地（武汉大学）揭牌，其开放性、国际化、创新型的发展模式在全国具有首创意义，获得高度称赞。一年来，基地在面向海外的汉语教学资源开发、海外本土教师培训、学研产结合创新等方面取得了令人瞩目的成绩，赢得了海内外的广泛赞誉，国际影响不断扩大。

2010 年度新闻人物

舒红兵：为免疫学研究做出重要贡献

经师生推荐，学校十大新闻评选委员会严格认真评审，生命科学学院院长舒红兵当选为武汉大学 2010 年度新闻人物。

2010 年 12 月 9 日，国际免疫学领域权威刊物《免疫学》（*Immunity*）在线发表了舒红兵教授团队的最新研究成果。这项研究为学界了解病毒感染诱导Ⅰ型干扰素表达及抗病毒天然免疫的分子调控过程做出了新贡献。

《免疫学》是世界最权威学术杂志之一《细胞》（*Cell*）的子刊，影响因子达 20.5。连续三年来，舒红兵团队每年在《免疫学》发表一篇研究论文。该杂志自 1994 年创刊以来，共发表 4 篇在我国大陆完成的研究论文，其中 3 篇来自舒红兵团队，其成果在细胞抗病毒天然免疫领域获得多项重大突破。

（衔枚）

亲历十大新闻评选：

武大，真给力！

引进40多位海内外学界精英，国际大专辩论赛夺冠，报考我校硕士生人数跃居全国首位，启动空调进宿舍计划……2010年在诸多校园重大事件和热点新闻的交织中远去。当年度十大新闻和新闻人物评选揭晓，一条条令人振奋的新闻在昭示：这一年，武大真给力！

12月31日，行政楼三会议室座无虚席，由校党委副书记骆郁廷主持，20多名由相关职能部门负责人、专家学者和学生会代表组成的学校十大新闻评选委员会，在此展开热烈讨论。

新闻与传播学院教授夏琼首先提出建议："评选出的十大新闻必须具有较高的新闻价值和宣传价值，必须注重新闻在社会上的影响力。"

评委们一致认为，十大新闻和新闻人物应能充分展示学校一年来最为重要的工作业绩和成果，真实反映师生良好精神风貌和现实生活，在校内外有一定关注度并取得积极社会影响。十大新闻应具有新闻性、代表性和影响度，新闻人物应具有时代性、先进性和典型性。

《武汉大学报》上一条条精心挑选的候选条目，串起大家对学校一年工作的回忆。虽然评委们对于不同新闻的重要性见仁见智，但相同的是对一项项办学成就的欣慰和肯定。他们或大力推荐、或一针见血、或字斟句酌，现场气氛十分热烈。

"人才工作是今年的亮点，做了大量工作，也取得了显著成效。比如引进了邓子新院士等40多位海内外学界精英，实施'351'人才计划等。以推动青年学者的群体性成长为目的'70后'学者学术发展计划也很有意义。"

"科技工作今年又有显著进步，国家自然科学基金项目再创新高，两项成果获国家科技进步二等奖，明年还有望大幅增长。"

"教育部刚刚公布的哲学社科研究重大课题攻关项目中，我校获批7项，位居全国第一。湖北省评出的13位首批荆楚名家中武大教授占6席，很有分量。"

"设'弘毅学堂'培养基础学科拔尖人才、汉推基地发展模式全国首创、举办首届学生社团国际交流营、《西望乐山》获湖北省'五个一工程奖'等，带有鲜明武大特色的做法值得肯定。"

……

诸多亮点、热点，在评委们嘴里如数家珍；但由于"十大"的限制，对许多条目又不得不"忍痛割爱"。

从 12 月 17 日十大新闻和新闻人物候选条目上报上网、启动群众投票环节以来，通过网上点击、电子邮件、电话等各种渠道，师生踊跃参与投票评选。一张张选票凝聚了师生、校友以及来自社会各界的武大"粉丝"们对学校建设与发展的极大关注。

正是今年风景美，千红万紫报春光。这一年，既可以算作合校十年的终篇，也可以视为今后十年的开篇。承载了 2010 年武大人奋斗与收获的十大新闻，也将见证我们一路前行，放飞百年武大腾飞的梦想。

（陈丽霞）

2010年十大新闻候选条目

1. 我校汉推基地发展模式全国首创

1月5日，汉语国际推广教学资源研究与开发基地（武汉大学）揭牌，国务院参事、国家汉办主任、孔子学院总部总干事许琳高度称赞，其开放性、国际化、创新型的发展模式在全国具有首创意义。6月份，在美国举行的第六届国际汉语电脑教学研讨会上，来自世界著名高校的专家高度赞赏我校的先进理念和具体做法，我校汉推基地的国际影响不断扩大。

2. 《西望乐山》获湖北省“五个一工程奖”

1月8日，在湖北省文艺精品创作生产总结表彰及颁奖晚会上，我校选送的话剧《西望乐山》获“五个一工程”奖。该剧由我校师生于2008年为庆祝建校115周年、纪念西迁乐山70周年而作。

3. 报考我校硕士生人数全国第一

硕士研究生报名工作11月份结束，报考我校2011年硕士生人数居全国第一。此前，从2007年至2010年，报考我校硕士生人数连续四年居全国第二。今年我校全面开通了全日制专业学位硕士研究生招生，类别由7个增至13个；新增专业学位推荐免试生类别；新增农村教育硕士专项计划。

4. 博士生导师招生自主权进一步扩大

自2010年起，七类博士生导师可通过入学考核选拔优秀人才：中国科学院和中国工程院院士、人文社科资深教授、长江学者特聘教授、全国百篇优秀博士学位论文指导教师、国务院学科评议组成员、国家级教学名师、973项目首席科学家与863项目计划领域专家。全校符合上述条件的共有近百人，约占在岗博士生导师的9%。

5. 两项成果获国家科技进步二等奖

1月11日，在国家科学技术奖励大会上，我校两项成果获国家科技进步二等奖，分别是：何克清团队主持的《本体元建模方法及其在软构件库互操作性管理与服务中的应用》、樊明文团队独立完成的《龋病牙髓病的基础与临床研究》。另有我校参与的一项目获二等奖。

6. 我校组建新计算机学院

1月11日，学校举行新计算机学院成立大会，由原计算机学院、软件工程国家重点实验室、国家多媒体软件工程技术研究中心和计算中心，整合成新计算机学院。此举是我校深化教学科研体制改革的重大举措，有利于整合优质资源，构筑学科平台，凝聚学术团队，提升计算机学科综合实力和核心竞争力。

7. 我校新增两位长江学者特聘教授

1月20日，教育部公布2009年度长江学者奖励计划名单，我校陈传夫（图书馆学）、周翔（有机化学）入选特聘教授。截至目前，我校共有43人入选该计划。

8. 我校成立科学技术发展研究院和人文社会科学研究院

1月27日，科学技术发展研究院和人文社会科学研究院正式成立，这是我校推出的又一改革举措。旨在深化科研管理体制改革，统筹科研管理，促进产学研用紧密结合，瞄准国家重大战略需求，在大平台基础上开展大策划、大服务，争取大成果。

9. 我校五次蝉联“湖北省最佳文明单位”称号

在湖北省2007—2008年度最佳文明单位评选中，我校第五次蝉联“湖北省最佳文明单位”荣誉称号。这是学校继2002年和2005年连续两次被评为“全国精神文明建设工作先进单位”以来，在精神文明创建工作方面取得的又一成绩。

10. 我校与武汉市签署全面战略合作协议，全面融入东湖国家自主创新示范区建设

3月1日，武汉市政府与武汉大学签署全面战略合作框架协议，拉开了武汉市与在汉高校、科研院所战略合作，加快推进“两型”社会建设的序幕。我校将充分发挥综合性重点高校的优势，全面参与和全方位服务东湖国家自主创新示范区建设。

11. 五教授入选国家百千万人才工程

肖永平、郭林、张绍东、章晓联、朱庆等5位教授入选2009年度“新世纪百千万人才工程”国家级人选，至此，我校已有15位教授获此殊荣。

12. 东帝汶副总理古特雷斯来访

4月13日，东帝汶第一副总理古特雷斯一行来校，与有关专家商讨在留学生培养、水利水电建设、农田灌溉工程等方面开展合作。

13. 武大师生心系玉树震区

4月14日，青海玉树地震发生后，学校在第一时间关注地震灾情、第一时间布置参与抗震救灾、第一时间派出医疗和技术人员，全力投入抗震救灾行动。师生捐款140万元支援灾区，是湖北省高校单笔最高捐款；张祖勋院士团队研发的DPGrid系统为抗震救灾决策指挥提供了科学依据；MODIS卫星数据地面接收站及时提供技术支撑，为地震灾情遥感监测评估做出了重要贡献。

14. 《武大课程2010》启动

为进一步提升本科教学质量，学校从2010年开始实施《本科创新人才培养发展规划——武大课程2010》，拟通过3至5年的建设，形成一批教育教学理念先进、人才培养模式创新、能满足国家经济建设需求、体现武汉大学特色的本科教学改革新成果。

15. 我校开展新一轮本科人才培养方案修订

5月5日，学校下发文件，全面启动新一轮本科人才培养方案修订工作，各学院（系）根据不同模块课程制定专业培养方案。新的培养方案更加注重“以学生为本”的原则，落实“三创”教育理念，更加凸显武汉大学本科教育特色。

16. 梁子湖成为全国示范推广代表性湖泊

5月7日，梁子湖作为水质成功恢复的代表性湖泊，入选全国重点湖泊“湖库生态安全管理技术体系建设与示范推广”项目。国家环保部负责人称：“梁子湖是我国保护力度最大、生态恢复最成功、水质最好的湖泊，其生态治理经验值得在全国示范推广。”

17. 两人文社科基地获评教育部优秀

5 月 7 日，全国高校人文社会科学重点研究基地第二次评估结果揭晓，我校 7 个基地全部顺利通过评估，其中信息资源研究中心、经济发展研究中心被评为教育部优秀重点研究基地。此次全国共评选出 25 个优秀基地。

18. 我校实施人文社科“70 后”学者学术团队发展计划

5 月 19 日，学校举行人文社会科学“70 后”学者学术团队建设启动仪式，首批 16 个团队入选。此前学校出台了《人文社会科学“70 后”学者学术发展计划实施方案》，推动青年学者的群体性成长，涵育人文社会科学长远发展的学术中坚，整体提升文科青年学术队伍的创新能力和核心竞争力。

19. 我校新增一批“国家队”，总数居全国高校前列

国家教学团队新增 3 个，总数增至 13 个，位居全国高校第三；国家精品课程新增 8 门、总数达 71 门，国家特色专业建设点新增 5 个、总数增至 27 个，国家级人才培养模式创新实验区新增 1 个、总数增至 6 个，国家级实验教学示范中心新增测绘实验教学中心，总数增至 8 个，均位居全国高校前列；武汉大学科技园跻身国家大学科技园行列。

20. 我校设“弘毅学堂”培养基础学科拔尖创新人才

我校开设“弘毅学堂”，探索基础学科拔尖创新人才培养模式，培养未来具有国际一流水平的基础学科领军人才。目前已开设数学、物理、化学、生物、计算机等 5 个弘毅班，国际数理经济和金融班、国学班即将开办。这是我校为实施“基础学科拔尖学生培养试验计划”的配套举措，包括北大、清华、武大等国内 17 所名校入选该计划。

21. 学校加大优秀人才培养和引进力度

6 月 8 日，学校召开会议，研究部署人才工作，提出把人才作为学校发展的第一资源。学校落实《武汉大学关于加强高层次人才引进工作的若干意见》，2010 年引进了邓子新院士等 40 多位海内外学界精英，迄今共有 7 人入选海外高层次人才引进计划（“千人计划”）；实施“351 人才计划”，5 年内重点扶植 180 名校内优秀人才，教师队伍结构日趋优化。

22. 国家社科基金立项数创新高，居全国高校第三

6月17日，2010年度国家社科基金项目立项名单揭晓，我校40项课题获得资助，创历史新高。立项总数仅次于中国人民大学（50项）和北京大学（42项），居全国高校第三位。我校国家社科基金申报获准数2005年居全国高校第三位，2006年居第四位，2007年居第五位，2008年和2009年均居第二位。

23. 国学院正式挂牌成立

6月25日，武汉大学国学院正式揭牌，成为国内为数极少的具有国学本科、硕士和博士完整培养体系的教学研究单位之一。我校于2001年在国内率先创办国学本科实验班，2007年以交叉学科名目增设国内首个国学博士点与硕士点，2009年起正式招生。

24. 吴斌荣膺"中国大学生年度人物"称号

6月29日，"2009中国大学生年度人物"颁奖典礼举行，我校经济与管理学院2007级硕士研究生吴斌作为大学生科技创新、励志创业典型入选，全国仅10人获此殊荣。

25. 世界名校学子荟萃学生社团国际交流营

7月11日至18日，以"青年创造未来"为主题的武汉大学首届学生社团国际交流营举行，来自哈佛大学、耶鲁大学、北京大学、清华大学等42所国内外知名高校的151名学生社团精英齐聚珞珈山，领略中国传统文化的魅力，并就青年、社团、全球化等议题达成了五点"珞珈共识"。

26. 本科录取分数全线"飘红"

今年，我校在全国31个省（市、自治区）招生录取分数全线"飘红"，生源质量喜人。在北京、天津等23个省份，我校文科录取最低分均高出当地重点线40分，有的甚至高出106分；在北京、河北、重庆等25个省份，我校最低录取分数均高出当地重点线50分，有的甚至高出119分。

27. 我校"973计划"首席科学家增至12位

8月14日，由我校作为首席科学家单位主持申报，张良培、刘奋勇、庞代文教授主持的3个“973计划”项目获国家科技部批准。至此，我校共获批“973计划”和重大科学研究计划12项，12位教授被聘为项目首席科学家。

28. 我校国家自然科学基金项目再创新高

8月18日，2010年度国家自然科学基金项目评审结果揭晓，我校获批项目和总经费均创历史新高，申报1352项，获资助324项，获批总经费逾1.1亿元，标志着我校基础研究迈上新台阶。

29. 第二届杰出教学贡献校长奖揭晓

9月10日，第二届杰出教学贡献校长奖揭晓，江柏安、刘觉平、湛少锋、向荣、柯亨玉以及黄诗笺团队入选。

30. 两教授获国家杰出青年基金资助

9月10日，2010年度国家杰出青年基金评审揭晓，基础医学院章晓联教授和化学与分子科学学院雷爱文教授获得资助。至此，我校已有26人获“杰青”资助。

31. 创先争优活动拉开帷幕

根据中央统一部署，从6月底至2012年“七一”，我校围绕迎接建党90周年、向党的十八大献礼两个重大节点，在全校基层党组织和党员中深入开展“创建先进基层党组织、争当优秀共产党员”活动。9月26日，我校在全国基层党建带团建暨共青团系统创先争优座谈会上作题为《党团共建创先进，典型带动争优秀》的主题发言。

32. 学生宿舍逐步安装空调和热水器

9月，学校在228间有条件的学生宿舍安装了空调，800余名新生住进了空调宿舍。学校计划在全校80栋学生宿舍逐步安装空调和热水器。

33. 我校实施学分制收费改革

从10月份起，我校在2010级全日制普通本科生中进行学分制收费改革，充分发挥教师的主导作用和学生的主体作用，促进学生个性化发展，充分利用和共享优质教学资源，提高人才培养质量。学分制收费保障每一位学生的学习权利，并对学习成绩优异者给予奖励。

34. 周云峰获法国“荣誉博士”衔

中南医院院长周云峰教授被法国南锡第二大学授予“荣誉博士”称号，是本次获奖的唯一中国人，也成为湖北省历史上唯一获此殊荣者。为表彰周云峰在中法合作交流中作出的突出贡献，法国政府曾于2006年和2009年授予他“骑士勋章”和“法国荣誉军团勋章”。

35. 尹万科获全国优秀博士学位论文奖

10月6日，2010年全国百篇优秀博士学位论文评选结果公布，数学与统计学院青年教师尹万科博士的学位论文《实流形在复流形中的全纯不变量》入选，指导教师为黄孝军教授；我校另有8篇论文获提名奖。截至目前，我校共有14篇论文入选，42篇获提名奖。其中，李德仁院士指导4名博士生先后获选，是全国获此殊荣最多的博士生导师之一。

36. 信息管理学院喜庆90华诞

10月8日，我国历史上最为悠久的信息教育和研究机构——武汉大学信息管理学院喜庆90华诞。90年来，学院创下了多项“最早”和“唯一”，积累了丰富的办学经验和优良传统，推动了我国信息管理学科的创新发展。

37. 我校代表团赴欧美访问世界名校

5月24日至6月2日，校党委书记李健应邀率团访问了法国巴黎七大、里昂一大等6所大学，签署或续签了一系列合作办学协议；此后，副校长周创兵率代表团访问了德国和东欧地区高校，加强了我校与欧洲高校的交流合作。10月中旬，校长顾海良率团访问美国匹兹堡大学、杜克大学等，签署或续签合作协议，进一步推动我校与美国高校合作迈上新台阶。

38. “985工程”新一轮建设启动

10月20日，学校正式启动“985工程”（2010—2013年）建设工作，推动我校加快世界一流大学和高水平大学建设步伐。此前，学校于3月24日召开了“985工程”建设工作大会。

39. 温总理盛赞我校自主创新成果

10月22日，国务院总理温家宝在武汉东湖高新技术产业开发区参观自主创新成果展，对我校与科技成果转化企业合作研发的成果，包括天地图、实景三维技术、激光动态弯沉车等，给予高度赞赏。

40. 测绘遥感信息工程国家重点实验室连续三次获评优秀

10月25日，测绘遥感信息工程国家重点实验室在2010年评估中被评为“优秀类实验室”。这是该实验室连续第三次获评优秀。该实验室被国际同行誉为世界最著名地球空间信息研究机构，以其为代表的武大测绘学科国际影响与日俱增。

41. 我校深化与港台地区教育交流合作

4月上旬，我校主办香港-内地高校青年交流营；4月26日，香港科技大学校长陈繁昌院士一行来访，拓展与我校的科研合作领域；11月3日至8日，校长顾海良率团访问台湾，与台湾大学、台湾成功大学等签署合作协议；12月3日，顾海良赴厦门与台湾地区中山医学大学签订合作协议。作为与香港和台湾地区高校有着长期、广泛、深入合作的内地高校之一，我校与其进一步加强了交流与合作。

42. 国际大学辩论赛我校夺冠

11月7日，在新加坡举行的第九届国际大学群英辩论会总决赛上，我校辩论队勇夺冠军。2001年，我校曾作为中国大陆赛区冠军，代表大陆高校参加国际大专辩论赛，在决赛中以一票之差憾负马来亚大学，获得亚军。九年圆梦，我校辩论队首次站在了国际华语辩论赛的巅峰。

43. 四名科考队员随队赴南极考察

11月11日，中国第27次南极科学考察队乘“雪龙”号启程，我校4名科考队员随队远征，分赴中山站和昆仑站考察。

44. 六位资深教授入选首批荆楚社科名家

11月16日，湖北省社会科学工作大会表彰首批13名“荆楚社科名家”，我校6位人文社会科学资深教授当选，分别是：经济学家谭崇台、法学家马克昌、图书馆学家彭斐章、哲学家陶德麟、历史学家冯天瑜、美学家刘纲纪。

45. 117 周年校庆凸显“学者”“学术”主题

在 117 周年校庆之际，学校先后举办纪念李达诞辰 120 周年、庆贺陶德麟教授 80 华诞、纪念李国平院士诞辰百年等活动，突出“尊重学者，崇尚学术”主题，彰显大师级学者的学术风范，弘扬学术精神，传承学术薪火。

46. 中国科学院院士杨弘远逝世

著名植物学家、杰出教育家和社会活动家，中国人民政治协商会议第八届、第九届委员，中国科学院院士，博士生导师杨弘远教授因病医治无效，于 2010 年 11 月 18 日逝世，享年 77 岁。杨弘远生前留下遗嘱，丧事从简，家中及校内不设灵堂，谢绝吊唁。杨弘远逝世后，党和国家领导人胡锦涛、温家宝、李长春、习近平、李克强、朱镕基、吴官正、王刚、刘延东、李源潮、路甬祥、王志珍，以及教育部部长袁贵仁、湖北省委书记罗清泉、省长李鸿忠等分别以各种方式表达慰问和哀悼。

47. 珞珈金秋国际文化节演绎校园“世博会”

11 月 20 日至 21 日，第六届珞珈金秋国际文化节汇聚了 70 余个国家的 2000 余名留学生以及国际友人和中外来宾，桂园操场演绎校园“世博会”。该活动已成为湖北省对外交流的标志性品牌。

48. 我校调整研究生奖助学金标准

为推进“1+4”硕博连读研究生培养制度的实施，提高研究生培养质量，学校调整了“1+4”硕博连读研究生硕士生第二学年和四年制博士生第四学年奖助学金标准，为研究生创造更好的学习和科研条件。

49. 高交会武大又获三项大奖

11 月 21 日，第十二届中国国际高新技术成果交易会闭幕，我校再获优秀组织奖、优秀展示奖、优秀产品奖。我校已连续 11 届获优秀组织奖、优秀产品奖（成交奖），学校通过该平台积极推动科技创新，为促进经济发展方式转变作出了贡献。

50. 系列主题活动喜庆合校十周年

在合校十周年之际，学校开展了以“十年和合、十年通变”为主题的三大板块系列活动：成就展示，包括系列宣传报道、办学成就网络展、系列网络评选活动等，评选出了桂希恩、李德仁、黄来女、卡里姆·马西莫夫、朱英国、鄂栋臣、石云霞、舒红兵、李义天和吴斌等“十年十大风云人物”；文化展示，包括文艺晚会、百场学术论坛、美文征集等；反思与展望，包括五场十年回顾与展望跨学科论坛、五场合校十年找差距座谈会等，着眼未来、寻找差距、锐意进取、共谋发展。

51. 武汉大学新浪微博引关注

武汉大学新浪微博开通一年来，“粉丝”已达3万余人。我校是较早在新浪开通官方微博的高校之一，学校主动适应新媒体技术发展的新特点，积极探索运用新文化样式和话语体系开展宣传工作，以生动活泼、简洁明快的形式随时随地发布新闻，力争第一时间将最有价值的资讯“推送”到博友面前。

52. 胡德坤当选为人文社科资深教授

11月，著名历史学家胡德坤当选为人文社会科学资深教授。目前，我校共有9位人文社科资深教授。

53. 桂希恩第四次陪同温总理考察，获“人民医学家”荣誉称号

11月30日至12月1日，应国务院总理温家宝邀请，中南医院桂希恩教授前往四川凉山考察艾滋病防治工作。此前，温家宝在与广大网友在线交流以及联合国会议上两次盛赞桂希恩。

11月27日，湖北省政府授予桂希恩“人民医学家”荣誉称号，他是湖北省获此殊荣的第二人，更是依然奋战在临床、科研和教学一线的唯一一人。

54. 教育部重大课题攻关项目我校居全国第一

12月，教育部公布了46项2010年度教育部哲学社会科学研究重大课题攻关项目，我校获批7项，位居全国第一。至此，我校立项总数增至28项，排名全国第二。

55. 李晓红任武汉大学校长　顾海良调任教育部党组成员

12月24日，在武汉大学教师干部大会上，中组部有关负责人宣布了党中央、国务院关于武汉大学校长人选调整的决定：李晓红任武汉大学校长，免去顾海良的武汉大学校长职务。顾海良调任教育部党组成员。

56. 我校承办的孔子学院再获优秀

12月10日，在第五届孔子学院大会上，武汉大学与美国匹兹堡大学合作共建的匹兹堡大学孔子学院被评为优秀孔子学院，这是该孔子学院继2008年后再次获此殊荣。我校参与建设的法国巴黎七大孔子学院曾于2008年和2009年蝉联优秀。

57. 博士生郑赫在《自然》子刊发表论文

12月21日，国际著名期刊《自然》子刊《自然—通讯》刊登了我校2008级博士生郑赫的论文，这是我校博士生首次以第一作者身份在《自然》系列刊物上发表论文。

58. 大三学子汪玥出席联合国气候大会

金融工程2008级本科生汪玥作为华中地区唯一学生代表，出席在墨西哥坎昆举行的联合国气候大会。本次全国共15名学生代表参会。此前，汪玥还参加了联合国环境署支持的国际青年能源与气候变化峰会、我国首次承办的联合国气候变化天津谈判会议。

（《武汉大学报》第1218期，2010年12月17日）

2010 年度新闻人物候选人

赵小亭：播撒阳光的爱心天使

7 月 21 日，电气工程学院 2008 级女生赵小亭在贵州山区支教时，被滚落的山石砸中头部不幸遇难，献出了年仅 20 岁的生命。赵小亭事迹经媒体持续大量报道后，引起极大关注。教育部、共青团中央先后授予她“全国无私奉献优秀大学生”“中国杰出青年志愿者”荣誉称号，全国掀起学习赵小亭热潮。

>>>《“支教玫瑰”赵小亭事迹引起强烈反响》（《人民日报》2010. 7. 31）

>>>《赵小亭给我们留下了什么》（《光明日报》2010. 8. 20）

>>>《赵小亭：凡人典范为何感动中国》（《中国青年报》2010. 9. 16）

>>>《新华每日电讯》《湖北日报》、新华网、人民网……还有 200 余条

舒红兵：为免疫学研究做出重要贡献

12 月 9 日，《细胞》杂志子刊《免疫学》（影响因子 20. 5）在线发表了舒红兵教授团队的研究成果。这项最新研究为学界了解病毒感染诱导 I 型干扰素表达及抗病毒天然免疫的分子调控过程做出了新贡献。

舒红兵团队连续三年每年在《免疫学》发表一篇研究论文。该杂志自 1994 年创刊以来，共发表 4 篇在我国大陆完成的研究论文，其中 3 篇来自舒红兵团队。

>>>《舒红兵获谈家桢生命科学奖》（《武汉大学报》2010. 11. 13）

>>>《舒红兵主持的学科创新引智基地通过验收》（珞珈新闻网 2010. 9. 25）

>>>《PNAS：舒红兵小组发现抗病毒天然免疫负反馈调控新机制》（科学网 2009. 5. 5）

>>>《科学时报》、人民网、科学网、长江网……还有 27 条

李可欣：为留守儿童“种太阳”

11 月 3 日，共青团中央、中国青年志愿者协会在京举行“共青团关爱农

民工子女志愿服务行动”项目推介会，新闻与传播学院女生李可欣创立的“种太阳”项目，作为湖北省唯一入选项目被全面推介，这也是唯一一个由高校主办的大学生项目。

“我们希望在每一个留守儿童的心中都种上太阳，照耀他们的心灵和未来。”这是李可欣的理想。她专门休学一年筹备“种太阳”工作室，三年来，与同伴们累计服务 462.2 万小时，服务农民工子女 2900 余名。

>>>《心中种上太阳》（《人民日报》2010.12.8）

>>>《“种太阳”志愿者牵手大别山留守儿童》（《中国青年报》2010.8.16）

>>> 新华网《楚天都市报》《武汉晨报》《长江商报》……还有 22 条

杨昌林：藏族学生的“武汉阿爸”

“我是一名老党员，要维护民族团结的大局；我是武大教师，要关心学生的成长；我是西藏的儿子，要尽到自己的责任……”杨昌林 32 年如一日，为在汉藏族学生筑起一个“武汉的家”，无私帮助数千人次，使他们顺利完成学业，并像父母一样照顾每个人。年初，杨昌林被湖北省委省政府授予“民族团结进步模范个人”光荣称号。

>>>《一位老人的“西藏故事”》（《光明日报》2010.10.27）

>>>《杨昌林与他的藏族孩子们》（《湖北日报》2010.11.1）

>>>《孩子，武汉有你们的家》（《长江日报》2010.10.8）

>>>《武汉晚报》、荆楚网、中国民族宗教网……还有 9 条（十大新闻及新闻人物候选条目由杨欣欣、肖珊整理）

回眸 2010

专版 武汉大学报 2011年1月5日 3

回眸2010 盘点珞珈热词

1. 985工程

2. 弘毅学堂

3. 自主创新

4. “70后”团队

5. 创新示范区

6. 汉推基地

7. 辩论夺冠

8. 和合通变

9. 空调进宿舍

10. 小李料神

12位教授上一门课

（《武汉大学报》第1221期，2009年1月7日）

盘点珞珈热词

1. “985 工程”

解读：综合实力和核心竞争力提升的标志。

学校启动新一轮“985 工程”建设，加快了世界一流大学和高水平大学建设步伐。

背景：10 月 22 日，国务院总理温家宝在武汉东湖高新技术产业开发区参观自主创新成果展，对我校与科技成果转化企业合作研发的成果，包括天地图、实景三维技术、激光动态弯沉车等，给予高度赞赏。

“以国家和行业发展急需的重点领域和重大需求为导向，围绕国家科技发展战略和学科前沿，加大学科结构调整力度，促进学科交叉，大力提高建设学科的科技创新能力和解决制约经济社会发展的重大瓶颈问题的能力。”我校所取得的一系列自主创新成果，有力地回应了“985 工程”优势学科创新平台项目的这一建设目标。

与此同时，跨学科建设全面展开。由四家机构合并组建新计算机学院，揭开了计算机大学科发展的新篇章；综合性跨学科研究机构中国边界研究院揭牌，跨学科人才培养和科技创新成果“无人驾驶车”获“中国智能车未来挑战赛”亚军，学科交叉融合的成果武大科技考古遥感无人机试飞成功。

“985 工程”（2010—2013 年）每年将遴选 4 至 6 个战略性跨学科创新平台进行重点建设，为中国特色、世界一流、国际知名的高水平大学奠定坚实基础。

2. 弘毅学堂

解读：人才培养模式的新探索。

为实施国家“基础学科拔尖学生培养试验计划”，我校开设“弘毅学堂”，探索人才培养新模式，培养具有国际一流水平的领军人才。

背景：《本科创新人才培养发展规划——武大课程 2010》启动，完成了新一轮本科人才培养方案修订，在 2010 级新生中全面推行学分制收费改革，积极推进本科全英文教学课程建设……学校积极探索本科国际化创新人才培养新模式。

新增一批教学“国家队”，国家级教学团队、精品课程新、特色专业建设点、人才培养模式创新实验区、实验教学示范中心总数均居全国高校前列。

人才培养一直是学校的中心工作，“三创”教育是一以贯之的理念。新成立的国学院秉承这一理念，注重传统文化对现代化社会的呼应和互动，在教学中培养学生的创新能力。

2010 年，我校本科录取分数全线“飘红”，硕士生报考人数更是跃居全国第一，专业学位研究生教育规模也快速扩大。学校调整了研究生奖助学金标准；博士生导师招生自主权进一步扩大，七类博导可通过入学考核选拔优秀人才。新举措使风生水起的研究生教育改革又添亮点。

3. 自主创新

解读：科学研究的新突破。

我校国家自然科学基金项目、国家社科基金立项数创新高、教育部重大课题攻关项目等均创新高，科研自主创新能力不断增强。

背景：测绘遥感信息工程国家重点实验室 15 年来连续第三次在国家评估中获评“优秀”。实验室一系列重要科研成果，有力支撑了我校测绘学科的发展。这是我校科学研究致力于自主创新，不断取得新突破的一个缩影。

2010 年，我校又有两项成果获国家科技进步二等奖，新增 3 位“973 计划”首席科学家，两位教授获国家杰出青年基金资助，舒红兵教授团队第三次在国际权威刊物《免疫学》发表最新研究成果，为免疫学研究做出重要新贡献。

科研管理体制改革又出新举，成立了科学技术发展研究院和人文社会科学研究院，统筹科研管理，促进产学研用紧密结合，瞄准国家重大战略需求，在大平台基础上开展大策划、大服务，争取大成果。

4. “70 后”团队

解读：师资队伍建设最给力。

人文社科“70 后”学者学术发展计划启动，推动青年学者的群体性成长，涵育学术中坚，整体提升青年学术队伍的创新能力和核心竞争力。

背景：把人才作为发展的第一资源，学校加大了优秀人才培养和引进力度，2010 年引进了邓子新院士等 40 多位海内外学界精英，迄今共有 7 人入选海外高层次人才引进计划（“千人计划”）；实施“351 人才计划”，5 年内重点扶植180名校内优秀人才。教师队伍结构日趋优化。

老一辈学者树立标杆。杨弘远院士平静辞世，给武大留下了一笔宝贵的精神财富。他的崇高风范是百年武大精神的最好诠释。桂希恩教授为我国艾滋病防治事业作出重要贡献，温家宝总理在联合国大会等场合多次盛赞，并再邀他前往四川凉山考察；湖北省人民政府授予他“人民医学家”荣誉称号。首批13位荆楚社科名家，我校有6位资深教授入选；周云峰教授在中法合作交流中做出突出贡献，被法国南锡二大授予“荣誉博士”称号，此前他曾获得法国政府授予的“骑士勋章”和“法国荣誉军团勋章”；胡德坤以其在世界史研究领域的杰出贡献当选为人文社科资深教授。

中青年人才辈出。新增两位长江学者特聘教授，5人入选国家百千万人才工程。

5. 创新示范区

解读：服务社会大显身手。

我校与武汉市签署全面战略合作协议，充分发挥综合性重点高校的优势，全面参与和全方位服务东湖国家自主创新示范区建设。

背景：武汉生物技术研究院正式入驻运行，已引进38个研究团队，包括7名两院院士在内的研发人员约200人。整合全省生物技术科研、人才资源，打造世界一流创新平台，推动东湖高新区、武汉市和湖北省的生物产业快速发展。

玉树地震发生后，师生捐款140万元，张祖勋院士团队研发的DPGrid（数字摄影测量网格系统）为抗震救灾决策指挥提供了科学依据，MODIS（中分辨率成像光谱仪）卫星数据地面接收站为灾情遥感监测评估及时提供技术支撑；中国第27次南极科学考察队里，又有4名武大师生的身影。

致力于服务国家重大需求和百姓生活，武汉大学科技园跻身国家大学科技园行列，梁子湖成为全国示范推广代表性湖泊，高交会又获3项大奖，喜获中国产学研合作创新与促进奖。

6. 汉推基地

解读：国际化为“世界一流”提速。

2010年揭牌的汉推基地，其开放性、国际化、创新型的发展模式在全国具有首创意义，赢得了海内外的广泛赞誉。

背景：我校与美国匹兹堡大学合作共建的孔子学院被评为优秀孔子学院，

这是继2008年后再次获此殊荣，而我校参与建设的法国巴黎七大孔子学院曾于2008年和2009年蝉联优秀。我校探索具有特色的国际化办学之路，国际影响力不断提升。

我校代表团赴欧美访问了多所世界名校，签署或续签了一系列合作办学协议。至2010年我校已与国外知名高校联合开设21个国际联合培养项目。国际合作科研成为新亮点，东帝汶副总理古特雷斯专门来访，与我校学者就奥巴巴灌区等工程的实施进行具体洽谈。

国际化理念更是贯穿于人才培养全过程。暑期国际英语口语培训班在国内大学英语界产生积极影响；本科全英文教学课程建设有力推进；来自哈佛、耶鲁等42所国内外知名高校的151名学子荟萃珞珈，参加首届学生社团国际交流营；珞珈金秋国际文化节成为湖北省对外交流的标志性品牌，第六届汇聚了70余个国家的2000余名留学生，演绎校园“世博会”。在国际化教育理念的熏陶培养下，学生的国际视野不断拓展，国际竞争力不断增强。

7. 辩论夺冠

解读：珞珈学子海内外展创新风采。

九年圆一梦，我校辩论队勇夺第九届国际大学群英辩论会冠军，站在了国际华语辩论赛的巅峰。

背景：辩论，体现的是一种能力、思想和精神，在大学生成长过程中具有重要意义。具有深厚人文底蕴和优秀传承的武汉大学，辩论活动已逐步进入人才培养环节，并将列为通识教育课。

诸多和辩论队队员一样的优秀武大学子，活跃在海内外舞台，展现创新风采。大三学子汪玥出席联合国气候大会，在坎昆向全世界发出中国青年的声音；博士生郑赫以第一作者身份在《自然》子刊发表论文，吴斌入选中国大学生年度人物，卢章洪入选湖北大学生年度人物；尹万科获全国优秀博士学位论文奖，徐孟李、马恒获“百人会英才奖”、靳立群获宝钢教育基金优秀学生特等奖。

武大学子在多项国内外竞赛中勇夺桂冠，多次获国际国内大奖。王峰获第19届世界脑力锦标赛总冠军，成为我校第四个获“世界记忆大师”称号的学生；香港国际武术节勇夺七金四银；“挑战杯”竞赛获两项金奖，总成绩并列全国第一；获全国大学生创新项目唯一冠军；“花旗杯”金融与信息技术应用大赛连续3年拔得头筹；“北斗杯”全国青少年科技创新大赛、“高教杯”全国大学生先进成图技术与产品信息建模创新大赛、全国大学生结构设计大赛、全国大学生数学竞赛、康腾商业案例分析大赛均获一等奖……

学生的事业和成就是大学最大的荣耀。优秀学子不仅为武汉大学争了光，而且为祖国争得了巨大的荣誉。

8. 和合通变

解读："十年和合，十年通变。"

2010年是合校十周年，学校全面回顾总结了合校十年办学成就，并对照国内外一流大学水准找差距，谋划未来跨学科发展。

背景：在合校十周年之际，学校开展了三大板块系列活动：成就展示，包括系列宣传报道、办学成就网络展、系列网络评选活动等，评选出了桂希恩、李德仁、卡里姆·马西莫夫、朱英国、鄂栋臣、石云霞、舒红兵、李义天和吴斌等"十年十大风云人物"；文化展示，包括文艺晚会、百场学术论坛、美文征集等；反思与展望，包括五场十年回顾与展望跨学科论坛、五场合校十年找差距座谈会等，着眼未来、寻找差距、锐意进取、共谋发展。

与此同时，在117周年校庆之际，先后举办纪念李达诞辰120周年、庆贺陶德麟教授80华诞、纪念李国平院士诞辰百年等活动，继续凸显"尊重学者、崇尚学术"的校庆活动主题，彰显大师级学者的学术风范，弘扬学术精神，传承学术薪火。

岁末，"平民校长"李晓红出任武汉大学校长。站在新的历史起点上，百年武大激扬腾飞的梦想，迎接灿烂的明天。

9. 空调进宿舍

解读：改善硬环境，提升软实力。

学校在228间有条件的学生宿舍安装了空调，800余名新生住进了空调宿舍。计划在全校80栋学生宿舍逐步安装空调和热水器。

背景：把办学成果体现和落实在学生身上，学校在改善办学硬环境方面不遗余力。化学大楼改造工程竣工，教职工活动中心新鲜出炉，修缮教学楼，新建学生食堂，扩建图书馆，全面铺开"煤改燃"工程，开通无线校园网……师生员工的工作、学习、生活条件得到进一步改善。

在软环境建设上，着力营造良好的氛围。创先争优活动取得重要阶段性成果，学习型党组织建设不断推进；五次蝉联"湖北省最佳文明单位"称号。

武汉大学新浪微博推出一年，"粉丝"已近4万。运用新文化样式和话语体系开展新闻宣传，勇于创新的武大人织就了一条温暖的"围脖"。

在合校十周年之际，一系列反映学校办学成就的报道和展示，激发了广大师生的自豪感和使命感，也在社会上产生了热烈反响和广泛影响。

10. 小亭精神

解读：志愿服务精神辉耀珞珈。

赵小亭在贵州山区支教时不幸遇难，生命之花绽放出永恒的美丽。她获得“全国无私奉献优秀大学生”、“中国杰出青年志愿者”等荣誉称号，全国掀起学习赵小亭精神热潮。

背景：赵小亭是武大1.7万余名注册中国青年志愿者的杰出代表。“奉献、友爱、互助、进步”，志愿服务精神在珞珈闪亮，参加志愿服务等社会实践活动，已经成为武大学子成长的内在需要。

“我们希望在每一个留守儿童的心中都种上太阳，照耀他们的心灵和未来。”李可欣休学一年筹备“种太阳”工作室，三年来与同伴们累计服务462.2万小时，服务农民工子女2900余名。该项目被共青团中央、中国青年志愿者协会全面推介。

赵书影等创立的“大山里的魔法教室”梦想花开项目，以总成绩第一的绝对优势入选中国十大教育公益项目。该项目已在恩施建有6间“魔法教室”，1万名小学生迎来了立体图书、钢琴和外来教师。

志愿服务，不仅让大学生受教育、长才干、作贡献，而且使他们增强了社会责任感，促进了自身全面发展。

小亭精神成为创先争优的精神动力，“学小亭、创先进、争优秀”蔚然成风，目前已有109个师生党支部“对子”结对共建。

（杨欣欣）

武汉大学2011年十大新闻

2 2012年1月6日 武汉大学报 专版

2011年度新闻人物

杨昌林：藏族学生的"武汉阿爸"

武汉大学2011年十大新闻

1 武汉大学新增五位院士

2 我校首次进入泰晤士报世界大学400强

3 我校获国家重大项目立项创新高

4 全球大学生创业大赛武大夺冠

5 杂交水稻国家重点实验室获批共建

6 "六大计划"力推哲学社会科学繁荣发展

7 图书馆新馆落成开馆

8 实施民生工程惠及师生

9 全国优秀博士论文武大两篇入选，李德仁指导的论文第五次入选

10 武汉大学推进"科教兴鄂"行动

喜看稻菽千重浪——亲历十大新闻评选

（《武汉大学报》第1261期，2012年1月6日）

一、武汉大学新增五位院士

2011 年，武汉大学新增 5 位院士，其中张俐娜、龚健雅、舒红兵当选为中国科学院院士，李晓红、李建成当选为中国工程院院士。至此，我校院士总数增至 16 位。此次我校还有万卫星、康绍忠两位校友当选为院士。湖北省委省政府向武汉大学发来贺信，湖北省主要领导会见了 5 位院士。

二、我校首次进入泰晤士报世界大学 400 强

10 月 6 日，英国《泰晤士报高等教育副刊》发布 2011—2012 世界大学排名，武汉大学首次登上该排行榜，进入世界大学 400 强，中国内地共有 10 所高校入选。该榜是世界上最具影响力的大学排行榜之一，受到全球高教界高度关注。2011 年我校还有 7 个学科进入美国 ESI 学科排名，保持或进入世界前 1%学科行列。

三、我校获国家重大项目立项创新高

2011 年，我校获批主持 6 项“973 计划”项目（包括重大科学研究计划 1 项），这是我校获批项目最多的一年，居全国高校第一，迄今我校共有 18 人次成为“973 计划”项目（包括重大科学研究计划）首席科学家。在哲学社会科学研究方面，我校获批国家社科基金重大攻关项目招标课题共 9 项，新增国家哲学社会科学重大攻关项目首席专家 9 人，立项数及新增首席专家数均居全国高校第三。

四、全球大学生创业大赛武大夺冠

美国当地时间 11 月 10 日，在英特尔-伯克利全球大学生创业挑战赛上，武汉大学改图网 forward 创业团队击败其他 27 支名校代表队，一举夺冠。这是继清华大学后中国代表队第二次夺得该项赛事头奖，也是我校学生在国际大学群英辩论会夺冠之后又一次站在国际大赛的顶峰，是武大“三创”教育的重要成果。

五、杂交水稻国家重点实验室获批共建

3 月 29 日，国家科技部发文，批准我校与以袁隆平院士为学科带头人的湖南杂交水稻研究中心共建杂交水稻国家重点实验室。我校水稻研究历史悠久，并取得了一系列原创性成果，获得多项国家和省部级奖，形成了明显的特

色和优势。共建国家重点实验室，为实现强强联合，巩固和增强我国在世界杂交水稻领域的领先优势，奠定了坚实基础。至此，我校国家重点实验室总数增至5个。

六、“六大计划”力推哲学社会科学繁荣发展

为落实党的十七届六中全会和全国高校哲学社会科学工作会议精神，11月25日，我校在全国高校率先召开全校哲学社会科学工作大会，教育部副部长李卫红出席会议并讲话。学校正式启动《武汉大学哲学社会科学繁荣发展计划》，将在“十二五”期间投入1.1亿元，着力实施高端人才建设、学科优势提升、学术精品涵育、学术平台拓展、珞珈智库锻造、国际交流促进六大计划，建设十个重大项目。

七、图书馆新馆落成开馆

11月16日，武汉大学图书馆（总馆）新馆正式开馆，来自国内外114所知名图书馆的300余名馆长和专家学者参加了开馆典礼及系列学术活动。新馆拥有300万册藏书、4000个阅览座位、全无线网络覆盖、一门式管理系统及多种现代化服务设施，是一座现代化、多功能的信息共享平台，为师生的学习、研究提供了更好的环境和条件，将开启武汉大学图书馆建设以及信息共享服务新的一页。

八、实施民生工程惠及师生

按照“一手抓发展、一手抓民生”的思路，2011年，学校加大投入，实施系列民生工程。如启用车辆进出信息管理系统，加强校园交通安全；整治杨家湾区域；拆除信息学部东区“校园村”；公益性学生食堂降价保质；推进空调进教室、空调热水进宿舍工程；发扬民主，科学制订濠沟售房方案，推进教职工校外住宅建设；加大校内公租房建设等。切实解决师生员工最关心、最现实、最直接的利益问题，改善学习、工作、生活环境，让改革发展的成果更多惠及全体师生员工。

九、全国优秀博士论文武大两篇入选，李德仁指导的论文第五次入选

武大两篇论文入选2011年全国优秀博士学位论文，作者分别为水利水电学院史良胜（指导教师杨金忠）、测绘遥感信息工程国家重点实验室潘俊（指

导教师李德仁)。另有8篇获提名。迄今我校共有16篇论文入选，总数居全国高校前列。其中李德仁院士指导的论文共有5篇入选。2011年我校还有34篇论文入选湖北省优秀博士论文。

十、武汉大学推进“科教兴鄂”行动

为实施“顶天立地”发展战略，按照“以贡献促共建，以服务求支持”的思路，我校出台《科教兴鄂专项行动计划》，成立湖北发展问题研究中心，投入专项经费启动“湖北研究”，进一步为湖北跨越式发展当好思想库、科技库和人才库。2月28日，教育部、湖北省签署继续重点共建武汉大学协议，除正常经费安排外，湖北省将按照中央投入的1∶1比例，给予武大政策和资金配套。

2011 年度新闻人物

杨昌林：藏族学生的“武汉阿爸”

退休教师杨昌林 33 年如一日，为在汉藏族学生筑起“武汉之家”，帮助学生近万人次，为维护和增强民族团结作出了持续努力和积极贡献，中央各大媒体进行了广泛深入的报道，其事迹在全国引起热烈反响。湖北省举行专题报告会，省主要领导会见了报告团成员，省委省政府号召全省向杨昌林学习。杨昌林还参加了全国高校创先争优先进事迹报告团，在北京、南京、武汉等地高校巡讲，获全国道德模范提名奖、关心下一代工作先进个人、湖北省民族团结进步模范个人等荣誉。

喜看稻菽千重浪

——亲历十大新闻评选

回首2011年365个日出日落，桩桩喜事串起珞珈山一整年的欢欣喜悦。

12月29日，十大新闻评审会上，由校党委副书记骆郁廷主持，近20位评委和学生代表你一言我一语，笑声不断，热火朝天。

早在12月21日，“2011年度十大新闻·新闻人物评选”专题网站开通，广大师生员工和校友，纷纷以网络、电话、电子邮件、书面等方式，根据《武汉大学报》和新闻网发布的40条新闻候选条目和4位年度人物候选人，投票评选心中的“十大”。

网友木木留言：“今年武大大事、喜事真多，这让选十大新闻时好难取舍。”这是广大师生的真实感受，也道出了现场评委们的心声。

“评选学校十大新闻，就是要把武大的亮点再一次推向社会，要评选出最能代表武大成就的新闻。”“新闻评选就是要用事实说话，要选出最富有武大特色的新闻。”大家一开始就达成共识。

哪些新闻该位列十大？院士方阵再添5人、学子勇夺全球创业大赛冠军、首入《泰晤士报》世界大学400强……除了这些几乎没有异议的内容，各位评委对其他重要新闻都有心中的一杆秤——

“13项成果获国家科技奖励，实为难得。”

“马克昌教授和谢鉴衡院士离我们而去，他们为武汉大学作出的贡献，留下了永不磨灭的印记。”

“学分制收费是武汉大学在湖北省的‘破冰’之举。”

“11处老建筑将‘整旧如旧’，这是我校历史上迄今规模最大的一次老建筑维修工程。”

“‘一手抓发展、一手抓民生，一手抓校内、一手抓校外’的举措十分有力。学校主要领导一年中走访了数十家部委和单位，寻求合作与支持，成效显著。”

教学和科研、发展与民生、举措或成效，大家侧重不同，各抒己见。

“惠民生可谓今年的一大亮点。”此观点一出，立即引来一片赞同之声，每个人都能说出几件惠民生的实事。2011年，系列民生工程温暖了师生的心，为武大凝心聚力谋发展，添上浓墨重彩的一笔。评委们一致同意在候选条目之外专门加一条“民生新闻”，这一条最终高票入选“十大”。

武大历史上第一位女院士张俐娜、“国辩”最佳辩手陈铭、“最孝博士”黄碧海……一年中频频出现在公众视野中的“珞珈符号”，每一位都是武大的杰出代表。众人只能“忍痛割爱”，最终一致选出藏族学生的“武汉阿爸”杨昌林为年度新闻人物。

现场内外，网上网下，气氛同样热烈。对于十大新闻的关注，折射出武大人对学校的深情厚谊。一年辛勤忙碌后，面对一派丰收年景，大家的心情是那样喜悦与欣慰。

“我从心底深深爱上了武大，爱这里的山，爱这里的水，爱这里的人，更爱这里的文化氛围。”“关心武大是我们每一个珞珈学子共同的责任，武大永远是我们共同的骄傲。”

丰收与喜悦让这个冬天变得无比温暖。我们不由得期盼，春华秋实，来年又有怎样的传奇等着我们去书写。

（付晓歌）

2011年十大新闻候选条目

1. 13项成果获国家科技奖励

1月14日，2010年度国家科学技术奖励大会召开，武汉大学有13项成果获国家科学技术奖，其中以武大教师为第一完成人获国家自然科学二等奖2项，以武大为第一完成单位获国家科技进步二等奖3项，另有参与完成的8项成果获国家科技进步二等奖。获奖数量和质量均创合校十年以来新高，在全国高校位居前列。

2. 肖永平入选全国十大杰出青年法学家

1月25日，法学院院长肖永平教授入选第六届“全国十大杰出青年法学家”。肖永平在冲突法与法理学、比较国际私法、中国冲突法立法等方面有开创性研究。由中国法学会组织评选的“十大杰出青年法学家”是全国法学法律界的一项重要荣誉，前五届中，我校黄进、曾令良、周叶中、汪习根教授曾入选。

3. 武大新增8个博士学位授权一级学科点

经国务院学位委员会批准，武汉大学新增8个博士学位授权一级学科点和11个硕士学位授权一级学科点。至此，我校博士学位授权一级学科点增至36个，硕士学位授权一级学科点增至47个。

4. 著名水利学家谢鉴衡院士辞世

2月9日，我国著名水利学家、河流泥沙工程学科奠基人之一、国际知名江河治理专家、中国工程院院士谢鉴衡逝世，享年87岁。谢鉴衡逝世后，党和国家领导人胡锦涛、温家宝、李长春、习近平、李克强、回良玉、李源潮、朱镕基、李岚清、吴官正、钱正英等分别以各种方式表示慰问和哀悼。

5. 杂交水稻国家重点实验室获批共建

3月29日，国家科技部发文，批准我校成立“杂交水稻国家重点实验室”，与以袁隆平院士为学科带头人的湖南杂交水稻研究中心共建。我校水稻研究历史悠久，并取得了一系列原创性成果，获得多项国家和省部级奖。2000年组建了植物发育生物学教育部重点实验室并两次评估优秀，2007年建立了植物生物技术与遗传资源利用教育部工程中心，形成了明显的特色和优势，为建立国家重点实验室奠定了坚实基础。

6. 第六届武汉大学杰出校友评选揭晓

4月20日，第六届武汉大学杰出校友评选揭晓，9位校友当选，分别是：王小凡、王光谦、史文中、艾路明、李新昭、陈鑫连、杨惠根、胡知宇、喻杉。迄今我校共评出60名杰出校友。今年学校还追授周新武杰出校友称号。

7. 武汉大学推进“科教兴鄂”行动

1月19日，湖北省委书记李鸿忠会见校党委书记李健、校长李晓红；5月5日，湖北省省长王国生来校，为湖北发展问题研究中心揭牌。为实施“顶天立地”发展战略，更好地扎根湖北、融入湖北，2011年，我校出台《科教兴鄂专项行动计划》，成立湖北发展问题研究中心，投入百万启动“湖北研究”专项，着眼解决重大现实问题，进一步为湖北跨越式发展当好思想库、科技库和人才库。

8. 胡锦涛视察武大科技成果转化企业

6月1日，胡锦涛总书记到武汉东湖高新技术开发区视察工作。作为优秀企业代表，测绘遥感信息工程国家重点实验室科技成果转化的两家企业——武大吉奥信息技术有限公司、武大卓越科技发展有限公司，演示并汇报了相关技术成果。胡锦涛对公司取得的成绩给予肯定，并勉励园区企业推进科技创新，为我国战略性新兴产业发展作出更大贡献。

9. “351人才计划”力推“本土”人才

6月14日，51人签约入选学校首批“351人才计划”，其中“珞珈特聘教授”11人、“珞珈青年学者”40人，在科研经费、个人待遇等方面获得专项资助。该计划在2010至2015年期间，以“985工程”、“211工程”为平台，遴选资助30名“珞珈杰出学者”、50名“珞珈特聘教授”、100名左右“珞珈青年学者”，使人才工作实现新突破。

10. 一代法学大师马克昌教授逝世

6月22日，著名法学家、中华人民共和国刑法学的开拓者和奠基人之一、武汉大学人文社科资深教授马克昌逝世，享年85岁。马克昌逝世后，李长春、朱镕基、吴官正、王乐泉、刘延东、俞正声、王胜俊、曹建明、张思卿、罗豪才、肖扬等党和国家领导人，以各种方式表达慰问和哀悼。

11. 我校专著入选国家哲学社会科学成果文库

人文社科资深教授陶德麟与哲学学院教授何萍共同主编的《马克思主义哲学中国化的理论与历史研究》一书，入选《国家哲学社会科学成果文库》首批成果。中共中央政治局常委李长春为陶德麟颁奖。该文库旨在推动我国哲学社会科学繁荣发展，并表彰对建设哲学社会科学创新体系、推动经济社会发展具有重要意义的优秀成果。

12. 武大拓展与国际名校的合作

6月30日，美国杜克大学校长理查德·布罗海德率团来访，与我校签署了合作协议。11月14日至19日，校长李晓红率团访问了美国3所著名高校，签署了多个合作备忘录或协议。一年来，校党委书记李健等校领导也相继率团出访欧美、日本等地，与部分高校签署或续签合作协议，进一步拓展了我校与国际名校的合作。

13. 纪念建党90周年，我校将红色资源转化为育人优势

在纪念建党90周年之际，我校举办理论研讨、"寻访珞珈红色记忆"主题教育、"永远跟党走"歌咏比赛、艺术作品展、"学党史知党情跟党走"等系列活动，把丰富的红色资源转化为育人优势，受到上级部门肯定和社会广泛关注。

14. 学分制收费正式实施

8月4日，湖北省物价局、财政厅、教育厅批复同意，我校从2011年秋季开学起，实施学分制收费，即学费收取方式由学年制改为学分制。学分制学费由专业注册学费（专业学费）和课程学分学费（学分学费）两部分构成。收费标准为每学分100元。

15. 刘超获中国青少年科技创新奖

8月22日，第七届中国青少年科技创新奖颁奖大会在人民大会堂举行，化学与分子科学学院2009级博士生刘超获奖。这是我校学生第五次获得这一全国青少年科技创新最高奖项，此次湖北省共有4人获奖。

16. 学校大规模维修老建筑

今年我校启动了历史上规模最大的老建筑维修工程，宋卿体育馆、工学院等11处老建筑将“整旧如旧”，同时还将进行配套环境改造及亮化工程。为更好地保护这些珍贵文化遗产，学校成立了文物保护管理委员会，同时成立了全国高校首个文物保护管理处。

17. 我校新增两位国家教学名师，总数居全国高校第二

9月8日，第六届高等学校教学名师奖表彰大会在京举行，武汉大学口腔医学院教授边专、化学与分子科学学院教授程功臻受表彰。至此，我校共有15人获国家教学名师奖，获奖总人数居全国高校第二位。

18. 美国驻华大使骆家辉访问武汉大学

9月22日，美国新任驻华大使骆家辉偕夫人李蒙访问武汉大学。与校长李晓红会谈，并分别与法学院、新闻与传播学院学生面对面交流。骆家辉表示，很高兴来到中国最好大学之一的武汉大学。他认为，武大和美国高等院校、科研院所的合作交流，将成为促进中美两国人民进一步了解的关键性因素。

19. 武汉大学“十二五”规划为未来五年布局

武汉大学教育事业发展“十二五”规划9月份正式颁布实施。规划在认真总结“十一五”建设成效与不足的基础上，明确提出了新时期学校建设“中国特色世界一流”大学的新“三步走”战略和“顶天立地”的办学思路，确定了“十二五”时期的总体建设目标和建设发展的44项主要指标。

20. 我校首次进入泰晤士报世界大学400强

10月6日，英国《泰晤士报高等教育副刊》发布2011—2012年世界大学排名，共计402所大学上榜。武汉大学首次登上该排行榜，进入400强，中国大陆共有10所高校入选。该榜是世界上最具影响力的大学排行榜之一，其排名是颇受全球高教界关注的参考指标。

21. 120周年校庆筹资开局喜人

120周年校庆筹资工作取得良好开局，已接受校友及社会捐赠资金9960余万元，加上财政部的配比，有望超过1.7亿元。其中包括泰康人寿陈东升校友捐赠1亿元兴建艺术博物馆，陈义龙校友等代表武汉凯迪控股捐赠4000万元建新能源研究大楼，艾路明、周汉生等校友代表武汉当代科技捐赠3000万元建设研究生活动中心。

22. 外来车辆进出校园实行停车收费

从11月1日起，我校对进出校园不同类别的机动车辆收取相应的停车费。这是学校为了确保师生人身交通安全，维护校园正常交通秩序，经湖北省物价局批准，在全省高校率先采取的重要举措。车禁系统正式启用后，校园全天车流量减少了近一半。

23. 央视《星光大道》走进珞珈

11月4日，中央电视台总编室联合综艺频道知名栏目《星光大道》走进武汉大学，共同开展以《青春同行，超越梦想》为题的“CCTV青年影响力大型展演”活动。央视著名主持人以及《星光大道》主创人员，与武大学子零距离互动交流。我校是央视此次选择开展走基层活动的华中地区唯一高校。

24. 赵林课程入选国家首批精品视频公开课

国家教学名师、哲学学院教授赵林主讲的课程《古希腊文明的兴衰》入选教育部首批20门精品视频公开课，11月9日正式上线。该课程为国家精品课程《西方文化概论》之古希腊文化部分。我校共有4个选题进入教育部2011年精品视频公开课建设计划，另外3门课将陆续上线。

25. 我校参加2011年中国南北极科考

4月，中国南极测绘研究中心主任李斐教授和张胜凯副教授跟随2011年中国北极科考队，前往黄河站开展科学考察。今年我校共派出7名队员分批赴北极进行多学科考察。11月，中国南极测绘研究中心成员安家春、谢苏锐跟随第28次南极科考队赴南极科考。我校是全国选派参加南北极科考队员最多的高校之一，先后有80余人次参加南北极考察。

26. 全球大学生创业大赛武大夺冠

美国当地时间11月10日，在英特尔-伯克利全球大学生创业挑战赛上，武汉大学改图网forward创业团队击败其他27支名校代表队，一举夺冠，获得5万美金奖金。这是继清华大学后中国代表队第二次夺得该项赛事头奖，是武大“三创”教育的重要成果。

27. 我校首次集中组织中层干部赴美培训

11月11日，18位中层干部赴美国匹兹堡大学，参加了为期10天的高校管理培训。这是我校首次集中选派中层干部出国交流学习，旨在提升干部办学治校能力，特别是加强战略思维和拓宽国际视野。

28. 图书馆新馆落成开馆

11月16日，武汉大学图书馆（总馆）新馆正式开馆。新馆拥有600多万册藏书、4000多个座位、全无线网络覆盖、一门式管理系统，依山就势、新旧一体，是一座连廊含院、曲径画楼、银墙绿瓦、古今合一的文化地标，将开启武汉大学图书馆现代化发展新历程。

29. 公益性学生食堂出台措施降价保质

为了贯彻落实教育部等五部门联合颁发的《关于进一步加强高等学校学生食堂工作的意见》精神，从11月16日起，公益性学生食堂调整饭菜质量与价格体系，既保证在物价上扬时大多数学生的用餐质量不受影响，又照顾少数学生对餐饮的高端需求，受到学生的普遍欢迎。

30. 我校加大力度推动哲学社会科学繁荣发展

11月25日，学校举行哲学社会科学工作大会，正式启动《武汉大学哲学社会科学繁荣发展计划》。“十二五”期间，我校将着力实施“六大计划”，建设十个重大项目。教育部副部长李卫红出席大会并发表重要讲话，评价武大哲学社会科学是生机蓬勃的一方重镇。

31. 第七届珞珈金秋国际文化节盛况空前

11月26日至27日，第七届珞珈金秋国际文化节举行，70多个国家和地区的留学生参与其中。期间，校长李晓红会见了土耳其驻华大使。此前，武汉大学珞珈金秋国际文化节项目曾获全国高校校园文化建设优秀成果二等奖。

32. 120 周年校庆建设年启动

11 月 29 日，学校举行专题晚会，正式启动 120 周年校庆·建设年，发布校庆专用标志、宣传口号及专题网站。在校庆建设年，学校将进一步凝练办学理念与武大精神，打造武汉大学的文化品牌，开展系列学术活动，整治校园环境，完成系列重要建设项目。

33. 我校“973 计划”立项创新高

2011 年，武汉大学获批 4 项国家“973 计划”和 1 项重大科学研究计划，项目主持人分别是周创兵、吴建国、单杰、周翔和舒红兵教授。这是我校获批项目最多的一年，立项数据全国前列。至此我校共获批“973 计划”和重大科学研究计划 17 项。

34. “神舟八号”“天宫一号”对接打上武大印记

在“神舟八号”飞船与“天宫一号”对接阶段，由我校电子信息学院 DSPs 实验室科研团队完成的地面仿真控制系统模拟信号源，在其中发挥了关键性定位作用，为此，中国电子科技集团公司第二十七研究所发来了感谢信。该团队多年来始终瞄准国家航天工程领域的重大需求，系列成果成功应用于多个国家重大项目中。

35. 四教授获国家杰出青年基金资助

我校化学与分子科学学院庄林、杨楚罗、张先正教授，水利水电学院卢文波教授获 2011 年度国家杰出青年基金资助。2000 年以来，我校共获批 24 个杰出青年基金项目。这是我国青年科学家的最高荣誉。

36. 24 人入选新世纪优秀人才

我校 24 人入选教育部 2011 年度“新世纪优秀人才支持计划”，位居第四。其中自然科学类和人文社会科学类分别有 14 人和 10 人入选。至此，我校共有 181 人入选该计划。

37. 2011 全国优秀博士论文武大两篇入选

武大两篇论文入选 2011 年全国优秀博士学位论文，作者分别为水利水电学院史良胜（指导教师杨金忠）、测绘遥感信息工程国家重点实验室潘俊（指导教师李德仁）。另有 8 篇获提名。我校迄今共有 16 篇论文入选，总数居全国高校前列，高居武汉地区高校榜首。其中李德仁院士指导的论文共有 5 篇入选。2011 年我校还有 31 篇论文入选湖北省优秀博士论文。

38. 武汉大学新增五位院士

12 月 8 日、9 日，中国工程院、中国科学院先后公布 2011 年院士增选名单，武汉大学新增 5 位院士。其中，张俐娜、龚健雅、舒红兵当选为中国科学院院士，李晓红、李建成当选为中国工程院院士。至此，我校院士总数增至 16 位，居全国高校前列。此次我校还有万卫星、康绍忠两位校友当选院士。

39. 我校加强横向纵向合作，推进协同创新和文化繁荣

按照“一手抓校内、一手抓校外”的思路，学校与国家水利部、教育部、文化部、新闻出版总局等国家部委，与中国科学院武汉分院、中国航天科技集团、中国机械工业集团、凯迪控股等大型企事业单位以及华中科技大学、湖北日报传媒集团等签署战略合作协议，推进协同创新。学校还与国家文物局等单位以及湖北省多家文化单位达成合作意向，共同促进文化大繁荣大发展。

40. 我校深入开展“两访两创”活动

根据湖北省委省政府要求，我校今年 9—12 月在全校开展“两访两创”活动，学校管理干部访谈所有教师及部分学生，教师访谈所有学生；创基层党建工作先进，争做优秀共产党员；创教育事业发展先进，争做优秀人民教师。活动取得显著成效，11 月 3 日，我校在湖北高校“两访两创”活动工作推进会上作交流发言。

2011年度新闻人物候选人

张俐娜：用“绿色”技术溶解纤维素

化学与分子科学学院教授张俐娜一直致力于纤维素及其他天然高分子研究。今年2月，她获得美国化学会颁发的安塞姆·佩恩奖，成为获得这一荣誉的第一位中国学者。该奖是国际上纤维素与可再生资源材料领域的最高奖，评委们认为张俐娜团队“敲开了纤维素科学基础研究通往材料工业的大门”。张俐娜还是中国科学院今年新增院士中唯一的女性，也是武大历史上第一位女院士。

>>>《张俐娜获美国化学会安塞姆·佩恩奖》(《湖北日报》2011年4月5日)

>>>《化学大奖中国折桂》(《今日湖北》2011年7月6日)

>>>《纤维素再生利用第一人》(《长江日报》2011年12月10日)

>>>《用“绿色”技术溶解纤维素》(《文汇报》2011年12月14日)

>>>凤凰网、《武汉晚报》……还有10余条

杨昌林：藏族学生的“武汉阿爸”

退休教师杨昌林33年如一日，为在汉藏族学生筑起“武汉之家”，帮助学生近万人次，其事迹在全国引起热烈反响。湖北省举行专题报告会，省主要领导会见了报告团成员，省委省政府号召全省向杨昌林学习。杨昌林还参加了全国高校创先争优先进事迹报告团；获全国道德模范提名奖、关心下一代工作先进个人、湖北省民族团结进步模范个人等荣誉。

>>>《情系西藏　大爱无疆》(新华社2011年3月13日)

>>>《33年坚守，为藏族学生筑起一个家》(中央电视台新闻联播2011年3月13日)

>>>《藏族大学生的武汉“阿爸”》(《人民日报》2011年3月14日)

>>>《永不退休的“阿爸”老师》(《光明日报》2011年7月21日)

>>>《中国青年报》《湖北日报》《长江日报》……还有40余条

陈铭："国辩"最佳辩手

10 月 22 日，在 2011 国际大学群英辩论会上，新闻与传播学院研究生陈铭获华语为母语组"全程最佳辩手"。本届只设辩手奖，不再决出比赛胜负，因而这是继去年夺冠后武大再次获得华语大学生辩论赛事的最高荣誉。

>>>《武大学子陈铭获 2011"国辩"最佳辩手》(中新网 2011 年 10 月 22 日)

>>>《武大问鼎国际大学群英辩论会》(《长江日报》2011 年 10 月 24 日)

>>>《武大陈铭被赞"最会说话的年轻人"》(《楚天都市报》2011 年 10 月 24 日)

>>>《武汉晚报》《长江商报》……还有 10 余条

黄碧海："最孝博士"唤醒"植物人"母亲

化学与分子科学学院 28 岁博士研究生黄碧海，为了照顾"植物人"母亲，毅然放弃年薪 40 万元出国深造机会，不离不弃守护在母亲身边，用孝与爱创造了生命奇迹——母亲苏醒过来。全国各大媒体对其事迹进行了广泛深入的报道。

>>>《孝子博士唤醒"植物人"母亲》(《新华每日电讯》2011 年 12 月 8 日)

>>>《黄碧海：儿子的责任》(中央电视台新闻频道 2011 年 12 月 10 日)

>>>《武大 80 后博士生黄碧海孝亲感天》(《湖北日报》2011 年 12 月 20 日)

>>>《中国教育报》《中国青年报》《长江日报》《楚天都市报》……还有 20 余条（十大新闻及新闻人物候选条目由杨欣欣、陈丽霞整理）

(《武汉大学报》第 1260 期，2011 年 12 月 23 日)

回眸 2011

专 版　　武汉大学报　　2012年1月6日　3

回眸 2011

喜看发展新跨越

凝心聚力开新篇

增强信心 乘胜前进

改善民生促和谐

（《武汉大学报》第 1261 期，2012 年 1 月 6 日）

喜看发展新跨越

雨后初霁时，红霞碧雾开。2011 年 12 月上旬，两院院士榜单新鲜出炉，武汉大学新增 5 位院士。这是武大发展史上的重要事件，标志着我校朝着中国特色世界一流大学迈出了可喜一步。

这也是一年来一幕幕校园精彩大戏的最高潮。不平凡的 2011 年，值得武大人永远铭记。一个底蕴深厚而又生机蓬勃的武汉大学，正展现在世界面前。

顶天立地创一流

“士不可以不弘毅，任重而道远。”建设中国特色世界一流大学，是历史赋予百年学府的神圣使命，是时代交与武汉大学的重大责任。在“十二五”规划的开局之年，武汉大学跨出了激动人心的第一步。

一次新增 5 位院士，是我校综合实力和核心竞争力显著提升的标志性成果。此次我校增选数仅次于北大，位居全国第二；院士总数增至 16 位，高层次人才队伍建设获得重大突破。院士年龄结构更加优化，在若干优势学科形成了院士群，并有了武大历史上第一位女院士。另外还有两位校友当选院士，珞珈山走出的院士方阵更加强大。湖北省委省政府第一时间向武大发来贺信，认为这是武汉大学严谨治学、孜孜以求的丰硕成果。湖北省委书记李鸿忠、省长王国生等 4 位省领导会见新当选院士，李鸿忠说：“武汉大学一次诞生 5 位院士，很不简单，是个奇迹。”

首次进入泰晤士报世界大学 400 强，是我校综合实力和核心竞争力显著提升的另一标志性事件。该榜是世界上最具影响力的大学排行榜之一，此次中国大陆共有 10 所高校入选。此外我校还有 7 个学科进入美国 ESI 学科排名，保持或进入世界前 1%学科行列。

一年来，武汉大学的整体形象焕然一新、综合实力快速提升，绝不是偶然的。这是武大人励精图治、共同奋斗的结果。

2011 年新年伊始，上任不久的校长李晓红雄心勃勃地提出，武汉大学要办“顶天立地”的大学。学校一手抓发展、一手抓民生，一手抓校内、一手抓校外，思路清晰，举措有力——

1 月 19 日，迎着纷飞新雪，湖北省委书记李鸿忠会见校党委书记李健和校长李晓红，双方进行了愉快而深入的会谈。学校两位主要领导一年中走访数十家部委和单位，也由此拉开序幕。

为更好地服务湖北，学校实施“科教兴鄂专项行动计划”，成立湖北发展问题研究中心，投入百万启动“湖北研究”专项，为湖北跨越式发展当好人才库、科技库和思想库。

“以贡献促共建，以服务求支持。”服务社会、引领社会成为武汉大学新的价值追求，在为社会提供更多更好的服务的同时，也促进了自身更好更快地发展。

2月28日，教育部、湖北省在汉签署协议，继续重点共建武汉大学。各级领导也纷纷来校调研、交流，表示愿支持武大发展，做好坚强后盾。学校与文化部、中国航天科技集团、凯迪控股、华中科技大学、湖北日报传媒集团等签署战略合作协议，推进协同创新，共同促进文化大繁荣大发展。

质量为本强根基

质量是立校之本、发展之基，是一所大学永恒的生命线。提高教育质量，就是要出名师，育英才，创一流。

教育振兴，教师为本。提高教育质量，师资队伍是关键。

2011年我校新增2位国家教学名师，名师总数增至15人，居全国高校第二；在全国最具知名度的教育奖项之一宝钢奖评选中，武大师生第三次同时获得特等奖；摘得全国大学英语教学大赛一等奖，反映了当前我国大学英语教学的最高水平。此外，新增4名“杰青”，24人入选教育部“新世纪人才支持计划”。

锤炼名师，必须有新招、硬招和实招。学校正式启动“351人才计划”，这是我校“十二五”期间建设高水平师资队伍的重要举措，杰出人才、学科带头人、青年学术骨干，必将在珞珈沃土长成参天大树。与此同时，依托“千人计划”、“长江学者”等项目，全年共引进68名高层次人才，首次引进“高鼻子蓝眼睛”“千人计划”专家。筑巢引凤，共兴珞珈。

培养和引进力度的持续加大，使我校人才工作实现新突破，为培养优秀人才、提高教育质量奠定了坚实基础。

教育大计，育人为本。提高教育质量，人才培养是核心。

11月，在全球大学生创业挑战赛上，武汉大学创业团队击败其他27支名校代表队，一举夺冠。这是继清华大学后，中国代表队第二次夺得该项国际大赛头奖。

此前不久，在国际大学群英辩论会上，武汉大学陈铭获华语为母语组“全程最佳辩手”。这是继去年夺冠后，武大再次获得华语大学生辩论赛事的最高荣誉。

在第 20 届世界脑力锦标赛上，武汉大学记忆协会包揽了冠亚季军奖杯和十大单项的 9 枚金牌、21 枚奖牌。王峰成功卫冕总冠军并打破 3 项世界纪录。至此，武汉大学以 9 位“世界记忆大师”，成为最盛产记忆大师的摇篮。

两篇论文入选全国优秀博士论文，“挑战杯”获两项一等奖……一次又一次，珞珈学子惊艳国际国内舞台，将武汉大学的名字告诉了全世界。

这是“三创”教育结出的累累硕果。

11 月下旬举办的第三届“三创”成果展示会，400 余件参展作品，每一件都是“三创”教育开出的绚丽之花，“三创”理念已渗透学生培养全过程。

教育改革，课程为本。提高教育质量，培养体系是基础。

国家教学名师赵林主讲的课程入选教育部首批 20 门精品视频公开课，11 月 9 日正式上线。这是高等学校本科教学质量与教学改革工程的重要内容，2011 年我校共有 4 个选题进入该计划。

自《武大课程 2010》启动以来，学校致力于建立具有武汉大学特色的研究型大学本科创新人才培养新模式、新体系，进一步提升人才培养质量。2011 年确定了 3 个学科专业国际化试点基地、9 个课程体系改革试点基地、33 门全英文教学课程和 47 项教学改革建设项目。

学分制收费正式施行，推进按大类招生，通过《硕士研究生学制改革完善方案》，扩大研究生接收推免生比例，启动优秀应届本科毕业生直接攻博和入学考核选拔优秀人才工作，启动博士生跨学科拔尖创新人才培养试验区建设……多管齐下，精雕细琢，成就高质量的大学教育。

创新为魂添活力

6 月 1 日，胡锦涛总书记视察我校科技成果转化的两家企业，对其成绩给予肯定，并勉励大家推进科技创新，为我国战略性新兴产业发展作出更大贡献。

创新是一个民族进步的灵魂，也是一所大学创建一流的不竭动力。以高水平的科学研究支撑高质量的高等教育，在建设创新型国家的宏伟事业中大显身手，是百年武大不变的追求。

2011 新年伊始，喜讯传来，我校 13 项成果获 2010 年度国家科学技术奖，获奖数量和质量均创新高，在全国高校位居前列。2011 年度又有 6 项成果获国家科技进步二等奖。

一年来，我校加强科研组织与策划，进一步完善以创新和质量为导向的科研考核与评价体系，围绕国家重大战略需求精心组织策划重大项目，加强队伍和平台建设，提升了科研成果质量。

获批主持6项“973计划”项目（包括重大科学研究计划1项），是我校获批项目最多的一年，迄今我校共有18人次成为“973计划”首席科学家；3项结题验收的“973计划”项目获评优秀；获国家自然科学基金资助项目400余项。

强强联合，与以袁隆平院士为学科带头人的湖南杂交水稻研究中心共建杂交水稻国家重点实验室，我校国家重点实验室总数增至5个。我校水稻研究历史悠久，取得了一系列原创性成果。建立首个杂交水稻国家重点实验室，对于巩固中国在世界杂交水稻领域的领先优势，具有重大意义。

“神舟八号”“天宫一号”对接打上武大印记；研究成果在《美国科学院院报》《德国应用化学》《病毒学杂志》等国际顶级期刊发表；南北极科考再担重任……百年名校，彰显创新风采。

陶德麟、何萍教授主编著作入选《国家哲学社会科学成果文库》首批成果，是对建设哲学社会科学创新体系、推动经济社会发展具有重要意义的代表作。文科学者潜心打造“大部头”，精品力作不断。

全年获批国家社科基金重大攻关项目招标课题9项、新增首席专家9人，均居全国高校第三；42项成果获湖北省社科优秀成果奖。人文社会科学的传统优势和比较优势，正在进一步发扬光大。

11月25日，武汉大学哲学社会科学工作大会召开，教育部副部长李卫红出席大会并指出，这是党的十七届六中全会和全国高等学校哲学社会科学工作会议召开之后，全国高校率先召开的落实动员大会。学校正式启动《武汉大学哲学社会科学繁荣发展计划》，将在“十二五”期间投入1.1亿元，实施六大计划，建设十个重大项目，吹响了繁荣发展哲学社会科学的冲锋号。

文理交叉、融合、渗透，跨学科研究再放异彩。李德仁团队运用高科技推动文化遗产保护，让敦煌在数字中永生，开启文化遗产数字化重建的成功范例，树立起多学科协同创新的典范。

四季如歌，春华秋实。武大人砥砺奋进，共谱华章。然而，我们必须清醒地看到，发展不够仍然是我们必须长期直面的问题。我们缺少具有世界重大影响的一流学科；原创性学术成果不足，还没有国家科技奖励一等奖；学校需要更多领军拔尖人才……我们离国内最好的大学还有较大差距，离世界一流大学办学目标还有很大距离。

岁末，当珞珈山沉浸在喜悦之中时，李健冷静地提醒：在欢欣鼓舞的同时，务必继续保持清醒。他号召大家“团结起来，振兴武大”，“使武大重新成为‘我国最好的大学’之一，是我们这一代武大人的神圣使命”。

腾飞吧，武大！

（杨欣欣、付晓歌）

凝心聚力开新篇

“武大努力，韬光养晦，一鸣惊人。”“沉着低调发展，期待武大学术辉煌。”“埋头发展，再展雄风，早日进入世界一流。”岁末，当新增五名院士的喜讯传来，珞珈山一片欢腾，引发师生热议。

2011 年对武汉大学来说是令人振奋、喜悦的一年，师生员工用辛勤的汗水和喜悦的热泪收获成果；聚心凝力，风清气正，想干事、能谋事、能干成大事的良好氛围，也正在珞珈山呈现。

描绘愿景增强信心

“建设中国特色、世界一流大学，武大有基础和希望。”在去年 2 月举行的工作研讨会上，校长李晓红满怀激情地为师生打气鼓劲，并号召大家，要团结包容，开拓务实；顶天立地，争创一流；崇尚学术，追求真理；弘扬传统，引领发展。

把“中国特色、世界一流、国际知名高水平大学”办学目标凝练为“中国特色世界一流大学”，采取“一手抓校内、一手抓校外，一手抓发展、一手抓民生”的发展策略，提出“顶天立地”的办学理念，出台学校《“十二五”规划》……学校领导班子带领全校师生，心往一处想，劲往一处使，学校呈现出凝心聚力谋发展、求真务实创一流的良好态势。

学校大力加强党建与精神文明建设，校党委书记李健、校长李晓红带头提出“提升精气神，治理庸懒散”的响亮口号，倡导风清气正的氛围，营造团结和谐的发展环境。

学先进、比先进、赶先进、当先进蔚然成风，创先争优成为武大校园的价值取向，“党委书记讲党课”成为耀眼亮点。

去年下半年，“两访两创”活动广泛进行。省委领导张昌尔批示，武汉大学对“两访两创”活动高度重视、领导有力、行动迅速。

榜样示范提振精神

珞珈山从来就不乏灿烂星光。2011 年，《中国教育报》以整版篇幅报道了我校人文社科资深教授马克昌的事迹；杨昌林事迹在全国引起热烈反响，湖北省举行专题报告会，省委主要领导和多位常委会见报告团成员，号召全省向杨昌林学习；中南医院教授桂希恩获“精忠奖”特别贡献奖；各大媒体对“最孝博士”黄碧海的事迹进行报道。

校领导专程看望杨昌林、黄碧海；召开教师节庆祝大会；学校已经形成了尊重先进的优良环境。此外，学校还积极利用校友月、开学典礼等各种节点，通过高品位的精神涵育，营造阳光育人的良好生态。

《蜡梅枝头春意闹》《吹响奋进的号角》等报道鼓舞人心；“弘扬武大精神”等系列报道揭示成绩背后的故事……校园媒体紧密围绕中心工作，以新颖、深刻、生动的文字，检阅成就、凝聚人心、引导舆论、谋划发展。

正是在这样的氛围中，一批批优秀教师自觉践行社会主义核心价值体系，一位位明星学子以行动展示积极向上的精神风貌，树立起了可亲、可信、可敬、可学的标杆。

陶铸校魂凝聚力量

大学精神是大学品牌的核心，是兴校之魂，强校之魄。

在纪念建党 90 周年歌咏晚会上，李晓红与师生员工一同放歌，表达了爱党、爱国、爱校的豪迈之情。我校纪念建党 90 周年系列活动好戏连台，尤其是将丰富的红色资源转化为育人资源，“以文化人”，让全校师生乐在其中、深受教益。

用理论研讨的方式来纪念建党 90 周年，是我校献给党的一份丰厚生日礼物。校党委副书记骆郁廷的论文入选中组部研讨会，另有 5 位专家的论文入选全国高校理论研讨会。李健的文章在《中国教育报》刊发，教育部编发简报肯定了我校把红色资源转化为育人资源的做法。

着力打造系列文化品牌，是我校提升文化软实力的又一抓手。一年一度的珞珈金秋国际文化节、珞珈干部大讲堂、学生社团国际文化交流营……众多品牌成为学校精神文明建设的一道道亮丽风景线。党的十七届六中全会召开后，学校更是加大了与文化单位合作交流的步伐，推进协同创新和文化繁荣。

“如今，武大又迎来了新一轮上升期，我们要乘势而上，夺取新的胜利。”李健向全体师生发出了“团结起来、振兴武大”的号召。在崭新的岁月中，武大人正万众一心，共同挥就更加壮丽的发展画卷。

（陈丽霞）

改善民生促和谐

“民生”就是“民心”，民心顺则人心振奋，士气昂扬，校园和美。

如果用一个词来形容学校2011年的民生进程，那么“温暖”最为贴切；如果说一年来学校的跨越发展是一首奋进的交响曲，那么沉甸甸的“民生”则是其中最动人的乐章。

生活条件不断优化

民心齐则泰山移、百业盛，只有关注民生、改善民生，学校发展才有凝聚力和爆发力。针对学校民生问题积累“欠账”、滞后于中心工作发展步伐的现状，学校领导班子在深入调研的基础上，痛下决心抓民生，向师生交一份满意答卷。

在2011年工作研讨会上，学校确立了以人为本，“一手抓发展，一手抓民生”的发展思路，提出要“谋发展、惠民生、凝人心”，确定实施若干民生工程，切实解决师生员工最关心、最现实、最直接的利益问题，让学校改革发展的成果更好惠及全体师生员工。这是2011年学校工作要点的显著变化，一场民生攻坚战全面打响。

“以往早上七点就要去图书馆排队，现在待在宿舍就可以舒适地复习。”进入期末考试，动力与机械学院大三学子王岳明倍感幸福。自2010年暑假启动“空调进宿舍计划”以来，3000余间宿舍安装了空调，惠及万余名学生。此外，学校还相继实施了热水开水进宿舍及教室工程。

师生生活条件更安全舒适。学生食堂推出全面实行降价保质措施，教师壕沟住宅小区和校内公租房建设有序推进，新教工活动中心竣工，学生宿舍安装智能门禁，老旧住宅区的路灯亮了，地面干净了……学习生活，吃穿住行，甚至一日冷暖，无不发生着令人欣喜的变化。

校园面貌焕然一新

从去年11月1日起，对进出校园车辆正式收费，校园秩序大为改观；走进校园，风景宜人的杨家湾映入眼帘，被学生们誉为“新情人坡”；信息学部东区“校园村”被拆除，取而代之的是整齐划一的停车场和充满生机的草地树木；计算机学院大楼拔地而起，成为学子最爱去自习的佳处之一……经过后勤基建人员不舍昼夜的挥汗如雨，山清水秀的珞珈山，平添了一份整洁现代之美，钟灵毓秀的武大校园，焕发出勃勃生机。

从一组组关注民生的数字背后，从校园面貌日新月异的变化中，师生感受到浓浓的温情与关爱。“措施给力，学校更美了。”“希望学校有更大的整治力度。”师生们纷纷在网上留言，表达欣喜和期待之情。

文化建设安放心灵

文化民生是民生工程的重要组成部分，是幸福指数的重要衡量尺度。2011年，“幸福”成为武大文化民生的一个关键词。

校长李晓红冒泡珞珈山水，“部门直通车”板块亮相BBS，与师生直接沟通；校领导来到全校各学院（系），与毕业生亲密合影；毕业典礼后校长带学子环游武大；校领导接待学生日成品牌活动，从医学部学子“理发难”到拓宽第二课堂深度广度，学生提出的“难题”事无巨细得到了及时解决或答复……这一切，无不诠释着学校以学生为本的办学理念。

启动历史上规模最大的老建筑维修工程，图书馆（总馆）新馆惊艳开馆，第二课堂素质认证系统正式上线，杰出校友陈东升捐资1亿元建万林博物馆，武汉凯迪控股投资有限公司校友捐资4000万元建新能源研究大楼，当代集团校友捐资3000万元建研究生活动中心……校园文化设施建设正在快马加鞭进行中。

《星光大道》“铺”进武大；启动120周年校庆建设年；校园新闻网主页升级改版，武汉大学综合画册和形象专题片隆重推出；评选表彰年度师德标兵及杰出青年……一系列丰富多彩的校园文化活动，在学校与师生、校友、社会公众之间搭建了一座良好的沟通桥梁。

“文化惠民”既关乎师生基本文化需求的满足，也关乎师生综合素养的提升。在一项项温馨、暖心措施的推动下，师生的心灵得到了更妥帖的安放。

一粒沙的飞舞，暗示了风的方向；一朵花的绽放，传递了春的讯息。虽然与其他同类高校相比，与师生的期待相比，学校推进民生建设的步伐也许还不够快，但放眼整个校园，一派新气象正如旭日欲喷薄而出。

（肖珊）

增强信心　乘胜前进

流年似水，岁月如歌。武大人在欢呼声中送走了难忘的2011年。学校取得的喜人成绩，不仅极大地提升了武汉大学的影响力，也极大地提振了师生员工的士气，进一步增强了我们建设中国特色世界一流大学的信心。

回顾2011年，我们有很多感慨——

我们为取得的成绩深感自豪。这一年，学校领导班子高度团结，师生员工齐心协力，各方面工作可圈可点。学校坚持办“顶天立地”大学的理念，按照科学定位、加快发展、凝聚人心、改善民生的总体思路，扎实推进各方面工作。学校采取的“一手抓发展、一手抓民生，一手抓校内、一手抓校外”的做法，经过实践检验是非常有效的。

我们对所有武大人更加感恩。成绩的取得绝不是偶然的，而是学校多年发展的积累，是武大人长期努力的结果。“吃水不忘挖井人”，在欢庆胜利的时刻，我们更加感恩所有为武大发展做出过贡献的人。

我们要认真总结成功的经验。年初制定工作要点时，有的同志担心任务太繁重，有的担心目标定得太高。事实证明，事在人为，只要我们用心谋划，团结一致，就一定能够排除万难，去争取胜利。

我们要更好地谋划未来发展。成绩是令人欢欣鼓舞的，但我们一定要保持冷静。必须清静地认识到，发展不够快仍然是我们长期面临的问题，我们与世界一流大学的差距，在相当长时间内依然会存在。成绩已属于过去，我们从现在起就要开始谋划，尽快培育新的增长点。

当前，武汉大学依然需要大力提振士气，凝聚人心，要继续保持旺盛的精气神，进一步发展良好的态势。我们相信，只要我们万众一心，奋斗不息，武汉大学的复兴就一定能够实现！（短评）

（杨欣欣）

武汉大学2012年十大新闻

（《武汉大学报》第1296期，2013年1月6日）

一、刘延东勉励武大乘势而上再创佳绩

2月初，中共中央政治局委员、国务委员刘延东回信给校党委书记李健、校长李晓红，勉励武大“再接再厉，乘势而上，再创佳绩”。这也成为我校全年工作的主基调。刘延东一直非常关心武大的发展，2009年冬天曾专门来校，代表中央对武大提出了“建设中国特色、世界一流、国际知名高水平大学”的发展战略目标。

二、我校参与合作建设的昆山杜克大学（筹）正式揭牌

8月17日，国家教育部批准武汉大学与美国杜克大学、江苏省昆山市人民政府共同筹备设立昆山杜克大学，武汉大学原校长刘经南院士随后被任命为校长。该校于12月19日正式揭牌，武汉大学校长李晓红院士等出席并签署《武汉大学与杜克大学合作谅解备忘录》。我校与杜克大学合作办学，不仅有助于学习借鉴国际一流大学教育之精髓，积极探索中国高等教育改革发展之路，也是我校以国际化视野推进中国特色世界一流大学建设迈出的重要一步。

三、地理空间信息科学“全球领袖奖”花落武大

4月23日至25日，李德仁院士在荷兰阿姆斯特丹举行的地理空间信息世界论坛上，代表武汉大学领取“地理空间信息科学全球领袖奖”。印度第11届总统阿卜杜尔·卡拉姆博士为其颁奖，以表彰武汉大学在该领域基础研究和能力提升方面做出的重要贡献。此前全球仅美国加州大学伯克利分校和德国汉诺威大学曾获此奖。8月，李德仁还获得国际摄影测量与遥感学会“荣誉会员”称号这一该领域国际最高荣誉。

四、两项成果入选中国高校十大科技进展

12月18日，教育部召开2012年度中国高等学校十大科技进展颁奖大会，我校在全国高校中唯一入选两项。分别是：李德仁院士主持完成的“资源三号卫星指标设计及地面处理关键技术”、张俐娜院士等共同研究的“基于生物质大分子的新材料和生化品”。此外，《光明日报》发布的“2012年十大科技瞬间”，“抗艾滋病病毒感染新细胞被发现”由武大完成，“北斗”和“子午工程”两个项目也有武大人参与。

五、我校牵头建设国家领土主权与海洋权益协同创新中心等国家智库

12月8日，由我校牵头，集中全国7家相关高校和科研单位优质资源、在中央和国家多个部委支持下组建的国家领土主权与海洋权益协同创新中心揭牌。中央外办副主任裘援平、教育部副部长李卫红共同为该中心揭牌。该中心致力于围绕国家领土主权与海洋权益问题，进行跨学科、跨高校、跨部门的协同创新，打造世界一流的国家智库、学术创新基地、拔尖人才培育摇篮，人文社科资深教授胡德坤任中心主任。这是落实国家“2011计划”的重要举措，此前我校还牵头或参与组建了现代地球空间信息科学协同创新中心等多个协同创新中心。

六、我校实施人才培养质量工程取得新成效

以“把牢质量生命线，培育拔尖创新人才”为宗旨，学校本科教学质量与教学改革工程及研究生教育质量工程先后启动并取得成效。2012年，我校又有两篇论文入选全国百篇优秀博士论文，有8个项目获教育部本科教学质量与教学改革工程建设项目资助，4个专业入选教育部卓越工程师教育培养计划，31种教材入选国家级规划教材名单，获批3个国家级大学生校外实践教育基地、7个国家级工程实践教育中心、1个国家级教师教学发展示范中心、1个国家级实验教学示范中心、4门国家级视频公开课。

七、八一路地下通道开工

6月20日，八一路地下通道工程正式开工。这是武汉市支持我校建设与发展、向120周年校庆献礼的一项民生工程。该工程不仅将改善学校周边的交通环境，更重要的是把文理学部与信息学部连成一体，形成学校新的发展轴线和文化空间。为保证该工程顺利实施，建于1993年的武汉大学正门牌坊10月9日被拆除，将于120周年校庆前与新的校大门一起异地重新修建。

八、我校大幅提高研究生奖助学金额度

为充分发挥评先奖优的激励作用和导向功能，着力提高研究生培养质量，我校大幅提高研究生奖助学金额度。新的奖学金设置比例和标准力度均超过以往。此外，学校今年还大幅提高了本科生优秀学生奖学金和新生奖学金标准，目前已居我国普通高校前列。

九、“武大”成注册商标

18个类别的“武大”商标获国家商标局批准注册。学校校徽及120周年校庆标示也申请了商标保护，目前在公示中。任何单位或个人，未经批准不得擅自使用校名校誉、“武大”商标以及学校标志性建筑图案从事经营活动。此前，我校申报的商标“武大”（毛泽东字体）已于2000年成功注册，是继“北大”、“清华”后第三家高校校名成为商标。此次注册的18个类别，涵盖面更加全面广泛。

十、武大学子亮相国际国内学术舞台

一年来，武大学子在国际国内学术舞台上大展风采，多次获得国际国内大奖。在美国数学建模竞赛获一等奖，亚太青年模拟APEC大赛获一等奖，三学子获美国艾利丹尼森基金会发明创新奖学金，亚洲优秀研究生论文获一等奖，两名研究生获“百人会英才奖”，微软创新杯中国总决赛获特等奖，毕业生宋卢挺在《细胞》上发表论文，第八届“挑战杯”中国大学生创业计划竞赛获一金两银，第八届研究生电子设计竞赛获团体一等奖，全国大学生测绘技能大赛获团体一等奖，全国大学生混凝土材料设计大赛获团体一等奖等。

2012 年度新闻人物

张俐娜："绿色技术"为半个世纪的奖励空白画上句号

3 月 27 日，美国化学会在圣地亚哥专门为张俐娜院士举行颁奖仪式，向她授予安塞姆·佩恩奖。该奖是国际上纤维素与可再生资源材料领域的最高奖，张俐娜是半个世纪以来获得该奖的第一位中国人。她一直致力于纤维素及其他天然高分子研究，其"绿色技术"对世界作出了重要贡献。张俐娜于 2011 年当选为中国科学院院士，是武大历史上第一位女院士，也是我国新当选两院院士中唯一的女院士。

感动与鼓舞

——2012年十大新闻评选亲历记

12月26日，瑞雪初临珞珈，一派银装好风景。

窗外赏雪嬉闹声依稀可闻，室内是热火朝天的另一番光景。在2012年度十大新闻评审现场，记者的真切感受是：感动、鼓舞。

早在12月14日，“2012年度十大新闻·新闻人物评选”专题网站开通，广大师生员工和校友，纷纷以电话、电邮、书面文字等方式，根据《武汉大学报》和新闻网发布的30余条新闻候选条目和3位年度人物候选人，票选心中的“十大”。

为了让评委有充分的准备，工作人员在评审会前就发放了候选条目，并且收集了网友投票情况，及候选条目新闻网点击量排名。校党委副书记骆郁廷主持评审会。

“评选结果应为新闻事件，而非工作总结，要兼具新闻价值和实效业绩。”评选专家、新闻与传播学院新闻系主任夏琼教授首先“圈范围”。

“工作需要、新闻价值、社会效果。”新闻与传播学院副院长、新闻中心副主任强月新教授强调了好新闻评选应坚持的标准。

武汉大学与美国杜克大学合作筹建昆山杜克大学、地理空间信息科学“全球领袖奖”花落武大、八一路地下通道正式开工、我校牵头建设国家领土主权与海洋权益协同创新中心等多个国家智库……这些条目无悬念入选。

更多时候，因为难以取舍，现场讨论十分激烈：

——“‘武大’成注册商标，是全国第三家高校校名成为商标，保护了学校的无形资产。”

——“我校面向海内外公开招聘四个院系‘掌门人’，这是武汉大学史上最大规模的高级人才招聘工程。”

——“全校启动烛光导航工程，强调全员育人、全面育人、全程育人，体现了育人为本的导向。”

——“武大学子亮相国际国内学术舞台，取得一系列耀眼成绩，是学校办学成果的最佳体现。”

杜莉获首届全国青年教师教学竞赛一等奖、武大有机硅正式挂牌上市……

因受名额限制，这些条目遗憾落选。

获颁美国化学会国际大奖的首位女院士张俐娜、心系母校发展的“杰出校友”陈东升、“最孝博士”黄碧海……“新闻人物”候选人身上闪耀的珞珈之光，让评委重温那无数次叩击心灵的感动。最终，张俐娜高票当选为“年度新闻人物”。

十大新闻，律动着珞珈崛起的强劲脉搏，传递着令人震撼的正能量。十大新闻人物，诠释着平凡中见不凡的人生价值，闪耀着崇高的武大精神。

雪花翩然飞舞，不时有鸟儿飞过，留下清脆的鸟鸣声，和着楼下打雪仗的悦耳笑声，分外喜乐祥和。瑞雪兆丰年，2013 年，武汉大学将继续阔步前行！

（肖珊）

2012年十大新闻候选条目

1.“武大”成注册商标

1月，18个类别的“武大”商标获国家商标局批准注册。未经批准，任何单位或个人不得擅自使用校名校誉、“武大”商标以及学校标志性建筑图案从事经营活动。此前，我校申报的商标“武大”（毛泽东字体）已于2000年成功注册，当时是继“北大”、“清华”后第三家高校校名成为商标。此次注册的18个类别，几乎涵盖了方方面面。

2. 刘延东勉励武大乘势而上再创佳绩

2月初，中共中央政治局委员、国务委员刘延东回信给校党委书记李健、校长李晓红，勉励武大“再接再厉，乘势而上，再创佳绩”。这也成为我校全年工作的主线。刘延东一直非常关心武大的发展，2009年冬天曾专门来校，代表中央给武大提出了“建设中国特色、世界一流、国际知名高水平大学”的新目标。

3. 6项成果获2011年度国家科技奖励

2月14日，2011年度国家科学技术奖励大会召开，武汉大学有6项成果获国家科技进步二等奖，其中主持完成4项、参与完成2项。据教育部科技发展中心统计，此次我校获国家三大科技奖励通用项目数位列全国高校第七，以第一完成单位获国家三大科技奖励通用项目数位列全国高校第五。

4. 我校进入世界排名前1%学科增至9个

3月1日更新的《基本科学指标》数据库显示，我校进入世界排名前1%的学科由7个增加到9个，排名并列内地高校第8位。新入围的两个学科是：药理学与毒理学、环境科学与生态学，此前已进入的7个学科为：化学、工程学、材料科学、物理学、植物学与动物学、临床医学、生物学与生物化学，本次排名均有所上升。其中，化学排名第136位，材料科学也跻身前200名。

5. 校庆文化项目获全国高校校园文化建设优秀成果一等奖

3 月 20 日，我校申报的《尊重学者，崇尚学术，弘扬文化——武汉大学着力建设特色鲜明别具一格的校庆文化》获 2011 年高校校园文化建设优秀成果一等奖。在迄今五届评比中，我校先后三次获一等奖、两次获二等奖。我校通过校庆活动追寻、传承和弘扬大学精神，产生了良好社会反响，为学校发展提供了强大的精神动力和有力的文化支撑。

6. 我校全面启动烛光导航工程

4 月 11 日，学校在生命科学学院召开现场会，推广该学院"烛光领航计划"的实施经验，在全校范围内正式启动"烛光导航工程"，旨在鼓励教师尤其是优秀教师一对一全程指导帮扶学生，进一步建立健全教师联系学生、关爱学生、培育学生的长效机制，形成全员育人、全面育人、全程育人的良好氛围。

7. 地理空间信息科学"全球领袖奖"花落武大

4 月 23 日至 25 日，李德仁院士在荷兰阿姆斯特丹举行的地理空间信息世界论坛上，代表武汉大学领取地理空间信息科学"全球领袖奖"，印度第 11 届总统阿卜杜尔·卡拉姆博士为其颁奖。武汉大学由于在基础研究和能力提升方面作出了重要贡献被授予该奖，此前仅美国加州大学伯克利分校和德国汉诺威大学曾获此奖。

8. 校外住宅小区"珞珈雅苑"破土动工

4 月 26 日，武汉大学教职工校外住宅小区——珞珈雅苑项目正式破土动工，该区域除住宅外，还将建设商业服务设施、幼儿园、居民活动中心等配套设施，将解决我校 3200 余户教职工住房问题。

9. 教育部对武汉大学领导班子进行调整

6 月 4 日，教育部对武汉大学行政班子进行整体换届和党委班子局部调整，调整后班子成员共有 12 人。以党委书记李健、校长李晓红为代表的新一届领导班子表示，要更加卓有成效地开展工作，以更加饱满的精神状态、更加务实的工作作风、更加明晰科学的工作思路，来形成更具凝聚力和战斗力的整体合力，开创学校建设和发展的新局面。

10. 温家宝总理称桂希恩为挚友

6月11日，中共中央政治局常委、国务院总理温家宝在两院院士大会上，又一次提及中南医院桂希恩教授，温总理说："我曾多次同武汉大学附属医院的桂希恩教授探讨艾滋病防治工作。在他困难的时候，我到他家中看望他，为他热心艾滋病防治事业的崇高精神深深感动，从此，他成了我的一位挚友。"2004年温家宝曾登门拜访桂希恩，此后又四次特邀他一起考察研讨艾滋病防治工作，并在联合国讨论会等场合多次称赞桂希恩。

11. 武汉大学华中科技大学共同举办龙舟友谊赛

6月17日，我校与华中科技大学举办了同城双星"体彩杯"2012年龙舟友谊赛，双方以1∶1的战绩为比赛画下圆满句号。该项赛事旨在增强双方友谊，齐心协力推进"同城双星"共同发展。此前，两校曾于去年10月签署战略合作框架协议，并定下"龙舟之约"。

12. 八一路地下通道正式开工

6月20日，八一路地下通道工程正式开工，将于2013年10月竣工。该工程不仅将改善学校周边的交通环境，更重要的是把文理学部与信息学部联成一体，形成学校新的发展轴线和文化空间。这是武汉市支持我校建设与发展、向120周年校庆献礼的一项民生工程。

13. 我校启动七大文化建设重点工程

为深入贯彻落实党的十七届六中全会精神，进一步增强学校文化软实力，6月25日，《武汉大学关于进一步加强和改进文化建设工作的意见》正式下发，重点实施七大文化建设重点工程，包括：核心价值凝练工程、优秀文化传承工程、红色文化育人工程、珞珈形象美化工程、创意文化发展工程、公共文化建设工程和传播能力提升工程等。我校不断完善文化工作格局，锻造文化活动品牌，创新文化活动载体，取得了显著成绩。

14. 多名诺贝尔奖得主与武大学子面对面

6月28日，武大名誉教授、诺贝尔奖得主丁肇中再临武大，在珞珈讲坛与学子分享实验物理之路。诺贝尔物理学奖得主罗勒、化学奖得主切哈诺沃也相继来校讲学，精彩报告给学子带来很大启发。此外，化学与分子科学学院博士研究生吴志国于3月份受邀赴日本东京参加了第四届“希望会议”，与8名诺贝尔奖获得者进行了面对面交流。

15. 中国工程院院士张蔚榛逝世

7月14日，中国共产党优秀党员，我国著名水利学家、教育家，国际知名地下水及农田排水专家，中国工程院院士，武汉大学水利水电学院教授、博士生导师张蔚榛逝世，享年89岁。张蔚榛去世后，胡锦涛、温家宝、李长春、习近平、李克强、刘延东、李源潮、吴官正等党和国家领导人通过各种方式表示慰问和哀悼。

16. 武汉大学与美国杜克大学合作筹建昆山杜克大学

8月17日，国家教育部正式批准，武汉大学与美国杜克大学、江苏省昆山市人民政府共同筹备设立昆山杜克大学，该校由武汉大学原校长、中国工程院院士刘经南任校长，美国艾格尼丝·斯科特学院（Agnes Scott College）原院长、中美关系研究专家玛丽·布洛克（Mary Bullock）博士任常务副校长。将立足于高质量、国际化“精英教育”，建成世界一流高等教育机构。

17. 李德仁获国际摄影测量与遥感学会最高荣誉

8月25日，在第22届国际摄影测量与遥感大会上，李德仁院士被国际摄影测量与遥感学会授予“荣誉会员”称号。这是该学会的最高荣誉称号，仅授予全世界在世的最具影响的10名杰出科学家。李德仁是中国获此称号的第二人，我校王之卓院士曾获此荣誉。李德仁也是全球唯一同时获得该学会Fellow和荣誉会员称号的科学家。

18. 武大学者国际学术舞台展风采

8月27日，龚健雅院士当选国际摄影测量与遥感学会第六委员会主席。一年来，国际学术舞台上的武大方阵日益强大，如舒红兵院士当选发展中国家科学院院士、杜克大学教授董欣年校友当选美国科学院院士、夏军教授再次入选世界水理事会董事会、霍文哲教授担任哈佛大学终身正教授评审专家、孙洪教授获法国教育棕榈军官徽章等。

19. 杜莉获首届全国高校青年教师教学竞赛一等奖

8月24日至27日，在首届全国高校青年教师教学竞赛中，经济与管理学院副教授杜莉获文科类一等奖。此次共有93人参赛，15人分获文理工科一等奖。此前，杜莉曾获湖北省第二届青年教师教学竞赛一等奖、省五一劳动奖章、青年教学能手称号，武汉大学第四届青年教师教学竞赛一等奖、第九届杰出青年、珞珈杰出女性等荣誉。

20. 武大有机硅正式挂牌上市

9月7日，我校实际控股企业武大有机硅——武大科技（股票代码430143）正式挂牌交易，这是我校控股公司首次上市。该公司是一家拥有多家子公司、净资产过2亿元的现代化股份制企业，为国内主要的硅烷偶联剂供应商之一，总股本8000万股，是此次“非京籍”6家公司中股本最大的公司。

21. 校友毛振华捐建人文社会科学大楼，雷军捐资千万设奖学金

作为向校庆120周年的献礼，中国诚信信用管理有限公司创始人毛振华校友捐资5000万元，在母校建设人文社会科学大楼；金山软件公司董事长、小米科技CEO、杰出校友雷军捐赠1000万元设立奖学金。毛振华、雷军都曾多次捐资支持母校的建设与发展。

22. 李龙获“全国杰出资深法学家”称号

中国法学会授予人文社科资深教授李龙“全国杰出资深法学家”称号，以表彰他在社会主义法学理论体系建设和法治建设中作出的突出成就。这是中国法学界最具重量级的奖项，全国有25人获此殊荣。

23. 武汉大学正门牌坊将移位复建

为了确保八一路地下通道工程施工进度，10月9日，武汉大学正门牌坊被拆除。在120周年校庆前，学校将在原校大门处修建一个校园广场，实现南北校区无缝对接，并在原址附近重新修建一个新的牌坊。复建的牌坊将保持原有风貌，而其规格、位置、气势等将优于原有牌坊。

24. 研究生奖助学金额度将大幅提高

从2013年起，武汉大学将大幅提高研究生奖助学金额度，新的奖学金设置比例及标准力度均超过以往。此举旨在充分发挥评先奖优的激励作用和导向功能，着力提高研究生培养质量。此外，学校从今年起大幅提高本科生优秀学生奖学金标准。调整后，我校本科生奖学金标准居我国普通高校前列。

25. 两教授获国家杰出青年基金资助

化学与分子科学学院教授刘义、水利水电学院教授李典庆获2012年度国家杰出青年基金资助。从2000年至今，我校已有26人获该资助。这是我国青年科学家的最高荣誉。

26. 我校兴起学习宣传贯彻十八大精神热潮

在党的十八大召开之际，武大师生迅速兴起学习宣传贯彻十八大精神的热潮。学校第一时间召开传达学习十八大精神大会；校党委发出通知要求把深入学习贯彻十八大精神作为当前的头等大事；学校成立了由20余名专家学者组成的宣讲团，在校内外巡回宣讲。此前，学校从3月起在全校开展了“喜迎十八大，争创新业绩”主题实践活动和基层组织建设年活动。

27. 两篇论文入选全国优秀博士学位论文

我校两篇论文入选2012全国优秀博士学位论文，作者分别为生命科学学院钟波（指导教师舒红兵）、测绘遥感信息工程国家重点实验室黄昕（指导教师张良培），另有6篇获提名。我校迄今共有18篇论文入选全国优秀博士学位论文，入选数高居武汉地区高校榜首。

28. 校庆日系列活动启动120周年校庆年

11月29日，学校举办了纪念封首发、科技成果展开展、珞珈合作发展战略联盟成立、新闻通气会、文艺晚会等系列活动，正式启动“校庆年”。校庆年期间，学校将举办精彩纷呈的活动，将120周年校庆办成学术校庆、文化校庆、大众参与的校庆、师生校友互动的校庆。

29. 7人入选中组部“青年千人计划”，5人入选首批“青年拔尖人才”

邓鹤翔、倪彬彬、王骞、杨奕、姚剑、赵福云和李辉等7人入选中央组织部第四批“青年千人计划”，我校入选数居全国高校前列。7人分别来自美国、德国、意大利和新加坡等国的知名高校或研究机构，均具有良好的海外学习工作背景和突出的学术科研成果。此外，王晓光、吴丹、王延轶、王慧、史良胜等5人入选中组部首批“青年拔尖人才支持”计划，我校入选人数居全国前列。

30. 我校参与国家领土主权与海洋权益协同创新中心等多个国家智库

12 月 8 日，由我校牵头，集中全国相关科研院所优质资源、依托相关部委组建的国家领土主权与海洋权益协同创新中心揭牌。该中心致力于打造世界一流的领土主权与海洋权益国家智库、学术创新基地、拔尖人才培育摇篮，人文社科资深教授胡德坤任中心主任。这是落实国家“2011 计划”的重要举措，此前我校还牵头或参与组建了多个协同创新中心。

31. 学校多次组团赴海外招揽人才

一年来，校党委书记李健、校长李晓红等校领导相继率团访问美国、加拿大、德国、法国、日本等国，与多所高校签署校际合作协议，举办多场海外人才招聘会，广泛探讨与国外一流大学开展合作的项目与途径，并在德国举办了首届“武汉大学海外学术周”，取得了一系列丰硕成果。

32. 本科教学工程和研究生教育质量工程先后启动

“十二五”期间，学校投入 2. 1 亿余元，正式启动本科教学质量与教学改革工程。2012 年我校有 8 个项目获教育部“高等学校本科教学质量与教学改革工程”建设项目资助，经费共计 1450 万元，居在汉 8 所部属高校榜首；4 个专业入选教育部“卓越工程师教育培养计划”专业，获批 7 个国家级工程实践教育中心。与此同时，学校开始实施研究生教育质量工程，通过实施六大举措，增强和提升研究生教育的核心竞争力。

33. 武大学子亮相国际国内学术舞台

一年来，武大学子在国际国内学术舞台上大展风采，多次获得国际国内大奖。如：美国数学建模竞赛获一等奖，亚太青年模拟 APEC 大赛获一等奖，三学子获美国艾利丹尼森基金会发明创新奖学金，亚洲优秀研究生论文获一等奖，两名研究生获“百人会英才奖”，微软创新杯中国总决赛获特等奖，毕业生宋卢挺在《细胞》上发表论文，第八届“挑战杯”中国大学生创业计划竞赛获一金两银，第八届研究生电子设计竞赛获团体一等奖，全国大学生测绘技能大赛获团体一等奖，全国大学生混凝土材料设计大赛获团体一等奖等。

34. 我校面向海内外公开招聘四个院系“掌门人”

12 月 10 日至 11 日，国际软件学院、社会学系、计算机学院“掌门人”

招聘面试会举行，此前，经济与管理学院院长面试会已于11月21日举行。自9月份学校发布公告，面向海内外公开招聘4个学院（系）院长（主任）后，共有20余位国内外专家学者报名应聘。学校此次旨在招揽在本学科研究领域取得国内外同行公认的重要成就、具有国际化的学术视野和引领本学科发展办学思路的优秀人才。

35. 湖北省委书记李鸿忠关心支持武大发展

12月12日，湖北省委书记李鸿忠为武大师生作形势报告，并与学子互动交流，畅谈人生梦想。这是他今年第二次与武大学子面对面，五四青年节时，他专门来校参加了学生团支部主题团日活动。李鸿忠一直关心和支持武大的建设和发展，曾多次来校调研和看望师生。今年2月份，他在我校一份报告上做出批示，鼓励武大“百尺竿头，更进一步”。

2012年度新闻人物候选人

张俐娜：获颁美国化学会国际大奖

3月27日，美国化学会在圣地亚哥专门为张俐娜院士举行颁奖仪式，向她授予安塞姆·佩恩奖。该奖是国际上纤维素与可再生资源材料领域的最高奖，张俐娜是半个世纪以来获得该奖的第一位中国人。她一直致力于纤维素及其他天然高分子研究，于2011年当选为中国科学院院士，是武大历史上第一位女院士，也是我国新当选两院院士中唯一的女院士。

陈东升：捐赠亿元兴建的艺术博物馆奠基

10月30日，由杰出校友陈东升捐资亿元兴建的万林艺术博物馆奠基，将于120周年校庆前竣工。陈东升还将自己所获万宝龙艺术赞助奖1.5万欧元奖金捐赠给母校，作为博物馆艺术基金的种子基金。陈东升是泰康人寿保险股份有限公司董事长兼首席执行官，多年来心系母校，关注并支持母校发展。

黄碧海：最孝博士入选中国大学生年度人物

化学与分子科学学院博士生黄碧海当选2011中国大学生年度人物，在6月20日举行的颁奖典礼上，受到时任中共中央政治局常委李长春等中央领导的亲切接见。黄碧海是今年湖北省唯一获此殊荣的大学生。他放弃出国读博士后的机会，照顾"植物人"母亲，创造了生命奇迹，被称为"最孝博士"。中央主要媒体再度聚焦黄碧海事迹，引起热烈反响。

（十大新闻及新闻人物候选条目由杨欣欣、陈丽霞整理）

（《武汉大学报》第1294期，2012年12月14日）

回眸 2012

2 2013年1月6日 武汉大学报 专题报道

回眸 2012

把牢质量生命线

提升文化软实力

唱响创新主旋律

关注民生聚人心

（《武汉大学报》第 1296 期，2013 年 1 月 6 日）

怀揣梦想　脚踏实地

2012 年年初，在学校工作要点的开篇，有这样一段表述：坚持以质量为根本、以改革创新为动力、以先进文化引领发展，进一步提升核心竞争力，加快建设“中国特色、世界一流大学”。

2012 年年末，当我们回眸过去的一年，首先就会想到“质量”、“创新”、“文化”、“民生”这样几个关键词。

这种自然的呼应表明，学校正是按照自己的设计和思路，在一步一个脚印前行。2012 年学校各项工作取得的进展，大大提升了武汉大学的国际影响力，大大提振了师生员工的士气和信心。

回顾过去是为了更好地把握未来。2013 年又是武大史册上一个熠熠生辉的年份，正如歌中所唱：“原来模糊的幸福，越来越清楚”——

随着 120 年校庆的日益临近，“美丽武大”、“大爱武大”、“英才武大”、“创新武大”和“活力武大”的形象，越来越清晰地呈现在世人面前；

“建成中国特色世界一流大学”的“武大梦”，越来越清晰地呈现在所有热爱武大的武大人面前，激励着我们为之孜孜以求，为之不懈奋斗。

怀揣梦想，更要脚踏实地。站在新的起点继续前行，梦想与现实的距离，必将越来越近。

（本报编辑部）

把牢质量生命线

“武汉大学要把握国家高度重视高等教育质量的机遇，确立新的发展目标和任务，乘势而上。”在四月份召开的本科教学工作会议上，校长李晓红强调。

一流的师资队伍、一流的教学环境，从而不断培养出一流的学生，这是构成一流大学的基石。2012 年，武汉大学以“把牢质量生命线，培育拔尖创新人才”为根本目标，牢固确立了人才培养在学校工作中的中心地位。这一年，勇于创新、追求卓越的武大人，以一项项耀眼纪录，延续了百年学府的价值追求。

关键词：大手笔

一流的大学，必须有一流的本科教育，本科教育质量是形成“名校”品牌的第一要素。这一年，武汉大学在本科教学和研究生教育中的大手笔，给人留下深刻印象。

年初学校决定，“十二五”期间，新增投入 2.15 亿元，致力打造世界一流本科教育。岁末，学校相继颁布《关于教授为本科生授课的规定》、《关于实行本科教学课程助教制的办法》等文件，全面加强本科教学质量。

高水平研究型大学以研究和创新为基本特征。这一年，学校大力投资研究生教育。4 月 12 日，学校正式启动“研究生学术创新奖”，每年投入 2000 万元，鼓励研究生进行学术创新。年底学校又决定，从 2013 年起，武大将大幅提高研究生奖助学金额度，特别优秀的博士生一年有望获得不低于 9.6 万元的奖学金。

学校为何花大价钱“养”研究生？“为了鼓励研究生潜心学习，努力产出高质量的科研成果。”研究生院常务副院长周叶中教授道出初衷，“研究生已成为学校的重要科研力量，武大发表在 SCI 上的论文，有六成的第一作者是研究生。”

关键词：大魅力

教师是提高高等教育质量的决定因素。提高教育质量，就是要出名师，育英才，创一流。

中国工程院院士李建成获2012年宝钢优秀教师特等奖，另有4名教师获宝钢优秀教师奖，获奖人数名列全国前茅；青年教师杜莉获全国高校青年教师教学竞赛一等奖；两院院士李德仁获国际摄影测量与遥感学会最高荣誉……师资队伍实力的不断提升，为培养优秀人才、提高教育质量奠定了坚实基础，推动了人才强教、人才强校。

培养和引进力度的持续加大，使我校人才队伍逐步实现由规模增长向质量提升转移、由个体发展向团队优化转移，人才工作实现新突破。12月，国际软件学院、社会学系、计算机学院“掌门人”招聘面试会举行，我校面向全球揽才。

一流的师资队伍是一流教育的保障。一年来，李健、李晓红等校领导相继率团访问美国、加拿大等国，与多所高校签署校际合作协议，举办多场海外人才招聘会，并在德国举办了首届“武汉大学海外学术周”，大力扩充珞珈人才方阵。

关键词：大舞台

全面提高教育质量，核心是大力提升人才培养水平，营造独立思考、自由探索、勇于创新的良好环境，为学子成长成才提供全方位的大舞台。

6月下旬，诺贝尔奖得主丁肇中又临珞珈，与武大学子分享自己的实验物理之路。2012年，诺贝尔物理学奖得主罗勒、化学奖得主切哈诺沃也相继来校讲学。化学与分子科学学院博士研究生吴志国曾受邀赴东京参加“希望会议”，与8名诺贝尔奖获得者面对面交流。

积极向上的生长环境，带给学生满满的正能量——

两篇论文入选2012全国优秀博士学位论文，另有6篇获提名。亚洲优秀研究生论文获一等奖。夺冠美国数学建模竞赛、亚太青年模拟APEC大赛、微软创新杯中国总决赛。三学子获美国艾利丹尼森基金会发明创新奖学金，两名研究生获“百人会英才奖”，第八届“挑战杯”中国大学生创业计划竞赛获一金两银。第八届研究生电子设计竞赛、全国大学生测绘技能大赛、全国大学生混凝土材料设计大赛均获团体一等奖……

质量是立校之本、发展之基，是一所大学永恒的生命线。

每一次回眸，都是为了积聚前进的力量。展望2013年，把牢质量生命线，致力培育拔尖创新人才，依然是武汉大学的重要使命。

（肖珊）

提升文化软实力

校长李晓红曾指出，独特的文化和精神是一所大学的灵魂、大学的根。大学文化是社会文化的领跑者，大学文化引领学校发展，大学精神是大学品牌的核心。

2012年，我校以先进文化引领发展，以校庆为契机，全面提升文化软实力，呈现出人心齐、发展快的可喜局面。

传承武大精神

大学精神是大学文化的精髓和内核，是兴校之魂，强校之魄。

2012年伊始，中共中央政治局委员、国务委员刘延东回信给校党委书记李健、校长李晓红，勉励武大“再接再厉，乘势而上，再创佳绩”。湖北省委书记李鸿忠为此专门做出批示，鼓励武大“百尺竿头，更进一步”。

消息传来，对武大师生无疑是巨大的鼓舞和鞭策。学校提出，要继续秉承“顶天立地”的办学理念；凝心聚力、振奋精神、把握主线、突出重点；狠抓落实，以实际行动迎接党的十八大。

弘扬学术是传承武大精神的永恒主题。学校通过树立典型，鼓励师生产出高质量学术成果。李德仁院士被国际摄影测量与遥感学会授予“荣誉会员”称号，张俐娜院士获颁美国化学会国际大奖——安塞姆·佩恩奖……一项项消息，不断形成强大正能量和群星效应。

在校庆年启动晚会上，李晓红表示，“武大精神”是激励我们奋力前行、推进学校不断发展进步的强大动力。

9月起，学校还组织开展“武大精神”讨论和征文活动。学校将以校庆为契机，传承武大精神，弘扬珞珈学术，重振武大雄风。

催生文明之花

12月21日，湖北省副省长郭生练应邀做客珞珈干部大讲堂第13讲。这是当月继李鸿忠和省委常委、纪委书记侯长安之后，湖北省领导第三次为武大师生作报告。

加强理论武装，着力提升办学治校能力和水平。为了深入学习贯彻十八大精神，学校组建了宣讲团在校内外巡回宣讲，并通过多种途径掀起学习热潮。此前，学校开展了“喜迎十八大，争创新业绩”主题实践活动和基层组织建设年活动。8月，我校获评湖北省先进党委（党组）中心组称号。

坚持典型引领，不断催生文明道德之花。化学与分子科学学院博士生黄碧海当选2011中国大学生年度人物；中国教育报大篇幅报道我校援藏教授阮新建的感人事迹……我校申报的《坚持典型引领，让文明道德之花璀璨绽放》项目，获教育部2012年高校校园文化建设优秀成果一等奖，这已是我校第四次获一等奖。

与此同时，各二级单位文明单位创建工作扎实，亮点不断。

丰富校园文化

由杰出校友陈东升捐资亿元兴建的万林艺术博物馆奠基；校园红色文化转化为课堂教学、专题教育和实践教育资源；学校形象标示系统建设有序推进……《武汉大学关于进一步加强和改进文化建设工作的意见》正式出台，并于近期重点实施核心价值凝练工程、优秀文化传承工程、红色文化育人工程、珞珈形象美化工程、创意文化发展工程、公共文化建设工程和传播能力提升工程等“七大”文化重点建设工程。

制度的保障催生了更加丰富多彩的校园文化。在全校推广“烛光导航”工程，与华中科技大学共同举办龙舟友谊赛，第三届学生社团国际交流营异彩纷呈，第八届珞珈金秋国际文化节举办，话剧《西望乐山》获第三届中国校园戏剧节最高奖项……大学生在丰富多彩、寓教于乐的校园文化活动中，思想感情得到熏陶，精神生活得到充实，道德境界得到升华。

除了注重顶层设计，提升文化自觉和文化自信，各学院（系）文化建设也各具特色：生命科学学院每年组织星级实验室评比，化学与分子科学学院院士墙和中庭美化工程完工，经济与管理学院注重倡导精神理念、强化物质载体，测绘学院以院庆和宁津生院士80华诞为契机，弘扬测绘文化……

李健曾指出：“一流大学必须具有一流软实力。”作为一所有着悠久办学历史、深厚人文底蕴的综合性大学，武汉大学充分发挥文化高地的引领、辐射和服务作用，在为国家文化强国战略实施做出重要贡献的同时，也为自身实现又好又快发展提供了有力文化支撑。

（陈丽霞）

唱响创新主旋律

2012年即将结束时，捷报频传：中国高校十大科技进展，武大在全国高校中唯一入选2项；《光明日报》十大科技瞬间，我校主持1项、参与2项……

此前，我校6项成果获国家科技奖励，26项获湖北省科学技术奖。

2012年，珞珈山唱响创新主旋律。武大人用行动证明：创新，不是一句口号，而是一种精神。

顶层设计协同创新

科研创新一直是武大人孜孜以求的目标。学校实施战略性协同创新平台建设项目，做好顶层设计与宏观调控。

一年多来，杂交水稻产业提升协同创新中心、长江文明传承发展协同创新中心等，如雨后春笋般纷纷成立，感染与免疫协同创新中心、现代地球空间信息科学协同创新中心、中三角水资源安保协同创新中心通过论证，进入建设阶段。

“一手抓校内，一手抓校外。”武大放眼全国，面向海外，搭建协同创新平台。

学校“牵手”四川省测绘局、湖北省测绘局，三方打造测绘科技协作创新平台；国家领土主权与海洋权益协同创新中心宣告成立，武汉大学带领国内顶尖科研人，协力打造世界一流的国家智库、学术创新基地、拔尖人才培育摇篮。

中荷共建的“地球空间信息联合科学联合研究中心”落户武大，在地球空间信息科研领域谱写新篇。基础医学院和美国M. D. 安德森癌症中心合作，揭示了白介素17可抑制结肠癌形成。国际合作研究的天地日益宽广。

一点创意打开一片天地，一个平台实现一个构想，一种理念成就一个未来。在协同创新之路上，武大人正越走越远。

政策驱动鼓励创新

“问渠那得清如许，为有源头活水来。”12月初，学校在省部属院校中率先突破，出台《推进科研成果转化的若干意见》，支持教师“下海”，学校为其保留专业技术岗位，成果转让收益的70%奖励给成果完成人及其团队。该政策出台，与“顶天立地”办学方针密不可分。

在学校号召下，一批又一批学者走出书斋，为构建和谐社会积极献计献策，发出最强音——

经济与管理学院教授邹薇在国内外大量数据资料的基础上展开分析，论证未来十年是湖北省发展的“黄金十年”，被纳入湖北省第十次党代会报告。湖北省委书记李鸿忠认为该战略构想“很服人，能够为湖北未来十年的发展提出蓝图性计划”。

今年年初，人文社科资深教授李龙担纲主持法治城市建设课题研究。团队多次实践调研，字斟句酌，六易其稿，最终形成中国首个中等城市法治建设总体方案，为依法治国方略在基层实践树立样板。彭富春、郭齐勇教授提案纳入《刑事诉讼法》，孙晋教授团队建议被最高人民法院采纳……人文社科专家学者瞄准社会经济发展前沿，积极建言献策，成绩喜人。

用顶天学问，做立地文章。武大学人在成果转化、服务地方经济发展方面，走出别样创新之路。

活力学者慧眼拓新

人文社科亮点纷呈。文学院3年获4项“国字号”重大攻关项目，实现“零”的突破；信息管理学院2部书稿入选2012年国家哲学社科成果文库；《音韵分典》面世，《中华大典》工作委员会评价其“基础性强、编纂尤难、质量上乘”……文科学者笔耕不辍，推陈出新。

国际期刊论文频现。3月，《细胞》刊登我校毕业生宋卢挺论文，武大人百年来首次在该杂志上发表论文；5月，《美国科学院院报》一论文表明，武大学者破解先天性夜盲症之谜。9月；《淋巴细胞生物学》发表我校成果，专家发现抗艾滋病毒感染的新细胞……国际权威期刊登载我校原创性科研成果十余篇。师生齐心协力，揭开一个个未解之谜。

跨界研究硕果频结。测绘遥感领域再抱两项大奖归：“地理空间信息科学全球领袖奖”花落武大；李德仁院士获国际摄影测量与遥感学会最高荣誉，被授予“荣誉会员”称号。测绘与国际关系研究携手，测绘学院教授张双喜团队算出青藏高原领土“走失”量；计算机“联姻”医学，亚洲仿真大会上，计算机学院袁志勇教授课题组虚拟手术成果赚足眼球。武大师生用智慧与汗水向世界宣告：跨界创新，一切皆有可能。

创新脚步，不断前行，不知疲惫；创新领域，上下求索，永无止境。120年校庆将至，站在新的起跑线上，武大人满载着丰收的科研创新硕果，怀壮志发轫前行，携梦想创新未来。

（付晓歌）

关注民生聚人心

“进一步关注民生，大力改善办学条件。”在2012年初召开的全年工作布置会上，学校向师生许下“春天的承诺”；在2012年暑期干部培训班上，“关注民生”再次成为下半年工作重点。

回首2012年，那些给人以希望、温暖和信心的画面中，“关注民生”如一条红线贯穿始终，从年初工作要点变成了师生享受得到的实惠。

强化硬件，筑牢民生之基

作为我校最现代化的学生公寓，新建成的枫园学生公寓令人眼前一亮。随着该公寓9月份如期交付使用，枫园学生住宿条件得到了较大改善。

件件民生事，殷殷民生情。放眼校园建设工地，热火朝天的忙碌景象，预示着更多项目即将落成。2012年，学校加快基础设施建设步伐，筑牢民生之基。

改善学生住宿和学习条件是基建工程的重要内容。大学生科技活动中心、几个附小的维修或重建均顺利完工，桂园5栋学生宿舍拆除后原地重建，物理大楼扩建、新闻学院扩建、枫园教学楼等将于120周年校庆前竣工，信息学部图书馆和几栋学生宿舍等项目正在进行建筑设计。

备受关注的八一路地下通道正式开工；与此同时，主校门广场、鲲鹏广场已完成方案设计，万林艺术博物馆破土动工，这些展现武大改革发展新形象的工程，将成为保持和发扬武大传统文脉的新景观。

学校在注重发展的同时，利为师生所谋。

优化环境，奏响民生之歌

一年来，一个个“民生大礼”给师生送去暖阳春意，是对民生的实质做出的最生动诠释。

加强基础设施改造。大修工学部学生十舍、大学生活动中心、学生食堂、毕业生腾空房、文理学部教三楼、教员休息室、部分体育场馆等基础设施，师生的基本学习生活需求得到充分满足。

改善学习生活条件。27栋学生宿舍安装热水、开水系统；26栋4300间学生宿舍和71间教室安装空调；36栋学生宿舍安装门禁系统。

贴近师生温馨服务。教学楼和学生宿舍推行以楼栋为单位的“优质服务示范单元”建设；学生食堂加大民主管理力度，让学生见证放心粮油。尊重少数民族习俗，按照民族风格装饰一新的民族餐厅正式开业。

我校历史上规模最大的一次老建筑维修紧锣密鼓地进行，11 处老建筑将整旧如旧，重现昔日风姿。

随着维修亮化工程的逐步推进，美丽校园更加令人耳目一新。漫步在华丽变身的梅园二路，宛若置身美丽花园。

已实施的校园珞珈山环路二期等道路改造工程，将使校园旧貌换新颜，给师生带来更多惊喜。

校园里已然奏响了一曲曲合力促民生之歌。

共建和谐，提升幸福指数

“幸福”已成为当今时代的主题词。师生是否幸福，他们的学习生活状态就是最好的回答。

从学校将全民合同制、集体所有制退休职工按校内同级退休人员补齐待遇差额，到参照武汉市标准调整在职人员基础绩效和离退休人员生活补贴标准，投入总额近 3 亿元人民币增加教职工收入，民生事事总关情。

作为重要的民生工程，学校积极拓展校外住宅区域，让教职工安居乐业。珞珈雅苑项目所有楼栋已全面开工，将解决 3200 余户教职工住房问题。

与此同时，学校全面清理校内公有住房和办公用房，合理配置房产资源；开建院士、资深教授楼，青年教师公租房已完成设计方案并即将开工。

学子也成为最大的受益者。学校进一步完善贫困生资助体系，提高本科生和研究生奖助学金额度，促进学生培养质量提高。

2012 年 12 月，学校还启动了校园环境综合整治工作。从整治经营秩序、整治乱搭乱建、清理公有住房、维护公共设施、整治校园环境、整治交通秩序六个方面进行整治。校长李晓红强调，“要进一步优化育人环境，改善师生的学习、工作和生活条件，努力把珞珈校园建设得更加优美、更加和谐、更具魅力。”

民生问题解决了，才能提高校园的和谐程度，充分调动广大师生员工的积极性、创造性，自觉形成构建和谐校园的强大合力。如今，幸福和谐校园更加魅力四射。

（田业胜）

武汉大学 2013 年十大新闻

4 2014年1月3日 武汉大学报 专刊

武汉大学二〇一三年十大新闻

1 习近平视察我校科技成果并给予高度评价

年度新闻人物：陶德麟

笔有雷鸣道不孤

2 第八次党代会胜利召开

3 我校隆重庆祝建校120周年

4 11个学科进入世界排名前1%，化学进入百强

5 全国第三轮学科评估武大成绩全面提升

6 高校人文社科成果奖我校居全国第二

7 国家级精品资源共享课我校入选总数全国第一

8 法国总理埃罗来校访问

9 五名医学生见义勇为救死扶伤

10 周恩来故居暨历史文化教育基地揭牌

采撷璀璨篇章

（《武汉大学报》第1320期，2014年1月3日）

一、习近平视察我校科技成果并给予高度评价

7月21日、22日，习近平总书记在湖北考察工作期间，视察了我校两项科技成果，并给予高度评价。在光谷展示中心，刘经南院士介绍了北斗卫星中我校自主研发的系统，习近平指出，国家富强靠自主创新，靠技术，靠人才，科技是国家强盛之基。在杂交水稻国家重点实验室武汉大学鄂州试验基地，习近平仔细察看并夸奖红莲型杂交稻长势和稻种成色，当听说朱英国院士团队负责培育的杂交稻良种累计推广亿亩以上时说，感谢你们作的贡献，希望继续努力，粮食安全要靠自己。

二、第八次党代会胜利召开

12月19日至21日，中国共产党武汉大学第八次代表大会胜利召开。大会审议通过了中国共产党武汉大学第七届委员会工作报告和第七届纪律检查委员会工作报告，选举产生了中国共产党武汉大学第八届委员会和纪律检查委员会，进一步规划了“三步走”战略，号召全校党员和师生员工，为实现中国特色世界一流大学的“武大梦”和中华民族伟大复兴的“中国梦”而努力奋斗。会上，韩进当选为新一届校党委书记。此前，中共中央组织部负责人3月2日在学校宣布了中央决定：韩进同志任武汉大学党委书记（副部长级）。

三、我校隆重庆祝建校120周年

11月29日，武汉大学迎来120华诞。诺贝尔文学奖获得者勒克莱齐奥、经济学奖获得者皮萨里德斯等来自海内外的知名学者和各界名流，大学负责人，校友等万余人出席了简朴而隆重的庆典。校庆年期间，百场报告、《百年名典》彰显珞珈学术与武大精神，校史馆、校门广场展示非凡历程与崭新风采，树木树人活动、校友嘉年华共同追逐梦想，祝福母校……以“弘扬学术、彰显成就、反思差距、开创未来”为主题，学校成功打造了学术校庆、文化校庆、师生校友互动的校庆和社会共同参与的校庆。校庆期间，中央和地方各大新闻媒体对学校的历史文化和办学成就进行了大篇幅集中报道，彰显了学校的影响力和知名度。

四、11个学科进入世界排名前1%，化学进入百强

我校国际高水平学科建设获得重大突破，在2013年发布的基本科学指标数据库（Essential Science Indicators，ESI）全部22个学科中，我校11个学科

进入世界排名前1%。其中农学和社会科学总论首次进入，社会科学总论涵盖了除经济类学科外的所有社会科学学科；化学学科位居第97名，是我校第一个进入世界排名前1‰和前100名的学科。

五、全国第三轮学科评估武大成绩全面提升

1月29日，教育部公布全国第三轮学科评估结果，我校学科水平全面提升。共有23个学科排名前十位，其中测绘科学与技术，图书馆、情报与档案管理，马克思主义理论，地球物理学4个学科排名第一，列全国高校第六位。另有9个学科进入前三，14个进入前五。

六、高校人文社科成果奖我校居全国第二

我校43项成果获第六届高等学校科学研究优秀成果奖（人文社会科学），获奖总数居全国高校第二。其中一等奖3项、二等奖15项、三等奖25项。该奖是全国高校人文社会科学的最高奖，自启动以来我校共有176项获奖，总数居全国高校第三位。

七、国家级精品资源共享课我校入选总数全国第一

在教育部公布的三批国家级精品资源共享课立项项目名单中，我校共有61门课程入选，总数全国第一。入选课程为2003年至2010年国家级精品课程，充分运用现代信息技术，适合网络公开传播与共享。此外，2013年有3门课程入选国家级精品视频公开课，总数增至7门。

八、法国总理埃罗来校访问

12月7日，法国总理让-马克·埃罗来校访问，一同来访的还有总理夫人、前总理、5位部长级官员、法国驻华大使等。埃罗在樱顶老图书馆发表演讲，与学子在老图书馆前合影留念，并前往中南医院参观慰问，赠送银质纪念奖章。我校为中法文化教育和科学交流做出了巨大贡献，被誉为中法合作的典范，此次来访将进一步加深双方的交流合作。

九、五名医学生见义勇为救死扶伤

6月4日晚，医学部2011级5位硕士研究生江山、张敏、乐林莉、郭伟和马小峰，在公交车上抢救患病乘客，受到普遍赞誉，中央电视台新闻联播等全国各大媒体进行了报道。学校授予5位学子“武汉大学见义勇为优秀大学

生”和“武汉大学见义勇为优秀大学生群体”，湖北省卫生厅授予他们“救死扶伤先进集体”荣誉称号。

十、周恩来故居暨历史文化教育基地揭牌

武汉大学周恩来故居经修缮后，作为历史文化教育基地和爱国主义教育基地正式开放，11月21日举行了揭幕仪式。故居内的“周恩来在武大”专题展，再现了1938年周恩来在珞珈山的峥嵘岁月；珞珈山“十八栋”专题展，展示了20世纪三四十年代珞珈山“十八栋”的辉煌岁月。社会各界纷纷前来参观，中央电视台新闻联播等全国各大媒体进行了报道，周恩来故居成为学校新的文化品牌。

2013 年度新闻人物

陶德麟：笔有雷鸣道不孤

著名哲学家、我校人文社科资深教授陶德麟，长期从事马克思主义理论研究，取得了一系列重大成果。今年以来，他在全国理论界倡导“让马克思主义说中国话”；他的文章《践行马克思主义的实践观，为实现中国梦而奋斗》在《湖北日报》、《光明日报》等报刊发表后，在全国引发了实践观大讨论。

11 月 21 日，《光明日报》发表题为《笔有雷鸣道不孤》的长篇通讯，报道了陶德麟毕生追求真理、献身马克思主义理论研究的感人经历，受到中央政治局常委刘云山同志批示肯定，刘云山还委托湖北省委常委、宣传部部长尹汉宁专程来校看望了陶德麟。陶德麟入选 2013 年《光明日报》十大典型人物。

（十大新闻及新闻人物文字由杨欣欣、付晓歌整理）

采撷璀璨篇章

阳光站满最后一天岗，用温暖送走了2013。辞旧迎新之际，盘点本年度学校备受瞩目的新闻事件，个中精彩，不由分说。

综合网络点击量、社会关注度等指标，学校列出了33条“十大新闻”候选条目和4位年度人物候选人，并开设“2013年度十大新闻·新闻人物评选”专题网站，通过电话、电邮等多种投票形式，广泛征集师生、校友意见。

重中择重，优中选优。2013年12月31日下午，由校党委书记韩进任评委会主任，党委副书记骆郁廷任副主任，相关部门负责人组成的武汉大学十大新闻评选委员会，汇聚一堂，开展一年一度的讨论与总结。

“评选十大新闻，一方面是对学校成绩的回顾和总结，让师生对学校发展更有信心；另一方面也表明了学校关注的重点所在，对于今后的发展能够起到引领作用。”韩进一席话，点明了评选活动的意义所在。

新闻与传播学院副院长、校新闻中心副主任强月新教授强调，评选应遵循体现工作亮点、强调新闻性、凸显社会影响三个标准。“今天的新闻是明天的历史，今天的十大新闻将成为校史中最璀璨的部分。因此评选应注重新闻性，综合平衡考虑。”多次参加评选的新闻与传播学院新闻系主任夏琼教授指出。

与会评委一一道出了自己心目中的“十大新闻”和新闻人物。

岁月的年轮转过第120个刻度，武汉大学度过了双甲华诞。这一年，充满欣喜与感动，既有学科建设的突破性进展，又有获得教学科研各种奖项的丰收；这一年，分外热闹与特别，法国总理埃罗、泰国公主诗琳通、尼泊尔驻华大使等来校访问，校庆与党代会树起新的里程碑；这一年，尤其精彩与自豪，百千万人才工程、长江学者奖励计划、“杰青”又增添了武大阵容……

我校拥有5万多学生，“十大新闻，学生群体不可缺席。”评委们纷纷表示赞同，见义勇为的五名医学生、“冠军天才”马鸿旭，都受到媒体极大关注，他们是武大学子的典型代表。

成立本科生院，是学校体制机制创新的又一尝试；昆山杜克大学面向全球招生，是国际化办学难以复制的成绩；校门广场落成，校史馆亮相，校园面貌为之一新；设立两个一站式服务中心，改善民生有新举；李文鑫教授团队牵头《自然》子刊首绘蝎子基因组图，引进最年轻教授邓鹤翔……

无论是否入选“十大”，一桩桩喜事，描绘了学校一年来的盛世图景；一项项成绩，彰显了武大人昂扬向上的精神风貌；一个个举措，开启了武大改革发展的新局面。

武大人正怀揣“中国特色世界一流大学”的梦想，昂首走进新的岁月，“你好，2014！”

（严航）

2013 年十大新闻候选条目

1. 7 项成果获 2012 年度国家科技奖励

在 1 月 18 日举行的国家科学技术奖励大会上，我校 7 项成果获 2012 年度国家科学技术奖，其中主持完成 3 项。张俐娜院士主持完成的项目获国家自然科学二等奖，李德仁院士、周创兵教授主持完成的项目分别获国家科技进步二等奖。此外还有我校参与完成的 4 项成果获国家科技进步二等奖。

2. 全国第三轮学科评估武大成绩全面提升

1 月 29 日，教育部公布全国第三轮学科评估结果，我校取得较好成绩，学科水平全面提升。共有 23 个学科排名前十位，其中 4 个排名第一、9 个进入前三、14 个进入前五。测绘科学与技术，图书馆、情报与档案管理，马克思主义理论，地球物理学 4 个学科排名第一，排名第一的一级学科数列全国高校第六位。

3. 韩进任武汉大学党委书记

3 月 2 日，中共中央组织部负责人在学校宣布中央决定：韩进同志任武汉大学党委书记（副部长级）。

4. 万鄂湘当选全国人大常委会副委员长

3 月 14 日，在十二届全国人大一次会议第四次全体会议上，万鄂湘当选为第十二届全国人民代表大会常务委员会副委员长。万鄂湘现任民革中央主席，全国政协常委、社会和法制委员会副主任，最高人民法院大法官、副院长，武汉大学法学院国际法专业教授、博士生导师。

5. 泰国公主诗琳通再临珞珈

4 月 9 日，泰国公主玛哈扎克里·诗琳通再临武大，为中泰共建的诗琳通地球空间信息科学国际研究中心新址揭牌。泰国驻华大使伟文·丘氏君等泰国官员一同来访，大使曾于 3 月份来校访问。诗琳通公主是我校名誉教授，该中心6年前创立之时，公主曾亲临珞珈揭牌。

6. 高校人文社科成果奖我校居全国第二

我校43项成果获第六届高等学校科学研究优秀成果奖（人文社会科学），获奖总数居全国高校第二。其中一等奖3项、二等奖15项、三等奖25项。自1995年该奖项启动以来，我校获奖总数为176项，居全国高校第三位。

7. 55人入选教育部新一届教学指导委员会

4月份，教育部发布《关于成立2013—2017年教育部高等学校教学指导委员会的通知》，我校55位教师入选，其中，测绘类专业（含地理信息专业）主任委员1名，法学类等副主任委员11名。

8. 王靖获法国学术棕榈骑士勋章

5月份，法国驻武汉领事馆总领事蓝博来校，代表法国政府向国际交流部副部长王靖颁发法国学术棕榈骑士勋章。王靖由于在法国语言文化传播、推动中法文化教育交流方面作出杰出贡献获得勋章。

9. 湖北省委省政府与武汉大学共建台湾研究所

5月25日，湖北省委书记李鸿忠来校，与校长李晓红一道为台湾研究所揭牌。该研究所由湖北省委、省政府与武汉大学协同共建，依托教育部重点研究基地武汉大学中国传统文化研究中心，由著名历史学家、资深教授冯天瑜担任所长。中共中央台湾工作办公室、国务院台湾事务办公室研究局致信祝贺。研究所致力于建设成为服务中央和湖北省委对台工作、涉台决策，促进两岸关系和平发展的重要基地。

10. 国内最大实景地图网站“我秀中国”上线

5月30日，国内覆盖城市最多、内容最丰富的实景地图平台“我秀中国”正式上线，标志着我国地理信息服务步入实景化时代。该平台由李德仁院士任首席科学家的立得空间信息技术有限公司开发，是采用当今最先进技术打造的实景地图服务网站，能提供比“谷歌”更精确的实景地图。

11. 尼泊尔驻华大使来校访问

6月14日，尼泊尔驻华大使马赫什·库马尔·马斯基一行来访，校党委书记韩进、常务副校长冯友梅会见了来宾。马斯基表示，作为中国著名的高等学府，武汉大学在尼泊尔享有盛誉。希望尼泊尔教育部门和高等教育机构，与武汉大学在医学领域深入开展教育教学交流，并将合作扩展至农学和可再生能源等领域。

12. 习近平视察我校科研工作并给予高度评价

7月21日、22日，在湖北考察工作的习近平总书记视察了我校科研成果，并给予高度评价。在光谷展示中心，刘经南院士介绍了我校自主研发的"北斗"科技成果，习近平指出，国家富强靠自主创新，靠技术，靠人才，科技是国家强盛之基。在杂交水稻国家重点实验室武汉大学鄂州试验基地，习近平察看了武汉大学红莲型杂交稻和稻种。当听说朱英国院士团队负责培育的杂交稻良种累计推广亿亩以上，他说，感谢你们作的贡献，希望继续努力。粮食安全要靠自己。

13. 学校开展"树木树人"植树造林美化校园行动

在迎接120周年校庆之际，学校开展了以"树木树人"为主题的植树造林、美化校园行动。学校投入3000万元，收到捐款1000多万元，作为专项资金。校友、教职工和社会各界积极响应，全年共种植乔木1800余株、灌木3万多株、草坪及地被植物2万多平方米。达到了建设美丽校园、传承爱校情结、弘扬校友文化的目的。

14. 11个学科进入世界排名前1%，化学进入百强

我校国际高水平学科建设获得重大突破，在5月份、11月份的基本科学指标数据库（Essential Science Indicators，ESI）全部22个学科中，我校均有11个学科进入世界排名前1%。化学学科位居第97名，成为我校第一个进入世界排名前100名的学科。

15. 四教授获国家杰出青年基金资助

张希承、李振、施闯、汪的华4位教授获得2013年度国家杰出青年基金。自2000年起，我校共有30人入选。

16. 昆山杜克大学获批面向全球招生

9月12日，中国教育部正式批准武汉大学和美国杜克大学合作设立昆山杜克大学，随即面向全球招生。该大学将于2014年秋季招收首批学生，合格毕业生颁发杜克大学学位。还将开办“本科全球学习学期项目”，学生可获杜克大学学分。

17. 我校“北斗”科研工作获国家表彰

9月份，北斗二号卫星工程总结大会在北京召开，表彰对该工程建设有突出贡献的集体和个人，我校卫星导航定位技术研究中心获此殊荣。我校团队在北斗导航建设中承担多项重大专项课题，为北斗卫星高精度轨道确定提供了数据支持与技术保障，作出了突出贡献。

18. 武大牵头《自然》子刊首绘蝎子基因组图

10月15日，《自然》子刊杂志发表了由我校领衔完成的马氏正钳蝎基因组测序研究成果，这是国际上第一个揭示蝎子这一种独特的节肢动物适应模式。李文鑫教授和中科院上海生命科学研究院的两位研究员为共同通讯作者。

19. 校门牌坊亮相，汉林广场落成

9月8日，学校正门牌坊在告别将近一年后，再次亮相。10月18日，八一路地下通道正式通车。校庆前夕，校门口汉林广场落成，文理学部与信息学部联成一体，12根祥云立柱喜迎八方宾客，五大绿化景观清新宜人，成为校园新地标。

20. 中国国民党副主席蒋孝严来访

10月24日，中国国民党副主席蒋孝严一行来校访问，了解我校与台湾地区高校的交流等相关情况，并参观了半山庐、“十八栋”、武汉大学台湾研究所及行政楼，为台湾研究所题词。

21. 学校设立两个一站式服务中心

一站式学生事务与发展中心、教职工一站式服务中心分别于9月12日、11月13日正式运行。整合资源，将多项服务集中在一起，开展一站式服务，简化了办事程序，提高了办事效率，方便了广大师生，是学校开展群众路线教育实践活动的重要举措。

22. 周恩来故居暨历史文化教育基地揭牌

武汉大学周恩来故居经修缮后，作为历史文化教育基地和爱国主义教育基地正式开放，11月21日举行了揭幕仪式。故居内的“周恩来在武大”专题展，再现了1938年周恩来在珞珈山的峥嵘岁月；珞珈山“十八栋”专题展，展示了20世纪三四十年代珞珈山“十八栋”的辉煌岁月。

23. 校史馆正式亮相

11月28日，经过一年多整修，樱顶老图书馆作为校史馆呈现在世人面前。一楼保留了举办“珞珈讲坛”的功能，负一楼、四楼和五楼为校史展区。通过文字、实物、图片、多媒体、虚拟影像等多种方式，再现从1893年创办湖北自强学堂至今的120年办学历程。

24. 第七届杰出校友评选揭晓

武汉大学第七届杰出校友评选11月份揭晓，文龙、毛振华、朱九思、陶凯元、康绍忠、董欣年、童朝晖等7人当选。自1996年起，我校已评选七届杰出校友共68人。

25. 我校隆重庆祝建校120周年

11月29日，武汉大学迎来了120岁华诞。诺贝尔文学奖获得者勒克莱齐奥、经济学奖获得者皮萨里德斯，来自国内外高校的负责人，社会各界名流，海内外校友等万余人出席了简朴而隆重的庆典。

26. 法国总理埃罗来校访问

12月7日，法国总理让-马克·埃罗来校访问，一同来访的还有总理夫人、前总理、5位部长级官员、法国驻华大使等。埃罗在樱顶老图书馆发表演讲，与学子在老图书馆前合影留念，并前往中南医院，参观急救中心，慰问医护人员，向中南医院赠送银质纪念奖章。

27. 武大参与共建第四所孔子学院

武汉大学与英国阿伯丁大学共建的孔子学院10月初在英国成立。这是我校与法国、美国、德国共建孔子学院之后，参与建设的第四所孔子学院。此外，在12月7日举行的第八届全球孔子学院大会上，武汉大学获评先进中方合作院校，与匹兹堡大学合作建设的孔子学院获“先进孔子学院”称号。

28. 国家级精品资源共享课我校入选总数全国第一

在教育部公布的三批国家级精品资源共享课立项项目名单中，我校共有61门课程入选，总数为全国第一。入选的课程为2003年至2010年的国家级精品课程，充分运用现代信息技术，适合网络公开传播与共享。

29. 姚宜斌获中国青年科技奖

12月16日，第十三届中国青年科技奖在京揭晓，测绘学院教授、空间信息工程研究所所长姚宜斌获此殊荣。全国共有99名青年科技工作者获奖。

30. 3位教授入选国家百千万人才工程

邹薇、汪习根、周翔3位教授入选国家百千万人才工程，并被授予“有突出贡献中青年专家”称号。

31. 6人入选教育部“长江学者奖励计划”

尚永亮、谢丹阳、汪习根、沈壮海、张先正、姜卫平6位教授被评为2012年度教育部“长江学者奖励计划”特聘教授，我校入选数全国并列第四。自1999年起，我校共63人入选该计划，总数居全国前列。

32. 第八次党代会胜利召开

12月19日至21日，中国共产党武汉大学第八次代表大会胜利召开。大会审议通过了七届党委报告和纪委报告，选举产生了第八届党委会和纪委会，进一步规划了“三步走”战略，号召全校党员和师生员工，为实现中国特色世界一流大学的“武大梦”和中华民族伟大复兴的“中国梦”而努力奋斗。

2013 年度新闻人物候选人

陶德麟：笔有雷鸣道不孤

11 月 21 日《光明日报》发表题为《有雷鸣道不孤》的长篇通讯，报道了中央马克思主义理论研究和建设工程首席专家、我校人文社科资深教授陶德麟毕生追求真理、献身马克思主义理论研究的感人经历。

此前，陶德麟的文章《践行马克思主义的实践观，为实现中国梦而奋斗》在《湖北日报》、《光明日报》等报刊发表后，在全国引发了实践观大讨论。

邓鹤翔：最年轻的教授

1985 年出生的邓鹤翔被我校聘为教授，在社会上引起极大关注，媒体纷纷报道这位 28 岁、“最年轻的教授”。

邓鹤翔 2013 年初被引进我校化学与分子科学学院，为青年学科带头人。他在美国攻读博士学位和从事博士后研究期间，曾三次参与完成美国能源部重大项目，两度以第一作者身份在《科学》发表文章。

目前我校有 100 余位“80 后”正副教授，其中教授 10 多位。

五名医学生：见义勇为救死扶伤

6 月 4 日晚，医学部 2011 级 5 位硕士研究生江山、张敏、乐林莉、郭伟和马小峰，在公交车上抢救患病乘客，引起全国各大媒体聚焦，受到普遍赞誉。

学校授予 5 位学子“武汉大学见义勇为优秀大学生”和“武汉大学见义勇为优秀大学生群体”，号召广大师生学习他们勇于担当的社会责任感、团结合作的奉献精神、助人为乐的时代风尚、见义勇为的可贵品德和服务人民的高尚情操。

湖北省卫生授予他们“救死扶伤先进集体”荣誉称号。

马鸿旭：冠军天才

8 月 3 日晚，在中国教育电视台全国大学生大型益智节目《天才知道》

中，我校水利水电学院2012级研究生马鸿旭摘得第一季总冠军，并为武汉大学赢得了15万元公益助学金。

此前，《天才知道》节目组曾于5月19日来校现场录制，与武汉大学120年校庆相结合，在节目中展示武汉大学厚重文化底蕴和当代学子风采。

（十大新闻及新闻人物候选条目由杨欣欣、付晓歌整理）

（武汉大学新闻网，2012年12月20日）

回眸 2013

2　2014年1月3日
武汉大学报
专刊
回眸2013

奋力追逐“武大梦”
本报记者　杨欣欣

打造一流本科教育
本报记者　李言昌　吴江龙

探寻创新人才培养金钥匙
本报记者　吴江龙　王小冬　徐聿

不拘一格用人才
本报记者　何锦寅

（《武汉大学报》第 1320 期，2014 年 1 月 3 日）

奋力追逐“武大梦”

4 个学科在全国评估中排名第一，11 个学科进入 ESI 世界排名前 1%，化学首入世界“百强”……2013 年，我校国际高水平学科建设获得重大突破。这一年正是建校 120 年校庆年，学校在奋力追逐中国特色世界一流大学的“武大梦”征程中，谱写了浓墨重彩的一页。

质量铸就生命力

2013 年教育部公布的三批国家级精品资源共享课，我校共有 61 门入选，总数全国第一。我校人才培养水平稳居全国前列。近年来，武大再次擎起教改旗帜，为中国高等教育提供新鲜经验。

旺盛的生命力来源于以质量为本的发展战略。2013 年，学校成立了本科生院，旨在更好地解决集成教学与管理资源、规范运行、与国际标准对接等方面的问题，从根本上提升人才培养质量。

创新的主旋律始终贯穿学校发展的全过程。

10 月 15 日，《自然》子刊发表了由武汉大学领衔完成的马氏正钳蝎基因组测序成果，12 月份被《科学》评为“具有重要意义的研究”。

7 项成果获 2012 年度国家科技奖励；43 项成果获第六届全国高校人文社科成果奖，居全国高校第二。

一流学科孕育一流人才。拥有李德仁等 6 位院士的创新团队，为中国测绘科学牢牢占据世界前三名立下汗马功劳。

28 岁的邓鹤翔被聘为教授，引得媒体纷纷报道。继 2010 年引进邓子新院士等 40 多位海内外学界精英后，2012 年、2013 年学校又先后面向全球招聘了一批学术带头人，同时以“351 人才计划”重点扶植校内优秀人才。

3 人入选国家百千万人才工程，4 人获国家杰出青年基金资助，6 人入选“长江学者奖励计划”，1 人获中国青年科技奖……一批批科研新秀横空出世，一位位未来大师蓄势待发。

服务扩大影响力

7 月份，习近平总书记视察我校“北斗”和杂交稻科研工作，给予高度评价。

10月份，我校与英国阿伯丁大学共建、也是我校在海外合建的第四所孔子学院成立。

立足湖北，面向全国，放眼世界。武汉大学以开放办学的姿态，在服务社会中不断提升影响力。

5月25日，我校与湖北省委、省政府共建的台湾研究所揭牌。一个个多学科融合的平台，不断以新成果服务国家战略，提供决策参考，打造高水平的“珞珈智库”。

昆山杜克大学获批面向全球招生，泰国公主诗琳通再次来校，尼泊尔驻华大使来校访问……这一年，学校国际交流更加活跃。而珞珈金秋国际文化节已成功举办九届，上演留学生交流和多元文化展示的盛典。

12月7日，法国总理让-马克·埃罗一行来校访问，武大与法国的交流合作又揭开新的篇章。我校与法国合作30余年，已成为中法合作的典范。

重点瞄准世界一流大学和科研机构，学校办学的触角伸向全世界，国际化理念渗透人才培养全过程，成为科研新方向。

使命激发创造力

周恩来故居对外开放；老图变身校史馆；新校门牌坊落成，汉林广场成为又一人文景观；艺术博物馆即将建成；开展大规模“树木树人”行动……一系列校园文化工程的背后，大学精神在凝聚、在升华。校庆之际，通过大规模的讨论凝练，“自强、弘毅、求是、拓新”的武大精神更加深入人心。

6月4日，5名医学生在公交车上抢救患病乘客，受到普遍赞誉。他们见义勇为、救死扶伤的精神，与黄来女、赵小亭、黄碧海等典型人物的精神一脉相承。

“武汉大学是中国历史最悠久、最具综合性、最美丽的大学之一。”“我们要努力建成中国特色、世界一流的大学，世界上最美的大学，具有卓越精神的大学。”11月7日晚，校长李晓红和学子畅谈“武大梦、我的梦”。

校党委书记韩进指出，武汉大学有实力，有目标，有良好的状态，任务非常重。只要我们有持之以恒的“蚂蚁精神”和脚踏实地的“蜗牛精神”，就一定能在建设一流大学的道路上走得更快更好。

12月，第八届党代会胜利召开，进一步确立“三步走”发展战略，武汉大学吹响了新的进军号。

（杨欣欣）

打造一流本科教育

查课表、查成绩，甚至找厕所，你只要在微信上关注“武大助手”，就能轻松获取信息。这个被称为“武大版 Siri”的微信账号已经拥有两万多名用户，它的发明者是计算机专业大三男生谢梦非。作为弘毅学堂计算机班的首届学生，谢梦非无疑是学校探索基础学科拔尖学生培养模式的一个成功案例。

谢梦非不是个例。2013 年，致力打造世界一流本科教育的武汉大学，不断深化人才培养改革，努力培养具有“创造、创新、创业”精神和能力的拔尖人才，在狠抓本科教学质量上开展了一系列有益探索。

优质资源向本科生倾斜

“每次听课都是一场‘顶峰体验’。”为了听 6 位院士为大一学生合开的《测绘学概论》，测绘学院的倪清总会提前半小时到教室占座、候课。

前不久，学校在全校本科教学工作会议上进一步规定，55 岁以下教授 100%必须给本科生上课，教学为主型教授每学年必须主讲两门本科生课程，教学科研型教授每学年至少主讲一门本科生课程，并将教授为本科生授课作为年终考核的重要指标。这是学校“本科教育质量与教学改革工程”的建设内容之一。

为了让本科生有机会从事创新实践和科研活动，学校还从制度、经费、师资、设施等方面给予优先保障：拨款逾 200 万元设立大学生创新实践项目；包括国家重点实验室、国家工程技术研究中心在内的所有实验室面向本科生开放；投资 1900 万元建大学生创新实践中心；调配优秀教师指导学生开展课外学术科技活动……

学生真正成为学习的主人

不久前，化学与分子科学学院大四学生唐山撰写的论文，发表于世界权威期刊《德国应用化学》，这是一年内唐山在该杂志上发表的第 3 篇学术论文。

由于对科研抱有浓厚兴趣，2009 年，还在读大二的唐山选择进入了国家杰出青年科学基金获得者雷爱文教授团队的课题组，并参与课题组的多个科研项目。“大学本科是孕育一个人创新潜质最重要的阶段，选择合适的学习内容十分重要。”本科生院有关负责人说。

四校合并后的武汉大学，继承了20世纪80年代老武大“改革特区”的创新精神。目前，约15%的大学生在校期间参加了双学位和辅修学习，每年参加的学生达1800人。在培养方案设计上，学校将选修学分的比例扩大到文科不少于40%，理工医不少于30%，允许和鼓励学生在全校范围内选修自己感兴趣的课程……创新性教学管理制度为学生提供了更多选择的机会。

2010年9月，学校正式推出按学分制收费制，给学生选择课程、选择老师、自主决定何时毕业的权利，同时对学习成绩优异者，学校给予大幅度奖励。个性化专业学习改革新举措，使学校学科综合优势更加彰显，武汉大学成为学生自主选择度最大的高校之一。

每个学生都拥有成长舞台

生命科学学院生物学基地班宋卢挺同学，作为并列第一作者的研究论文，在国际顶级学术期刊《细胞》上发表。他的同窗朱家楼的论文以第一作者身份在SCI期刊*PLoS ONE*上发表。

“这是科研训练的结果。”时任生命科学学院副院长王建波教授强调，“我们鼓励学生进入教师科研课题组，通过科研训练，实验，培养学生兴趣，广泛深入开展科学思维与创新能力训练研究活动。”

“烛光领航计划”深入进行。该计划是该院从2005年开始专门针对本科生培养推出的一项新举措，即4名本科生配备1名领航师，自新生入校至本科毕业，在其人格发展、专业学习、创新实践等方面提供全程指导。

为了让每个学生拥有自己成长成才的舞台，近年来，学校相继开办了数理经济与数理金融等8个跨学科人才培养试验班，形成信息化测绘人才等6个国家级人才培养模式创新实验区，设立了一系列的国际特色班和国际联合培养项目，为不同知识基础、个性特质、发展追求、专业兴趣的学生提供多形式、多路径的成才渠道。

本科教育质量是形成名校品牌的第一要素，是学校展现给公众的第一印象。打造世界一流本科教育，是学校工作永恒的主题。

（李霄鹍、吴江龙）

探寻创新人才培养金钥匙

2013年，我校3篇论文入选全国优秀博士学位论文，总数增至21篇。测绘遥感信息工程国家重点实验室迄今已产生7篇“优博”，其中5篇为李德仁院士指导。

自1999年以来，武汉大学的18篇全国“优博论文”中，有7篇来自该实验室，其中5篇为李德仁院士指导。

这是武汉大学创新人才“批量”产生的一个缩影。近年来，我校研究生教育坚持“质量是生命线，创新是主旋律”的理念，在优化人才选拔、创新培养模式、搭建创新平台等方面，进行了一系列探索。

改革趟出新路子

与其他学生相比，物理科学与技术学院2013级研究生盛华平似乎有些特别，“我一进入研究生阶段，就已经是在读博士生身份了。”他这样介绍自己。

让学习成绩优异、具备突出培养潜质的优秀应届本科毕业生直接取得博士研究生入学资格，学校的“直博生”改革新举，旨在提高博士生生源与培养质量。

“当同龄的硕士生可能还在纠结研究课题时，我已经深入某个课题中去了。”盛华平坦言，“直博”给他带来了更好的发展平台。

除了招考制度方面的改革，围绕创新人才培养，学校还在全国率先出台了多项研究生培养政策，确保研究生创新发展的正确导向。2012年颁布了《研究生教育质量工程建设方案》，推进高质量课程建设、导师队伍建设、质量管理强化等六大工程，通过加强顶层设计和谋划，构建研究生创新能力培育的长效机制。其中，学校在完善研究生奖助体系，发挥评先奖优的导向功能方面进行了大胆探索，在社会上产生热烈反响。

“研究生是学校重要的科研力量，提高教育质量必须进一步激发学生的创造力。武大发表在SCI上的论文，有六成的第一作者是研究生。”研究生院院长周叶中介绍，以创新潜质为导向，就是要激发研究生蕴藏的科研创新潜能。

让“金子”都能发光

测绘学子黄昕的获奖论文源于一个简单的问题：如何通过卫星来判断地面上一个军事目标的真伪？当导师张良培在2004年提出这个问题的时候，黄昕远没有想到自己能在这个问题上走得这么远。

当时，该课题在业界并不是热门方向，即便是国外也很少有参考资料。研究期间，黄昕获得了不少参加国际学术会议、参写国际论文的机会。“这对我形成国际视野帮助很大。”在黄昕对“高分辨率对地观测”这一课题开展研究的同时，国外这方面的研究也在加紧步伐。“随时参考国外最新动态，让我获益良多。”

为推进研究生教育国际化，我校先后与国外200多所高校或科研机构开展合作。此外，依托国家级重大跨学科在研项目，为优秀研究生量身打造多学科集成与交叉的培养计划；按照国际化的标准和要求建设全英文课程与全英文专业；鼓励研究生积极投身国家重大项目研究与重点工程建设……一系列举措的实施，使不同学科不同个性的研究生均有追求卓越、鼓励拔尖的发展空间，让他们能真正实现人才的个性化培养。

“创新型人才培养应建立一种以探究为特征的教学模式，促进教学与科研互动，注重培养学生严谨的思辨能力和批判性思维方式；同时要建立以能力为取向的实践模式，着力培养学生的创新精神和实践能力。”刘经南院士说。

构建新型教与学关系

毋庸置疑，杰出人才、创新人才的涌现需要创新性培养，要求教师有创新能力，导师作为研究生培养的第一责任人，和研究生之间既是学术梯队中的传、帮、带关系，也是科研团队中的合作关系。

研究生的成功源于导师的指导。生命科学学院钟波博士也有相同的看法：“舒红兵老师常鼓励我们多读学科前沿文献，手把手指导我们设计实验，而且他总能从中发现我们的闪光之处。”在舒红兵的指导下，他的论文入选了2012年全国优秀博士学位论文。

“思想远比技术重要。”2011年全国百篇优秀博士论文入选者、水利水电学院史良胜教授说：“我的导师杨金忠告诉我，怎样去考虑问题，从哪个角度去考虑问题比怎样动手去做重要，这让我受益匪浅。”

谈及指导研究生的经验，李德仁说："学生在做学问的时候，一定要多读书、多思维、多创新、多实践，在确定研究选题时，既要紧紧跟踪和引领学术前沿，把握国家需求，同时要结合自身优势，踏踏实实做学问。"

（吴江龙、汪泉）

不拘一格用人才

当很多同龄人还在学校念书时，年仅 28 岁的国家青年千人计划学者邓鹤翔，已经正式受聘为化学与分子科学学院教授。

像邓鹤翔这样年轻的“80 后”教授和副教授，我校一共有 100 余位，其中 10 多位是教授；中青年教师在所有教师中所占比例已经超过了 60%。2013 年，学校大力加强青年教师队伍建设，取得了可喜的成绩。

引才：大力筑巢聚凤

栽下梧桐树，引得凤凰来。学校构建了青年英才超常规引进机制，建立绿色通道，通过知名专家、海外校友会、国际学术会议等方式招贤纳士。校领导也相继率团访问美国、德国、日本等国，举办多场海外人才招聘会，引来一批金凤凰。

2013 年，学校再推惠民新举措——35 岁以下的青年专任教师，除正常工资、岗位绩效等待遇外，每年另享受 1 万元特殊津贴；各单位也可以制定配套方法，加大对青年教师的资助力度，改善他们的生活条件。

一个个周全考虑，打消了青年人才投身武大的后顾之忧；一项项创新之举，增强了海外人才加盟珞珈的决心信心。仅 2010 年以来就有近 200 名海内外优秀人才加盟武大，其中来自海外的占 70%以上，全部具有博士学位，其中具有海外知名大学博士学位的占 60%以上。

2005 年，38 岁的舒红兵成为生命科学学院院长。8 年过去，舒红兵不仅当选为中国科学院院士，还新引进了 20 余名青年优秀人才。

前段时间，面向全球公开招聘的经济与管理学院院长谢丹阳、社会学系主任林曾、国际软件学院院长崔晓晖等相继到任。新一轮面向海外招聘院长工作正进行得如火如荼。

培育：激发人才活力

“学校共有 3700 多名老师，45 岁以下的就有 2200 多位，有相当一部分是 30 多岁的青年教师。”人事部负责人介绍。如何培育青年教师，激发活力，促进他们快速成长，是学校长期研究的一项重要课题。

学校最近出台了《加强青年教师队伍建设的若干意见》，进一步扩大资助面和资助力度。应对青年教师拓宽视野的发展需求，学校制订并实施“珞珈青年学者”计划、人文社会科学“70后”学者学术团队建设计划等一批面向青年教师的培养计划；加强与大型国有企业和地方政府的合作，共同培养具有实践创新能力的优秀青年教师。

学校设立青年教师出国研修专项经费，每年选派100名左右青年教师到国外一流大学研修访问和定向培养。2013年武大有73位青年骨干获得国家留学基金委全额资助，再创历史新高。

组织“珞珈青年学术方法训练营”、联合培养博士后……校长李晓红说：“我们正在努力形成多渠道、多途径、多形式的培养培训体系，使不同专业特长、不同职业岗位、不同成长经历、不同能力水平的人才都能各得其所，各展其长。”

多措并举效果已显现。如中组部首批青年拔尖人才我校5人入选，居全国高校第六位，5人均作为“珞珈青年学者”培养；“70后”学术团队也涌现出了一批优秀学术成果……

改革：优化用人环境

近年来，学校进一步加大破格选拔优秀青年教师力度。2005年以来，有25名35岁以下青年教师破格晋升为教授；2007年至今，每年都有约10名副教授被遴选担任博士生导师。

一系列改革措施频频给力。我校在全国高校较早进行专业技术职务聘任制改革，激发人才队伍活力，提升人才使用效益；率先启动绩效工资改革，坚持向高层次人才、优秀青年骨干和创新团队倾斜；每年给予考核优秀的学院（系）业绩奖励，调动教师队伍建设的积极性。

学校积极推荐青年教师申报各类国家级和省部级奖项、科研项目和人才项目，鼓励符合条件的青年副教授积极申报博士生导师资格。全校上下已经形成将业绩作为晋升考核唯一标准的共识。

论资排辈、职称难评、待遇不高、有名无实……这些曾经困扰高校青年教师的现实问题，正在逐步得到解决。学校正在不断健全青年教师评价使用机制，着力创造有利于优秀青年教师脱颖而出的制度环境。

（付晓歌）

武汉大学 2014 年十大新闻

4　2015 年 1 月 4 日　电话：68774315　传真：68772023

武汉大学报　　专刊

武汉大学 2014 十大新闻

年度新闻人物：雷爱文
执着求索的"海归"

1. 我校核心竞争力和国际影响力再上新台阶

2. 两个协同创新中心入选国家"2011 计划"

3. 国家教学成果奖获三项一等奖 居全国第一

4. "985 工程"建设获教育部全优评价

5. 我校获校友捐赠总额超 10 亿居全国第三

6. 我校新增 11 位长江学者，入选数居全国高校第五

7. 武汉大学章程正式核准颁布

8. 首届金砖国家大学峰会 李晓红代表中国高校作主旨发言

9. 学生创新成果获多项大奖

10. 吴泓缈入选中法建交 50 年 50 人

匆匆这年，珞珈的故事

（《武汉大学报》第 1351 期，2015 年 1 月 4 日）

一、我校核心竞争力和国际影响力再上新台阶

我校积极推进中国特色世界一流大学建设，核心竞争力和国际影响力不断提升。2014 年进入三大世界大学排行榜 400 强，其中 USNews 居第 301、QS 居第 335、泰晤士高等教育居第 352 位；“自然指数”居世界第 105 位；泰晤士高等教育金砖国家和新兴经济体国家大学排名第 26，同比去年上升了 14 个名次；在中国校友会网最新公布的中国大学评价中排名第 4。

二、两个协同创新中心入选国家“2011 计划”

10 月 15 日，教育部、财政部公布了 2014 年度“2011 协同创新中心”认定结果，我校牵头的国家领土主权与海洋权益协同创新中心、地球空间信息技术协同创新中心入选国家“2011 计划”。“2011 协同创新中心”定位国家急需、世界一流，是提升高等学校创新能力、打造世界一流大学的重大战略举措。目前全国牵头两个及以上中心的高校仅 6 所，我校是湖北省首个以牵头单位身份获批的高校。

三、国家教学成果奖获三项一等奖居全国第一

9 月 4 日，教育部下发《关于批准 2014 年国家级教学成果奖获奖项目的决定》，正式公布第七届高等教育国家级教学成果奖获奖名单，我校 8 项成果获奖，其中一等奖 3 项、二等奖 5 项，一等奖数与清华大学并列全国第一，获奖总数位列全国高校第三。此外我校还获得 1 项基础教育类成果二等奖。国家教学成果奖每 4 年评选一次，代表了当前我国高等教育教学工作的最高水平。

四、“985 工程”建设获教育部全优评价

我校“985 工程”（2010 至 2013 年）建设在教育部评审中获得全优成绩，并因建设绩效突出获得奖励。评审专家对我校学科建设、拔尖创新人才培养、学术领军人物和社会服务能力、提升自主创新和社会服务能力、国际交流与合作、改革方案、建设绩效等方面给予了高度评价。

五、我校获校友捐赠总额超 10 亿元居全国第三

2014 年校庆期间，校友再掀捐资热潮，助力母校发展。我校累计获校友捐赠总额达到 11. 29 亿元，跃居全国高校第三，比去年上升 2 位。迄今全国仅

北京大学、清华大学、武汉大学3所大学跻身校友捐赠“十亿俱乐部”。近年我校累计捐赠超过1亿元的校友或企业达到三家，分别是：泰康人寿保险股份有限公司董事长陈东升校友、艾路明和周汉生等校友领导的当代科技产业集团股份有限公司、阎志校友的卓尔控股有限公司。

六、我校新增11位长江学者，入选数居全国高校第五

我校11人入选教育部2013年、2014年度“长江学者奖励计划”，其中特聘教授10人、讲座教授1人。特聘教授入选人数居全国高校第5位，也是我校历届入选人数最多的一次。此次入选的特聘教授年轻化趋势明显，学科覆盖面广、分布均衡，优势学科形成群体，传统学科实现新突破。

七、武汉大学章程正式核准颁布

7月21日，经教育部高等学校章程核准委员会评议，教育部审议通过，予以核准，武汉大学章程正式颁布。章程是学校的“基本法”，是构建现代大学制度的里程碑，在学校发展愿景、办学理念、治理结构、基本权利义务等一系列重大问题上形成了广泛共识，为加快推进世界一流大学建设步伐，实现依法自主办学提供重要保障。

八、首届金砖国家大学峰会李晓红代表中国高校作主旨发言

12月3日至4日，首届金砖国家和新兴经济体国家大学峰会在莫斯科举行，李晓红作为唯一的中国校长应邀出席，代表中国高校作全英文主旨发言，围绕创建世界一流大学的主题，畅谈了中国高等教育的成就、武汉大学的实践以及自己的思考和建议。

九、学生创新成果获多项大奖

11月4日，2014年“创青春”全国大学生创业大赛落下帷幕，我校代表队获四金三银三铜，并捧得该赛事首次设立的“优胜杯”。这是一年来学子创新成果获得的众多国际国内奖项之一，也是我校大力实施“三创”教育取得的丰硕成果。9月份学校正式启用大学生创新创业实践中心，为“三创”教育实践和成果展示搭建了更大平台。

十、吴泓缈入选中法建交50年50人

外国语言文学学院吴泓缈教授入选“中法建交50年50人”，12月1日参

加了在巴黎卢森堡宫举办的颁奖晚会。此外，中央电视台法语频道纪念中法建交50周年系列节目《50年50人》在法国播出，其中讲述了我校教师熊剑秋、赵刿致力于中法交流的故事。

2014 年度新闻人物

雷爱文：执著求索的“海归”

2014 年 1 月 20 日，化学与分子科学学院雷爱文教授获中国化学会—英国皇家化学会“青年化学奖”。

这只是雷爱文所获诸多荣誉之一。2005 年他从斯坦福大学来到武汉大学，建立科研团队，取得了一系列研究成果，培养了一大批优秀学生。2010 年获国家杰出青年基金资助，2014 年入选教育部长江学者。

雷爱文的研究主要在金属有机化学领域，在交叉研究方面形成了鲜明特色，对 C-H 活化/氧化偶联的研究达到世界领先水平。他在国际化学顶级期刊发表论文近 60 篇（影响因子大于 10），文章总引用超过 4000，单篇最高 598，总影响因子超过 1100。据英国《自然》杂志 2014 年报道，武汉大学加权分数式计量（WFC）为 98.8，其中雷爱文个人为 16.4。

（十大新闻及新闻人物文字由杨欣欣、付晓歌整理）

匆匆这年，珞珈的故事

匆匆这年，时光留下了太多的故事，总有一些事将走进历史，终成永久的记忆。每个年末岁尾的十大新闻评选，恰为我们提供了一个回顾过往的契机。

学校通过网站、电子邮件、QQ、电话、纸质问卷等渠道，广泛征集学术委员会、职能部门、师生员工和社会人士的意见。最终，综合网络点击量和社会影响力等指标，预选出了34条“十大新闻”候选条目和3位年度人物候选人。

2014年12月27日，十大新闻及年度新闻人物评选会召开，20多位评选委员会委员重中择重，优中选优，慎重投出自己的选票。而出差在外的校长李晓红也专门填写了选票，委托其他评委投票。

记者特记录了评选现场的精彩“语录”，让我们透过这些声音，再一次领略武汉大学2014年的个中精彩吧。

评委会主任、校党委书记韩进：每个人都有自己的评判标准，从不同的角度出发会有不同的优先级。我们要跳出自己的视野，站在全校的立场上，评选出体现学校发展特色和精神内涵的新闻事件。

评委会副主任、校党委副书记骆郁廷：一年来学校大事喜事多，重要的新闻远远不只十条，应该尊重新闻规律，评选出最能体现学校核心竞争力、在国内外产生重大影响的新闻。

新闻与传播学院教授夏琼：新闻评选要以事件为主，研判的标准是事件影响力的大小和传播面的广狭。这样才能选出武汉大学发展过程中确有里程碑意义的新闻事件。

校学生会主席姜涛：武大学子在国内外舞台上绽放光彩，值得记录，应该鼓励。这是对学校教书育人这一中心工作的肯定，也是“三创”教育成果的集中体现。

其他评委发言摘要：

——34个候选条目中，有8条关于教师个人的荣誉和成就，虽然覆盖面不算全面，但是含金量高，学校人才培养、教学科研、社会服务等方面的工作成效，通过老师们取得的成绩，得到了生动体现。

——年初，学校将2014年发展总基调定为学科建设和深化改革。围绕这两大主题，一系列工作有条不紊地展开，成就引人关注。评选十大新闻也应围绕学校工作的主题来进行。

——“985 工程”建设获全优、地球科学学科首次进入 ESI 全球排名前 1%等，这些新闻提振人心；首次实行副校长竞争上岗、武汉大学章程核准颁布等，则是前所未有，这些都是非常令人难忘的事件。

——校友珞珈论坛举行、校友捐赠突破 12 亿元，都是武汉大学校友文化的直接体现。校友们在论坛上的精彩发言，极具思想深度，社会反响也很大。校友反哺母校、支持母校发展的热情，感人至深。

（严航、曹睿）

2014 年十大新闻候选条目

1. 沈壮海为中央政治局集体学习讲解文化软实力

中共中央政治局 2013 年 12 月 30 日下午就提高国家文化软实力研究进行第十二次集体学习，中共中央总书记习近平主持学习并讲话。武汉大学沈壮海教授、全国宣传干部学院黄志坚教授就这个问题进行讲解，并谈了他们的意见和建议。中共中央政治局各位同志认真听取了他们的讲解，并就有关问题进行了讨论。这是继 2002 年周叶中教授为中央政治局集体学习主讲宪法后，我校又一位学者在中央政治局集体学习活动上作讲解。

2. “985 工程”建设我校获教育部全优评价

我校“985 工程”（2010 年至 2013 年）建设在教育部评审中获得全优成绩，并因建设绩效突出获得奖励。评审专家对我校学科建设、拔尖创新人才培养、学术领军人物和社会服务能力、提升自主创新和社会服务能力、国际交流与合作、改革方案、建设绩效等方面给予了高度评价。

3. 我校获八项国家科技奖励

1 月 10 日，中共中央、国务院在北京隆重举行 2013 年度国家科学技术奖励大会，我校 7 项成果获奖励（其中以我校为第一完成单位，杨代常团队获国家技术发明二等奖），与我校合作的外籍教授法比奥·洛卡（Fabio Rocca）获国际科技合作奖。我校获国家科技奖励通用项目数位列全国高校第五，合校以来首次参与完成国家科技进步特等奖 1 项。

4. 国家首批“万人计划”武大 12 人入选

中共中央组织部分两次公布“万人计划”第一批各类人才名单，我校共有 12 人入选。其中舒红兵、施闯入选科技创新领军人才，沈壮海、汪信砚入选哲学社会科学领军人才，罗以澄、刘耀林、姚端正入选教学名师，王慧、史良胜、王延轶、王晓光和吴丹入选青年拔尖人才。

5. 冯果入选全国十大杰出青年法学家

2 月 21 日，第七届全国十大杰出青年法学家评选结果揭晓，法学院教授冯果当选，江国华获提名。迄今我校共有 6 位教授入选十大杰出青年法学家。此外，本届评选中，武大校友石静霞、刘艳红当选。

6. 三篇论文入选全国“优博”

3 月 14 日，2013 年全国优秀博士学位论文评选结果公布，我校 3 篇论文入选，3 篇获提名。迄今我校共有 21 篇论文入选全国优秀博士学位论文。此次 3 篇获奖论文作者分别是：生命科学学院李颖，指导教师舒红兵院士；化学与分子科学学院陶友田，指导教师杨楚罗教授；信息管理学院杨思洛，指导教师邱均平教授。

7. 徐冶琼入选全国高校辅导员年度人物

4 月 23 日，第六届全国高校辅导员年度人物揭晓，我校历史学院辅导员徐冶琼入选。徐冶琼不断创新工作方法，学院形成了全程导学、导行的“导航服务”体系，并联合 20 余所高校首创全国高校历史文化联盟。

8. 夏军获国际水文科学奖

4 月 24 日，在杜格—纳须（Dooge-Nash）国际水文科学大会上，水利水电学院教授夏军获 2014 年国际水文科学奖 Volker 奖章，是首个获此殊荣的中国学者。夏军在发展水文科学、改进中国乃至全球水环境方面作出了创新性贡献，在国际社会产生了重要影响。

9. 美国驻华大使博卡斯来校访问

5 月 15 日，美国新任驻华大使马克斯・博卡斯来校访问，开展“健康・教育”主题活动。他参观了 HOPE 护理学院，了解健康教育情况；与校长李晓红等会谈，就中国教育现状、武大国际化办学等话题深入交流，希望武大继续保持与美国高校间的紧密合作。

10. 我校与八所世界名校成为战略合作伙伴

为进一步深化对外交流，我校从现有的海外伙伴院校中挑选了 8 所世界知名高校作为战略合作伙伴，分别是：美国芝加哥大学、美国杜克大学、新加坡国立大学、荷兰鹿特丹伊拉斯谟大学、芬兰赫尔辛基大学、英国利兹大学、法国巴黎七大、法国洛林大学。6月6日，学校聘请了8位校内学者作为校方代表，推动我校与8所海外名校的合作。

11. 武汉大学章程正式核准颁布

7月21日，经教育部高等学校章程核准委员会评议，教育部审议通过，予以核准，武汉大学章程正式颁布。章程是学校的“基本法”，是构建现代大学制度的里程碑，在学校发展愿景、办学理念、治理结构、基本权利义务等一系列重大问题上形成了广泛共识，将为加快推进世界一流大学建设步伐，实现依法自主办学提供重要保障。

12. 国家教学成果奖我校获三项一等奖居全国第一

7月25日，第七届高等教育国家级教学成果奖获奖名单确定，我校8项成果获奖，其中一等奖3项、二等奖5项，一等奖数与清华大学并列全国第一，获奖总数位列全国高校第三。此外我校还获得1项基础教育类成果二等奖。该奖每4年评选一次，代表了当前我国高等教育教学工作的最高水平。

13. 付向东研究组在 *Cell* 上发表论文

7月31日，生命科学学院教授付向东研究组完成的“对线粒体中小RNA调控新机制”最新成果，被国际顶级杂志 *Cell* 刊登，博士生张晓荣为第一作者，付向东为通讯作者。这是 *Cell* 首次发表我校博士生的研究成果。

14. 教育部社科重大项目我校立项数全国第一

8月9日，2014年度教育部哲学社会科学研究重大课题攻关项目评审结果确定，我校6项课题获批，立项数居全国高校第一，课题主持人分别是秦前红、冯果、汪涛、丁煌、麻天祥、吴根友。

15. 全国高校青年教师教学竞赛我校再获一等奖

8月26日至29日，在第二届全国高校青年教师教学竞赛中，第一临床学院李涛获得自然科学应用学科组一等奖。这是继杜莉后我校青年教师再次获此殊荣。

16. 校友马西莫夫再度出任哈萨克斯坦总理

4 月 2 日，卡里姆·马西莫夫第二次出任哈萨克斯坦政府总理。他是武汉大学第五届杰出校友，也是我校首位出任国家总理的校友。7 月初，校党委书记韩进一行访哈期间，授予马西莫夫“武汉大学汉学特别顾问”聘书并洽谈合作。8 月 31 日，马西莫夫来校访问，与韩进、校长李晓红等会谈，并专程看望老师。这是他自 1992 年从法学院国际法专业毕业后第三次回访母校。

17. 学校首次举行副校长竞争上岗面试会

9 月 16 日，我校首次以同台竞争、公开答辩方式产生 2 名副校长岗位人选，17 位来自全校不同单位的面试者参加竞聘。这是进一步加强学校班子建设的重要举措，也是深化干部人事制度改革、拓宽选人视野、促使优秀人才脱颖而出、建设高素质干部队伍的重要途径。

18. 大学生创新创业实践中心启用

9 月 23 日，大学生创新创业实践中心正式启用，来自 18 个学院（系）的 51 个团队共 400 余名大学生首批入驻，随之亮相的有 650 余件“三创”成果。该中心是全校学生开展科研活动、学科竞赛训练、科技创新、创新创业教育等实践活动的公共平台，也是“三创”教育成果的展示平台。

19. 方国光获年度全球唯一约翰·布克奖章

9 月 22 日至 25 日，第 14 届国际岩土力学计算方法与进展学术大会在日本京都举行，水利水电学院“千人计划”专家方国光教授因在岩土工程研究应用方面贡献突出，在会上获约翰·布克奖章，是本年度全球唯一获奖者。

20. 两个协同创新中心入选国家“2011 计划”

10 月 15 日，教育部、财政部公布了 2014 年度“2011 协同创新中心”认定结果，我校牵头的国家领土主权与海洋权益协同创新中心、地球空间信息技术协同创新中心入选“2011 计划”（高等学校创新能力提升计划）。此次全国牵头两个（及以上）中心的高校仅有 6 所，我校是湖北省首个以牵头单位身份获批的高校。

21. 曾令良当选人文社会科学资深教授

法学院曾令良教授当选第六届人文社会科学资深教授，是我校第13位资深教授。曾令良为国际法学科的建设和发展作出了重要贡献，是我国该学科领域的一流学者。

22. 我校全力支持武汉市创建全国文明城市

我校深入学习贯彻社会主义核心价值观，全力支持武汉市创建全国文明城市。学校将全国文明城市创建和全国文明单位创建相结合，成立了工作专班，加强督查指导；加大宣传力度，营造良好氛围；开展“美丽武大文明珞珈”专题活动，推动文明创建工作进班级、进宿舍；深入开展志愿服务活动；加强校园环境综合整治，文明创建工作取得明显成效。

23. “创青春”全国大学生创业大赛我校获四金

11月4日，2014年“创青春”全国大学生创业大赛落下帷幕，我校代表队共获四金三银三铜，并捧得该赛事首次设立的“优胜杯”。其中BOSSZOO众筹平台、蝴蝶美食电子商务两个项目获创业计划竞赛金奖，“好味道”美食推荐应用、XdChina现货中国-玖玖金融两个项目获移动互联网和MBA专项赛金奖。

24. 地球科学学科进入ESI全球排名前1%

2014年11月基本科学指标数据库数据更新显示，我校地球科学首次进入ESI全球学科排名前1%，居世界第536位、大陆高校第12位。目前我校共有11个学科进入ESI全球1%，居内地高校第8位。其中化学进入前1‰，材料科学、临床医学、工程科学、生物与生物化学进入前5‰，植物学与动物学、药理学与毒理学、物理、农业科学、环境科学与生态学和地球科学进入前1%。

25. 昆山杜克大学校园正式启用

2014年秋季，我校与美国杜克大学合作创办的昆山杜克大学正式开始招生。11月17日，昆山杜克大学校园正式投入使用，“武大-杜克研究院”同时宣告成立，将吸引来自武汉大学、杜克大学、昆山杜克大学以及全世界的师生开展科研合作。此次合作办学是我校迈向国际化的重要举措。

26. 校友珞珈论坛打造武大新品牌

在 121 周年校庆活动中，学校沿承以学术、文化、师生校友共享为主线的理念，筹划了丰富的主题活动。11 月 29 日举办的校友珞珈论坛是其中一大亮点，陈东升、雷军、毛振华、朱征夫、艾路明等校友发言，分享思维智慧和人生体悟。该论坛是校友企业家联谊会主办的年度性主题峰会，将着力打造成永久性品牌论坛。

27. 我校获捐赠总额超过 12 亿元

2014 年校庆期间，校友再掀捐资热潮，助力母校发展。我校全年获校友捐赠 2.33 亿元，近 5 年获捐赠超过 10 亿元。截至 2014 年的 20 年间，我校获校友及社会捐赠总额超过 12 亿元。近年累计捐赠超过 1 亿元的校友达到三家，分别是：陈东升个人、艾路明和周汉生等校友所在的当代科技产业集团股份有限公司、阎志校友所在的卓尔控股有限公司。

28. 吴泓缈入选中法建交 50 年 50 人

外国语言文学学院吴泓缈教授入选“中法建交 50 年 50 人”，12 月 1 日参加了在巴黎卢森堡宫举办的颁奖晚会。此外，中央电视台法语频道纪念中法建交 50 周年系列节目《50 年 50 人》在法国播出，其中讲述了我校教师熊剑秋、赵烈致力于中法交流的故事。

29. 金砖国家大学峰会李晓红代表中国高校作主旨发言

12 月 3 日至 4 日，首届金砖国家和新兴经济体国家大学峰会在莫斯科举行，李晓红作为唯一的中国校长应邀出席，代表中国高校作全英文主旨发言，围绕创建世界一流大学的主题，展示了中国高等教育的成就、武汉大学的实践以及自己的思考和建议。

30. 共青团武汉大学第十三次代表大会召开

12 月 21 日，共青团武汉大学第十三次代表大会召开，全校 42 个单位选举的近 400 名代表出席。大会总结了学校共青团过去 6 年工作的成绩和经验，分析了当前面临的新形势新任务，明确了未来几年工作的思路和目标。选举产生了新一届委员会委员，将团结带领全校团员青年，放飞青春梦想，谱写时代华章。

31. 武大学子国际舞台绽放光彩

2014年，武大学子获得多项国际奖励，在世界舞台绽放光彩。袁帅获亚太地区公共卫生学术联盟大会最佳口头报告奖，是唯一获奖学生；谭钧升、殷源、吉培轩、杨磊组成的团队获微软“创新杯”中国区总决赛最佳创新特等奖；彭信子获克劳斯·托普弗环境奖学金，是我校首个获得该奖的学生；黄荣永、周漾、陈敏获美国摄影测量与遥感学会三项大奖，陈敏还获得美国摄影测量与遥感大会最佳论文奖；王正等师生同获泛太平洋多媒体大会唯一最佳论文奖；“法学奥赛”杰赛普模拟法庭全球赛，我校刷新内地高校历史成绩；国际影像分析和数据融合大赛我校斩获冠亚季军及第五、六名。

32. 学校深化改革加快世界一流大学建设

2013年是我校综合改革年，各项改革工作扎实推进。教育部批准了《武汉大学建设中国特色世界一流大学综合改革总体方案》；围绕人事、机构、学科、财务四大改革主线，学校出台了系列改革文件，并着力推进多项改革。以党委中心组集体学习、干部培训班、专题研讨会等方式，深入研讨一流大学建设方略；校庆之际召开了世界一流大学建设论坛，师生校友共同找差距，谋对策，促发展。

33. 我校核心竞争力和国内外影响力再上新台阶

我校积极推进中国特色世界一流大学建设，核心竞争力和国际影响力不断提升。2014年进入三大世界大学排行榜400强，其中USNews居第301、QS居第335、泰晤士高等教育居第352位；西班牙国家研究委员会（CSIC）网络计量学实验室世界大学网络排名第120，较2013年提升37位，在亚洲排名第12；“自然指数”居世界第105位；泰晤士高等教育金砖国家和新兴经济体国家大学排名第26，同比去年上升了14个名次；在中国校友会网中国大学评价中排名第5。

2014 年度新闻人物候选人

朱玉贤：珞珈山上再出发

2014 年，珞珈山再添一位院士——中国科学院院士朱玉贤正式加盟武汉大学，受聘为高等研究院院长。

59 岁的朱玉贤主要从事植物分子生物学、基因调控、基因组学研究，此前在北京大学生命科学学院工作。他表示："我会将经验最丰富、阅历最广泛的人生阶段奉献给武大。"

高等研究院瞄准前沿学科，汇聚创新人才，将打造跨学科、国际化合作典范。

雷爱文：执着求索的"海归"

1 月 20 日，化学与分子科学学院雷爱文教授获中国化学会-英国皇家化学会"青年化学奖"。

这只是雷爱文所获诸多荣誉之一。2005 年，他从斯坦福大学来到武汉大学，艰苦创业，建立起绿色催化研究所，取得了一系列研究成果，培养了一大批优秀毕业生。2010 年获国家杰出青年基金资助，2014 年入选教育部长江学者。

在金属有机动力学研究中，雷爱文多项成果达到世界领先水平，在国际顶级杂志发表论文 30 多篇，文章总引用超过 4000，单篇最高 495，总影响因子超过 1100。据英国《自然》杂志报道，2014 年度武汉大学加权分数式计量（WFC）为 98. 8，而雷爱文个人就达到了 16. 4。

雷军：《福布斯》年度人物

12 月 4 日，校友雷军当选《福布斯》杂志亚洲年度商业人物。

雷军带领的小米科技，以较低的价格、强大的功能、广阔的受众覆盖面等，成为智能手机发展的导向。

雷军是计算机学院 1987 级校友，现任金山软件公司董事长、小米科技 CEO。2012 年获中国经济年度人物新锐奖，2013 年入选中国经济年度人物。

（十大新闻及新闻人物候选条目由杨欣欣、付晓歌整理）

（《武汉大学报》第 1350 期，2014 年 12 月 8 日）

回眸 2014

2 专刊 武汉大学报

回眸 2014

这一年，我们关注过的那些事儿

——武汉大学新闻网点击率盘点

【关键词1】排名

【关键词2】2011 计划

【关键词3】大师

【关键词4】人才培养

【关键词5】迎新

【关键词6】校友

【关键词7】最美

（《武汉大学报》第 1351 期，2015 年 1 月 4 日）

这一年，我们关注过的那些事儿

——武汉大学新闻网点击率盘点

这一年，在武大，我们一起关注过哪些事儿？

让我们通过一个独特的视角来瞧瞧：截至2014年12月20日，武汉大学新闻网上，点击率过万的新闻共有99条，其中2万以上的有12条。——都是上了头条的，再不看，你就out啦！

1. 点击数40416　《三篇论文入选全国“优博”》
2. 点击数34375　《李晓红在2014级新生开学典礼上的讲话》
3. 点击数30872　《武大首次同进两大世界大学排行榜400强》
4. 点击数28125　《武汉大学进入QS世界大学排名400强》
5. 点击数25153　《研究生奖助力度再加大》
6. 点击数23480　《我校两个协同创新中心入选国家“2011计划”》
7. 点击数23076　《校长对话最小新生和最大新生》
8. 点击数22336　《“80后”校友成武大校董》
9. 点击数21780　《我校全职引进朱玉贤院士》
10. 点击数21385　《我校进入大学排行榜前五引热议》
11. 点击数20690　《珞珈月色》
12. 点击数20053　《漫步校门广场》

眼球汇聚焦点，点击代表选择。这些新闻为什么受青睐？一起来回顾，来分析，来品味吧——这就是武大人的“重口味”了。

【关键词1】排名

事件1：武大首次同进两大世界大学排行榜400强（点击数30872）。《泰晤士报高等教育》10月1日公布2014—2015年世界大学排名，武汉大学再次进入400强，居352位，也是我校首次同时进入泰晤士和QS两大世界大学排行榜400强。

事件2：武汉大学进入QS世界大学排名400强（点击数28125）。该排名于9月份发布，我校首次进入400强，居335位，比去年上升75位。

事件3：我校进入大学排行榜前五引热议（点击数21385）。中国校友会网新年伊始发布《2014中国大学评价研究报告》，武汉大学排名第五，被媒体认为“表现最为抢眼”，引发各界热议。

延伸：除上述三个排行榜，2014年，武汉大学在各大排行榜上都很抢眼，如“自然指数”居世界第105位（点击数14680）；USNews居第301；西班牙国家研究委员会（CSIC）网络计量学实验室世界大学网络排名第120，较2013年提升37位，在亚洲排名第12；泰晤士高等教育金砖国家和新兴经济体国家大学排名第26（点击率13180），同比去年上升了14个名次。

点评：关注大学排名，实则是关注核心竞争力。武汉大学世界排名逐步上升，说明学校国际竞争力和影响力不断提升，逐渐形成了品牌效应。这是我校积极推进中国特色世界一流大学建设的可喜成效，值得点32个赞！但我们更要分析各指标与世界一流大学的主要差距，以便确定今后改革和发展的着力点。让排名上升成为武大的新常态吧！

【关键词2】2011计划

事件：我校两个协同创新中心入选国家“2011计划”（点击数23505）。我校牵头的“国家领土主权与海洋权益协同创新中心”和“地球空间信息技术协同创新中心”入选2014年度“2011协同创新中心”。全国牵头两个（及以上）中心的高校仅有6所，武大是湖北省首个以牵头单位身份获批的高校。

延伸：“你们是在为国家做事，做得很好，我对你们表示敬意和感谢。”11月2日，教育部副部长李卫红来校调研，高度评价国家领土主权与海洋权益协同创新中心所开展的工作（点击数10462）。11月3日，包括9位院士在内的地球空间信息技术协同创新中心战略发展委员会成员汇聚一堂，共商中心未来发展方向（点击数11409）。

点评：这样“高大上”的新闻观者云集，事出有因——它表明了一所大学站在国家高等教育的哪个方阵。“2011计划”，即高等学校创新能力提升计划，是继“985工程”、“211工程”之后，国务院在高等教育系统启动的第三项国家工程。武大人加强顶层设计，致力于协同创新，力争产出具有国际影响力的成果。

【关键词3】大师

事件：我校全职引进朱玉贤院士（点击数21780）。2014年，珞珈山再添一位院士——中国科学院院士朱玉贤正式加盟武汉大学，受聘为高等研究院院长。59岁的朱玉贤表示，“我会将经验最丰富、阅历最广泛的人生阶段奉献给武大。”

延伸：12 人入选国家首批“万人计划”，新增 11 位长江学者，创历史新高。近年来，学校赴海外开展多场高端招聘，邓子新院士、舒红兵院士、谢丹阳教授、崔晓晖教授等十多位知名学者加盟武大；同时将目光投向海外青年学者，举办国际交叉学科论坛，海内外青年才俊汇聚珞珈山，为学科发展注入新活力。

点评：“武大梦”从根本上说是“人才梦”，一所大学的大师，总是众人瞩目的焦点。高端人才的涌现，充分体现了我校引进和培养体系的突出作用和丰硕成果，也是学校着力贯彻“引进、培养、稳定、提高”的工作方针，用人才支撑发展，在发展中造就人才的结果。

【关键词 4】人才培养

事件 1：三篇论文入选全国“优博”（点击数 40199）。在 3 月份公布的全国优秀博士学位论文评选结果中，我校 3 篇入选，3 篇获提名。迄今我校共有 21 篇论文入选全国优秀博士学位论文。

事件 2：研究生奖助力度再加大（点击数 25161）。今年学校进一步加大对研究生的奖助力度，全日制非定向就业博士和硕士研究生，每年分别可获 3.2 万至 14.8 万元、1.4 万至 11.8 万元奖助金。

延伸：2014 年，学校在人才培养方面亮点不断，师生共同发力，频频亮相于中国乃至世界高等教育舞台。教学成果奖一等奖数居全国第一，全国高校青年教师教学竞赛再获一等奖，入选全国高校辅导员年度人物；大学生创新创业实践中心启用，“三创”教育有了新“神器”；听课制、班导制、研究生预答辩制度、博士学位论文网上评议，一系列措施为培养优秀人才提供支撑；学子频获国际国内大奖……

点评：为什么有关学生的新闻一经报道，就会引来万人围观？这个不难理解，因为人才培养是大学永恒的主题，也是衡量一所大学教育质量的核心标准。一所“围着学生转”的大学，才是真正的好大学。

【关键词 5】迎新

事件 1：李晓红在 2014 级新生开学典礼上的讲话（点击数 34375）。在题为《取势为先，善做善成》的讲话中，李晓红勉励学子取大美武大、恢弘武大之气势，自强弘毅、砥砺进取之劲势，自由武大、创新武大之生势，敢为天下先、勇担天下任之派势，努力做一个顶天立地的“武大郎”。

事件2：校长对话最小新生和最大新生（点击量23080）。不满14岁的汪逸凡和27岁的何梦源是今年入校的最小新生和最大新生。开学不久，李晓红邀请“把守两端”的新学子做客行政楼，和他们谈理想、聊人生，鼓励他们打好基础，今后有所作为。

延伸：当1.6万名新学子汇聚珞珈（点击数17819），除了校长那些催人奋进的妙语佳句，立马成为校园里广为传播的流行语之外，2014级“迎新”再上新档次：“男神”出马，带领新生从校大门牌坊、图书馆总馆到校史馆，边走边聊，领略珞珈山的初秋美景，细品武大悠久历史。这样的第一课，想想也是醉了（点击数19124）。此外，学校还通过挖掘背后故事、记录大学第一天等形式，为新生们留下了珍贵的珞珈记忆。

点评：大学第一课，是当你来到一个陌生环境时，看到的第一个景、见到的第一个人、经历的第一件事。武大的第一课，永远那么精彩，那么抓人眼球，那么令人难忘，难怪新生在开学典礼微博墙上打出了“武大，萌萌哒”。

【关键词6】校友

事件：“80后”校友成武大校董（点击数22377）。杭州铭师堂教育科技发展有限公司董事长赵华锋，是经济与管理学院2001级校友，也是我校目前唯一的“80后”校董，他热爱武大，并以实际行动支持母校的建设与发展。

延伸：校友企业湖北精诚公司捐资千万元，校友江黎明捐赠千万元，郭水尧捐赠500万元，分别设立讲席教授基金，用于吸引全球高端人才；当代和卓尔两公司再捐1.1亿元，陈东升再捐2000万元，徐洪波捐资千万元……校友反哺母校又掀热潮，我校全年获校友捐赠达2.33亿元。而校友珞珈论坛在校庆日新鲜出炉，打造武大新品牌（累计点击数17042）。“我人生的每一步都离不开母校和校友的帮助，因此我常怀感恩之心，愿意尽自己的力量回报母校，帮助校友。”毛振华在地方校友会会长联席会上的一番话，代表了广大校友的心声（点击数10998）。

点评：讲不完的校友故事，剪不断的珞珈情谊。武汉大学校友对母校的认同度极为突出，从网上“疯转”的各种帖子便可见一斑。而每一条校友捐赠的新闻，都引来成千上万人点击。从学校层面来说，不仅追求大楼之大、大师之大，同时追求校友之大，也是蛮拼的。

【关键词7】最美

事件1：珞珈月色（点击量20690）。中秋之夜，珞珈山上，月亮和行政楼、老图、校门牌坊唠起了嗑，和角檐上俏立的小狮子唱起了歌。一组美图，给人带来最丰富的情感体验。

事件2：漫步校门广场（点击量20053）。“武大之美，在自然；武大之盛，在人文。”这是在武大人之间广为流传的一句话，校门广场是其中一个例证和缩影，将自然和人文融合得恰到好处。一篇美文，带你领略个中无限魅力。

延伸：纵观点击量过万的新闻条目，有一类辨识度较高，它们勾勒出一幅幅引人遐想的胜景，惹得人不禁点了又点。校园四季布景更迭，24节气个个争奇斗艳，以时令命名的标题最受欢迎，网友纷纷表示：“画面太美，我不敢不看。”春有樱花胜雪，夏有绿树成荫，秋有银杏纷飞，冬有蜡梅傲霜……珞珈山全年都是花的海洋、树的世界，与精妙绝伦的老建筑相掩映，更是光彩四溢，夺人眼球。

点评：“珞珈之山，东湖之水，山高水长，流风甚美。”这是依山临水的特有景致，也是百年不减的绰约风姿。美丽的校园，使得历史悠久、实力雄厚的百年名校更加熠熠生辉。作为武大人，我们要共同来呵护，来建设，校园才能无愧于“最美”称号，也不负大众厚爱。这个，你懂的。

（杨欣欣、肖珊、严航、李琳）

武汉大学2015年十大新闻

4

武汉大学报

十大新闻

武汉大学2015年十大新闻

·年度新闻人物·

夏军：有情怀的水利人

我校首获国家科技进步奖创新团队奖 ①

我校获“全国文明单位”荣誉称号 ②

武大跻身中国大学世界排名“G9集团” ③

国际法研究所入选首批国家高端智库 ④

舒红兵获《自然》杰出导师奖 ⑤

全面深化教学改革，打造一流本科教育 ⑥

全国创新创业大赛我校学子表现出色 ⑦

中国大学校友捐赠排行榜我校蝉联前三 ⑧

比利时国王访问武汉大学 ⑨

深夜护学，武大“专车”火了 ⑩

（《武汉大学报》第1382期，2016年1月8日）

一、我校首获国家科技进步奖创新团队奖

1月9日，中共中央、国务院举行2014年度国家科学技术奖励大会，我校6项成果获奖，其中由李德仁、刘经南、龚健雅三位院士带领的对地观测与导航技术团队获国家科技进步奖创新团队奖，我校是继清华大学后第二个获得此奖的教育部普通高等学校。该团队长期聚焦学科前沿和国家重大需求，取得了一批国际领先的成果，是国际上本领域最具影响力的团队之一。团队依托的测绘遥感信息工程国家重点实验室，20年中连续四次被国家科技部评估为“优秀”，并牵头组建了地球空间信息技术2011协同创新中心。

二、我校获“全国文明单位”荣誉称号

我校首次获得“全国文明单位”荣誉称号，这是中央文明委授予的国家文明创建工作最高荣誉，是对一个单位各项工作的综合检验与评价，也是我校十余年奋斗的成果，标志着我校文明创建工作迈上新台阶，实现新突破。

三、武大跻身中国大学世界排名“G9集团”

3月份公布的中国大学评价结果显示，包括武汉大学在内的9所大学，同时进入全球最具影响力和权威性的三大世界大学排行榜泰晤士报高等教育、QS、USNews的500强（武汉大学同时进入400强），被称为世界大学排行榜上的中国大学“9校集团（G9集团）”。本年度我校在世界大学排行榜的排名大幅跃升，其中USNews排名251位、QS排名273位，学校综合实力、国际竞争力和影响力不断提升。

四、国际法研究所入选首批国家高端智库

武汉大学国际法研究所入选首批25家国家高端智库，是法学领域唯一入选的研究机构。全国人大常委会副委员长、民革中央主席、武汉大学法学院教授万鄂湘为首席专家。建设中国特色新型智库是推进国家治理体系和治理能力现代化、提升国家软实力的重要举措，全国首批共有6所高校入选。

五、舒红兵获《自然》杰出导师奖

12月8日，2015年《自然》杰出导师奖名单公布，5名中国科学家获此殊荣，我校舒红兵院士榜上有名。《自然》杰出导师奖用于嘉奖优秀的科学领域的导师，强调导师启发年轻科学家的重要性。舒红兵带领团队取得了丰硕的

科研成果，他回国以来共培养了 39 位研究生，全部获得博士学位，其中三人获得了全国百篇优秀博士学位论文奖。

六、全面深化教学改革，打造一流本科教育

2015 年，学校深入开展以“提升人才培养质量”为主题的本科教育改革大讨论，11 月 3 日召开了全校本科教育工作会议，推出优化专业设置、压缩招生规模、强化创新创业教育等 18 个方面 63 项改革举措，全面深化教学改革，进一步巩固本科教学中心地位，打造一流本科教育。

七、全国创新创业大赛我校学子表现出色

10 月 19 至 21 日，首届中国“互联网+”大学生创新创业大赛全国总决赛举行，我校获集体奖，3 支参赛队伍均摘得金奖，获金奖数全国第一。我校采取有力措施支持大学生创新创业，学子在多项赛事中表现出色。第 14 届“挑战杯”全国大学生课外学术科技作品竞赛获 4 项一等奖，创参赛 28 年来的最佳成绩；第六届全国大学生数学竞赛决赛获 5 个一等奖。

八、中国大学校友捐赠排行榜我校蝉联前三

2015 年，我校蝉联中国大学校友捐赠排行榜前三名。校友踊跃捐资助学，大力支持母校发展。其中，陈东升校友捐建的万林艺术博物馆 5 月 9 日正式开馆；由陶闯校友倡议，学校和武昌区出资以及武汉珞珈校友企业联盟有限公司向武大校友募集资金共 1 亿元，11 月 10 日成立了珞珈创新天使基金，优先支持我校师生校友创新创业；阎志校友捐资支持建设的武汉大学卓尔体育馆，12 月 20 日奠基动工。

九、比利时国王访问武汉大学

6 月 22 日，比利时国王菲利普来校访问，被授予武汉大学名誉教授称号。菲利普在校史馆发表英文演讲，并与学生代表座谈，希望通过学术人文交流，搭建两国间沟通桥梁。我驻比利时王国大使馆教育处参赞陶洪建校友认为，武汉大学在法语教学中有良好的传统，比利时国王的访问将再次提升武汉大学在比利时的关注度和知名度。

十、深夜护学，武大“专车”火了

7 月份，一位学生在 BBS 上发言，感谢保卫部深夜提供“专车”护送她

回寝。“深夜护学”是关爱和服务学生的新举措。为了确保晚归学生尤其是女生的安全，消除单独夜行女生的恐慌心理，保卫部每晚安排 5 台巡逻车、10 名保安巡逻，鼓励学生打电话求助，必要时安排专车护送回寝室。已有 200 余名学生享受了这项服务。此举在微博、微信等新媒体上受到广泛关注，好评如潮。

2015 年度新闻人物

夏军：有情怀的水利人

12 月 7 日，水利水电学院夏军教授当选为中国科学院地学部院士。

水，实现了他的梦想，也滋润了他的心灵。

20 世纪 70 年代初，夏军怀揣投身水利建设事业的理想，结缘水文学及水资源研究，在水文时变非线性理论研究与创新方面取得了系统性成果，曾获“国际水资源管理杰出贡献奖”，是首位获国际水文科学领域最高奖“国际水文科学奖-Volker 奖章”的中国学者。

国际水文科学大会评价：“他是一位杰出的科学家，在发展水文科学与实践的知识与战略、在中国乃至全球的水管理与可持续开发及应用方面，做出了创新性贡献，在国际社会产生了重要的影响。”他在水文水资源教育、水专业人才培养方面，也作出了重要贡献。

（十大新闻及新闻人物文字由杨欣欣、付晓歌整理）

我们的 2015

——十大新闻评选侧记

年终岁尾，各路媒体抢抓盘点先机，纷纷出炉了五花八门的新闻番外篇，令人目不暇接。

要说盘点这事儿，对于 2015 年收获得“盆满钵满”的武汉大学，当然不难。但对于评选年度十大新闻的评委们来说，重中择重、优中筛优，也绝非易事，只能挖空心思到残酷，有所保留有所弃。

评委们的评选标准如下：既要符合主流价值观，又要兼顾学校发展实际；既要契合大众审美习惯，又要传播珞珈正能量；既要引领舆论导向，又要彰显武大人的精神面貌。让我们跟随评委们的眼神停留，再次速览属于我们的“珞珈 2015”——

夏军教授与水“过招”40 多年后，实至名归地获得了中国科学院院士的美誉。夏军给我们大家讲了一个名叫“沙袋子”的故事：当你负重前进时，可能会寸步难行，但只有这样，等卸下压力时，才能走得更快、跳得更高。

他因亲眼目睹了洪灾造成的巨大损失，痛心疾首之际决意投身水文学研究，刻苦钻研、潜心为学，成为我国自己培养的首位水文学及水资源专业博士，又针对发展中国家实际，创新性提出水文非线性系统识别理论与方法。

情怀、勤奋、创新……凡做学问之人，若能达到以上几点，不用加特技，也能产生“duang、duang、duang”的惊人效果。真理在对地观测与导航技术团队那里又一次得到印证。

该团队曾凭“移动道路测量系统”获得国家科技进步二等奖，2015 年再创佳绩，捧得国家科技进步奖创新团队奖奖杯，这是该奖项自 2012 年设立以来，第二次垂青高校。

高分卫星、北斗导航系统、“天地图”国家地理信息公共服务平台……该团队甩开膀子搞创新，秉持“只有想不到，没有做不到”的理念，在李德仁、刘经南、龚健雅三位院士带领下，集纳老中青三代学者同时发力、不断接力，从 1989 年最初的 10 人，发展到目前的 78 人，涌现出一大批优秀人才。

他们大都来自测绘遥感信息工程国家重点实验室，2015 年，该室四获“优秀类实验室”称号，国家重点实验室评估 5 年一次，真是专注蝉联 20 年的好典型。

翻开团队“家谱”，师生关系交叉纵横。俗话说得好，“榜样的力量是无穷的”。不久前，中国科学院院士、副校长舒红兵获《自然》杰出导师奖，仅有 5 名中国科学家获此殊荣。

对于如何培养人才，舒红兵自有一套“舒式家法”：你可能不聪明，但你不能不努力，不能不坚持；凡事要去“挣”，而不是“争”。其中，纲领性理念是“不放弃任何一个学生，就算是泥土，也要把他们打磨成砖瓦。”天长日久，SHU LAB（舒红兵实验室）成员早已养成了踏实勤勉的自觉。

2015 年，武大人算是跟《自然》较足了劲。头条霸主邓鹤翔团队研究成果荣登《自然》，这已经是他迄今为止第三次亮相《自然》。

在当今“成绩求好、体重求少、年龄求小”审美标准指导下，“85 后”教授邓鹤翔在全国最年轻教授武汉大学站评选中顺利突围，瞬间变身少女杀手。邓鹤翔的事例告诉我们：只有当颜值才值双双爆表，才能稳居头条不动摇。这点想必某些明星时至今日还没弄明白。

喝着武大人精心熬制的励志“鸡汤”，美味得停不下来。2015 年，武汉大学国际法研究所走出了一条从学科重镇到国家智库的非凡之路。全国首批 25 家高端智库中，研究所以唯一的二级学科入选，这得益于深厚的历史积淀和学术造诣。“压力下释放激情，责任里尽显担当，谋划中运用智慧”，全所成员已经整装待发，为实现中华民族伟大复兴的中国梦提供智力支撑。

有人说，“武汉大学是中国最美的大学，没有之一”。对此，武大人是不能同意更多了。乙未立夏，由校友陈东升捐赠 1 亿元建造的万林艺术博物馆正式开馆，半年来，书画名作、摄影雕塑应有尽有，置身其中，不觉脑洞大开、神清气爽，实乃陶冶性灵之胜地佳所。

校友阎志捐资支持建设的武汉大学卓尔体育馆正式奠基动工，预计 2018 年投入使用，武大学子将再添一片运动健身、学习休闲、陶冶情操新天地。大一大二的学生是有福了，大三大四的学生只能说一声：“别闹，我们还会回来的。”

讲真，最美的武大还是在朋友圈。“武汉大学”官方微信隔三差五发布的珞珈美景让师生校友们看得心直痒痒，whuers 的注意力完全被淹没在了红枫银杏的汪洋大海。无疑这也为武大新媒体入选全国教育十强立下了汗马功劳。新媒体技术勃兴的今日，新媒体新闻首次纳入十大新闻评选，又为我们打开了不同的视界。

武大人向来不仅精于外表，还修于内涵。2015 年 7 月，官方微信一条题为《武大专车火了》的推送真的如题火了。何为武大专车？这是学校2015年推出的深夜护学服务，深夜晚归的女生，只需拨打校园110，就会有保卫部巡逻车护送回寝。“虽然是一件小事，却能反映出武大人不一样的精神风貌。”评委们一致推荐这条登榜。

“有志者事竟成，苦心人天不负。”奋斗了十余年，内外兼修的武汉大学终于获评“全国文明单位”，说得高大上点，这是对我校文明创建工作的充分认可；说得接地气点，我们都是德智体美劳样样棒的好公民呐。

国王来了。6月20日至27日，对中国进行国事访问的比利时国王菲利普，首站定在武汉，武汉大学作为唯一高校列入国王行程。他与学子们相谈甚欢，仔细了解学生学习生活情况和未来人生规划。

2015年，国际舞台再发“珞珈之声”，同时进入THEs、QS和US News三大最具影响力和权威性的世界大学排行榜500强，跻身中国大学世界排名最高的“9校集团（G9集团）”。

中国校友会网大学研究团队首席学术专家、中南大学蔡言厚教授指出，这9所高校是国际化水平最高、国际影响力最大、全球竞争力最强和人才科技贡献最多的中国一流研究型大学。

一流的大学，当有一流的本科教育。2015年，全校师生融入本科教学大讨论，学校出台一系列改革措施，全面提升武汉大学本科人才培养质量。

了解了“人才培养为本，本科教育是根”的办学理念，再来看看珞珈少年的风采。计算机学院的“星云引擎”成果解决了操作系统种类繁多、兼容适配困难的问题；测绘遥感信息工程国家重点实验室研发的“卫星大数据农业遥感分析平台”，实现了对区域范围内农田分布、主要经济作物分布面积和长势等信息的动态监测；电子信息学院的“电动汽车充电网络”，用“互联网+”的思路，让充电桩变得更聪明，根据实时路况和实时车况，为用户规划行程，优化充电方案……这些听起来都觉得不可思议的创新点子，在首届中国“互联网+”大学生创新创业大赛中摘得三金。

在被誉为当代大学生科技创新的“奥林匹克盛会”的“挑战杯”中，学子们时隔8年，再次捧得“优胜杯”，创下历史最佳成绩。6件作品从783件作品中脱颖而出，共获得一等奖4项、二等奖1项、三等奖1项。

这些都已印刻在岁月的年轮上，形成我们共同的珞珈记忆。天上春来，万象生辉，让我们携手迈向更美好的未来。

（严航）

2015年十大新闻候选条目

1. 我校首获国家科技进步奖创新团队奖

1月9日，中共中央、国务院举行2014年度国家科学技术奖励大会，我校共获6项奖励，其中由李德仁、刘经南、龚健雅三位院士带领的对地观测与导航技术团队获国家科技进步奖创新团队奖，我校是继清华大学后第二个获得此奖的教育部普通高等学校。另有主持完成的2项成果分别获国家技术发明二等奖和国家科技进步二等奖，参与完成的3项成果分别获国家科技进步二等奖。

2. 武大新媒体入选全国教育十强

1月28日，我校入选2014年“全国教育系统新媒体宣传综合力十强”，这是继2013年入选教育系统十佳官方微博后，学校新媒体再获殊荣。我校积极探索运用微博、微信等新媒体手段，展示学校风貌，传播校园文化，服务师生校友，在提升新闻宣传影响力的同时，增强了师生、校友的凝聚力和向心力。

3. 两部著作获中华优秀出版物图书奖

2月12日，第五届中华优秀出版物奖评选结果揭晓，我校两部著作获“图书奖”，分别是人文社科资深教授冯天瑜的著作《中国文化生成史》，李德仁、李德毅院士和王树良博士共同完成的《空间数据挖掘理论与应用》。“中华优秀出版物奖”与“五个一工程奖”、“国家图书奖”并列为中国出版界三大奖项。

4. 我校荣获“全国文明单位”称号

2月28日，全国精神文明建设工作表彰暨学雷锋志愿服务大会召开，我校首次获评“全国文明单位”，武汉大学人民医院（湖北省人民医院）同时获此殊荣。这是中央文明委授予的文明创建工作最高荣誉，是对一个单位各项工作的综合检验与评价，也是我校十余年奋斗的成果，标志着我校文明创建工作迈上新台阶，实现新突破。

5.【新媒体新闻】在樱花树下，向世界 say hi

3 月份，学校与百度公司合作推出“在樱花树下，向世界 Say Hi”主题赏樱活动，利用实时搜索技术，为全球樱花迷在线直播武大最美樱花季。此举不仅缓解了校园管理压力，也为校友和慕名者提供了另一种赏樱途径。短短几天，吸引了数百万网友的关注。

6. 全国大学生数学竞赛我校获五个一等奖

3 月 21 日至 22 日，第六届全国大学生数学竞赛决赛举行，我校 6 名选手共获 5 个一等奖、1 个二等奖。由中国数学会举办的该赛事是国内最高级别的大学生基础数学学科竞赛，已成为全国影响最大、参加人数最多的大学生学科竞赛之一。此外，在 7 月份举行的第六届丘成桐大学生数学竞赛中，我校学生取得参赛以来最好成绩，共获得 1 项银奖、4 项铜奖。

7. ESI 学科取得新突破

3 月份发布的基本科学指标数据库 ESI 数据更新显示，我校共有 12 个学科进入 ESI 全球 1%，社会科学总论再次进入。其中，化学进入前 1‰，材料科学、临床医学、工程科学、生物与生物化学进入前 5‰，植物学与动物学、药理学与毒理学、物理、农业科学、环境科学与生态学、地球科学、社会科学总论进入前 1%。

8. 武大跻身中国大学世界排名“G9 集团”

3 月份公布的中国大学评价结果显示，包括武汉大学在内的 9 所大学同时进入 2014 年三大世界大学排行榜 500 强，被称为中国大学世界排名最高的“9 校集团”（G9 集团）。武汉大学已同时进入 400 强。本年度，我校在亚洲大学排名稳步上升，中国大学教学质量排名居第四。学校综合实力、国际竞争力和影响力不断提升，在国际国内逐渐形成了品牌效应。

9. 香港特首梁振英来校访问

4 月 9 日，香港特别行政区行政长官梁振英一行来校，看望香港学生，勉励他们健康成长。他表示，“希望借此机会推广武汉大学，让更多人知道武汉大学是一所名校”。并题写“为国育才”四字，表达对武汉大学的赞美，对当代青年人的殷切期望。

10. 我校入选全国高校优秀传统文化示范项目

我校“让中华优秀传统文化在大学校园活色生香”项目，参加教育部与光明日报联合举办的“礼敬中华优秀传统文化”活动，入选十大示范项目，进行展示和推广。4月23日，“礼敬中华优秀传统文化”系列活动成果展示交流会在我校举行，来自全国高校的代表分享优秀成果，交流育人经验。

11. 学校出台系列本科教育改革措施

3月以来，学校深入开展本科教育改革大讨论，明确研究型大学本科教育目标定位。随后召开的本科教育工作会议推出了18个方面63项改革举措，让人才培养回归本位，加快提升本科人才培养质量。

12. 朱英国获全国先进工作者荣誉称号

“五一”国际劳动节前夕，全国劳动模范和先进工作者表彰大会在京举行，我校中国工程院院士朱英国获全国先进工作者称号。朱英国是植物遗传育种领域的知名专家，他40余年如一日，始终坚持在科研、教学第一线。

13. 万林艺术博物馆正式开馆

5月9日，万林艺术博物馆正式开馆，免费向社会开放。该馆由校友陈东升个人出资一亿元捐建，开创了国内大学校友个人出资捐建专业水准艺术博物馆的先例。通过引进优秀作品、举办联展等方式，打造当代艺术重镇和文化育人平台。其“石形水界”造型成就了国内第一的建筑难度，成为我校新的地标性建筑。

14. 学校组织开展“三严三实”专题教育

5月14日，武汉大学“三严三实”专题教育党课暨动员部署会召开，拉开了“三严三实”专题教育活动的序幕。党委中心组先后进行了三次集体学习研讨，召开了多次专题教育座谈会，各党委（党总支）举行专题党课和专题学习研讨，校领导班子和各单位开展“三严三实”主题民主生活会和组织生活会，并查列问题清单进行专项整治。

15. 中组部“千人计划”我校新增16人

我校16人入选中央第11批“千人计划”，其中创新人才长期项目3人、创新人才短期项目1人、青年项目12人。12位“青年千人”入选者均为近期从海外引进和即将引进的优秀青年人才，是学校高度重视“青年千人”等海外高层次人才引进工作取得的成果。

16. 比利时国王访问武汉大学

6月22日，比利时国王菲利普来校访问，被授予武汉大学名誉教授称号。菲利普在校史馆发表英文演讲，回顾了40多年来中比两国友好合作的成功案例，对未来合作寄予美好期待和祝愿，并与学生代表座谈。驻比利时王国大使馆教育处参赞陶洪建校友认为，武汉大学在法语教学中有良好的传统，比利时国王的访问将再次提升武汉大学在比利时的关注度和知名度。

17. 思政课教学改革扎实推进

6月25日，学校召开思政课领导小组工作会议，探讨课程改革问题。为扎实推进教学改革，学校组织开展了校内大型调研，分析和把握课程教学状况，并多次举办专题研讨会和专题调研。选取了4门课程、5个方向作为改革试点。

18. 省校共建新闻学院打造一流传媒智库

6月26日，湖北省委宣传部与武汉大学共建新闻学院院务委员会会议召开，同时，部校共建的湖北省新闻传播能力建设研究中心正式成立。新闻与传播学院是全国首批10所参与部校共建的试点院校之一。根据共建协议，在共建的第一阶段，由省级财政每年投入共建经费500万元共2500万元，首期500万元共建经费已拨付到位。通过共建，培养具有马克思主义新闻观、世界眼光、中国胸怀和先进新闻传播能力的优秀人才，建设一流的新闻传播智库。

19. 我校入选全国毕业生就业典型经验高校

教育部公布2015年度“全国毕业生就业典型经验高校”，我校名列其中。2014届毕业生对母校专业设置和专业方向、课程设置和教学内容、教师教育教学水平等三项工作满意度排名第一；用人单位对我校毕业生专业知识与技能、人才培养整体水平、为招聘单位提供服务、就业服务工作整体水平等四项工作满意度排名第一。

20.【新媒体新闻】深夜护学，武大“专车”火了

7 月份，一位学生在 BBS 上发言，感谢保卫部深夜提供“专车”护送她回寝。“深夜护学”是服务学生的新举措。为了确保晚归学生尤其是女生的安全，保卫部每晚安排 5 台巡逻车、10 名保安巡逻，鼓励学生打电话求助，必要时安排专车护送回寝室。据统计，已有 200 余名学生享受了这项服务。

21. 世界名校赛艇竞逐我校夺冠

7 月 15 日至 16 日，“中国杯”2015 上海黄浦江世界名校赛艇赛在上海淀山湖举行。这是当前世界最高水平的高校赛艇赛，武汉大学赛艇队与来自牛津、剑桥、耶鲁等世界名校的老牌赛艇高手，亚洲强队北大、清华、上海交大等一同竞舟，以超凡实力勇夺亚军。8 月 22 日，赛艇队参加 2015 年中国武汉“大美东湖”国际名校赛艇挑战赛，与耶鲁大学、伦敦大学、第四军医大学等国内外名校竞逐，战胜上届冠军阿姆斯特丹大学，以绝对优势夺得男子冠军。

22. 我校多种形式纪念抗战胜利 70 周年

在中国人民抗日战争暨世界反法西斯战争胜利 70 周年之际，我校 27 位抗战时期及以前参加革命工作的老同志，获得中共中央、国务院、中央军委颁发的中国人民抗日战争胜利 70 周年纪念章。抗战期间，武汉大学一度成为国共合作的枢纽，学校举办《抗战烽火中的武汉大学》主题展览，以丰富的实物和影像资料，记录了我校以各种途径支持抗战的历史画面。师生通过参观展览、举行升旗仪式、集体观看阅兵式、召开座谈会等多种方式，铭记历史，缅怀先烈，表达对祖国的热爱之情。

23.【新媒体新闻】爱在珞珈的四个感人瞬间

9 月 8 日、9 日，新生报到现场，学校发放 100 张“微爱珞珈”爱心卡，资助 100 位家庭经济困难学生。一众校友纷纷返校，参与颁发爱心卡。四个感人瞬间火遍网络：一位新生坚持要退卡，把钱留给更需要的同学；校友蹇宏颁发爱心卡时，回想起自己上学情景，泪流不止；一位女孩接过爱心卡时落泪，校党委书记韩进给予鼓励，眼角泪光隐约；校友沙奇斌现场捐给一贫困学子一万元。

24. 雷爱文当选英国皇家化学学会会士

因为在化学科学研究领域取得了杰出成就，为推动化学科学发展作出了卓越贡献，9 月份，雷爱文当选为 2015 年度英国皇家化学学会会士。此前，在《自然》杂志首次发布的 2014 年全球自然指数中，雷爱文以 20 篇自然指数论文、个人指数 16.4，居对武汉科研产出自然指数贡献率首位。

25. 首届“互联网+”创新创业大赛我校夺三金

10 月 19 至 21 日，首届中国“互联网+”大学生创新创业大赛全国总决赛举行，我校荣获集体奖，三支参赛队伍均摘得金奖，获金奖数居全国第一。中共中央政治局委员、国务院副总理刘延东到比赛现场看望了获奖学生、指导老师和专家评委代表。我校搭建多个平台、出台有力举措支持大学生创新创业，此前入选全国高校实践育人创新创业基地。

26. 校院两级管理综合改革拉开序幕

10 月 20 日，校长李晓红和电子信息学院签署首份学院综合改革目标责任书，拉开了校院两级管理综合改革的序幕。此次改革的本质在于“放权”，扩大和落实学院办学自主权，增强学院办学特色、办学活力、核心竞争力和自我发展能力。后勤管理体制改革同时进行，按照事企分开、管办分离的原则，将后勤行政管理与经营服务分离。

27.《自然》发表邓鹤翔团队合作研究成果

11 月 9 日，《自然》发表我校团队为主要完成者之一的研究成果“金属有机框架物中的额外吸附及吸附质超晶格排列”。邓鹤翔教授为三位共同第一作者之一，董志月博士是主要完成者之一。此项研究首次揭示了小分子在限域空间中的有序自发聚集行为，为气体分子的分离、富集、转化等应用提供了新的研究思路，尤其对广受关注的温室气体 CO_2 的富集和利用有重要意义。

28. 1 亿元珞珈创新天使基金助学子创业

11 月 11 日，由校友陶闯倡议发起的珞珈创新天使基金成立，由武汉大学、武昌区和武汉珞珈校友企业联盟共同出资 1 亿元人民币，优先支持武汉大学师生和校友在武昌区注册的创新创业项目和科技成果转化项目，部分对社会开放。

29. 两教授获法国棕榈教育勋章

由于为推动中法文化交流、学术合作作出卓越贡献，9月24日，资源与环境科学学院教授吴峰获法国棕榈教育骑士勋章；11月13日，外国语言文学学院杜青钢教授获法国棕榈教育军官荣誉勋章。至此，我校共有12人获得法国政府颁发的各类荣誉勋章。

30. “挑战杯”我校创历史新纪录

11月21日，第14届“挑战杯”中航工业全国大学生课外学术科技作品竞赛揭晓，我校6件作品全部获奖，其中一等奖4项、二等奖1项、三等奖1项，总分位列湖北省第一，时隔8年再次捧得“优胜杯”，创下我校历史最佳成绩。“挑战杯”是全国大学生课外学术科技作品竞赛活动的最高赛事，被誉为当代大学生科技创新的“奥林匹克”盛会。

31. 省委书记与武大学子面对面交流

11月23日，受湖北省委书记、省人大常委会主任李鸿忠邀请，我校15名师生先后两次参与旁听了省十二届人大常委会第十八次会议第一次全体会议，上了一堂生动的思想政治教育课。作为定点联系武大的领导干部，李鸿忠多次走进学校，与学子面对面交流。5月4日，李鸿忠等省领导来校参加“信仰点亮人生”主题团日活动，与大家共度五四青年节；10月13日来校调研并看望香港学生，希望他们将个人梦想融入中华民族伟大复兴的“中国梦”，在助力国家富强民族复兴中实现人生价值。

32. 国家重点实验室评估我校连续四次优秀

11月27日，国家科技部发布国家重点实验室评估结果，测绘遥感信息工程国家重点实验室被评为“优秀类实验室”，这是该室连续四次获此荣誉。该实验室密切追踪和引领学术前沿，致力于满足国家重大需求，努力加强创新团队建设，积极推进地球空间信息协同创新，国内外学术影响力不断增强。

33. 【新媒体新闻】122岁的武大，我们把全世界的祝福都送给你

11月29日，武汉大学122周年校庆日，全世界的武大人将目光投向武大。学校新媒体中心在官方微信平台上发起向武大送生日祝福的活动，除了从数百名教职工和学生中现场采集祝福语外，还有国内西藏等地，国外北美、欧洲、非洲以及在南极科考的武大学子和校友上千条在线祝福，千言万语一句话——“不管我走到哪，武大，永远是我的家!”

34. 国际法研究所入选首批国家高端智库

12 月 1 日，国家高端智库建设试点工作会议在京召开，武汉大学国际法研究所入选首批 25 家国家高端智库，是法学领域唯一入选的研究机构。全国人大常委会副委员长、民革中央主席、武汉大学法学院教授万鄂湘为首席专家。建设中国特色新型智库是推进国家治理体系和治理能力现代化、提升国家软实力的重要举措，到 2020 年重点建设 50 至 100 个“国家亟须、特色鲜明、制度创新、引领发展”，具有较大影响力和国际知名度的高水平智库。

35. 匹兹堡孔子学院四获全球优秀

10 月 22 日，全英孔子学院和孔子课堂年会在英国召开，正在英国进行国事访问的习近平主席接见了与会的中英双方高校领导，校长李晓红在研讨会上介绍了武汉大学全球 4 所孔子学院的情况。12 月 6 日，匹兹堡孔子学院第四次获“全球优秀孔子学院”称号，中共中央政治局委员、国务院副总理、孔子学院总部理事会主席刘延东为获奖单位颁奖。刘延东 6 月 19 日曾访问该学院，充分肯定其办学成绩。此前，《中国教育报》以《世界舞台响起“武大声音”》为主题，整版报道了我校包括孔子学院在内的国际交流与合作成果。

36. 我校新增一名中国科学院院士

12 月 7 日，中国科学院公布 2015 年院士增选名单，夏军教授当选为中国科学院地学部院士。我校还有三位校友当选院士：倪晋仁当选为中国科学院院士，余少华、刘吉臻当选为中国工程院院士。目前我校院士总数为 17 位（含两院院士 1 名），居全国高校前列。

37. 舒红兵获《自然》杰出导师奖

12 月 8 日，2015 年《自然》杰出导师奖获奖名单公布，5 名中国科学家获此殊荣，我校舒红兵院士获中国南方事业中期奖。《自然》杰出导师奖用于嘉奖优秀的科学领域的导师，强调导师启发年轻科学家的重要性。舒红兵带领研究团队取得了丰硕的科研成果，他回国以来培养了 39 名学生，大部分在高校、科研院所任职，其中 3 人获全国优秀博士学位论文奖。

38. 我校入选全国深化专硕教育改革试点

为全面推进专业学位研究生教育综合改革，提高专业学位研究生培养质量，教育部确认 18 家单位开展深化专业学位研究生教育综合改革试点工作，武汉大学名列其中。试点工作周期为 2015 年 10 月至 2020 年 9 月。这是继 2010 年我校承担教育部首批专业学位研究生教育综合改革试点工作，并圆满完成法律硕士、工商管理硕士、测绘工程硕士领域的改革任务后，再次获批的立项申请。

2015 年度新闻人物候选人

夏军：有情怀的水利人

12 月 7 日，水利水电学院夏军教授当选为中国科学院地学部院士。

他是一位有情怀的水利人，水，实现了他的梦想，也滋润了他的心灵。

20 世纪 70 年代初，夏军怀揣投身水利建设事业的理想，结缘水文学及水资源研究。他围绕水循环非线性、水系统多元耦合以及全球变化影响的不确定性科学问题，取得了系统性成果，得到了国际学术界的高度认可。曾获“国际水资源管理杰出贡献奖”，是首位获国际水文科学领域最高奖“国际水文科学奖-Volker 奖章”的中国学者。

国际水文科学大会评价：“他是一位杰出的科学家，在发展水文科学与实践的知识与战略、在中国乃至全球的水管理与可持续开发及应用方面，做出了创新性贡献，在国际社会产生了重要的影响。”他在水文水资源教育、水专业人才培养方面，也作出了重要贡献。

杜青钢：汉字勾勒人生

“在中国语言神秘的世界里历险。”诺贝尔文学奖得主勒克莱齐奥如此评价杜青钢的小说《字行天下》，并向读者力荐，“这是一个鲜活的场域，具有生命力，虽时而费解，但往往诙谐而充满智慧。”

解析汉字文化，勾勒人生百态，《字行天下》出版后受到读者热捧，并在网络上引起很大反响。著名作家、茅盾文学奖得主毕飞宇也大力推介此书：“文字与命运的奇妙组合构成了这本书的最大特色。”

杜青钢是外国语言文学学院院长。由于为推动中法文化交流和学术合作做出卓越贡献，11 月 13 日，他获得法国棕榈教育军官荣誉勋章。

（十大新闻及新闻人物候选条目由杨欣欣、付晓歌整理）

（《武汉大学报》第 1381 期，2015 年 12 月 25 日）

回眸 2015

（《武汉大学报》第 1382 期，2016 年 1 月 8 日）

“十大新闻”之外

——武汉大学新闻网点击量分析

匆匆，又是一年，2015 年翻篇。那么，让我们一起回头望望来时的路吧。

这一年，也许有些东西你觉得不可思议。你相信吗，武大学者在《自然》上发表论文了，武大跻身中国大学“G9”了，校友捐赠用上“天使基金”新玩法了，两名男生靠简单设备就拍出校园风光大片了……泪点笑点嗨点，由不得你不信。

如果说十大新闻代表的是“高大上”，那么，“十大”之外呢？我们选择了武汉大学新闻网上那些点击量过万的新闻，截至 2015 年 12 月 25 日，共有 36 个单篇或系列报道：

1. 点击数 33309　武大跻身中国大学世界排名“G9 集团”
2. 点击数 32781　【烽火记忆】（系列报道）
3. 点击数 25578　我校首获国家科技进步奖创新团队奖（系列报道）
4. 点击数 22941　香港特首梁振英珞珈行（系列报道）
5. 点击数 19505　万林艺术博物馆正式开馆（系列报道）
6. 点击数 18819　武大离“世界一流”还有多远？
7. 点击数 17728　李鸿忠以多种形式为武大师生授课（系列报道）
8. 点击数 17131　李晓红毕业致辞：敢闯善创，拓新立业
9. 点击数 16845　我校荣获“全国文明单位”称号（系列报道）
10. 点击数 16750　《自然》发表武大邓鹤翔团队合作研究成果
11. 点击数 16544　中国大学教学质量排名我校居第四
12. 点击数 15717　夏军当选为中国科学院院士
13. 点击数 15311　2015 年六大在建大楼靓图
14. 点击数 15250　羊城，有一片星空叫“珞珈”等（“记者走南粤”系列报道）
15. 点击数 13790　李建成、周叶中任武汉大学副校长
16. 点击数 13784　校学术委员会换届（系列报道）
17. 点击数 12820　雪中珞珈分外妖娆（组图）
18. 点击数 12404　早樱红艳艳（组图）

19. 点击数 12207　如果在武大遇见你（组图）
20. 点击数 12104　【学在武大】越努力，越幸运
21. 点击数 12002　【学在武大】考研录取率 100%的秘诀
22. 点击数 11648　院士赏樱赞桃李（组图）
23. 点击数 11598　武汉大学新版主页正式上线
24. 点击数 11300　《自然》子刊头条刊登我校研究成果
25. 点击数 11055　樱花树下，向世界 Say Hi（组图）
26. 点击数 11009　武大 2015 年普通本科招生录取工作顺利结束
27. 点击数 10615　韩红率全国政协大学生创业调研团走进武大
28. 点击数 10595　【毕业时节】从歌手到学霸（组图）
29. 点击数 10510　校友的樱花梦（组图）
30. 点击数 10259　大年初一校领导慰问在岗职工
31. 点击数 10130　暑期夏令营打造研究生招生特色品牌
32. 点击数 10019　【学在武大】一起去哈佛
33. 点击数 10018　15000 次快门，留住最美武大（组图）
34. 点击数 10007　韩进李晓红登门看望专家学者
35. 点击数 10004　首届世界名校赛艇赛武大获亚军（组图）
36. 点击数 10003　校长和我们一同放歌（组图）

也许，它们能够用另一种真实，为你解码过去一年的不了情；用不同的眼界，为你传递未来一年的新希望。一起来看看吧。

【学术大牛】

岁末，与水结缘四十载的夏军教授当选中国科学院院士，这位一向低调的、有情怀的水利人走进了无数人的视野。同时，倪晋仁、余少华、刘吉臻三位校友当选院士的报道也正在为人们津津乐道；而师出同门的王光谦、胡春宏、倪晋仁三院士的传奇，则被学子称为“最牛学术寝室”。

首获国家科技进步奖创新团队奖的对地观测与导航技术团队、当选英国皇家化学学会会士的雷爱文、获世界自然保护联盟环境法学院“资深学者奖”的本·布尔……谁是本年度咱武大最有学术范儿的明星？

学术大牛从来就不是凭空冒出来的。潜心学术、捧土培根，武大学人就是这样将优秀的学术传承代代积累、传递。

3 月，一组李德仁院士与众弟子同赏樱花的照片引发了一众网友的关注。多少年来，不管多忙，这位两院院士一直坚持上讲台授课。作为连任的新一届

学术委员会主任，他的希望是：继承武汉大学的优良传统，在“求异”的基础上“求同”，在自由开放的学术氛围中传承与创新。

你知道宁津生院士是怎么过83岁生日的吗？没想到吧，是在《测绘学概论》的讲台上与同学们一起度过的，他已伴随这门“最牛”课程走过了19个年头。

这么多学术大牛带你“飞”，小伙伴们准备好了吗？

【重磅成果】

“85后”教授邓鹤翔带领的团队在《自然》杂志发表论文，这名武大最年轻教授再次引发网友“膜拜”。

2015年被《自然》“点名”的还有：舒红兵获《自然》杰出导师奖，全国仅5人；雷爱文以20篇自然指数论文、个人指数16.4，居对武汉科研产出自然指数贡献率首位；《自然》子刊登载朱英国、朱玉贤、郭德银、方国家、徐红星、洪学传、郑国兴等学者团队的研究成果。宋保亮团队成果则亮相另一国际顶尖杂志《细胞》。

“要做就做世界最好的。”正是凭着这等豪气，武大学者在国际上不断发声。综合性大学多学科交叉融合的优势，使得学者们不断迸发新灵感。去年邓鹤翔作为首批成员加入新成立的高等研究院，“研究院提供了汇集化学、物理、生物等基础学科前沿的交叉平台。这项研究中的很多思路和启发都来源于平日和研究院教授们的交流。”

国际法研究所作为法学领域唯一研究机构入选首批25家国家高端智库，5个博士后科研流动站获评全国优秀，测绘遥感信息工程国家重点实验室连续四次评估优秀……相信更多的重磅成果还会一波波袭来！

【奔向一流】

武大离“世界一流”还有多远？小编先告诉你2015年公布的几个数据吧：12个学科进入ESI全球1%；跻身中国大学世界排名“G9集团”；排名泰晤士亚洲大学排行榜第49名；中国大学教学质量评价报告中排名第四。

什么是G9？说的是有9所大学同时进入三大世界大学排行榜500强（武大已经同时进入400强啦），被称为中国大学世界排名最高的“9校集团”。

类似的新闻在网络上总是格外引人注目，点赞、加油、提建议的评论排成长队，满满都是对学校的热爱。你说呢？作为武大人，够有获得感吧！

要实现“世界一流”这个目标，就要培养世界一流人才，冲击ESI，构建一流师资队伍，重点支持一批优势学科产出高水平成果，大力推进国际化程度……这些写进了“十三五”规划的思路，是不是令你脑洞大开呢？接下来的5年，它们就要一个个变成现实了。

“我拥有一个‘武大梦’，梦想着武汉大学早日建成世界一流大学！”李晓红校长在首届金砖国家和新兴经济体国家大学峰会上的这句话，一定也是你、我，是热爱武大的我们，共同的心声。

【群贤毕至】

这一年，珞珈山称得上高朋满座，客似云来。

比利时国王菲利普登临樱顶老图发表“国王的演讲”，希望比中大学间通过学术人文交流，搭建沟通桥梁。香港特首梁振英来访时，以龟兔赛跑故事勉励香港学生，要一步一个脚印，善用武大求学时光。

人间四月天，李晓红在京拜会国防大学政治委员刘亚洲上将。6月，刘亚洲在给学校的来信中深情地写道：“母校在我们学子心中有天一般的重量。”刘亚洲、李小林伉俪均为武大校友，对母校感情极为深厚。他们与同班同学共同提议，并由李中子校友向母校捐资设立了创新教育中心及奖学金。

五月的鲜花开满校园，学子们度过了一个难忘的五四青年节，湖北省委书记李鸿忠来校参加主题团日活动，勉励大家“用信仰点亮人生之路”；金秋十月，他又来校看望香港学生，希望他们将个人梦想融入中华民族伟大复兴的“中国梦”，在助力国家富强民族复兴中实现人生价值。

歌唱家韩红走进武大，居然不是娱乐新闻，而是作为空政文工团副团长，率全国政协大学生创业调研团前来，网友直呼“大赞”。

难怪人说“百鸟朝凤”，“丹凤朝阳”。众多毕业于海外名校的业界翘楚，怀着一颗炽热的心，来到珞珈山倾心哺育“小树苗”。随着牛津大学哲学博士托马斯·百玺（Thomas Besch）、南加州大学哲学博士马修·拉兹（Matthew Lutz）加盟，爱好哲学的孩子们有福了。

【走向世界】

话说这一年武大人最大的心事是什么？答案是：国足尚未冲出亚洲、走向世界。全球化时代，高等教育国际化是必由之路，为此，全校师生也是操碎了心。

走向世界，那是必须的。李晓红率团参加了泰国诗琳通研究中心启用典礼，又先后出席了中英高等教育圆桌会、全英孔子学院年会。

校长在年会上受到习近平总书记接见，心情当然激动了。在讨论会上介绍武大在全球建设的 4 个孔子学院，如数家珍；“办学质量和办学特色是孔子学院的生命线”，这豪言壮语也不是盖的。这不，话音刚落一个月，就传来了匹兹堡孔子学院四获全球“优秀”的喜讯，真是一点不让晓红哥食言。重要的事情一定要说三遍，重要的奖项可不能只说三遍哦。

有一个美丽的传说：在珞珈山与塞纳河的拥抱中，在凯旋门与樱花城堡的对话中，中法教育交流越发情浓谊厚。真相是这样的：最近 30 多年，武大一直是法国教育界最为青睐的对象。

2015 年，吴峰、杜青钢两位教授分别获得了法国棕榈教育骑士勋章和军官荣誉勋章。看看吧，那是何等样气质！掰着指头算算，法国政府已经给 12 名武大人颁发了勋章。

对咱们的国际范儿，《中国教育报》整版说《世界舞台响起“武大声音”》，其实也只是管中窥豹啦。

【校友情长】

要问校友哪家强，产地珞珈当最棒！2015 年，陶闯、李亦非、刘金成、于刚、刘亚洲、李小林、李中子等知名校友新晋捐赠榜，总额过亿元。

与此同时，还衍生出微爱珞珈、天使基金等一系列别出心裁的捐赠方式。想当创客吗，凭借一个创新点子，就可获得校友无偿的资金资助；贫困学生也无需繁琐的手续，就能走上师兄师姐铺好的绿色通道。至少眼下还真没几家的学子能像咱这么有福的。谁让有钱就是任性呢？

然而，在校友眼里，光提钱未免太俗，怎么着也得给师弟师妹们整点儿高雅的、新潮的、摩登的：朱征夫、杨震澎、丁邦清、何五元等一批校友现身校园媒体深情款款来寄语，陈东升等一批大咖回校亲授“互联网+”创新创业秘籍，郭水尧干脆把自己 13 年的摄影成果和盘捐出，阎志掷地 1 亿元“壕”建珞珈山私人体育馆。还有更狠的，广州校友会干脆在羊城圈出一片星空叫“珞珈”。

【学在武大】

“我们班上有个人很酷，学霸当道谁敢拦路，学霸们一直都在看书，连上厕所都要跑步。”这首向学霸致敬的歌写得入木三分。

学霸都是蛮拼的，他们有一个共同特点，就是特别善于规划和自我管理。大一大二考 TOEFL、GRE，大三报考 GMAT 和 CFA，大四拿到麻省理工的

offer……美女学霸石珂一进校就给自己定下的目标，大四时均超额实现。像石珂这种不是在课堂，就是在图书馆，风雨无阻的正宗学霸，拼的就是一个坚持。本来明明可以拼颜值，人家偏偏要靠才华。

学霸的生活，高能至极。当你忙着期末考时，张天白、余维来、宋梓菡这三位本科生正准备组团去哈佛游学。还没毕业就能坐在世界顶级名校的课堂上聆听大师教诲，太让人羡慕嫉妒恨了。快来当学霸吧，机会多多，一至三年级武大在籍本科生均可申请前往指定的美国名校交流学习，学校还将联手更多世界一流大学供君选择，万一轮到你呢。世界那么大，不想去看看？

拿到国际名校赛艇挑战赛冠军、首届世界名校赛艇赛亚军奖杯，乌克兰女博士李娜担任央视《快乐汉语》节目主持人，本科生王子伟从校园歌手一跃成为美国名校博士生，有个班级考研录取率100%……隔壁的大学说了，你们武大人真会玩，学霸的类型也从来不是单一的。

【家是珞珈】

“敢闯善创，拓新立业。”接过校长的毕业锦囊，2015届学子鞠躬远去。两个月后，1.6万名新学子相聚武大，开启别样的青春。这就是珞珈山不变的传承。

刚满14岁的李睿威成为最小新生，慕偶像“雷布斯”之名前来武大“取经”。人文科学实验班新生王世杰，因为和老校长重名，认定自己生当武大人。

据说萌萌哒学子和棒棒哒老师更配呦！6月，校长专程从外地赶回，给毕业生上最后一课，又是合影又是重游故地；9月，给新生上第一课，不仅游校园讲校史，还一道引吭高歌。对待家里的宝宝们，晓红哥真是暖暖哒。

谁说不是呢，珞珈山就是我们温暖的家啊。我们都记得迎新现场那个感人瞬间：一位女孩接过“微爱珞珈”爱心卡时忍不住落泪，校党委书记韩进鼓励她放心迎接大学生活，眼角泪光隐约……

今年我们的大家庭又添了光彩，六大惠及师生的基建工程效果图亮相，引来称赞者众多，网上点击量一路飙升。获评全国文明单位啦，教学楼升级啦，图书馆扮靓啦，博物馆开馆啦，体育馆奠基啦……咱家越发高端大气上档次了。

【最美校园】

都说武大春有樱花满园，秋有层林尽染，这么高颜值的校园，不来看看就亏了。什么，没时间？不要紧，有足够多的纪录片和图片，可以让你一睹传说中的珞珈山森林公园。还有百度在线直播最美樱花季，你可以在樱花树下向世界 Say Hi，够爽的。

“他说你任何大江南北的风景，不及三月盛开的珞樱。”只要跟樱花沾上边，想不火都不行。《早樱红艳艳》、《樱花带雨次第开》、《青瓦灰墙樱似雪》、《再别珞樱》……一组组美图在网上流传。

光看樱花不过瘾，再来看看孙刚、蔡晓东两位国防生拍的《韵动珞珈》延时摄影片。两位小伙伴用一部最普通的单反相机，拍下夜幕中宁静的樱顶、庄重的老图、柔情的老斋舍，还有头顶的满天繁星。15000 次快门，留住最美武大。

酷爱摄影的郭水尧校友多次回校，记录下樱花季、夏日校园、银杏叶落……创下过万点击量的组图《如果在武大遇见你》、《校友的樱花梦》，就出自其手。

冬日的校园又别有韵味，《雪中珞珈分外妖娆》、《飞雪送来春消息》，都是点击量超高的美图。动动鼠标，一起来回味 2015 年的种种美景吧。

（杨欣欣、肖珊、陈丽霞、严航、付晓歌）

武汉大学 2016 年十大新闻

（《武汉大学报》第 1416 期，2017 年 1 月 1 日）

一、刘延东再次来校视察高度肯定我校创新创业教育

10月14日，中共中央政治局委员、国务院副总理刘延东再次来校视察，热情寄语武大，“把高等教育改革创新进一步推向新的高度，真正朝着中国特色世界一流大学的目标而努力。”教育部部长陈宝生，湖北省委副书记、代省长王晓东等一同来校，参观了大学生创新创业实践中心，刘延东称赞“学校的创新创业教育确实取得了很大的成功”。2016年，我校获评首批全国创新创业典型经验高校，学生在“互联网+”大学生创新创业大赛、“创青春”全国大学生创业大赛等赛事中获得多个金奖。

二、李晓红任教育部副部长，窦贤康任武汉大学校长

11月2日，国务院任命李晓红为教育部副部长，此前，中共中央决定李晓红为教育部党组成员。李晓红2010年12月任武汉大学校长。

12月6日，在武汉大学教师干部大会上，中组部有关负责人宣布了党中央、国务院关于武汉大学校长人选的决定：窦贤康任武汉大学校长。

三、我校人才队伍建设获新突破

2016年，我校人才队伍建设取得新突破。16人入选“长江学者奖励计划”，入选数居全国第三，迄今共有近90人入选，总数居全国前列。13人入选第二批“万人计划”领军人才，其中科技创新领军人才8人、哲学社会科学领军人才3人、百千万工程领军人才2人；此前10人入选“万人计划”青年拔尖人才，居全国高校第六位，其中哲学社会科学、文化艺术类4人，仅次于北京大学，居全国高校第二位。

四、首批国家级精品资源共享课我校入选数全国第一

7月1日，教育部公布第一批“国家级精品资源共享课”名单，我校61门课程入选，入选数居全国高校第一。国家级精品资源共享课程称号有效期5年，在“爱课程”网上面向社会公众开放。参与课程建设的高校和课程团队为推进高等教育开放、促进优质教育资源共享、服务学习型社会建设做出了重要贡献。

五、三大顶尖国际测绘学术组织主席盛赞武大

在武汉大学测绘学科创建60周年之际，10月22日，学校举行世界一流

学科建设高端论坛，国内外顶尖专家学者共话测绘学科发展与一流学科建设。三大顶尖国际测绘学术组织——国际大地测量协会、国际摄影测量与遥感学会、国际制图协会的主席亲临大会，盛赞武大测绘学科为“世界一流”，称“武汉大学已成为本领域国际上最大和最好的人才培养摇篮之一，在国际测绘学科发展中扮演着重要角色，有着非常卓越的贡献”。

六、我校入选全国首批重点马克思主义学院

1月20日，我校马克思主义学院从61所申报高校中脱颖而出，入选全国首批9个重点马克思主义学院。作为我国最早研究和传播马克思主义的重镇，学校将把马克思主义学院建成马克思主义理论研究和意识形态建设的坚强阵地，马克思主义理论学科和思想政治理论课建设的示范辐射地，建设国内一流国际知名的理论教育阵地、科学研究高地、人才培养基地、文献信息中心、高端智库平台。

七、雷军捐资建设武汉大学科技楼，校友爱校热情高涨

10月20日，雷军校友捐赠1亿元，用于建设武汉大学科技楼。雷军曾数次向母校捐款，总额达1.14亿元。其参与并发挥重要作用的1.5亿元珞珈创新天使基金5月份正式启动；校友企业家联谊会在长三角、泛珠三角和环渤海地区设立分会，联手打造全国第一校友商帮。校友爱校热情高涨，10月15日，123对新人回校参加首届校友集体婚礼，让爱回“珈”。

八、中国高校社会影响力排行榜武大位列第三

12月23日，人民网发布《2015—2016中国高校社会影响力排行榜》，武汉大学排名第三，仅次于北京大学、清华大学。该榜单以126所部属高校及地方重点高校为研究对象，结合教育部权威数据，基于高校在媒体、网络舆论场各项传播综合指数及科研指标体系而形成。其中，武汉大学在媒体影响力、网络舆论影响力和校友影响力维度上位列第三，新媒体影响力维度上排名第四。我校新媒体已连续三年入选“全国教育系统新媒体综合力十强”。

九、东湖南路沿线校园环境整治工程启动

9月10日，东湖南路沿线校园环境整治工程全面启动。该工程西起文澜门，东至枫园东门，包括沿湖区域工学部第一教学楼拆除及等面积还建，以及老旧建筑维修改造和环境整治，以提升品质，改善条件，更好地服务教学科研

工作。这是武汉市和武汉大学践行绿色发展理念，携手共建“湖山共美”校园和东湖风景名胜区的重大举措。

十、武大早期建筑入选“首批中国20世纪建筑遗产”名录

9月29日，由中国文物学会20世纪建筑遗产委员会评选的“首批中国20世纪建筑遗产”项目公布，人民大会堂等98项入选，武汉大学早期建筑榜上有名。武汉大学早期建筑群是中国近代建筑史上罕见的中西合璧的大学校园建筑，2001年，15处26栋建筑被国务院公布为第五批全国重点文物保护单位。近年来学校对早期建筑进行大规模维修，今年9月，封闭修缮近一年的樱园老斋舍重新开放，在校内外引起热烈反响，网友纷纷感叹“最美的大学，最有格调的宿舍”。

2016年度新闻人物

余功茂：感人的坚守

“我是教师，是党员，三尺讲台就是我的战场，如果有什么不幸，我希望是在讲台上。”外国语言文学学院教师余功茂，在每周要做三次血液透析的情况下，仍坚守讲台，体力不支时跪在椅子上讲课。他的感人事迹经校内外媒体报道后，在社会上产生了强烈反响，网友称他为“最美大学老师”“中国好老师”。中央政治局委员、国务院副总理刘延东以及教育部领导对余功茂事迹作了批示。

3月31日，校党委下发文件，授予余功茂“武汉大学教书育人楷模”荣誉称号，号召全校师生员工学习他忠诚教育、敬业奉献的高尚精神；不惧病魔、顽强拼搏的坚韧意志；热爱教学、刻苦钻研的进取意识；心系学子、教书育人的优秀品质。“五一”国际劳动节之际，余功茂获湖北五一劳动奖章。

厉害了，我们的武大！

——2016年十大新闻评选拾零

力压哈佛、剑桥，国际名校赛艇挑战赛蝉联冠军；全国高校青年教师教学竞赛“三战三夺冠”；继1亿元天使基金的设立，校友再追加5000万元，支持学子创新创业……我们的武大，2016年璀璨鲜亮，再度精彩。

6项举世瞩目的科技成果产自珞珈，获得国家科技奖励；短短两个月时间，数学、计算机学科双双跻身国际高水平行列，ESI学科数再创新高；4门思政课“火了”，上线国家慕课平台，24小时突破1.3万选课量……我们的武大，从年初到岁末，一路高歌猛进。

厉害了，我们的武大！

当2016年的日历翻到最后几天，让我们抓住时间的尾巴，来到十大新闻评选现场，重温独属我们的珞珈记忆。

36个新闻备选条目，是洞晓学校一年来改革发展的“超链接”，对于总结学校工作、鼓舞师生士气、提高凝聚力和影响力具有重要的作用。十大新闻评选委员会由校党委书记韩进任主任，校党委副书记骆郁廷任副主任，相关职能部门负责人任评委，同为评委的新闻与传播学院院长强月新教授、夏琼教授作专业点评。

专家评委遵循“重中择重、优中筛优”的原则，结合网络、电话、邮件投票结果，最终遴选出年度10个新闻条目和1位新闻人物。然而，2016年的武大精彩远不止此。

武大的故事，由武大学者在诉说——

7月12日，应菲律宾共和国单方面请求建立的南海仲裁案仲裁庭做出裁决。次日，武汉大学人文社科资深教授胡德坤接受中央电视台采访，对此事进行专家解读，给出强有力的回应。在此之前，胡德坤就在《光明日报》发表了自己的观点：尊重历史事实是解决争端的基本条件。6月，武汉大学联合荷兰莱顿大学在海牙举办南海仲裁案与国际法治研讨会，中国边界与海洋研究院首席专家易显河教授是共同召集人之一，胡德坤在研讨会上发言。

作为我国人文社会学科的重镇，武汉大学有一大批潜心治学、埋首耕耘的文科学者。今年新当选为人文社科资深教授的於可训就是其中的代表。他痴迷于文学，热衷于教学，为文学和文化的发展砥砺前行，已过古稀之年仍独立进行文学创作。

一边是古色书香，一边是科学进取。2016 年，张俐娜院士登上英国皇家化学会会刊，被称为“绿色化学的先驱”，英国皇家化学会会刊高度评价她所做出的卓越贡献。李红良教授频登头条，他已连续两年入选中国高被引学者榜单（医学）；12 月 9 日，国际权威期刊《欧洲心脏病杂志》大幅报道了他带领的模式动物研究所十年来取得的突破性成果。

武大的故事，由武大学子在创造——

武大学子不仅是古今通晓的学霸，还是充满才情的文青。在气候条件艰苦恶劣的南极，博士生李航一待就是 530 天，他不仅圆满完成了既有的科研任务，还“get”了一手的摄影技能。极光、冰原、星空是他镜头下的“常客”，他的作品经网络传播后，备受瞩目，获得首届全国延时摄影展金奖。

2016 年，武大校友用尽“洪荒之力”，捐赠实现好几个“小目标”。他们频出“新招”、不断“加码”，通过组成导师团队开设创业课程、设立珞珈创新天使基金，全力支持学弟学妹创新创业。

“梦想还是要有的，万一实现了呢?”雷军校友励志金句一说，瞬间燃起了无数珞珈少年追梦的火种。“给力”的校友和“靠谱”的学生相互联动，释放出强大的创造力。

“创青春”和“互联网+”是全国大学生创新创业领域的顶级赛事，少不了武大人的身影。2016 年，我校 5 支参赛队伍参与第二届“互联网+”比赛，收获一金一银三铜，并获先进集体奖。在一个月后的“创青春”比赛中，又摘得四金二银，总分位列全国第四，创下我校最好纪录。而武大也入选教育部评出的首批全国创新创业典型经验高校。

校友文化已成为武汉大学的一个特色品牌，独具魅力。校友大咖回母校独运“匠心”，年轻校友回“珈”“比心”。123 对新人从世界各地回到母校，在珞珈山水的见证下，携手走进婚姻的殿堂。

评选现场热烈讨论，窗外阳光明净如洗，枝丫在用力地伸展，清冷的微风蕴藏着无限活力，万物昭示着新的开始，“2017，我们走起!”

（严航）

2016 年十大新闻候选条目

1. 6 项成果获 2015 年度国家科技奖励

1 月 8 日，2015 年度国家科学技术奖励大会召开，我校 6 项成果获奖，其中主持完成的 2 项成果分别获自然科学二等奖和技术发明二等奖，参与完成的 3 项成果分别获国家科技进步二等奖，与我校合作的外籍教授约翰尼斯·弗兰肯获国际科技合作奖。

2. 我校入选全国重点马克思主义学院

1 月 20 日，我校马克思主义学院从 61 所申报高校中脱颖而出，入选全国首批 9 个重点马克思主义学院。作为我国马克思主义理论学科和思想政治理论课建设的重镇，学校将把马克思主义学院建设成为马克思主义理论的科学研究中心、人才培养中心、高端培训中心、咨询服务中心和信息资源中心。

3. 武大新媒体再次入选全国教育十强

1 月 22 日，我校新媒体被教育部、中国教育学会授予“2015 年度全国教育系统新媒体综合力十强”称号，其中官方微博位列全国高校第二，官方微信排名第三。这是我校连续三年获此殊荣。我校新媒体形成独特话语风格，讲述珞珈精彩故事，开展正向舆论引导，执“微言”而明“大义”，在全国广受关注。在首届全国高校名站名栏评选中，武汉大学官方微信获评全国高校优秀网络栏目，官方微博获提名奖。

4. 数学和计算机学科跻身国际高水平行列，我校 ESI 学科增至 14 个

1 月、3 月，数学和计算机学科相继进入 ESI 全球排名前 1%，跻身国际高水平学科行列。至此，我校 ESI 学科总数增至 14 个，分别是：化学、材料科学、临床医学、工程科学、生物与生物化学、植物学与动物学、药理学与毒理学、物理、农业科学、环境科学与生态学、地球科学、社会科学总论、数学、计算机，总数居内地高校第八。

5. 我校新晋 16 名长江学者

4 月 22 日，教育部公布 2015 年度“长江学者奖励计划”入选名单，我校 16 人入选，其中特聘教授 6 人、讲座教授 3 人、青年学者 7 人，入选数居全国第三。自该奖励计划设立以来，我校近 90 人入选，总数居全国前列。

6. 教育部专家组来校开展本科教学审核评估

5 月 9 日至 12 日，教育部本科教学工作审核评估专家组来校，对我校本科教学工作进行了系统的审核评估。专家组现场考察后认为，学校的办学定位和人才培养目标与国家、区域经济社会的需求相适应；以学生为中心，在人才培养各个环节实行了大量改革，学生和社会对学校教学质量表示满意；师资和教学资源条件有保障，建立了教学和质量保障的运行机制，较好地保障了人才培养质量。

7. 1.5 亿元珞珈创新天使基金启动

5 月 14 日，首期筹资 1.5 亿元的“珞珈创新天使基金”正式启动，并进行首期风投。现场参与路演的 4 个项目获总投资额超过 1000 万元。该基金系国内率先由高校、政府和校友三方共同发起成立的创投基金，优先（但不局限于）支持武汉大学校友及师生创新创业项目和科技成果转化。

8. 沈壮海在哲学社会科学工作座谈会上发言

5 月 17 日，习近平总书记主持召开哲学社会科学工作座谈会，我校马克思主义学院教授沈壮海出席，并作题为《加强高校马克思主义理论教育》的发言，提出要“回应热点、讲透难点、化解疑点”，“贴近生活、贴近实际、贴近学生”。

9. 13 人入选第二批国家“万人计划”领军人才

6 月 27 日，中组部确定第二批“万人计划”（“国家高层次人才特殊支持计划”）领军人才名单，我校 13 人入选，其中科技创新领军人才 8 人、哲学社会科学领军人才 3 人、百千万工程领军人才 2 人。此前，我校 10 人入选“万人计划”青年拔尖人才名单，居全国高校第六位，其中哲学社会科学、文化艺术类 4 人，仅次于北京大学，居全国高校第二位。

10. 首批国家级精品资源共享课我校入选数全国第一

7月1日，教育部公布第一批“国家级精品资源共享课”名单，我校61门课程入选，入选数居全国高校第一。国家级精品资源共享课程称号有效期5年，均在“爱课程网”上面向社会公众开放，促进现代信息技术在教学中的应用，推进高等教育开放，促进优质教育资源共享，服务学习型社会建设。

11. 国际名校赛艇挑战赛武大蝉联冠军

7月17日，“大美东湖”国际名校赛艇挑战赛决赛举行，武汉大学赛艇队凭借绝对优势战胜哈佛大学，蝉联冠军。哈佛大学、剑桥大学分获亚军和季军。

12. 我校获评首批全国创新创业典型经验高校

8月5日，教育部公布首次评出的50所全国创新创业典型经验高校名单，武汉大学名列其中，是湖北省唯一入选高校，也是继2015年入选全国高校就业50强之后再次入选。教育部专家组来校考察时，对我校以“三创”教育理念引领教育教学改革，构建系统的创新创业教学体系，充分发掘校友资源促进大学生创新创业等工作给予充分肯定。

13. 全国高校青年教师教学竞赛我校三获一等奖

8月28日至31日，第三届全国高校青年教师教学竞赛决赛举行，我校遥感信息工程学院副教授龚龑以工科组第一名的成绩荣获一等奖。我校已连续三届获一等奖，经济与管理学院杜莉、第一临床学院李涛先后获第一、二届一等奖。

14. 《国家哲学社会科学成果文库》我校入选两项

9月2日，全国哲学社会科学规划办公室公布2016年度《国家哲学社会科学成果文库》入选名单，我校两项成果入选，分别是文学院方长安教授的《中国新诗（1917—1949）接受史研究》、经济与管理学院乜小红教授的《中国古代契约发展简史》。文库集中了当前我国哲学社会科学研究相关领域的优秀成果和精品力作。

15. 东湖南路环境整治工程启动

作为东湖南路环境整治工程的一部分，武汉大学工学部第一教学楼9月10日凌晨0时33分爆破拆除。这是武汉市和武汉大学践行绿色发展理念，携手共建“湖山共美”校园和东湖风景名胜区的重大举措。根据《武汉东湖风景名胜区总体规划（2011—2025）》，东湖风景区管委会近年来一直在依法实施环境整治系统工程，2016年启动了东湖南路沿线环境整治工程方案。

16. 国家慕课平台首次上线思政课，武大4门课同时发布

9月26日，我校4门思政课慕课在国家级慕课平台“爱课程”网中国大学MOOC正式发布。这是该平台首次成体系上线思政课课程，在全国引发思政课慕课学习热潮，24小时内选课人数突破1.3万，至12月份已超过8万。集中最优质的师资，以慕课形式激发课堂活力，是思政课改革的重要举措。

17. 我校早期建筑入选“首批中国20世纪建筑遗产”名录

9月29日，由中国文物学会20世纪建筑遗产委员会评选的“首批中国20世纪建筑遗产”项目公布，人民大会堂等98项入选，武汉大学早期建筑榜上有名。武汉大学早期建筑群是20世纪30年代唯一完整规划且一气呵成的中国大学校园建筑，是中国高校建筑史上从未有过的浩大工程，在中国近代建筑史上也属罕见。2001年，武汉大学被国务院公布为第五批全国重点文物保护单位，其中包括15处26栋建筑。

18. “绿色化学”女院士登上英国皇家化学会会刊

10月3日，英国皇家化学会会刊以《张俐娜院士：绿色化学的先驱》为题，对张俐娜的研究成果进行了集中报道。张俐娜是少数登上该会刊人物专访栏目的中国女性，她在高分子材料与高分子物理研究领域的国际影响力十分深远。

19. 刘延东再访武大热情寄语：把改革创新推向新高度

10月14日，中共中央政治局委员、国务院副总理刘延东再次来校视察，热情寄语武大，“把高等教育改革创新进一步推向新的高度，真正朝着中国特色世界一流大学的目标而努力。”教育部部长陈宝生，湖北省委副书记、代省长王晓东等一同来校。2009年刘延东来校时明确指示：“希望武大早日建成中国特色、国际知名、世界一流的高水平大学。”2012年她曾回信给学校领导，勉励武大“再接再厉，乘势而上，再创佳绩”。

20. 雷军捐建3.5万平方米武汉大学科技楼

10月20日，雷军校友捐建武汉大学科技楼签约仪式在北京举行。武汉大学科技楼预计总建筑面积（含地下）3.5万平方米，主要用于构建大型科学仪器共享平台和开展交叉前沿科学研究。雷军曾数次向母校捐款，并担任学生创业导师，多次返校授课、开设讲座，以珞珈创新天使基金投资人身份支持学生团队创新创业。

21. 国内外顶尖专家共话测绘学科发展与世界一流学科建设

在武汉大学测绘学科创建60周年之际，10月22日，学校举行世界一流学科建设高端论坛，国内外测绘界顶尖专家学者共话测绘学科发展与一流学科建设。此前，李德仁、宁津生、刘经南、张祖勋、龚健雅、李建成六位院士畅谈一流学科发展之道，分析测绘学科跻身“中国特色、世界一流”学科行列的原因，在国际国内测绘界引起了广泛关注。

22. 武大慕课使百万学子受益

截至10月份，我校在中国大学MOOC平台上线29门课程，选课人数逾150万，居全国第二。学校鼓励开课教师利用慕课形式，积极开展翻转课堂教学研究，将传统教学方式和在线教学的优势结合起来，进一步提高本科教学质量，促进优质教育资源共享。

23. 全国大学生创新创业赛事我校获多个金奖

10月13日至15日，第二届中国“互联网+”大学生创新创业大赛全国总决赛举行，我校5支参赛队伍全部获奖，获一金一银三铜，并获先进集体奖。11月16日，在“创青春”全国大学生创业大赛中，我校推荐的6个项目摘得四金二银，总分位列全国第四，捧得优胜杯，并获优秀组织单位奖，创下我校参加该赛事的最佳纪录。此前的“创青春”全国大学生创业大赛MBA专项赛，全国评出10个金奖，我校获得1项金奖。

24. 於可训当选为人文社会科学资深教授

文学院教授於可训当选为第七届人文社会科学资深教授，是我校第14位人文社科资深教授。他长期从事中国现当代文学史和文艺理论批评研究，现当代文学史研究有开拓性价值，新诗研究卓有建树，作家研究和文学评论形成了独特的个人风格，对当代文学发展做出了重要贡献，在全国学界有较大学术影响。

25. 学术期刊影响力指数第一集团武大占八席

11月22日至23日，《中国学术期刊影响因子年报》发布，我校8个期刊进入期刊影响力指数第一集团（Q1区）。此外，《武汉大学学报（信息科学版）》《地球空间信息科学学报》被评为2016中国国际影响力优秀学术期刊。

26. 学校纪念哲学学科重建60周年

今年是武汉大学哲学学科重建60周年。从1956年李达老校长主持恢复重建哲学系以来，哲学学科获得了长足发展，名列全国前茅，国际QS排名连续5年进入前100，2015年进入前50。为了进一步凝聚海内外校友，推进世界一流哲学学科建设，学校举办了高端论坛、校友论坛等系列纪念活动，海内外知名专家学者参加了活动。

27. 我校深化研究生教育改革

12月2日，学校召开学位与研究生教育工作会议，出台研究生培养机制改革思路与措施。提出要以培养“具有前瞻视野、健全人格、精深知识、创新思维的优秀学者、行业精英”为目标，持续推进研究生教育综合改革，全面提升研究生教育水平。

28. 窦贤康任武汉大学校长，李晓红调任教育部副部长

12月6日下午，在武汉大学教师干部大会上，中组部有关负责人宣布了党中央、国务院关于武汉大学校长人选的决定：窦贤康任武汉大学校长。此前，中共中央国务院决定，李晓红为教育部党组成员、副部长，免去李晓红的武汉大学校长职务。李晓红2010年12月任武汉大学校长，2011年当选为中国工程院院士。

29. 国际顶尖学术期刊聚焦武大模式动物研究所

12月9日，国际权威期刊《欧洲心脏病杂志》以《武汉大学模式动物研究所——一所引领探索攻克心血管代谢性疾病的科学创新中心》为题，大幅报道了李红良教授团队十年来取得的突破性成果。模式动物研究所国际影响广泛，团队已发表国际杂志研究论文 200 余篇，今年 6 月《自然 · 通讯》同时在线发表 2 篇，9 月《自然 · 医学》（IF = 30. 357）在线发表 1 篇，李红良连续两年入选中国高被引学者榜单（医学）。

30. 校友企业家联手打造“珞珈商帮”

11 月 5 日，武汉大学校友企业家联谊会泛珠三角分会在广州成立，这是继 2014 年成立长三角分会之后的又一分会。12 月 11 日，环渤海分会在北京成立，武大商帮在全国的战略布局进一步完善。武大校友联手打造中国第一校友商帮“珞珈商帮”，将以此为核心，辐射人文艺术、学术科研领域，为学校发展做出更大贡献。

31. 阳春三月樱雪共舞

“天上飘的是樱还是雪？百年难见的雪樱惊艳了整个春天。”3 月，灿烂如云的武大樱花如期盛开。10 日，一场雨雪不期而至。当樱花邂逅雪花，这是一次怎样的体验？当天，武大官方微信通过视频、图片和文字，生动展示了阳春三月樱雪纷飞的景象，吸引了 30 万网友阅读和关注，3200 人点赞；官方微博阅读量超 20 万，社会媒体纷纷报道和转载。

32. 老斋舍重修惊艳亮相

琉璃碧瓦朱漆窗，樱花掩映黉门敞。9 月，封闭修缮近一年的“樱花城堡”老斋舍重新开放，古色古香的砖墙内，WiFi 全覆盖，双制的中央空调，洗澡间能使用热水，让入住的 2016 级博士生惊喜不已。武大微博微信等新媒体的报道在校内外引起热烈反响，阅读量达 40 万，人民日报官方微博也进行了报道。网友纷纷感叹“瞧人家，在最美的大学，住最有格调的宿舍”，大呼“我要考武大”“要去武大读个博”。

33. 首次集体婚礼让爱回“珈”

“珞珈苍苍，东湖汤汤，缘定山水，地久天长。”10 月 15 日上午，来自海内外的 123 对新人参加武汉大学首届校友集体婚礼，珞珈山水见证了他们最幸福的时刻。此次活动在校内外引起热烈反响，微博微信多篇文章阅读量超 10 万，武大官方微信联合澎湃新闻进行的现场直播超过 56 万人次观看，官方微博相关话题阅读量达 206. 7 万。

34. 123 武大生日快乐

一生二，二生三，三生万物。11 月 29 日是武汉大学 123 周年校庆，官方微博发起“123 武大生日快乐”话题。征集粉丝与武大有关的愿望；联合北京大学等 20 余所高校进行校庆互动；视频《珞珈记》以手绘方式展示校史，转发粉丝原创祝福微博。该话题阅读量 579.2 万，引发讨论 2364 次。官方微信以图片、文字、视频、H5 等形式推出《我的武大，123 岁生日快乐》，16.5 万次阅读，2000 余人点赞。

2016年度新闻人物候选人

胡德坤：解读南海问题

在菲律宾南海仲裁案事件过程中，胡德坤教授深入解析南海问题，在解决领土海洋争端中起到了重要作用。他用大量历史事实证明，南沙群岛是中国领土有历史明证；南沙群岛不是菲律宾领土，铁证如山。南海仲裁案不尊重历史事实，本身就违反了国际法原则。

6月26日，武汉大学联合荷兰莱顿大学在海牙举办南海仲裁案与国际法治研讨会，来自多国的30多位专家学者进行了深入研讨，胡德坤在研讨会上发言。包括中央电视台新闻联播在内的国内外大量媒体进行了报道。

7月6日，《光明日报》特邀国际关系、国际法领域智库专家深入解析南海仲裁案，胡德坤发表了题为《尊重历史事实是解决争端的基本条件》的文章。

7月13日，胡德坤做客央视《新闻直播间》就南海问题进行专家现场解读，当日又应央视《环球视线》栏目邀请作了访谈直播。

余功茂：感人的坚守

“我是教师，是党员，三尺讲台就是我的战场，如果有什么不幸，我希望是在讲台上。”外国语言文学学院教师余功茂，在每周要做三次血液透析的情况下，仍坚守讲台，体力不支时跪在椅子上讲课。他的感人事迹经校内外媒体报道后，在社会上产生了强烈反响，网友称他为“最美大学老师”“中国好老师”。中央政治局委员、国务院副总理刘延东以及教育部领导对余功茂事迹作了批示。

3月31日，校党委下发文件，授予余功茂“武汉大学教书育人楷模”荣誉称号，号召全校师生员工学习他忠诚教育、敬业奉献的高尚精神；不惧病魔、顽强拼搏的坚韧意志；热爱教学、刻苦钻研的进取意识；心系学子、教书育人的优秀品质。“五一”国际劳动节之际，余功茂获湖北五一劳动奖章。

李航：世界尽头的延时摄影

2014 年 10 月，南极测绘研究中心博士生李航远赴南极，进行了 530 多天大地测量和卫星导航科研工作。科考之余，李航爱好摄影，极光、冰原、星空成为他镜头下的“常客”。

他说，“自然环境艰苦恶劣，但美丽的景色却能安慰人心。”在世界的尽头，李航不仅收获了丰硕的科研成果，也感受了震撼人心的美景，拍下了如梦如画般的图片。

李航的摄影作品经微博微信传播后，受到广泛关注。他的延时摄影作品《在世界的尽头》获新华网络电视首届全国延时摄影展金奖。

他说：“摄影作为爱好会继续热爱，但主要精力会放在学习和科研上。”

（十大新闻及新闻人物文字由杨欣欣、严航整理）

（《武汉大学报》第 1415 期，2016 年 12 月 23 日）

回眸 2016

2

武漢大學報

年终专稿

回眸 2016

把好听的故事讲给你

好故事，主角是核心

好故事，关键得动听

好故事，文化味十足

好故事，效应要放大

好故事的魅力

（《武汉大学报》第 1416 期，2017 年 1 月 1 日）

把好听的故事讲给你

武汉大学早期建筑入选“首批中国20世纪建筑遗产”；国内外顶尖专家共话世界一流学科建设；他何以成为美国杰出年轻教授；“最强大脑”创业中；破格晋升的背后……2016年，你听过哪些武大故事，记得哪些好听的故事？

报道新闻就是讲述故事，吸引读者，既要靠新闻本身的“含金量”，也有赖于作品的感染力。为了讲好武大故事，讲述者们使出了洪荒之力——从典型人物到深度报道的开掘，从生动鲜活到文化品位的探索，在不懈的尝试和创新中妙笔生花，一条条大事记变成了一个个动听的故事。

让我们浮光掠影地盘点一下武汉大学新闻网点击量。截至12月27日，点击量过万的新闻有40余条，比如，《校长李晓红毕业典礼致辞：做自己人生的“工匠”》37419，《刘延东再访武大热情寄语：把改革创新推向新高度》26783、《窦贤康任武汉大学校长》20767、《东湖南路沿线（武汉大学段）环境整治工程指挥部负责人答记者问》20161、《6项成果获2015年度国家科技奖励》15496、《武汉大学新晋16名长江学者》13294、《为什么选择武汉大学?》13026……而《2016年武大樱花“新政”问答录》更是创下了66949的高点击量。

事实证明，在百万、千万粉丝、10万+、100万+阅读量已很普遍的当下，那些以内容为王的故事依然有很多人青睐。重要的是，要把故事讲好。

好故事，主角是核心

胡德坤教授在武汉大学联合荷兰莱顿大学在海牙举办的南海仲裁案与国际法治研讨会上发言，在央视《新闻直播间》和《环球视线》作访谈直播，在《光明日报》发表专题文章，深入解读南海问题，解析南海仲裁案，在解决领土海洋争端中发挥了重要作用；“绿色化学”女院士张俐娜登上英国皇家化学会会刊；国际顶尖学术期刊聚焦李红良教授团队……

活跃在故事中的主角，永远是好故事的核心。珞珈山藏龙卧虎，群星璀璨，让一个个故事熠熠生辉。

2016年，这样一些人出现在我们的视野中。从资深学者到普通教师，从学术“大咖”到科研新秀，还有那些总给予我们正能量的人们。不同的是他们各自的故事内容，相同的是他们追求极致的精神。

年初，一位名叫余功茂的英语教师在武大人的“朋友圈”里火了。3月3日，校园网主页头条以《余功茂：感人的坚守》为题，报道了他虽罹患重病仍坚守三尺讲台，乃至于“跪着也要讲下去”的故事。该故事被新华社、光明日报、中国青年报等中央媒体纷纷报道，在社会上产生了强烈反响。余功茂对教学的执着，他与学生犹如亲人般的感情，为人们所称道。而今，在学校及各方的关心下，余功茂已成功换肾，身体恢复良好。

“我很享受教师这个职业。只有站在讲台上，我才能感觉自己存在的价值。”余功茂这样对记者说。而同为教师的杜莉，同样“痴迷”于讲台。她说：“好老师是喜欢当老师的人。”她讲起课来激情四射，采访她，也很容易被她对教学发自内心的热爱所感染。

像余功茂、杜莉这样的师者还有很多。继杜莉、李涛先后获第一、二届全国高校青年教师教学竞赛一等奖之后，今年龚龑又获一等奖。《第七届杰出教学贡献校长奖得主风采》，展示了一批深受欢迎的教师形象：营造学生最喜爱课堂的刘青珍、带本科生做科研的许才军、在校园推介中国戏曲的易栋、弘扬武大辩论文化的周玄毅、被学生亲切地称为“侯哥”的侯安新、玩转课内外的翻译教学团队……

《尚书·大禹谟》云：“人心惟危，道心惟微，惟精唯一，允执厥中。”在科研的道路上，“惟精唯一”一直是武大人追求的境界。

李德仁院士一直是媒体关注的“主角”。虽年逾古稀，他仍带领团队不断求索。得益于恩师的手把手传授，李德仁的第56位博士邵振峰入选科技部2015年创新人才推进计划。采访中，他人眼中的邵振峰，最鲜明的特征就是对科研的执著。

唐炬教授团队因保障电网安全运行而获得国家技术发明二等奖，吴根友教授团队历时十年写出《戴震乾嘉学术与中国文化》；孟令奎教授团队因研制“水利应急响应遥感智能服务平台”获大禹水利科学技术一等奖……新闻网“团队的力量”专栏一如既往，聚焦专注于传道解惑、潜心于科技创新的教学科研团队。研制出“人造变色龙”，年轻学者在“玩”潮科技……一个个科研“新秀”也进入视野，形成一个个新闻热点。

“作始也简，将毕也钜。”而有一些人却生动地诠释了“不忘初心，继续前进”的真谛。朱英国院士数十年如一日改良推广红莲型杂交水稻；退休20余年的萧致治教授，仍将学术研究、支部建设和育人奉献进行得有声有色；76

岁的梅荣政教授一直埋首马克思主义中国化研究，“感觉退休之后比过去更忙了”；23 载守护梁子湖，每年驻岛超过 300 天的于丹教授，依然执着地为一方湖水“疗伤”；李珂在援藏期满后，毅然申请继续留任西藏大学，打算再当三年“云端上的教授”。

（陈丽霞）

好故事，关键得动听

罗伯特·麦基在《故事》一书中写道：“故事赐予我们的正是这样一种机会：去体验我们自己生活以外的生活，置身于千姿百态的世界和时代，去追求、去抗争、去感受我们生存状态的各种不同深度。”

这就是故事的力量，但只有好故事才有这样的“魔力”。讲好武大故事，不能止于传播信息，更重在诉诸情感，传递价值，产生共鸣，引人深思——

“有一天，当我们步入耄耋之年时，会怎样使用一生的积蓄？”《青春怀志，白首方坚》一文开篇发问。年过九旬的张憋校友将毕生积蓄赠予母校，展现了一代武大人的悠悠珞珈情，感动了无数师生校友。文章一经发布，被近十家媒体转载，网友纷纷向老校友致敬：“莫名想哭，希望老人身体康健、长命百岁。”“这才是真正的爱与信仰！”“珞珈人，一生情。老校友垂范于前，定会薪火相传。”好故事，必定是带着充沛的情感去听、去想、去写，因而创造出不一样的情感体验。

记者只有在现场，才能讲出好故事。“李浩然打开电脑播放幻灯片，开始了论文讲解——一篇发表在《政治经济学期刊》上的文章。”“每周四上午的论文讲解，已成为增长与发展 workshop（论文工坊）学员的常态。”这样的描写，让读者的思维随着主人公的动作进入现场，有了身临其境的体验。

跟随新闻的镜头，探班《最强大脑》录制现场，我们一睹武大学子申一帆如何力挽狂澜，击败英国选手。卷卷毛、萌萌哒，具有“哈利波特式”的魔性形象，一个古灵精怪的少年呈现在读者面前。

同样的，跟随记者的镜头，机器人“小珈”不再是冰冷的机械，而是成了充满生机的科技灵感，他不仅可以与人交流互动，还能够绘图和导航，“聪明又善解人意”。让主角立体有特色，让文字鲜活有温度。科普在轻松有趣的故事中完成，似乎就在不经意间，传递出武大自主创新的高能信号。

“你想和院士、杰青约饭吗？你想得到教授、博导面对面的指导吗？”

《“专家午餐会”，育人新平台》这样描述，“他们是学生们的学术偶像，他们是大家眼中的‘男神’‘女神’。”活泼而明快的语言，接地气的叙述，让故事清新有趣，也让道理明白透彻。这一切都是建立在扎实的采访基础上的。《“舌尖上的武大”升级版》以“吃”为切入点，带领“吃货们”游逛各大食堂，让师生感知和体会到学校后勤服务能力的提升。

（严航）

好故事，文化味十足

“你看，追根究底，我们都只是讲述故事的人。”

尼克·比尔顿在他的新书《翻转世界》里这样定义自己的身份。谁是尼克?《纽约时报》的资深记者和编辑。他指出，未来将是一个人人都参与讲故事的世界，虽然讲述方式有所变化，但严肃媒体仍然有存在的价值和重要的意义；只不过，要运用一些技巧来讲一个新的故事。

在武大校园，讲好故事的尝试和手法是多样的，而“文化味”是武大故事的独特魅力所在，也是新闻舆论彰显成风化人力量的载体。

20世纪80年代是一个诗意盎然的年代，校园歌曲和校园诗歌如火如荼，留下了许多脍炙人口的名作。珞珈山更是一个诗歌的世界。5月28日，学校举行校园歌曲30年庆典暨颁奖晚会，历届校园诗人和民谣文青重聚珞珈，“就这样望着你——当年的事、当年的人。”以此为契机推出的“珞樱”系列文化报道，专题介绍武大校园歌曲30年的沧海桑田；有关校园音乐人、名作名篇、逸闻趣事的回忆性散文，重现了那段永远停伫在记忆中的如歌岁月。

珞珈苍苍，东湖汤汤，先生之风，山高水长。教育家梅贻琦先生曾以“大鱼前导，小鱼尾随”来阐述师生关系。良好的师德师风和学术风范一脉相承，在武大岁月中一代代流转。苏雪林、朱英国、李崇淮、黄焯……借由在珞珈负笈受教过的学子们的独特视角来讲述、感知几代珞珈名师的为学、为师、为人之道——教师节之际推出的“我的武大老师”专栏，呈现的正是一卷栩栩如生的“珞珈从游图”，以此向教授们致敬，为后学点亮心灯。

万林艺术博物馆是爱好艺术的师生们爱去的地方，那里常年有高质量的展览，10月份的《典藏珞珈——王诚浩、温庆武、袁诚、周秀梅、杨青纸上作品展》即为一例。城市设计学院五位青年美术教师历时三年，将武大风物之美凝于笔端，创作出了80余幅水彩作品。校园传统媒体和新媒体联手，播报展览实况，用镜头捕捉作品的细致之美，邀请业内人士撰写艺术评论文章，帮助读者多角度领略展览风貌。

日常的校园生活是琐碎的，也是诗意的。“那些离开武大的孩子们会想起，他们与这个纠结了四年的地方最后的一点联系，只不过是519或者564而已。”519路公交线路停运时，校辩论队“总教头”周玄毅老师的《纪念519君》，牵动了很多人的记忆。《武汉大学报》副刊配以微博微信的网友留言，讲述师生与519的爱恨情缘。淡淡回忆，浓浓情思，大学生活在这一隅变得格外鲜活生动。

“这世间，唯文学与路边小摊不可辜负，一路走，一路吃，伴着文学和歌，如此人生，理想之境。”爱文学、爱美食的中文系女生，则以幽默的文字描述和生动的场景描写，展示了令人艳羡的珞珈生活。

杜甫的猴年、萧红和她的《呼兰河传》、读书会上有趣或惊奇的事儿、65岁资深留学生“老马”英译《师德铭》、校园旧书地摊录、武大的四季流转、校园“象牙之塔”之辩……师生校友或以纸笔，或用镜头，恣意抒写珞珈生活，刻画了一幅才情满满又爱意盈盈的珞珈年历。

（肖珊）

好故事，效应要放大

如何将好故事的传播效应放到最大？“一人一地一事一报”已不能满足讲故事的需要，更不能满足听故事的欲望。只有将事件的“点”延伸到横向、纵向各个方面，展示宏观态势和发展前景，才能更有效地放大传播效应。

一方面，通过深度报道，对重要新闻事件进行深度挖掘，以组合报道、连续报道、系列报道等方式，挖掘新闻背后的故事，分析现象后面的原因，进一步提升新闻价值；另一方面，通过媒体联动，让社会媒体“为我所用”，让主流舆论充分发酵，让校园故事广为流传，辐射全国，并传播到全世界——

《武汉大学：剑指世界一流本科教育》《“教”与“学”双轮驱动》《为创新创业插上“双翼”》《百年常青“育人林”》，这些标题十分亮眼，生动地凸显出武大本科教育的亮点与特点。5月10日，《中国教育报》第12版用整版篇幅，图文并茂地报道了武汉大学开展本科教育改革、推进“三创”教育的做法和成效，四篇报道从不同侧面描绘出我校本科教育改革画卷。

“关注本科教育改革”“爱在弘毅班”“学在武大”等校内专栏，则用一个个生动的故事，多方位、多角度、立体式展示“三创”育人成果。《我怎样当助教》《腹中诗书若太白》《水到渠成哈佛路》《大一就进实验室》《让本科生爱上科研》《寓教于乐学创业》《从小工坊迈向大讲坛》……一个个学子、一件件举措，让人真切地感受到，学在武大，名不虚传。

10月19日，新华网的一篇“重磅”稿件《中国特色、世界一流之路》，道出了武汉大学测绘学科创建世界一流学科的回顾与思考。测绘学科是我校传统优势学科，一直在教育部学科评估中排名第一，自然是“武大故事”中的亮丽之点。在纪念测绘学科创建60周年之际，院士专家师生校友一齐发力。

《六院士谈一流学科建设》，李德仁、宁津生、刘经南、张祖勋、龚健雅、李建成六位院士分别以“创新”“团结”“责任”“传承”“融合”“进取”为关键词，畅谈“持续创新让学科出彩”，“一流学科必须团结奋进创新发展”，“责任和服务意识是学科灵魂”，“学科兴旺得益于传承的力量”，“个人努力与团队协作缺一不可”，“锐意进取推动学科发展”。

而《六十载风雨创辉煌》《名师荟萃，学术传承》《培育卓越英才》《引领前沿，服务国家》《战略性新兴产业的有力推手》《在国际学界发出最强音》《从全国第一到世界一流》等20余篇报道，深度挖掘，条分缕析，娓娓道来，校内外联动，新华社、中国测绘报、湖北日报等形成新闻聚合效应，将一个充满坚定、自信姿态的一流学科形象推向世界。

《思政课堂亮起来》《武大思政课在全国刮起慕课旋风》……深入课堂、教研室、项目组追踪采访而来的一系列报道，将我校思政课教学改革的亮点一一呈现。

集中最优质的师资，以慕课形式激发课堂活力，是思政课改革的重要举措。11月21日，《中国教育报》以近半个版的篇幅，以《课堂不追求“剧场效果”》为题，报道了武汉大学4门思政课慕课在国家级慕课平台“爱课程”网中国大学MOOC发布后，获得了良好反响，在全国引发思政课慕课学习热潮；并分为“逆水行舟，不进则退”“名师领衔，内容为王”“打磨细节，形式多样”“教学相长，促进改革”四部分，挖掘了思政课慕课深受好评的背后原因。

（付晓歌）

好故事的魅力

习近平总书记指出，新闻舆论工作者“要转作风改文风，俯下身、沉下心，察实情、说实话、动真情，努力推出有思想、有温度、有品质的作品”，要“讲好中国故事，传播好中国声音”。

中国故事，是展现中国发展与进步的优秀作品。国家的进步是由一件件生动鲜活的事件组成的，是由一个个平凡人物推动的。武大故事，就是波澜壮阔中国故事中的精彩一幕。

武大历来不缺乏故事。悠久的历史、深厚的底蕴、辉煌的成就、优美的风光，如同一条流光溢彩的故事长廊。在迈向世界一流的征途中，武大人不断创造新故事，时时要求并鼓舞着我们，用心去发现，用笔去书写。

故事要有好讲法，才能成为好故事。如何让武大的故事更加精彩地呈现？重要的是解决好讲什么、如何讲的问题。讲什么，就是要胸怀大局、把握大势、着眼大事，找准切入点和着力点，反映学校的办学成就和发展变化，展示师生蓬勃向上的良好风貌。怎么讲，就是要真实、生动、鲜活地报道新闻，真实的故事最精彩，生动的故事打动人，鲜活的故事有力量。见人、见事、见思想、见精神，就是好故事。

武大故事，满是动人的篇章。从“最美教师”到“绿色化学”女院士，从龙舟赛到“创青春”，从樱花“新政”到天使基金，从坚守南极到慕课旋风，从ESI学科到“万人计划”领军人才……无论是重大成果或热点新闻、日常工作或突发事件、科研达人或校友大咖，都值得倾情记录，倾力书写。

于是，我们看到了一篇篇精彩的报道，听到了一个个动人的故事。好故事，引人入胜，充满魅力。它们以生动鲜活的形象，展现色彩缤纷的峥嵘岁月，唱响主旋律，传递正能量；它们尽展武大流风甚美之传承、顶天立地之气魄，打造出一张亮丽的“珞珈名片”。

今天的新闻就是明天的历史，记录武大故事，就是书写武大历史。讲好武大故事，是义务，也是责任。我们要进一步创新讲故事的方法，培养讲故事的能力。要围绕中心、服务大局，做到“因势而谋、应势而动、顺势而为”；要娓娓道来、循循善诱，做到“因事而化、因时而进、因势而新”。

让我们把武大故事讲得越来越精彩，用更多的武大好故事感染更多的人。

（杨欣欣）

后　记

武汉大学报社同仁利用休息时间编辑了这本《乘风破浪——十大新闻勾勒发展轨迹》，如今即将付梓。这本书以年度十大新闻为脉络，勾勒出了学校的发展轨迹，从某种意义上来说，也是一茬茬校报人辛勤耕耘、报道学校的见证。

本书是《武汉大学报》创刊百年丛书之一。丛书由武汉大学党委宣传部策划编辑，包括人物篇、成就篇、发展篇、学子篇、校园篇、作品集等，计划每年推出 1 至 2 本，以收录近年来校报和新闻网上各类专题报道为主，同时在校内外展开采访，从不同方面、各个侧面，反映学校向中国特色、世界一流大学迈进的历程。

本书收录的是 1994 年至 2016 年期间，武汉大学年度十大新闻和新闻人物，以及候选条目、评选侧记和年度回眸报道等。23 年来，由校报组织的十大新闻和新闻人物评选活动从未间断，而本书则是首次全面集纳了评选活动的相关资料和报道，意图从这些被串起的新闻大事件中回顾校史、汲取力量、奋力远航。

本书所选的资料和相关报道全部来自《武汉大学报》和武汉大学新闻网，在此向资料和报道的原撰写者致谢。需要说明的是，2000 年以前没有十大新闻候选条目，仅有十大新闻；年度新闻人物评选始于 2004 年；由于较早的校报缺少电子版，因此有的版面图采用翻拍版本；由于篇幅有限，少数年份的学生点评、年度回眸稿件没有收入本书。

本书由武汉大学报社社长杨欣欣策划、审定，编辑严航协助统筹，并与编辑陈丽霞、金鑫，学生记者陈若曦共同完成资料搜集、整理和编校工作。

囿于时间和编者自身水平有限，书中难免有疏漏和不当之处，恳请广大师生员工、校友和读者不吝赐教，以便在后续整理中进一步改进和完善。

编　者

2017 年 10 月